TUNHAI

淮上 著

HUAI SHANG

吞海

广东旅游出版社
中国·广州

『心跳140次每分,血压75/45……』
『血氧饱和度掉到75%了!』

嘭!
嘭!
嘭—

每一声心跳都像深海中渐渐逼近的庞然大物,越来越急促,越来越清晰;它剧烈地鼓动耳膜,盖过了警察们一声声号哭和医生失态的狂吼。

目录 CONTENTS

第一卷 五〇二·骷髅人头案 上

001

让这一切结束吧，真的太痛了。

吞海 TUNHAI

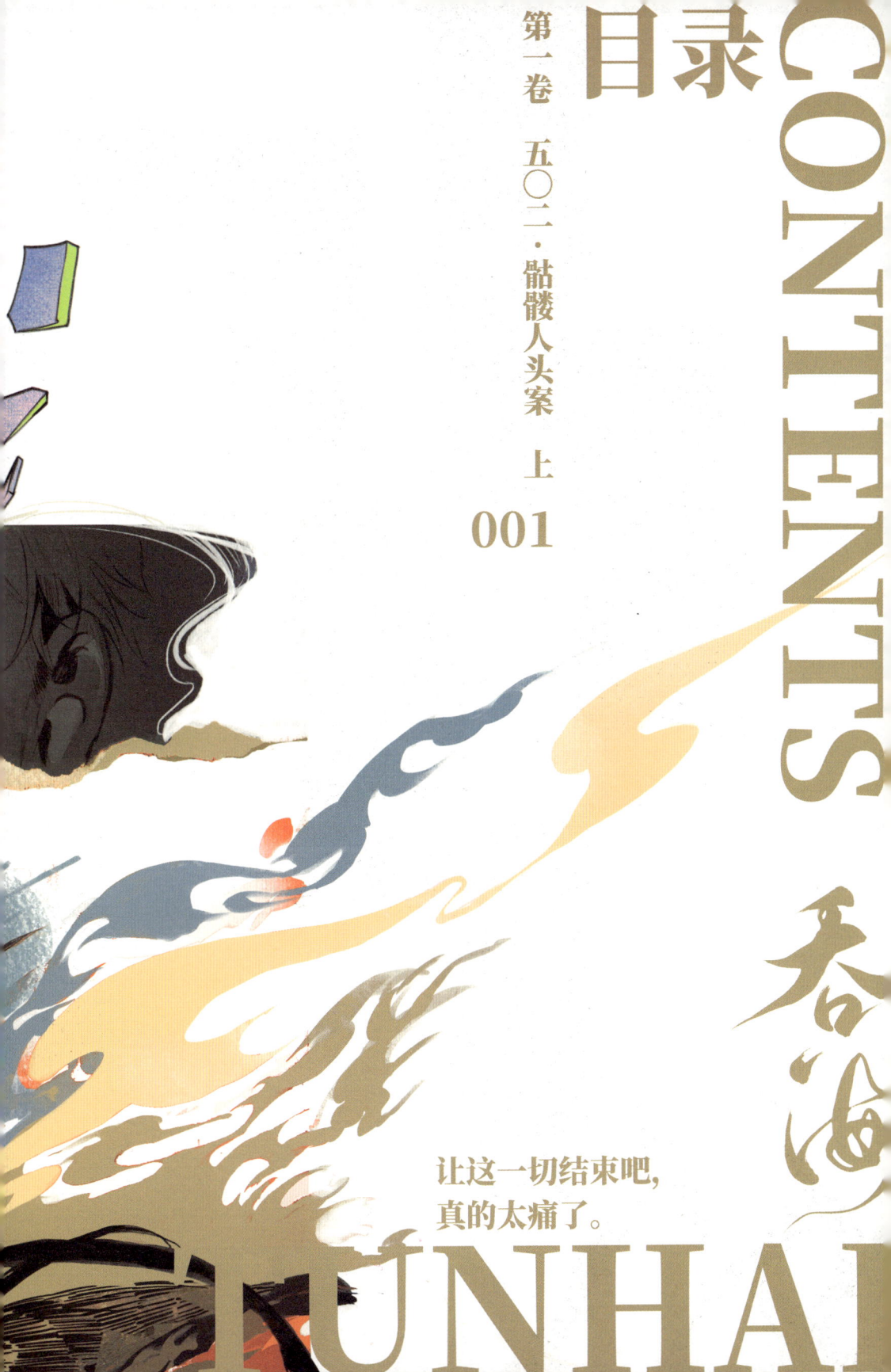

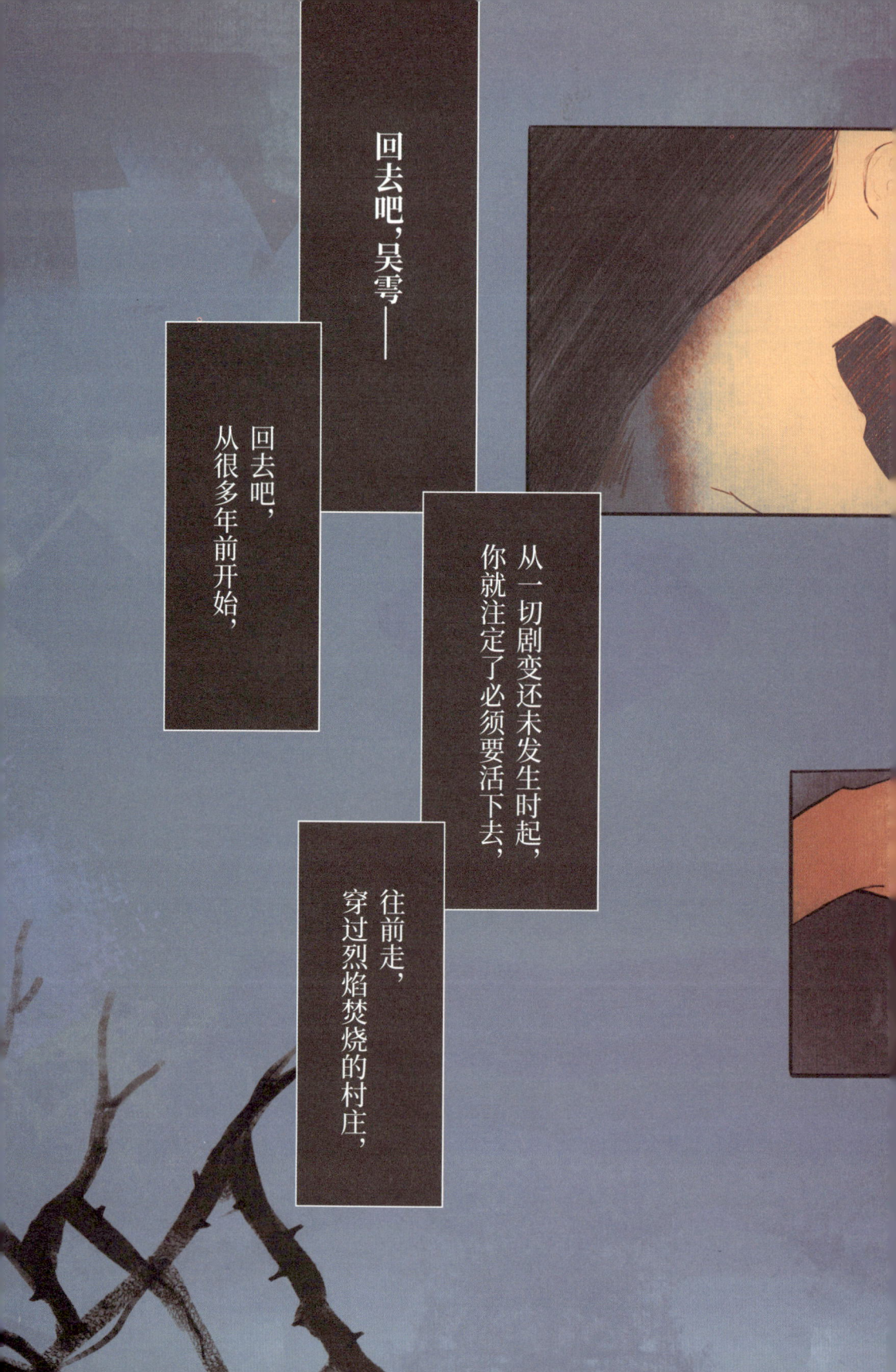

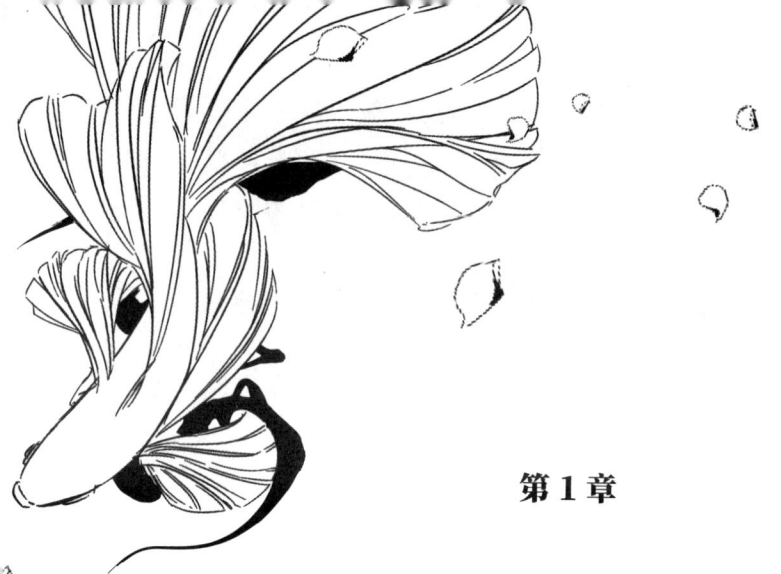

第1章

呜哩呜哩呜哩——

繁华的霓虹灯下,车辆行人纷纷闪避,红蓝警灯护送着救护车飞驰而至,随即在尖锐的摩擦声中戛然停住。急诊大楼门前这块空地瞬间变成沸腾的油锅,数十名刑警咆哮着冲下车,训练有素的医护人员已经推着急救床冲上前去,将一副血迹斑斑的担架接了下来。

"大家好,这里是××新闻平台,据最新消息,我省警方及边防武警与一伙跨境武装毒枭展开了激烈的枪战,高速公路已被封锁,现在我们是在市人民医院急救通道门前……哎呀!"

女记者失声惊叫,被撞了个趔趄,话筒哗啦一声摔在地上,但摄影师还没来得及去扶就被警察一把推开了:"怎么媒体跑得这么快?拍什么拍别拍了!"

摄影师被挤得脚不点地:"我们有新闻报道权……"话没说完就被护士长声嘶力竭打断:"伤者失血太多!全血不够!通知血室紧急备血!"

"情况非常危险,血压还在往下掉!!"

"准备腹腔动脉造影,快快快!!"

…………

周遭一片沸腾,这时只见院长亲自披衣冲出值班室,三步并作两步赶上前,还没站稳脚步就被人一把拉住了:"冯局?!"

堂堂市公安局长从来没有这么狼狈的时候,平时一丝不苟的花白头发蓬散开来,警服满身暗红血迹,老花镜片裂成了两半,看得院长心惊肉跳:"冯局您这是……"

"不惜一切代价,一定要救回来。"老局长指甲里全是黑色血泥,死死抓着院长的手,喘息剧烈地发着抖,"这个人在我们隐秘战线上埋伏了十二年……

十二年！你必须给我把他救回来，否则、否则——"

院长在老领导含血的字音里心头一紧，正当这时，突然听到不远处爆发出尖厉的叫喊："医生、医生不好了！"

那惊慌的尾音中满是不祥，冯局猛然回头。

所有目光集中的焦点，急救床上，难以想象的巨大痛苦令那个年轻人竭力抬起上半身，似乎想从虚空中抓住最后一丝缥缈的生机，却被死神的枯爪按住了咽喉。他全身痉挛，俊秀的面孔扭曲变形，急剧挣气令胸腔塌陷；他神志不清，青筋虬结，血不断从胸腹、四肢往下流，甚至连绝望地试图按住他的护士身上都浸透了殷红。

女记者眼睁睁看着，连挣扎都忘了，真真切切的惨烈一幕令她脑海空白。

被死神擒住的那个人，看上去还非常年轻，甚至还很好看。他跟媒体宣传资料中惯用的英雄形象大相径庭，可能是长相的缘故，看着甚至有一点文秀，无论如何都不像是会倒在枪口下的年纪。

"心跳140次每分，血压75/45……"

"血氧饱和度掉到75%了！"

血管外科主任的叫喊在嚣杂中格外清楚："快准备栓塞剂！！"

…………

嘭！

嘭！

嘭——

每一声心跳都像深海中渐渐逼近的庞然大物，越来越急促，越来越清晰；它剧烈地鼓动耳膜，盖过了警察们一声声号哭和医生失态的狂吼。

那其实是心搏骤停的先兆。

但在死神镰刀将要轻轻划过咽喉的刹那，他的神志却异乎寻常清楚，如果再多一点力气的话，他甚至可以把心里最强烈的愿望说出口：让这一切结束吧，真的太痛了。

真的太痛了。

这漫长无止境的征程，终于到它可以结束的最好的时候了——

心电监护仪上跳动的曲线波动越来越大，越来越急，就像一根细细的钢丝被抛上天穹，蓦然消失在众人的视线中；下一刻，屏幕上赫然拉出一条惊心动魄的直线，警报器伴随红光狂响！

——心搏骤停！

年轻人闭上眼睛，身躯向急救床床面落下，随即沉向黑暗冰冷的深海。世界被潮水淹没，旋转远去。无数人的哭泣、嘶吼和叫喊，都混杂在一起，扭曲为抽象的片段，纷纷扬扬化作虚无。

就在那宁静到极致的世界里，他再次看见了那个人。

那个发着光的白影，穿过凝固的时间与人群，轻灵地走到急救床前，低头与他对视。他不记得记忆中曾经发生过这个片段，但也许眼前这场景是真实的，因为一切细节都如此清晰，甚至连彼此眼底的倒影都触手可及。

你真的来了吗？他模模糊糊地想。

重伤濒死的身体突然变得非常轻松，一切痛苦都舒缓消失了。他从残破身躯中慢慢坐起来，平静中满怀期待，向那熠熠生光的白影伸出手。

——你是来接我走的吗？

白影果然抬起手来，两人五指交扣，掌心相贴，仿佛所有痛苦与折磨都从未发生。他不由得微笑起来，下一刻却见那双熟悉的眼睛定定注视着他，眼底满溢出某种情绪，不是久别重逢的喜悦，而是无以名状的悲哀。

他愣住了，只见白影一字一句无声的口型——

回去吧，吴雩——

回去吧，从很多年前开始，从一切剧变还未发生时起，你就注定了必须要活下去，往前走，穿过烈焰焚烧的村庄，跨过满目疮痍的大地，永远不能回头——

吴雩惊慌起来，用力拉住那只透明的手，但他说不出任何话，只见白影最后笑了笑，充满了柔和与愧疚，紧接着手掌用力一推！

嘭！

其实是无声的，但又像是炸裂巨响，同时震动每个人的耳鼓。

年轻人的身躯在电击下弹跳起来，重重下落，毫无生机的四肢旋即猛然一抽！

"心电恢复！"

"有心跳了！"

…………

欢呼、鼓掌、歇斯底里的哭笑声响彻手术室内外，深水被光束穿透，血海中无形的力量托着他上升，直到哗然冲出海面，被耀眼的光明笼罩。

吴雩无意识地睁开伤痕累累的眼睛。那一刻所有喧嚣都如退潮般远去，唯有叹息邈远的尾音，袅袅消失在虚空中。

你的名字永刻地底，你的灵魂向死而生——

"冯局、冯局！"一名技侦人员匆匆奔过走廊，连汗都顾不上擦，把平板电脑往冯局面前猛地一递，"网安那边最新截获的暗网消息，发布时间不超过五分钟，正在紧急追踪发送路径，但目前还定位不到IP地址，您看！"

冯局低头一扫，就在电光石火的刹那间，脸上的笑意完全凝固了。

那是个纯黑背景的网页，网址为一串随机字符并由".clos"结尾，消息发送者的ID[①]为纯字符不可点击。屏幕正中是一张二寸免冠照，照片上那个人垂眉低目、神情平淡，眉眼鼻梁的形状都异常标准，好似一座洁白象牙精镂细刻出来的雕像模板；没什么血色的唇角天生微微向下，安静地垂着，仿佛这辈子都没笑过似的，修长脖颈一路规规矩矩隐没在黑衬衣领口里。

这张照片的主角所有人都很熟悉，他刚刚才在抢救室中死里逃生。

冯局手指发抖，把网页向下一滑，果然只见几排硕大红字跳了出来，每一笔都血淋淋得令人心惊肉跳。

悬赏

真名不详，代号"画师"，性别男，可查行踪遍及金三角，效命于公安十二年。

最新人头悬赏 108.2409BTC。

行踪信息悬赏 5.4121BTC。

执行过程需录像为证，如提供部分肢体，接受适当提价，人头另议。

其实是能预见它发生的，只是没人想到来得这么迅速、这么嚣张。

冯局僵冷的手仿佛被冻住了，半晌才在技侦人员焦虑的注视中缓缓放下平

[①] 英文词组 Identity Document 的缩写，具体含义为身份证标识号、账号、唯一编码、专属号码、工业设计、国家简称、法律词汇、通用账户、译码器、软件公司等各类专有词汇的缩写。此处ID意为消息发送者在该网站的个人账户名称。

板电脑。

没人注意到走廊角落这一小块凝固的死寂。

人们互相拥抱，欢呼旋转而上，越过手术室外冰凉的玻璃窗，越过千家万户组成的城市灯海，随夜风消逝在地平线尽头，宛如一曲无人知晓的挽歌。

一年后。
缅甸，掸邦。

晨曦笼罩了边陲小镇，集市渐渐热闹起来，卖虎骨的、卖假玉石的，一包白粉里掺大半包石灰、三两冰毒里兑二两冰糖的，各家小店都陆续拉起了门帘。收工的女人们三三两两，裹着劣质香水化妆品味和酒精味、汗臭味路过街市，到处都飘来调笑声。

"秦老板！"有女人眼尖，扭着腰大笑问，"生意怎么样？晚上来找我们玩不？"

秦老板穿T恤、短裤、拖鞋，文质彬彬地戴一副银边眼镜，细长的手指夹着根烟，靠在一家店铺门口的躺椅上看书，身边的招牌上写着小店的经营范围——佛牌、小鬼等各类符咒手工艺品。

"勉强糊口罢了，哪里敢委屈你们？"秦老板俊朗眉梢一挑，懒洋洋地笑道，"过阵子再说吧。"

女人们嘻嘻哈哈地推搡起来："秦老板来玩不收钱！""不仅不收还倒贴！""来嘛来嘛！"

满集市小贩们不干了，起哄笑骂声不绝于耳，一时间大半条街充满了欢快的气氛。

正当这时，一阵阵引擎声从远处响起，很快盖过了人声。众人纷纷回头望去，只见被薄雾笼罩的城镇中突然闪现出车影，紧接着十七八辆吉普车从四面八方山路上俯冲而下，在惊呼尖叫声中猛冲进了集市！

"干什么？""条子？""找死！"

满街市毒贩可不是白吃饭的，一时间家家户户都端着土枪冲上街，但还没来得及开火就只见车窗纷纷降下，几十挺冲锋枪同时倾泻出恐怖的弹火！

几个为首的小贩顿时被打成了筛子，瞬间大半条街被裹进了枪火弹片和血肉横飞的地狱，尖叫哭号轰然炸响，无数人惊慌失措四散奔逃，眨眼间散得干干净净。只见那十几辆车戛然停止，轮胎与地面发出刺耳的摩擦声，几十个肤色不一的保镖端着冲锋枪冲下车，团团围住了那家手工艺品店。

紧接着，保镖们让出一条路，一名身材高大、栗发微曲的白人走下防弹车，微笑着摘下了墨镜："日子过得很享受吧，秦川？"

充满硝烟血腥的空气仿佛一触即爆，秦老板坐起身，被几十管枪顶着头，叹了口气，随手扔了刚才从躺椅下抽出的那把枪："我以为你已经跟着'马里亚纳海沟'网站一起凉透了，'鲨鱼'……你用这种方式跟人打招呼真不友好，下次能不能改改？"

被称作"鲨鱼"的白人男子摊了摊手："可是闻劭死了，世界毒品价格震荡，任谁平白无故损失几亿美金心情都不会好，你说是不是？"

"我深表同情，但真跟我没关系。"秦川立刻解释，"闻先生是个令人惋惜的行为艺术家，他只是欠缺了一点运气，我愿意用从此避世隐居外加终身食素的代价来为他向上帝祈祷一个幸运的来生……"

"闻劭是无神论者。"

秦川无奈道："更可惜了。"

"与其在边境线上躲躲藏藏一辈子，或许你出面收拾他留下的那堆麻烦，是对他更好的纪念方式。"鲨鱼微笑着打了个手势，一名保镖立刻打开平板电脑递上前，只见屏幕上映着一个约五六十岁、略显矮胖、两鬓斑白的华裔男子，"万长文，你认识吧？"

秦川嘴角微微抽搐起来。

"闻劭一直是我最有价值的合作伙伴。他是个天才化学家，充满智慧、诚实且不贪心，所有'蓝金'都在'马里亚纳海沟'的网站担保体系下走货，确保了整个黑市各类毒品价格的平衡，"鲨鱼语气中充满了礼貌的哀伤，"然而'蓝金'架构的继任者——你这位姓万的朋友，却没有继承到他的丝毫美德。"

秦川刚要张口，便被鲨鱼打断了："153%。

"短短不到两年，世界范围内的'蓝金'流通量疯狂增长了153%，价格下调300%，其他合成类毒品价格跳水式下跌。更令人不理解的是，万先生似乎对老派毒贩的传统作风格外坚守，完全没有与暗网合作的意思。"

"我尊重这市场上的每一个卖家，也尊重老一辈人使用掮客进行交易的作风，所以我需要你。"鲨鱼说话口气彬彬有礼，仿佛是个有教养的绅士，完全看不出此刻他正让人用几十把枪顶着秦川的脑袋，"如果你能出面说服万先生从此将他的走货渠道挂到'马里亚纳海沟'上来，那么我不仅感激之至，同时将把万先生的抽成慷慨让出一部分，作为你继续隐居避世，终身吃素，祷告上帝，或者随便搞什么玩意儿的资金。这笔交易显然非常公平，你觉得呢？秦支队长?"

秦川几次张口都没能插上话,最终无力地叹了口气,喃喃道:"确实非常公平,只有一个技术性问题。"

鲨鱼来了兴趣:"什么问题?"

"万长文他妈死了。"

所有人都不约而同想起了秦川在某方面的名声,或者说口碑,鲨鱼无声地做出了一个"哦"字口型,忍不住求证:"所以你和他母亲……?"

"万长文冒险扶棺回国,随即被警方困在了境内,据我所知目前应该藏在华北。"秦川又叹了口气,说,"但我曾经发过誓,除非死后入土,否则绝不再踏足国境线半步。"

周遭死一样地安静。

"所以很抱歉,"秦川面对眼前黑洞洞的枪口,无奈地摊手道,"开枪吧。"

没有人出声,也没有人动,风吹过集市满街狼藉,横七竖八的死尸散发出令人作呕的血腥味。

鲨鱼那双灰蓝色的眼一眨不眨地盯着秦川,那双眼睛令人只要一瞥,便会从心底腾地蹿出满腹寒意。

"你叫我开枪,"他颇有深意地重复,笑着问,"你确定?"

不用他吩咐,刚才那名端着平板电脑的手下在屏幕上一滑,下一段实时视频出现在秦川眼前——

车辆川流不息,行人摩肩接踵,马路对面的大门上边挂着牌子——建宁市公安局。镜头停顿两秒,似乎是刻意让秦川有机会把这几个字看清楚,随即转向不远处人行道边的一辆银色G65,只见车窗降下一半,一名裹着灰色风衣、相貌非常文雅的年轻人正坐在驾驶位上,手机荧光映出了他那张无比熟悉的侧脸。

"确定,非常确定!"秦川沉痛而激动地说,"我已经做好了为他隐居祷告、终身吃素的准备,快动手!"

"不再等等?"鲨鱼笑问。

下一刻,画面又微妙一转——建宁市公安局刑侦支队队长严峫出现在镜头里,脸上隐约带着笑意,大步流星地穿过街道,径直走向G65,衣角随风扬起毫无防备的弧度。

秦川:"……"

半晌沉默,鲨鱼戏谑道:"还那么确定吗?"

秦川低下头,良久后用力搓了把脸,长长呼出一口气。

"你要是早几年这么问我，或许答案会跟今天非常不同，但我现在突然觉得国境线也没那么不容易过了。"他真心实意地说，"毕竟我这个人，大家都知道我从来都是把发誓当饭吃的。"

鲨鱼爆发出大笑。

几十把冲锋枪在咔嗒声中齐刷刷收了起来，秦川终于从躺椅上站起身，摘下眼镜揉了揉眉心，无可奈何地道："不过我做掮客价格不便宜，要是这趟不收费，传出去以后就再没法收费了，搞不好以前那些被宰过的主顾还得有样学样，排队上门来轮流爆我的头。所以或多或少你都得给点儿，算是我被你雇用了，以后还能在道上立身——反正你有钱，要么咱们先付个定金，成吗？"

这话说得很合情合理，鲨鱼收住笑容，上下打量秦川，只见他除掉眼镜的遮挡后更是满脸无辜，料想这个手无寸铁的前刑警也翻不出什么大浪，便淡淡地道："可以。你想要多少钱？"

谁料秦川挑起半边眉梢："我不要钱。"

他转身踩着满地碎砖瓦砾，走向刚才被冲锋枪打得七零八落的店铺，浑然不在意碎成蛛网的玻璃门和塌了一半的柜台。明暗里无数武装枪手眼睁睁盯着他悠闲的背影，只听里屋传来老式打印机咯吱咯吱的声响，少顷，秦川拿着一张画像掀帘而出。

一名枪手接过画像，警惕地疾步倒退，将画像递给鲨鱼，后者当即意外地"噢"了一声："不是女人？"

秦川："……"

他妇女之友的美名大概已经冲出建宁走向世界了。

"我还以为你不是要钱，就是要女人。"鲨鱼将画像稍微拿远，又向那破破烂烂的店铺仔细打量片刻，似乎明白了什么，饶有兴味问道，"没想到你口味还挺特殊，别是有什么小众的爱好吧？"

"过奖，我只是有收藏方面的癖好而已。"秦川谦虚道，"开价太高的凭我自己买不起，只好宰客了。"

两人对话亲切客气，好似一对许久未见的老朋友，而刚才那枪林弹雨的残酷场景犹如没有过。鲨鱼沉吟半晌后微微一笑，十分开明且尊重别人爱好、隐私似的耸了耸肩，说："是吗？既然这样的话没问题，你要的定金很快就能送到你面前。"

然后他反手将画像交给手下保镖，做了个"请"的手势："掸邦军警应该很快就要来包围这里了——上车吧秦队,欢迎合作。"

远处山路上树影斑驳,呼啸风中隐约传来军用卡车飞驰的声响。

秦川为人倒挺干脆,啥都没带,提脚就走,在保镖"护送"下弯腰钻进车门,随即十多辆防弹吉普车掉头向集市外驶去,噗噗噗噗几声闷响,碾轧出了一条长长的血路。

"所以一年前到底发生了什么?"窗外景物迅速飞退,秦川被两名持枪保镖夹在后座中间,在行驶颠簸中闲聊般问,"'马里亚纳海沟'下线整整一年,估计连国际刑警都以为你已经死了,还有传说一名卧底单枪匹马狙击掉了你整支武装部队——哎,所以传言到底是不是真的?"

鲨鱼从副驾驶座扭过头盯着他,眼神直勾勾的,脸上不辨喜怒。

车厢里除了轰鸣之外安静异常,过了很久,正当秦川以为他不打算回答了的时候,鲨鱼突然毫无预兆地开口反问:"你知道'画师'吗?"

"谁?"

鲨鱼慢慢笑起来,瞳孔深处闪烁着阴冷的苍蓝。

"十年前,我最得力的安全主管亚瑟在东南亚落网,而我用尽办法都查不出幕后那只手,最后便以为警方只是多了点运气。直到一年前他终于出现在我面前,如同地狱中前来索命的厉鬼,我才意识到原来这么多年过去,我出售芬太尼、建立冰毒工厂、架设深网服务器,让连发三道红色通缉令的国际刑警都束手无策,却始终没走出过他的狙击范围。"

"画师,"鲨鱼顿了顿,轻声道,"把他带到我面前的不是运气,而是命运。"

秦川若有所思地点点头,问:"但你还活着,那么想必是他死了?"

车前大片罂粟田一望无际,在阳光下泼泼洒洒。鲨鱼回头望向前方,后视镜中映出他那双带着笑意的灰蓝色眼睛,仿佛遥遥惦念故人,其中嗜血的暗示却令人毛骨悚然。

"不,命运对他非常残忍——我还活着,而他没死成。"

秦川眼皮不祥地一跳,鲨鱼的语气却异常温柔:"看,你眼前这片大地,是'画师'曾经到过的地方——"

远处迷彩卡车包围了集市,而车队已浩浩荡荡向北而去。山巅之下国土辽阔,国界碑隐没在崇山峻岭中,反射出微渺的金光。

第 2 章

津海市。
暴雨冲刷河堤，水流湍急向前，哗哗冲向远处深重的暮色。

"我就跟你说别那么积极，干到十二点也不会多给你俩钱的，那帮人心黑得很！"男生举着倾斜的伞，半边身体都被浇透了，雨水顺着黑瘦的小腿淌进破球鞋，每一步都蹚在泥汤里，"送你到楼下我就走，不然待会儿又被你爸看见了！"
伞下的女生穿一件明显太宽大的深蓝色工装，紧紧抱着胳膊，声音微微发颤："工头多给了四十块……"
男生重重"嘁"了一声。
他想说什么却咽了回去，过了会儿又叮嘱："那你可把钱藏好了啊，别给你爸知道，又送去赌了。"
"我……我知道。"女生条件反射似的伸手用力挽了挽书包带，"等我攒够钱，就带我妈离开这儿，回老家去，哪怕种田都比这儿好。我听人说了……"
哗啦啦！细碎动静传来，男生蓦然站住脚步，回过头。
"你听见什么了？"
女生踉跄站稳，茫然摇头，被男生带起了一丝紧张："什么？"

天色已晚，从工业园发往城郊的最后一班公交车已经开走了。荒野昏黑，路灯未亮，滂沱大雨模糊了视线；远处只见大腿深的荒草在雨水冲刷下前后摇摆，仿佛一群摇摇晃晃走来的小人。
沙沙，沙沙。
男生疑心自己听错了，又不敢往后退，半晌试探着喊了一句："喂，有人吗？！"

暴雨中没有传来回答。

"风……一定是风……"女生忐忑不安，又紧了紧书包带，"走、走吧……"

河面上咸腥的冷风一吹，男生背后突然蹿起了一小片鸡皮疙瘩，他用力咽了口唾沫："走吧。"然后他拉着女生就匆匆掉头，没走两步就听见——沙沙、沙沙。

好似某种巨大的爬行动物由草丛中迅速游近，两人不约而同僵住，几秒钟后男生僵着脸，歪了歪头，那眼神的意思是：你也听见了？

女生青白的脸在昏暗中看不清晰，半响才僵硬地把头一点。

男生喘着粗气，眼神四下一扫，随便捡了块脏兮兮的石头紧紧握在手里，转身提胆怒吼："谁在那儿？给老子出来！"

天地雨幕冲刷，四下没有回应。过了大半分钟，男生绷紧的肩背才警惕地放松一点，示意女生抓紧自己胳膊，小声说："这里不对，我们快走——"

就在这时，沙沙——

近在咫尺的树丛猛晃，扑面而来的危险预感让两个年轻人同时闪电般一哆嗦，但还来不及后退，眨眼间一道巨大的"鬼影"几乎贴着他们的脸站了起来，远处路灯映在河面上，赫然照见它半边森白骨骼，肉已经腐烂精光，鼻腔只剩两个黑洞，上下牙暴露在外，俩眼眶直勾勾对着他们，往前跨出一步——

那不是活人。

那是一具骷髅！

"啊啊啊啊啊——"

撕心裂肺的尖叫划破雨幕，远方火车驶过铁轨，轰轰声响混合着大雨，盖过了最后一点余音。

翌日。

"啊啊啊啊啊——"

狂吼响彻楼道，咣当！门板被重重推开，狠砸在墙上，一名挥舞菜刀的壮汉顶着漫天墙灰冲进防火门，疯牛般往楼下冲。

便衣刑警冲到屋外，追了几步，果断举起步话机："报告步队报告步队，一名嫌疑人持刀脱出控制，正往安全通道突围，请求立刻支援！重复一遍请求支援！"

"叫你上课不好好听，作业写的都是什么东西，三天两头把老娘提溜去丢脸，早知道就不该生你这么个玩意儿……"居民楼外，女人一边停好电动车，一边指指点点戳她小孩的头，刚推开防盗门要跨进去，迎面只见一张凶神恶煞的脸从安全通道里扑出来，雪亮刀光转眼就来到了面前，她不由得失声惊叫，"啊啊啊！！"

——女人的尖叫声响彻楼外。
警车边，吴雩猝然回头，下一秒就像离弦的箭，向楼道门方向冲去！

警察已经追下来了，还蹦出个挡道的老娘儿们！壮汉混浊眼珠一轮，握着刀就去挟持那个吓呆了的小孩——就在菜刀落下的瞬间，女人拼命抱住孩子往后一推，将嶙峋肩背迎向刀锋，顷刻间寒风就劈到了耳边！
哗啦！
二楼楼道窗户铮然粉碎，另一道人影从天而降，裹挟无数玻璃碎片，将壮汉当头踹翻！
壮汉一头砸在水泥地上，当场迸出满脸血花，冰毒和剧痛的双重刺激令他彻底发狂，握紧菜刀就冲来人发疯劈砍。但来人半秒都没耽误，就地打滚起身、偏头避过刀刃，削断的发梢尚未落地，他已闪电般攥住壮汉腕骨一把拧断，发出清脆的"咔嚓"一声，菜刀落地的当啷巨响与壮汉的惨叫同时响起！
"举起手来不准动！"
"步支队！"
脚步纷沓而至，刑警们纷纷冲下了楼。步重华按着壮汉后脑，"砰"一声把那张狰狞疯狂的脸重重砸进消防玻璃柜，然后提着头发把鲜血淋漓的脑袋拎出来，摸出手铐咔嗒铐住，顺势丢给了手下。
一名中年女刑警——支队唯一的女外勤孟昭大步迎上前："没事吧步支队？"

嫌疑人满头满脸是鲜血混合着玻璃碴子，痛得不住惨叫，被两个警察蒙上头套，左右押出了楼道。因为紧急行动来不及拉的警戒带终于拉出来了，在楼道大门前隔出了一块空地，两辆警用SUV边上蹲着五六个蒙头套的"拆家"，个个如同丧家之犬，蓝白线外挤满了下班路上看热闹的群众。
而另一边，母子俩正被实习警扶着发抖，小孩一边吸鼻涕一边大哭："妈妈、妈妈你没事吧？妈妈我以后一定好好写作业……"
步重华没有回答孟昭，收回目光，面沉如水："那个新来的呢？"
周遭几名刑警："……"
吴雩不引人注意地向后退去。
但他脚刚一挪，步重华就像脑后长眼似的回过头，凌厉的视线一下就盯住了他，然后一把拎住他领口，单手把他从人群后硬生生揪上前，指着那对母子："我让你盯着小区外围，别放住户进楼，你干什么去了？！"

吴雩猝不及防被拖了几步，孟昭见势不对，立刻上前解释："步队你听我说，张小栎他们几个实习生临时跟小吴换了监视点，小区门口不关他的事……"

"我问你话呢！"

吴雩竭力向后仰头，狼狈地解释："队长你听我说……"

步重华厉声喝问："我问你干什么去了！"

他比吴雩高了半个头，吼声震动楼道，周遭人噤若寒蝉，没一个人敢说话。

吴雩终于老老实实垂下眼帘："对不起队长，我下次会注意的。"

步支队长不是那种容易让人亲近的长相。

他的身高即便在津海这座北方城市都算相当出挑，往那儿一站就能给人一种针扎般的压迫感。在警院念书时他一直是系篮球队主力，那张冷若冰霜的俊脸在侦查系蝉联了四年的系草，参加工作后甚至一度在华北公安系统内部引起轰动——然而因为可怕的目中无人和我行我素，他这张脸给人的第一印象永远是恐惧比爱慕多。

步重华冷漠的黑眼睛逼视着吴雩，周遭一片安静。

半响他终于缓缓松开手，把吴雩向后一推。

吴雩跟跄半步，只见步重华不再看他，拔出刺进手臂肌肉的玻璃碎片，顺手把血一抹，转身走向警车："三组留下收拾现场，其他人收队回去安排辨认，线人说这几个人身上有旧案，指纹跟DNA拿去跑一遍数据库。让预审的老钱他们先带上材料过来见我，然后通知五桥分局禁毒支队的人过来协助——蔡麟！"

之前那个呼叫救援的便衣从楼上飞一般奔下来："哎！"

"连夜安排审问，今晚谁都不能走，谁走谁明天就不用来了！"

蔡麟不敢废话："是！"

张小栎他们几个实习警哭丧着脸，七手八脚把吴雩扶到后面："小吴哥对不起，哥几个明晚一定请你吃饭……"

吴雩刚进队不久，已经是整个南城区分局出了名没脾气的老好人，似乎对来自领导的针对和训斥也很认命，一边咳嗽一边摆手示意没关系。

蔡麟捅捅孟姐，低声问："这新来的做人其实还行啊，怎么华哥成天找碴儿骂他呢？"

"新来的"吴雩调来津海市刚满两个月，大概有些背景，是领导亲自发话弄来刑侦支队的。虽然是个"关系户"，但他平时打卡上班、踩点下班，闷不吭气、老老实实，工作上并不出头冒尖也不太拖后腿，如果不是步重华经常训他的话，可以说在支队里毫无存在感，是个既称职又平庸的背景板。

孟姐叹了口气："全支队就他一个是凭关系塞进来的，你觉得以步队眼里揉不得沙子的个性，还能忍他多久？"

蔡麟抽了口凉气。

孟姐无奈地压低了声音："等着他自己受不了走人呢。"

居民楼前这一小块空地上人来人往，每条指令都在迅速扩散并得以执行。刑警们穿梭来去，嫌疑人叫冤哀求，拍照留证的，收集检材的，联系局里的，做临时笔录的……一切都是那么井然有序又条理分明。

现场角落里，吴雩偷眼看了看手机时间，七点半。

"怎么着小吴哥？"张小栎还挺机灵，"你家有事啊？"

吴雩迟疑着"唔"了一声。

虽然吴雩老挨支队长骂，但还挺招同事待见的——温和沉默，少言寡语，从来不跟人发生争执，谁都能拿漫长无聊的夜班跟他换白班；尽管专业能力不算突出，但是个跑腿打杂买水买饭毫无怨言的好小哥，刚来两个月就集齐了刑侦支队上下一百零八张好人卡。

"没事儿，你偷偷溜了吧。"张小栎小声说，"步支队跟检察院的约了晚上八点见面谈事，刚打电话我还听见了，他待会儿就该走了。今儿夜班我帮你值了，回头咱别说就成，啊。"

吴雩心里有点挣扎，尽管他刚来两个月，却已经很了解这位年轻的顶头上司的脾气了——那说一不二的劲儿，用霸道来形容都是轻的。

但……他再次打开下午那条短信："九点，老地方，五万起。"

吴雩眼角余光一瞅，不远处步重华站在警车边，那小孩的妈正紧握着他的手感激涕零，撒都撒不开。

——这位据说精英出身、名震华北、前途无量的上司，在他心中的分量别说五万元，可能连五十津巴布韦币元都不值。

吴雩终于下定决心，呼了口气，拍拍张小栎的肩："谢谢你啊。"

张小栎回了他一个"放心交给我"的眼神，眼看着他闪出警戒线，消失在小区门口，心中很为能报答小吴哥而感到自豪。

"谢谢、谢谢、谢谢警官啊！好人一生平安、一生平安！要不是你我儿子就真的完了，警官你叫什么名字？你警号多少？回头我要给你们公安局写表扬信，我要去送锦旗……"

步重华俊美的脸上没有一丝表情，用纱布按着手臂上的伤口，孟姐赶紧过来把语无伦次的女人搀扶住，三言两语哄走了。

"老板，钱哥他们到检察院了，咱们走吧？"蔡麟从车里探出头，"我送你？"

步重华点头不语，又跟手下吩咐几句，才按着那块带血的医用纱布上了车。顶着警灯的黑色牧马人SUV驶出小区，在大门外转了个弯，拐上了晚高峰尚未完全过去的街道。

"老板，我跟你说个事，今儿吴雩是替那几个实习生顶了雷。"蔡麟一边开车一边用余光偷觑步重华的脸色，小心翼翼道，"吴雩那人吧，我看还行，虽然闷了点但也还算老实，没仗着背景就搞事乱来，以后是不是就留在咱们队里啦？"

"不留。"

"啊？"

"刑侦外勤队不是任何人刷资历当跳板的地方。"步重华冷冷道，"那些走后门塞进来的，没一个能待超过半年，索性早点走人完事。"

蔡麟还想要劝解两句，步重华眼角余光突然瞥见什么，猛地扭头向车窗外望去——

小区外马路边，一辆公交车正缓缓到站，某道熟悉的侧影裹挟在人群中上了车，正是吴雩。

蔡麟："……"

空气突然完全凝固，只剩十分钟前那句"谁走谁明天就不用来了"回荡在众人耳旁，蔡麟简直不敢去看他上司的脸色。

步重华那张面沉如水的脸上看不出丝毫表情，他摸出手机，迅速拨出一个号码，少顷对面响起孟昭的声音，背景是小区门口喧杂忙乱的现场："喂？步队？"

"告诉许局，"步重华的声音一字一句，清晰得仿佛冰碴，"吴雩明天不用来上班了。"

"等等，步队！"

蔡麟一股寒气蹿上脑顶，只见步重华按断通话，轻轻把手机丢回了口袋。

第3章

晚上九点。

吴雪走出地铁站，头上戴了顶黑色的棒球帽，只露出一段挺拔的鼻梁和白皙的下颌。他双手插在口袋里，被汹涌奔向灯红酒绿的人潮一股脑裹着，来到市中心夜总会KTV林立的永利大街，然后低头轻车熟路地钻进了一家酒吧后门。

叮——

擂台上金铃一响，掌声、喝彩、口哨声瞬间四起，差点掀翻了整个房顶。裁判兼主持人箭步上前，一把拉起胜利者的手高高举起，亢奋的声音响彻全场："'红旋风'再次取得了胜利！这是他的七连胜、七连胜！今晚的挑战者仍然没能在这台上留下姓名——"

身披赤红战袍的越南裔拳手冷眼睥睨台下，而失败者只能捂着流血的耳朵踉跄爬起来，骂骂咧咧钻出擂台，很快消失在了兴高采烈的观众席后。

"恭喜为'红旋风'下注的支持者！让我们来看看下一场他的赔率是多少——1：3！下一场红旋风的赔率是1：3！！蓝方赔率1：3.8！！"

如此微小的赔率差把观众情绪推上了高峰，台下彩光狂闪，欢呼频起，无数人举着钞票争先恐后投进红色钱箱中。

"'红旋风'能否延续他的不败神话？打败他的对手是否还没出生？！"主持人对着麦克风声嘶力竭，"别走开！半小时后我们再回来！！"

沸腾人声穿过虚掩的布帘传到后台，震得人耳鼓嗡响。吴雪脱下短夹克，挂在衣架上，举手间黑色修身T恤勾勒出了瘦削精悍的肩背线条。

"五万块，老规矩，前二后三。"酒吧老板把两沓钞票往他面前一拍，那手指胖得大金戒指边上的肉都挤出来了，"钱箱抽一成打赏抽一半，你要加进来做活庄也行，哎我跟你说这可是特殊待遇啊！别说兄弟不照顾你！"

吴零低头脱鞋，神情不为所动："我不坐庄。"

"咳呀——你这个人！"胖老板一脸好心做了驴肝肺的表情，强行把他肩膀拉近了点，推心置腹道，"我可跟你交底儿了。那越南人来打了七场，场场不是见血就是骨折，上星期那广东拳王今儿还躺在 ICU 里，光医疗费就亏了我这个数……我容易吗？你说我定个庄我容易吗？！喏，今儿就全靠你了，废话我也不多说，赌注再给你加抽一成，晚上兄弟我做东！"

吴零抓着他的手从自己肩上挪开，拍了拍那白胖的手背："不用，折现吧。"

胖老板险些被自己的口水呛住，眼睁睁见他转身往更衣室门口走去。

"你、你，喂——"胖子嘴角抽了几秒，陡然瞥见衣架上那洗褪了色的夹克，不由得痛心疾首，"你这贪财鬼！赚那么多钱是打算带棺材里去吗？有今天没明天的，贪死你得了！"

吴零一手掀起布帘，回头瞅着他。

胖老板："……"

酒吧老板见过很多拳手，这一行刺激、来钱快，吃喝玩乐、醉生梦死的大有人在。很多杰出的拳手打了好几年，只剩下满身伤残，一分钱都攒不下来。

但眼前这个年轻人不同。

吴零的目光既不阴森也没戾气，大多数时候没什么杀伤力，甚至可以用散漫来形容。但不知道为什么，所有人都说这小哥脾气好，酒吧老板却总觉得他眼底深处，有些很沉的东西。

"嘿！你瞧我这张乌鸦嘴！"胖老板作势往自己圆滚滚的脸上拍了一下，"呸！呸！童言无忌大风刮去，童言无忌大风刮去哈！"

吴零用一根手指冲他点了点，不远处擂台下堪称沸反盈天："你这生意越做越大了，小心把警察招来。见好就收吧。"

胖子："咳呀——你跟我比谁更乌鸦嘴是吧，外面那么多杀人放火贪污抢劫的，警察查我干吗？啊，查我干吗？那些警察怎么可能查得到我……"

吴零没搭理他，转身穿过后台，径直向走廊尽头的洗手间走去。

擂台下角落边，越南拳手用阴沉凶狠的目光紧盯吴零，直到他走进洗手间，才收回目光，轻蔑地哼了一声。

"你给我小心那小子，他是庄家找来的。"他师傅在边上指挥人给他按摩送水，"我打听过了，这个人平时不出来，但每当有外地人过来连胜太多，那胖子就会出高价找他来应擂。应该是个硬点子，打听不出来头，开这么低赔率说明庄家对他是有信心的。"

越南拳手接过毛巾，顺手往台柱上一扔，啪地亮响。

"长得好看，绣花枕头。"他嘲笑道，在师傅不赞成的目光中一跃登上了擂台。

叮——

金钟重重一敲，裁判疾步退开，台下尖厉的嘘声跟喝彩声轰然响起。越南人一把掀开红披风扔出去，露出肌肉彪悍夸张的上半身，往手心里"呸呸"吐了两口唾沫，不怀好意地望向自己的对手；而吴雩站在原地，短袖T恤、运动短裤，低头活动了几下肩膀，几丝黑发滑下额头在眼前晃荡。

"上！上！打他！"

"上啊红旋风！打他！"

…………

吴雩抬起眼睛，眸光雪亮，刹那间喧嚣声浪退去，周身气息一凝。

"小娘儿们！"越南人一嗤，闪电般冲了上去！

这种地下擂台，唯一规则就是没有规则。不戴拳套，不戴护具，打头踢裆，牙咬手撕，为了追求血腥刺激无所不用其极；早两年风声不那么严的时候很多拳场是生死不忌的，也就这家酒吧的胖子做人还算讲究，至今没有出过人命，也正因此场子越开越大，甚至能吸引到其他地方的黑拳手跑来赚钱。

吴雩向后微仰，凌厉拳风贴面刮过。越南人没想到他竟然能避开，"咦"了一声顺势反身，啪地抓住他的手肘，将他整个人当空抡起！

"哇——"全场尖叫纷纷顿住。

砰！

越南人一个狠厉至极的过肩摔，将吴雩狠砸而下，背部落地，发出沉闷的撞响！

霎时吴雩只觉五脏六腑全错了位，仿佛二十来根肋骨同时粉碎，一股血腥直冲喉头，同时身体在巨大的惯性作用下往上弹，正正对上了越南人自头顶而下的铁拳！

"完了！"有人脱口而出。

胖子抱臂靠在后台门边，淡定吐出两个字："还没。"

千钧一发之际，越南人拳风戛然而止，仿佛撞进了棉花墙，再无法前进分毫——只见吴雪就着仰卧的姿势,以一个极其诡异刁钻的手势左右绞住了越南人的胳膊,紧接着发力,咔嚓!

越南人脑子一炸。

他那条胳膊被反方向弯折到极限,肘骨生生脱臼了!

那简直太快了,别说是肉眼,即便拿慢镜头都未必能看清吴雪的动作。他贴地一滚起身,越南人还没来得及抬头就被锁了颈,只听颈骨"咔"的一声;台下最近的观众只觉眼前发花,吴雪不知怎么一扭膝,就干净利落将对手咣当绊倒在地,胳膊从后一钩越南人咽喉,眨眼间绞死!

从贴地缠斗到胜负陡转,前后最多不过三秒,周遭安静片刻才猛然爆发出声音:"好!!"

越南人用尽全力都发不出声音,只觉喉骨一寸寸弯曲,全身血液反冲天灵盖,充血的视线死死瞪向吴雪——

就在这一刹那,温吞沉闷的表象从这个年轻人身上褪去,露出了灵魂深处截然相反的另一面。

他仿佛完全变了个人,如果越南人神志清楚的话,应该会感到一丝畏惧才对。

不过可惜此刻没人能看到这一幕。

"打死他!干得好!""打打打!打打打!""打死他!打死他!"四面八方的欢呼一阵高过一阵,渐渐化作扭曲变调的背景音。吴雪盯着越南人血丝越来越密布的眼球,看见他青紫的嘴巴竭力开合了几下,没发出声音。

但吴雪看懂了,那是一句越南脏话。

他曾听过很多次的非常熟悉的发音。

其实这么多年来什么都没变,不论是在缅甸、泰国,还是回国后,不论是为谁效忠,为谁卖命,始终不过是在重复做相同的事情而已。

吴雪有瞬间恍惚,手肘本能用上了他最熟悉的力道,下一秒只听咔啦几声喉骨摩擦脆响,越南人双眼一凸,口鼻中骤然飙出两道血箭!

叮叮叮叮叮!

金钟急敲的巨响令吴雪回过神,一把放开了越南人。所幸他还没来得及下死手,后者跟跄跪地,不住翻滚,一边剧咳一边狂呕,酒吧早就安排好的急救人员立刻抬着简易担架冲上了擂台。

裁判一把抓住吴雪的手高高举起,嘶声大吼着什么,但吴雪听不清。周围气氛趋近白热化，赢了钱的激动发狂，输了钱的抓起手边能扔出去的所有东西拼命往外扔，尖厉叫骂夹杂在欢呼声中，所有人都在蹦跳吼叫，状若癫狂。

吴雩闭上眼睛。

他收回手，往擂台后走去，眼角余光扫过魑魅魍魉，突然顿住了。

——台下不远处，一个穿深灰衬衣、黑色西裤、皮鞋，年约二三十岁的年轻男子坐在观众席上，从衣着到气质都跟周遭格格不入。五彩频闪灯映在他眼底，熠熠生辉，而他就这么定定地看着吴雩微笑鼓掌。

吴雩瞳孔略微压紧。

就在这时，突然身后风声异动，不知什么时候那越南人竟从台下抓了块酒瓶碎片，挣脱了急救人员，眼珠瞪得血红，一头冲吴雩撞来！

在这被酒精和血腥刺激到极度混乱的现场，没人能第一时间发现异状，连最近的裁判都没反应过来，越南人抄着尖锐的玻璃片就往吴雩后心扎去！

呼！

吴雩猝然转身，闪着寒光的碎片紧贴T恤从后心划过，布料无声无息裂开。

同一时刻，他擒住越南人后颈，飞脚横跺对方腿踝，仅一下便令对方失去平衡，全身向前栽倒，正脸扑向尖锐的擂台柱！

全世界喧杂退去，越南人眼前只有柱尖那一点，在针尖大的瞳孔里飞速放大，他听见死神狞笑着劈下了镰刀——但紧接着只听：啪！！

越南人眼前一黑、一痛，扑势顿止，只见吴雩一掌垫在他眼上，以此将他上半身生生抬起，手背距离擂台柱尖端堪堪半寸！

哗啦重响，吴雩劈手把他甩了出去。越南人仰面摔倒在地，保安跟急救人员一哄而上，七手八脚将他抬走了。

越南人的师傅跳上台，作揖鞠躬大声念叨什么，听那意思是求饶加道谢。但吴雩只望着他，静静站了片刻，转身跃下擂台。

远处那西装革履的年轻男子向他站了起来，但这次吴雩的目光没有在任何人身上停留，径直走回了后台。

"喏，三万，"三沓钞票唰唰唰往面前一码，咣地又一个纸袋落在眼前，光是听音就知道颇沉，只见胖子笑得见牙不见眼，"这是说好的分红，兄弟我给你加到了两成，怎么样？我就知道咱们吴哥肯定能行，是不是？是不是？"

周围员工都捧场应"是"，恭维声不绝于耳。

"你也甭那么深居简出了，多出来打几场，趁能赚钱的时候多赚点，啊？"胖子一屁股硬挤到吴雩身边，苦口婆心地劝，"下次你来的时候呢，出面做个活庄，要不咱俩合股，我看这区区的永利街根本就没哪个拳场能成气候，咱们的眼光要放到整个津海，甚至华北……"

吴雩系好鞋带，起身拍拍胖子的肩。

"啊？"胖子受宠若惊。

"以后二十万以下的局别找我出来了。"

吴雩闷着头，在胖子张口结舌的瞪视中拎起钱袋，用外套囫囵一裹，夹在胳膊下，钻出了酒吧后门。

十一点四十，公共汽车晃悠悠停在站台前。

吴雩一手抱着卷成团的外套，一手插在裤兜里下了车，穿过深夜长街，七拐八拐，钻进了曲折狭窄的旧城区胡同。

每过两盏路灯就有一盏是坏的，月光照在蜿蜒的石板路上，原本就逼仄的小径两侧堆满了家家户户的杂物：石瓦堆、尿桶、纸箱、生锈落灰的二八大杠、盖着油布准备明早推走出摊的三轮车。路边那一溜平房里的灯都已经熄了，吴雩低头穿出小巷，脚步没有丝毫停顿，如幽灵般轻轻一拐，隐没进了"回"字形胡同的另一条岔路。

几秒钟后，一双制作精良的皮鞋自阴影中走出，轻轻停在岔道口，青白月光终于照出了跟踪者的脸——是酒吧里那个衬衣西裤年轻男子。

他微微皱起眉头，踌躇片刻，认输似的呼了口气："吴……"

一只手从他身后闪现，以迅雷不及掩耳之势掐住咽喉，嘭地把他整个人重重抵在了石墙上！

哗啦啦！墙灰碎石如细雨般簌簌洒下。

"我说过别跟着我，"吴雩贴在跟踪者耳边，轻轻道，"林、烓。"

"咳咳咳咳咳……"林烓呛咳半天才终于勉强止住，但咽喉被掐还是说不出话来，只得抬手向吴雩身后打了个手势。

吴雩略微偏头，果然见身后不远处，两个刚蹿出来的便衣犹豫着停住脚步，神态紧绷如临大敌，对峙几秒钟后，才终于不甘心地一步步退回了黑暗里。

吴雩松开手，林烓呼地大出了口气，一边揉按脖颈一边无奈地苦笑道："你看，我们真的没有恶意，只是在单纯保护你——"

吴雩打断了他，声音平直毫无起伏："不需要。"

林烓表情无奈："他们也只是听命办事……"

"滚！"

林烃眼神微动，嘴一张似乎想解释什么，但紧接着吴雩转身就往黑暗走去。

"喂，吴雩！"林烃追上前几步，因为声音提高又咳了起来，但他也不介意，就这么一边咳嗽一边朗声笑道，"我很欣赏你，哪天一起出去喝酒吧！"

这次吴雩连头也没回："做梦。"

林烃不由得失笑，继而变成大笑，再抬头时那瘦削利落的身影已经消失在了月光尽头。

哗啦一声热水洒下，塑料浴帘上很快溅满了星星点点的水迹。

吴雩在水流中闭上眼睛，灯光透过薄薄的眼皮晕染出满世界昏黄，熟悉的钝痛渐渐从背部肋骨攀爬直上脑髓，是越南拳手那一记凶狠至极的过肩摔。虽然不至于折筋断骨，但要缓过来估计也得十天半个月。

他毕竟已经不是二十来岁能拼命的年纪了。

也许是氤氲热气的作用，吴雩思绪有瞬间飘忽，从深黑混沌的潜意识中渐渐浮现出一双凶狠血红的眼睛——是刚才擂台上被勒住咽喉，拼死挣扎暴怒的越南人。

"打！打！""越南佬！""打死他！"

擂台周围彩灯晃得耀眼，疯狂欢呼声一浪高过一浪。

"打！""打死他！""叛徒！"

昏暗刑房里，每一声球棍击碎骨骼，或头颅撞击石壁的闷响，都清晰得令人毛骨悚然。

"条子的走狗！"

"不说弄死他！"

"打死他！！"

…………

无数杂乱怒骂淹没而成深海，水压急速扩大，夺走肺部的最后一丝氧气——

"咳咳咳咳！"吴雩骤然爆发出呛咳。

他急促摸索着关掉花洒，甚至连撞到了手都没感觉到，扶墙慢慢蹲在地上，全身止不住地发抖。从大脑到耳鼓里嗡嗡作响，让他一时竟然分不清意识和现实，过了半晌才听见浴室里一声声嘶哑急促的喘息，仿佛狼狈不堪的困兽，那是他自己。

不行、不行，他一遍遍强迫自己想，不能这样下去。

这样下去会死的。

说不清是来自灵魂深处的恐惧还是渴求，让他很快强迫自己镇定下来，起身用力抹了把湿漉漉的脸，用浴巾随意一裹走出了简陋的浴室，出门时侧影在水汽朦胧的镜子里一闪而过，从后颈下方至肩胛骨上的浅墨色刺青花纹随着动作微微起伏。

卧室单人木板床上胡乱堆着几件换洗衣物，吴雩抓起一条宽松长裤套上，精瘦的上身光着，从今晚带回来的夹克里掏出纸袋，将所有钞票倒在桌上，一张张、一摞摞点了两遍，借由这个过程终于把心定下来了，混乱的大脑也渐渐恢复平常的镇定清晰。

他跪在地上，拉出床下的保险柜，把装满了钱的纸袋丢进去。保险柜里相同的纸袋已经存了两三个，他掏出薄薄的账本来一笔一画记好，又仔细算了一遍最新总额，果不其然跟他在回家路上心算的结果一模一样，是个令人比较满意的数字；然后他才锁好保险柜推回床下，起身如释重负地松了松肩颈，长长吐出一口气。

狭小卧室的墙上挂着时钟，秒针发出轻微的嘀嗒声，深夜十二点半。

吴雩一手拿毛巾擦头发，一手端着杯冰水慢慢喝着，目光从床头书架上扫过：《刑事证据学》《涉外警务概论》《公安信息学》《犯罪现场勘查学》……

一排排熟悉的书籍让他瞬间走神，他不自觉想起了自己现在的顶头上司——那个据说年纪轻轻就空降刑侦支队一把手位置，周身笼罩着名校、出身等诸多光环，每天顶着一副别人欠他五百万表情的工作狂。

吴雩自嘲地摇摇头。

——步重华那种年轻精英，远隔着三里地，就能让像他这样的小碎催感受到一股名为"惹不起"的气息。

吴雩从那一排专业书里挑出《公安信息学》，唰唰翻到上周没看完的那一页，摸出眼镜戴上，啪地拧亮了床头灯。

夜风轻微拂过窗棂，难以察觉地摇动纱帘。
突然吴雩像是感觉到什么似的，一抬头。
"……"
他起身站在窗户边缘靠墙的那一侧，用笔杆轻轻挑开纱帘，皱眉向外望去。

老旧小区居民楼下，飞蛾簌簌扑撞路灯，树影在黑夜里涂抹出或浓或浅的墨团。灌木丛中，一星火光忽明忽灭，那是烟头。

林烓伫立在树下，路灯将身影拉出老长，只见他一手拿着手机不知道在输入什么，一手夹着烟，突然像是有所察觉般停下动作，抬头望来。

　　但就在目光相碰的前一瞬间，吴雩手指轻轻一动，窗帘霎时悄然合拢。

　　床头灯的光圈勾勒出他侧脸轮廓，眼睫垂落根根分明，光洁的鼻翼被晕染出一小片暖黄，脖颈泛着象牙光泽，一路蜿蜒隐没在深陷的锁骨里。然而他从眼角到脸颊都完全被午夜暗影所淹没了，黑白分明的眼底微微闪着一点光，像是碎冰在玻璃杯里轻轻碰撞。

　　"……"他嘴唇动了动，依稀是句两个字的脏话，但没骂出声。

　　吴雩拿着书一头倒在单人床上，懒得挂心楼下那帮人，陋室中只听时钟秒针有规律地嘀嗒作响。少顷他扶了扶眼镜，轻轻翻过一页写着密密麻麻笔记的书页。

第 4 章

津海市公安局南城区分局。

清晨。

忙碌一整夜的刑侦支队三五成群坐在一起，在这难得的休憩时刻争分夺秒抽烟、吃早饭、整理材料，年轻小伙子们彼此讨论周末将要去见的相亲对象，年纪大点的互相抱怨家里难管的崽子、愤怒的老婆和越来越危险的发际线，偌大办公室里弥漫着统一牛肉面和康师傅老坛酸菜面混杂的亲切气息。

嘭！办公室门被重重推开，步重华大步走了进来。

"都招了，'三二九入室抢劫案'就是这几个人干的。孟昭去检察院找你老同学准备加急走流程，出两个探组分头带嫌疑人去指认现场，跟六合路派出所的老杨打好招呼。副支队长人呢？"

步重华把副支队长办公室虚掩的屋门一推，回头扫视众人，细长剑眉一挑，眼底闪烁着寒星般的光。

他刚才这一路走来，步伐到哪里，哪里就瞬间发生魔术般的变化：手机报纸被哗啦啦收进抽屉，统一牛肉面和康师傅老坛酸菜面奇迹般被一扫精光，满大厅难管的崽子和愤怒的老婆们都狂风过境般消失了；仅仅几秒钟，当他回头那一刻，整个办公室只听刑警们纷纷起身和整理"警八件"的咔咔声。现年四十一岁的刑侦支队警花孟姐一边往怀里别手铐一边诚惶诚恐回答："廖副队他闹了一晚上肚子……"

话音未落，南城区分局刑侦支队副支队长廖刚提着裤子从洗手间狂奔而出，啪地立正，一边手忙脚乱系裤带一边严肃道："在！在！在！组织有什么吩咐？"

所有人同时松了口气。

步重华是个可怕的完美主义者。

不论是彻夜埋伏行动，千里奔袭抓人，还是连续七十二个小时不眠不休审问攻坚，他的头发永远都一丝不乱，衬衣挺括整齐，皮鞋锃亮崭新，大脑清醒度和体能状态永远保持在巅峰，随便什么时候被拉出去都能立刻为津海市公安局拍一段广告宣传片，直接上电视台播放的那种。

他之所以能这样跟严苛到变态的自我要求是分不开的。比方说他刚空降到刑侦支队当一把手的那段时间，某次亲自带人去外地侦办一起紧急重案，来回连续奔波三天四夜，所有人都只能在一路飞飙的警车上轮番小憩，回到南城区分局后十几个累成狗的大小伙子在办公室里横七竖八躺了满地。直到下午大家纷纷饿醒的时候，才发现步支队长竟然完全没睡——他冲完澡，刮了胡子，写完案情报告，整理好卷宗，甚至还上跑步机健身了俩小时，已经带着案情材料出门上检察院去了。

从那件事后大家就对这位新一把手肃然起敬，因为觉得他根本不是人。

"没什么，"步重华把副支队长上下打量一圈，淡淡道，"准备下跟我上看守所提三二九入室抢劫案主犯嫌疑人。"

廖刚立马应了，把偷溜出去买早饭的心思扔到了九霄云外。

"还有。"突然步重华又回过头。

廖刚满脸问号。

"你裤子拉链没拉。"

廖刚老脸一红，噌地一扯拉链，差点夹到肉。

步重华面无表情转身回讯问室，那张英俊的脸上完全看不出丝毫熬夜的痕迹，白衬衣下精悍的肌肉线条若隐若现，深蓝色警裤裹在他那两条长腿上，他就像是刚从T台秀场上下来，在众人恭送起驾的目光中把办公室门往外一推——哗啦！

大门外，拎着包子迎面走来的吴雩猝不及防，豆浆脱手而出，紧接着步重华就被迎面而来的白色不明液体泼了满身。

那瞬间刑侦支队所有人心里同时浮起一句话：悄悄是离别的笙箫，沉默是今晚的康桥……

吴雩呆了两秒钟，忙不迭咽下嘴里那口素菜包子，从塑料袋里摸出纸巾递过去："对不起队长，您赶紧擦擦，不好意思不好意思……"

但步重华没有接："你来这儿干什么？"

吴雩没反应过来，指指大办公室墙上的挂钟——嘀嗒一声秒针归零，分针移到八点半——他是准点来上班的。

步重华平静道:"我说过你不用来了。"

办公室里众人都不敢吱声,走廊内外顿时安静下来。

"听不懂吗?我说你不用来上班了。"步重华比吴雩略高,略微俯视他乌黑的眼睛,几乎是一字一顿地道,"刑侦支队用不着你,自己辞职吧。"

他是认真的!

好似一颗炸弹在深水中无声无息爆开,人人都不由得屏住呼吸,廖副队和孟姐互相交换了一个惊恐的眼神。

然而事件的中心人物之一吴雩反应十分迟钝,愣了愣才问:"……您说什么?"

步重华冷冷盯着他。

他们两人僵持在办公大厅门口,谁都没有挪开的意思,空气仿佛化作了流动的冰碴,每分每秒都刺得人气管发疼。

"那个……"终于在这令人绝望的沉默中,廖副队在手下兄弟们炯炯注视中强迫自己往前挪了小半步,扯了张纸巾抓在手里壮胆,硬着头皮开了口,"我说……步队啊,要不你先……先擦擦,许局不是说今天等你有空他再下来找你聊吗,要、要不你先等等他?"

何止"聊聊",从昨天晚上步重华放话叫吴雩不用再来上班了之后,堂堂南城区分局局长许祖新就往他们支队跑了三趟,一次比一次心急火燎,秘书处的人说局长办公室里那台可怜的血压计快被量爆了。

"走,我们先去看守所、去看守所。"眼见步重华似乎有一丝松动的迹象,廖刚赶紧趁热打铁,"来,我亲自给你老人家开车,下午回来还赶得及去总局开会,来来来……"

廖刚一拉步重华胳膊,后者往前半步,吴雩顺势贴着门框进了办公室,与步重华面对面擦过,有那么一瞬间两人鼻尖都几乎贴在了一起。

吴雩垂着眼帘,步重华紧盯着他垂落的睫毛,轻声道:"我手下不需要你这种踩点上班混日子的人,中午我回来的时候,你自己走,明白了?"

吴雩眼底闪过一丝古怪的神情,说不清是嘲讽还是自嘲,瞬间就被掩饰住了。

他恭恭敬敬地说:"对不起队长,我下次不敢了。"

就这简单的一句话,就像刺啦作响的火苗,瞬间把步重华这堆炸药轰到了顶!

呼的一声,廖刚甚至都没来得及拉,就只见步重华一把挣脱,拽住了吴雩衣领,三步并作两步跨过走廊,打开茶水间门,狠狠把吴雩往里一推。

廖刚失声:"步——"

咣当!

门板被步重华反手摔上,巨响震得地面仿佛一晃,内勤实习生吓得叫了一嗓子:"嗷!"

吴雾跟跄两步站稳,险些撞着墙,紧接着就被步重华拎起前襟:"你是不是以为你刚来那天,我说刑侦外勤队不是任何人当跳板、刷资历的地方这句话是开玩笑?"

步重华那张脸近距离看充满了冰冷的强烈压迫感,手劲也真不是盖的,吴雾的旧 T 恤领口被生生揪死,卡得他一时都没能说出来话。

"天天上班踩点,下班早退,从不加班,打卡办案,支队给外勤开那么高工资是请你来养老的?告诉你吴雾,只要是津海市,不管你背后关系多硬在我这儿都没用,该滚蛋一样滚蛋,听明白了没有?!"

吴雾咳了几声,一手虚虚搭住步重华的手臂,勉强地示弱:"队长,你冷静点……"

步重华在气头上,想都没想把他整个人重重往茶水间墙上一掼,怒吼:"听明白了没有!"

昨晚受伤的脊背以巨力砸上墙面,吴雾只觉大脑一片空白,不知过了几秒还是几分钟,迟钝的剧痛才像铁锤砸穿胸腔一样,顺脊椎神经连血带沫地冲上了天灵盖。

他都没意识到自己已经往前倒下去了,全靠步重华臂弯撑着才没屈膝跪倒,半晌才恍惚听见有人在耳边问:"吴雾……吴雾?你怎么回事?说话!……"

步重华简直不好了。他的第一反应其实是这人肯定在趁机碰瓷,然后紧跟着发现还真不是,否则这小子以长相跟演技根本没必要来警队里混,直接出道恐怕能拿个小金人回来。

有那么脆弱吗?这小子别是有什么旧病来警队公费治疗的吧?

"喂,你没事吧?"步重华一手环抱撑着吴雾上半身,拍了拍他的脸却没得到反应,用力一扳他的下颌,却只见他半边侧脸白得都发青了,冷汗顺着鬓发浸透了耳际,发着抖的嘴唇说不出话来。步重华心里一沉,知道不好,当即扭头冲紧闭的房门喝道:"喂!来个人!快!"

——门外静寂无声。

所有人都知道步重华正雷霆大怒,整个支队都躲在走廊另一端的大办公室里。

步重华心里无声地骂了一句,怕真是后肋骨被撞断了,也不敢让吴雾往后靠墙，便这样硬从前方撑住他上半身，撩起他那件布料快被洗透了的宽松白T恤一看，霎时微微抽了口气——

吴雩骨架窄，肩背甚薄，但鞭子似的劲瘦利落，从后心到肋骨末端足足两个手掌那么宽的皮肉完全瘀紫了，星星点点的黑血凝固在皮下，乍看上去简直触目惊心。

而更往上看的话，只见他后颈到右肩胛皮肤上赫然有一样绝不会出现在公职人员尤其是刑警身上的东西：刺青。

颈项向天，振翅翱翔，是一只浅墨色的飞鸟。

公安系统体检尤为严格，连手术洗掉文身后留下的瘢痕都不允许有，他是怎么肆无忌惮文出这么大一片的？

步重华的视线不由得在那只刺青飞鸟上驻留半秒——这只鸟飞翔时不同寻常的姿态，突然令他内心生出了一丝异样的感觉。

就在这时，吴雩终于从剧痛中喘过半口气，咬牙按着墙面，挣脱了步重华的手臂，一把拎起了他的衣领！

吴雩平时是个只会闷头做事、仿佛完全没脾气的人，但这一刻，他眼睫被冷汗浸透而格外浓黑，森寒布满血丝的目光死死钉在步重华脸上，某种爆裂的情绪终于控制不住，冲破了隐忍压抑的囚笼："你是不是以为，我真把你这种学院派领导放在眼——"

茶水间门应声而开。

"步重华我找了你大半个晚上……你俩在搞什么名堂？！"

两人同时一扭头，正对上了目瞪口呆的局长许祖新。

周遭一片安静，随即只听——

"对不起步队。"吴雩变脸似的在短短一瞬间回到了他平时隐忍老实的状态，低头认错，"我不该早退的，下次再也不敢了。"

步重华："……"

狭小的空间里，他们两人头发凌乱，衣衫不整，贴在一起靠着墙。吴雩身上那件放地摊上两块钱都不见得有人要的旧T恤被撩了上去，露出一小截苍白的窄腰没入深蓝警裤；步重华的衬衣虽然好好卡在皮带里，裤裆位置却明显有一大块湿迹。许局以搞了几十年刑侦的锐利眼神刹那间就发现了湿迹边缘泛着一圈白渍，俨然有伤风化的活证据。

许局竖起的手指头跟抽风似的，半晌憋出一句："你俩还不快给我分开！"

步重华："……"

步重华额角青筋突起，往后退了半步。

"你看看你、你看看你！就给老子作！"许局一脸惨不忍睹的表情怒瞪步重华，然后又转向吴雩，强忍着换了个比较收敛的语气，"谁家里都有个急事，但下次不要早退了啊，要补假条——知道错了吗？"

吴雩温顺地说："知道了。"

步重华还没来得及张开嘴，许局当机立断一声吼："打住！他都说他知道错了！"

"……"

许局撵小鸡一样撵他们两个："别拿你们刑侦支队那套不加班就等于没上班的理论出来，才英区派出所刚报上来一起疑似恶性杀人案，具体案情已经发给你家老二廖刚了，给我闭上嘴出门办案去！"

虽然许局平时是个很随和很好说话的老头，但真把他惹急眼了也是会吼的。

才英区在南城区分局辖区的边缘，管辖范围覆盖了大片城乡接合部，历来是治安管理较差的地区之一。他们派出所所长老赵是许局当年上山下乡的老队友，按许局的意思，老赵这么多年来没有功劳也有苦劳，本来是希望他能平平安安熬过任期最后一年，临到头努努力冲一级台阶的，但要是真出了恶性杀人案，老队友的仕途别说往上冲，还能不能得个善终都悬了。

"恶性。"步重华低头快速翻看报案人笔录，皱眉道，"不对吧，疑似被害人尸体发现一具，女尸，年龄初步断定在十七八岁左右，据称死亡时间一天半以前，未发现涉及抢劫、强奸或大范围社会舆论影响等因素……死亡人数少于三个为什么算恶性？"

电梯逐层下降，许局沉声说："因为报案人说自己目睹了行凶过程。"

步重华眉心一跳。

"他说，他看见凶手是河里爬出的死人。"

电梯下降停止，门徐徐打开，许局拍了拍步重华的肩："虽然你小子经常怪理论一套接着一套的，但破案确实是一把好手。你宋叔叔下了一周破案的军令状，咱们南城辖区的脸面能不能保全，可就看你了。"

"宋叔叔"不是别人，正是津海市副市长兼公安局局长，警号001的"大老板"宋平。

步重华"唔"了一声，抬脚走出电梯，突然听许局在背后又是一声："——哎，等等！"

步重华回头。

"我知道你自己有能力，看不起那些走后门的，但这个叫吴雪的并没有仗着背景在队里乱来。人家只不过找个地方上班领工资，对你也很温顺忍让，何必非要立刻赶人走呢？"

温顺……忍让……

许局大概看到了步重华的表情，连忙补充："就算要赶走，也不能急在这一时——就当是为你宋叔叔的面子着想，你说是不是？"

许局殷切等待半天，步重华终于吐出几个字："我知道了。"

他回头向外走去，冷不防许局又喊："喂！"

电梯门快要关闭，只见许局站在里面欲言又止，终于在电梯上升前的最后一瞬忍不住道："把你的裤裆擦擦！"

步重华："……"

电梯叮一声关闭，在难以形容的微妙气氛中向上升去。

"华哥他不是坏人，啊？他那个脾气就是有点——"

吴雪老老实实："我知道，廖哥。"

刑侦支队大楼门前，廖刚站在警车边嚓地点了根烟，又抽出一根递给吴雪，亲手帮他点着了，情真意切地道："对，你知道就好。但其实华哥那个性跟他的家庭历史原因是有关系的。他家情况比较复杂，大家都不太爱提，你刚来的新人不知道也难怪，以后有机会……哎哟步支队！"

廖刚一回头，步重华快步走下大楼台阶，皱眉道："你们在这儿聊什么天呢？案发地点才英区四里河小岗村附近，当地公安局的法医已经在路上了，廖刚去技术队通知老王出几个现勘员，出发！"

廖刚赶紧小碎步跑了，空地上十来个人齐声应"是"，分头上了几辆车。

吴雪背靠在警用SUV黑色的车门上，一手插在裤兜里，一手夹着烟，白T恤下摆随便塞了一角在警裤里，脚上踏着一双满是灰尘的作训靴。步重华突然在他面前站定了，上下打量他，问："你没事吧？"

吴雪低着头回答："没事，谢谢队长。"

他又恢复了那说好听点宠辱不惊说难听点就是半死不活的老样子，乌黑碎发晃荡下来，仿佛连眼皮都懒得抬一下似的。

　　步重华突然发现刚才在茶水间里两人对峙的短短几分钟，竟然是吴雩唯一一次爆发出真实情绪——虽然可能只是因为四下无人，所以他能毫无顾忌地想翻脸就翻脸。那暴怒仿佛深压在地底的岩浆喷薄而出，转眼又迅速冷却，完美收敛成了一地坚硬沉默的玄武岩。

　　但为什么呢？

　　一个人靠演技来隐藏自己真实的愤怒和不平，到底是出于什么原因，又能忍耐多久？

　　步重华张开口，又蓦然一顿，从口袋里掏出个东西不由分说地扔了过去："既然没事就跟我出现场，上车。"

　　吴雩猝不及防接住一看，是车钥匙："啊？"

　　"开车去。"步重华反问，"否则我给你当司机？"

　　吴雩的背大概还是非常疼，从站姿中可以看出来。但他忍了忍，什么也没说，拿着车钥匙就转去驾驶座，冷不防只听步重华在身后又道："喂！"

　　吴雩回过头。

　　"把烟熄了，对身体不好。"步重华顿了顿，平静地加上了真实原因，"而且我不抽烟，所以我在车里的时候司机都不准抽。"

　　吴雩低下头，看不清脸上是什么表情。

　　步重华好整以暇地等待着他的反应，片刻后才见他抬起头，紧紧咬着犬牙，从眼底到唇角慢慢浮现出笑来。

　　步重华一怔。

　　吴雩不笑的时候，五官每个细节都像是照着标尺来长的，眉眼唇鼻都没有任何瑕疵，好似标准的雕像范本，又有种面具似的谦卑温和；但他这么望着人一笑，唇角拉起来的弧度又非常漂亮，就好像呆板的石雕突然活了。

　　"你不抽烟啊？"他就这么咬着牙轻轻笑道，"那我教你？"

　　然后他低头深吸一口烟，眼见周围没人，突然靠近搭住步重华左肩，从唇缝间干干净净、彻彻底底把那口烟喷在了他右耳边。

　　那瞬间步重华站在那里，仿佛被定住了似的，全身肌肉全数紧绷。

　　但紧接着吴雩就松开手退后了一大步，黑白分明的眼睛盯着他，把烟重重摁熄在楼梯栏杆上，上车嘭地甩上了车门。

第 5 章

"死者年龄十八岁，女性，身高约一米五八，体重在四十一到四十四公斤之间。考虑到案发时下暴雨、尸体存放环境闷热、周边土壤湿润等因素，初步推断死亡时间应在三十四五个小时，也就是前天夜晚十点半到十一点半之间，与报案人供述相符。"

才英区派出所的几辆金杯警车停在河堤上，警戒带圈出了一大片杂草丛生的空地。技术大队的刑事摄像员已经拍过一轮照了，刑警队长老郑蹲在铺好的勘查板上，同样大马猴状蹲着的法医用笔尖重重点了点记录板："尸表可见的明显损伤只有左胸肋骨上端一处，深度约七点五厘米，足以穿透胸壁、伤及心包，造成外伤性心脏破裂，从而引发急性心包填塞导致死亡。当然这只是初步推断，真正的致死原因和凶器特征还需要进一步解剖，只是说从目前来看这是可能性最大的推论……"

郑大队长顶着干净锃亮的"地中海"，已经被老婆警告过很多次不准挠头了，但此情此景还是让他忍不住手痒："没有其他线索了吗？行凶者脚印、指纹、血迹、残留 DNA？"

"现场被暴雨破坏得非常严重，根本没有血迹凝结，脚印早被浇没了；被害者衣着完整且未见约束伤，强奸可能性不大，通过阴道擦拭物发现线索估计也够呛。"法医摇头叹了口气，"其他尸表残留细胞提取得等南城支队，话说他们怎么还没——"

"郑哥！"远处民警变调的吼声响起，"南城支队来了！"

警笛从盘坡公路尽头闪现，五六辆警车在黑色吉普的带领下猝然冲进了视野。几辆行车慌忙闪避却来不及，警车瞬时加速声过留影，手术刀般从车流中精准穿过，下一刻齐刷刷冲上河堤，引擎轰鸣转眼当头而至！

轰——

车身侧滑过弯，橡胶车胎与地面尖锐摩擦，泥土被甩出巨大的扇形飞向四面八方。一排装备精良的警车齐齐停住，红蓝警灯急促闪烁，将派出所面包车瞬间秒成了渣渣。

全场一片安静，法医的笔啪嗒掉在了脚边，喃喃说出了所有人的心声："姓'支'就是有钱……"

"真让人不爽……"

郑大队长一溜烟迎上前："哎！步支队长！"

步重华推门下车，一脚踩在泥泞的地面上。他身高将近一米九，面孔俊美但线条利落，压紧的剑眉清清楚楚散发出令人心寒的压力，身后十多名精干刑警紧追其上，周遭派出所民警下意识退让，给这帮人让开了一条通向现场的路。

"警戒线沿河岸外拉五百米，沿途拍照、提取检材，每隔两米取一份泥土样本，通知水文局、检察院、水上派出所，廖刚！"

"在！"

"打电话给市局，准备申请蛙人队！"

廖刚一个立正："是！"然后掉头疾步而去。

步重华在津海市公安系统里大名鼎鼎，在场派出所的没一个人敢说话，个个都低着头恨不得装消失，只有郑大队长硬着头皮，一溜小跑紧跟在他身后，上气不接下气："步……步支队，初步的尸检笔记和现场情况已经在这里了，这是报案人笔录。技术队对周边做了第一遍筛查，没有血迹、没有凶器、没有可供分析的脚印，案发那天持续一整晚的暴雨对现场造成了毁灭性的破坏，目前为止没发现任何有价值的线索……"

步重华边听边戴上鞋套手套，郑大队长急忙上前想为他拉开警戒带，但只见他自己一低头就钻了过去，头也不回地问："能否断定这里是第一现场？"

"这个……可能性极大但不能百分百肯定。虽然从尸体表征看来暂时没发现拖拽捆绑的痕迹，但那天晚上雨确实太大了，这附近又是泥又是水的，要么再等等解剖结果……"

郑队长拼命向法医使眼色求助，但被步重华打断了："监控录像调全了吗？"

"啊？"郑队长一愣。

"现场以北一点八千米处的公交车站、东南方向二点五千米处的桥头缴费站、盘坡公路上下及十千米范围内的两个测速镜头，另外以发现尸体处为圆心直径两千米范围内的一座私人仓库、两个连锁便利店和那家取缔了四次都没取缔掉的黑诊所,这些地方的监控录像都去调取了吗?"

空气突然变得非常安静。

"那……那个,"郑队长结结巴巴道,"车、车站跟缴费站已经去了,但那个什么便利店……黑诊所……"

辖区内这些有可能被居民私设监控镜头的地方,别说去调录像了,他们派出所根本什么都不知道,步重华是怎么做到心里一本清账的?

步重华合上尸检笔记本,塞还给法医,抬头简单道:"去调。"

"是是是!"郑队长立刻跳起来,忙不迭跑了。

旷野荒凉,杂草丛生,河滩上遍地是茂密的芦苇,湍急的水声从河堤下传来。不远处泥地上,黑色塑料布盖出了一个小小的人形隆起,风一吹就传来腐败的臭味。

那曾是个花季年华的小姑娘。

步重华没理会其他人,穿过杂草丛生的泥地,蹲在尸体边轻轻揭开黑布,一双睁大到极致的、混浊灰白的眼珠陡然跳了出来,直勾勾瞪向他。

哗啦一声轻响,步重华觅声回头,只见吴雩猝然顿住了脚步。

"怎么了你,"步重华眯起眼睛,"这种程度的腐败都看不了?"

吴雩脸色本来就白,可能是阴天光线的原因,侧颊更加森冷,显得头发和眼珠愈加乌黑,不太自然地垂下眼帘:"哦,没有。"

步重华没放过他:"我听许局说你之前在刑大,怎么,连命案现场都没出过?"

周遭不少派出所民警都眼睁睁看着,吴雩避不开,只得含混道:"……不太习惯看这些东西。"

"没人喜欢看。但如果人人都不看,谁来为'这些东西'申冤?"

步重华天生有种锐利逼人的气势,吴雩被周围多少双眼睛盯着,实在无法推托,只得闭上眼睛吸了口气,略微挪回视线。

草地上的小姑娘脸色青灰,嘴巴张开,隐约露出森白牙齿,蛆虫从鼻孔和耳洞中进进出出;她眼珠里濒死那一刻的惊惧已化作了深深的怨恨,带着淋漓黄水与血色,狰狞无比地撞进了吴雩的脑海。

这一幕仿佛在刹那间被分割、重叠出无数画面,无数双同样死不瞑目的眼睛从四面八方瞪过来,累累尸骨张大着嘴,顶着全身燃烧蔓延的炮火,纷纷向他竭力伸出腐烂的手。

嗒嗒嗒嗒嗒嗒嗒——机关枪又在吞吐，远处穿迷彩服的人影一排排被炸飞成残肢断臂，轰一声连着土沟与村落化为齑粉。

　　"救命呀——"硝烟中有人在绝望哭号。

　　"救救我们呀——"满地腐尸抓着他的衣角齐声尖哭。

　　突然有人从身后一拍他肩："吴雯？你怎么了？"

　　吴雯一个激灵，猛然扭头，蔡麟险些被吓一跳："你晕车吗？脸色这么难看！"

　　南城区分局的现勘车终于赶到了，训练有素的分局现勘员重新围住现场，技术队王主任正亲自带着几名痕检员匆匆向这里走来；迅速办好一切手续的廖刚正指挥手下扩大警戒范围，协助技术队提取检材，河堤边一派忙碌而又井井有条的景象。

　　吴雯心脏怦怦撞击喉咙，迎着蔡麟关切、惊疑的目光，一时说不出话来，只得仓促笑了笑，回头却差点迎面撞上步重华。

　　——步重华不知什么时候已经走到了他身后，目光探究锐利，眉头微微皱起，身体在草地上投下一片阴影。

　　"没事，没想到被害人没闭眼。"吴雯退后半步，沙哑道，"你们先看，我去那边……我去那边帮痕检抬箱子。"

　　蔡麟莫名其妙地看着他快步走远，奇道："不至于吧，没闭眼也不能吓成这样啊，简直跟我第一次亲眼瞻仰到老板您本尊的时候差不多了……开玩笑开玩笑。"

　　步重华眼角余光一盯，蔡麟立马缩起脖子做求饶状，赔着笑问："步队，痕检说河堤下面已经被破坏得差不多了，没啥研究价值，要么咱们还是按老方法让派出所的兄弟们帮忙把土筛一遍回去？"

　　"不行，荒郊野岭的土壤环境太复杂了。"步重华略一迟疑，说，"这样，以被害人为圆心，把周围的土铲一层运回技术队去，跟老王说这个案子线索太少，对不住他了。"

　　蔡麟两根手指从太阳穴上一挥："得嘞！"

　　"被害人身份核对了吗？"

　　他们两人走到尸体边，蔡麟冲那可怜的小姑娘扬了扬下巴："刚来的路上跟县城派出所打电话交叉确认过了——年小萍，十八岁，父母是外来务工人员，住在离这儿不远的小岗村，她爹年大兴帮人看仓库，她妈范玲在服装加工厂。年小萍是小岗中学的学生，据老师反映成绩不是特别好，经常缺课跑去打工，而且最近还跟校外人员来往甚密——这'校外人员'也不是别人，正是咱们这个案子的目击者兼报案人,何星星。"

这些信息步重华其实已经在报案人笔录上看过了,但他聚精会神地检查尸体口鼻及创伤部位,并没有打断蔡麟。

"五月二号即案发当晚,年小萍在工业区一家组装厂加班到晚上十点,出来后何星星接上了她,两人一起乘坐公交车回家。最后一班车在四里河车站停,两人下车后沿河堤步行到这里,当时下着暴雨,可见度非常低,何星星在笔录中称自己听到了奇怪的声音,仿佛有什么东西从身后窸窸窣窣地靠近,然后一具行走的骷髅拿着刀钻出草丛,来到两人面前,"蔡麟夸张地徒手往空气中一刺,"刺中了年小萍。"

蔡麟摊开手,满脸明明白白写着不相信,但步重华无动于衷:"然后呢?"

"根据何星星供述,行凶者全身完全白骨化,没有眼珠和鼻子,头顶没有毛发而直接是头盖骨,走路姿态僵硬蹒跚,十分类似影视剧里的僵尸。他当时非常恐惧,对凶手的衣着细节和行凶过程已经无法仔细描述出来,只恍惚记得僵尸对年小萍猛刺一刀后,走到河岸边跳下去,掉进河水里,然后就消失了。"

支队刑警从车上搬来裹尸袋和铁架床,向步重华打了个请示的手势。

步重华点点头,示意他们将尸体装车,然后带蔡麟向河岸边走去。

"凶手没伤害他?"步重华问。

"岂止是没伤害,根据何星星的口供,那简直就是从头到尾对他完全无视,仿佛他完全不存在一样——我跟你说步队,这口供编得就跟写小说似的,还是地摊上五毛钱一本三块钱二斤的那种,白送我都不要看。"蔡麟伸出一根食指晃了晃,"凶手跳河后,何星星才意识到年小萍已经死了。他又惊又怕,不敢碰死人,更不敢去僵尸跳河的地方看个究竟,于是冒着大雨连滚带爬跑回家之后抱着被子哆嗦到天亮,第二天大清早,才一个人战战兢兢地跑去报了警。"

"——昨天清早报的警。"步重华敏锐地问,"为什么到今天才出警?"

"嗐!这可就小孩儿没娘说起来话长喽!"蔡麟一下来了劲,故弄玄虚地问,"您知道何星星是个什么样儿的人吗?"

步重华眉梢一挑。

"从小留守儿童,爹不亲娘不爱,高中退学没毕业,未成年闲散人员,当地人见人嫌的一个小痞子,标准少年犯预备役。小岗村派出所上到警长下到警犬一共也就五个编制再加仨辅警,全都知道这是个不着四六的东西,根本没人听他那套恶鬼杀人的鬼话,直接就把他轰出来了。"蔡麟摇头叹了口气,"轰出来以后呢这何星星越想越怕,怕警察不相信世上有鬼,更怕破不了案直接抓他顶罪，于是决定背井离乡，一跑了之。但跑路需要有钱有身份证才能买票，他又没钱；所以他干脆推了邻居家的摩托车，沿高速公路一路北上，下高速的时候被交警盘查，吓得连自己名字都说不清，直接给扭送到了才英区的派出所……"

这简直是一场闹剧。

"才英区的派出所根本没时间理他这么个偷摩托车的小混混儿，往监室一铐就不管了。结果当天晚上何星星又哭又闹一宿没安生，非说有鬼来跟他索命，还缩在墙角抱头哆嗦求鬼饶他一命——嘿，第二天牢友就自然而然地把他举报了，说这小子身上有命案，还问举报他能不能争取立功表现。"蔡麟差点乐出声来，"这不，要不是牢友思想觉悟高，这雨夜僵尸杀人跳河的都市传奇到今天还不一定出警呢！"

数米之外就是何星星口述中"恶鬼"跳河的地方，河滩上被警戒线围出了一长条禁区，几名痕检员正拿着物证袋蹲在地上，一块块翻检泥土与碎石。

步重华无声地点了点头，仿佛在思考什么，很久都没说话。

"我说，老板，"蔡麟等半天终于忍不住了，问，"您不会真相信这个地摊文学都编不出来的僵尸杀人案吧？"

步重华反问："你说呢？"

"我？我当然不能信啊，我们都是坚定的唯物主义、无神论者！"蔡麟一挺胸，十分成熟老到地说，"我看八成就是何星星自己作的案，你看那偷车跑路的智商，也就能编出这种水平的故事了。回头让咱们法医验一下被害者的子宫内容跟阴道擦拭物，这种类型的案子我从警五年，今儿这是第十八起，犯罪动机从来就没跟男人那不争气的下半身脱开过关系……"

"我不这么认为。"步重华打断了他。

蔡麟一愣："啊？"

高处河堤上，二十来个民警正来回忙碌，拍照取证。好几辆警车头尾相连，铁架床上的尸体被裹着黑布，停放在打开的后车门边。

"或许他没撒谎，"步重华低沉道，"那个所谓的恶鬼杀人，倒不一定是假的。"

蔡麟嘴巴张成"O"形，满脸三观被刷新的表情："为、为什么？"

"因为……"

步重华突然瞥见什么，声音猛地顿住。

——不远处警车边，有道侧影站在离铁架床两三米远的地方，一手夹烟，一手插在裤兜里，静静凝视那人形轮廓的黑布。

是吴雩。

不知过了多久，这个连尸体都不敢多看一眼的关系户，像是终于从体内积攒起了某种勇气和力量似的，缓缓抬脚走上前，站定在铁架床边，然后伸手拉开了尸袋拉链。

步重华一直专注观察吴雩的每个动作，甚至连蔡麟探头探脑的好奇打量都没有理睬，这时突然拔脚就往上走。

"哎老……老板！"蔡麟没叫住，赶紧踩在乱石滩上连滚带爬地跟了上去。

第 6 章

随着拉链拉下，裹尸袋发出轻微摩擦声响，垂到了铁架床上。
年小萍瞳孔扩散的眼呈一片灰黑，猛然跳进了吴雩的眼底。
"害怕啊，小哥？"突然身边有人笑问。
吴雩一抬头，还以为是哪个警察，定睛一看却见是跟法医车来的殡仪馆司机，正百无聊赖地从车窗里伸出个脑袋来，笑嘻嘻跟他搭话。

才英区的派出所虽然是个大派出所，但因为辖区偏远，在一级派出所中算比较穷的那种，每次一出命案法医就得从殡仪馆找司机来拉尸体，然后再提溜着箱子跟车去殡仪馆做尸检。
这司机拉过的尸体没有上百也有几十，早就做熟了，在命案现场又不能下车去乱走，好不容易抓到个人聊天就很高兴："哎，小哥你说你一警察，怎么还怕看死人呢？没见过呀？"
吴雩苦笑起来："见过。"
"嘁，那你就是见得不够多！像我，成天就跟这打交道，早就跟看冻肉一样没感觉了，半夜里一人拉车完全没问题！"司机得意地摆摆手，又问，"那像你们这样的警察，见过多少死人哪？"
"……很多。"
"很多是多少？"司机大拇指冲自己点了点，"我见过的能组一个营！什么样儿的都有！你呢？"
"……一个军吧。"
"啊？"司机大惊，"你吹牛呢？"
吴雩不置可否。
"那你都见过这么多了，还怕啊？"

"越多越怕。"

"啥，啥意思？"

司机大惑不解，吴雩却只在他的瞪视中平淡地拉了拉嘴角："见得越多，越知道那不是一摊摊冻肉，而是一个个人，怎么可能不怕？"

司机满脸"你在说什么"云里雾里的表情。

吴雩也没多解释，自嘲地摆摆手："是我越活越回去了。"然后他拉上了裹尸袋的拉链。

就在这时，一只手从身后伸来，抓住他的手腕往下，就着这个姿势迫使他再次将裹尸袋完全拉开了。

吴雩头一抬，身侧竟然是步重华。

司机见领导来了，立马嘿嘿赔笑两声缩回驾驶室，还没忘给吴雩丢了个同情的眼神，那意思是偷懒摸鱼被领导抓包你还是赶紧自求多福吧。

然而步重华仿佛完全没有听到他跟司机聊天似的，唤了一声："蔡麟。"

蔡麟"哎"了一声，偷偷冲吴雩使眼色叫他快溜。

"你别走。"步重华像是脑后长眼，突然头也不回地吩咐道。

吴雩只好站在了尸体边。

"我说何星星不太可能是凶手，是因为这个伤口。"步重华戴着手套，轻轻揭开年小萍胸前虚掩的衣襟，指着心脏上方已经腐烂的刀口，只见周围皮肉灰败发胀，被雨水冲刷得毫无血迹，散发出一股极其浓重且难以言喻的味道。

"凶器从肋骨缝隙间向下刺入，直取心脏，长三点五厘米左右，深七点五厘米，从形状来看应该是一把双刃利器。双刃刀在劈刺中非常容易造成细小伤痕，但死者皮肤上却没有试探伤、抵抗伤、挣扎格挡造成的划伤，双手及手臂内外侧都没有任何条件反射挡刀留下的痕迹，衣物布料破口平滑且周边完整，这说明什么？"

蔡麟认真地托腮倾听，吴雩也没吭声。

"首先，年小萍确实是在毫无防备、很可能是惊呆了的情况下被一击毙命的。其次，凶手非常熟练且力气极大，杀人的心理素质极高，不可能是个事后慌不择路偷邻居家摩托车逃跑还被交警抓住了的小混混儿。"

吴雩目光微动，只见步重华放下年小萍冰冷的手，重新拉上了尸袋。

"那，那您不会真信那骷髅杀人的口供吧？"蔡麟还是很犹豫，"这作案过程也太扯了……"

"蔡麟，你得记住一件事。"步重华说，"很多时候目击者的口供与事实大相径庭，但那只是从另一个角度描述了真相。"

蔡麟的表情更迷惑了："也就是说——"

"步队、步队！"这时廖刚深一脚浅一脚地从远处走来，大声道，"我让才英区派出所把目击者提过来辨认现场，现在人已经到了！"

他们几个人同时扭头望去，只见一辆警务车停在河岸边的石滩上，刑警队长亲自带两个辅警押着一名少年，把他扯下车，远远往这边走来。

"那就是何星星，看着不高吧？差俩月才满十八。"廖刚摇头一哂，"幸亏没成年，我听小岗村派出所的人说，这小子将来十有八九是个要'上山'的主儿，看守所都留不住他……"

话音刚落，只见那少年突然一个趔趄，望见了警车边铁架上的尸体，眼神直勾勾地站住了。

"干吗？走啊！"辅警不耐烦呵斥。

"年……年……"何星星嘴里咕哝出几个字，突然抱头大叫，连滚带爬往后蹿，"鬼！鬼！有鬼！"

他的尖叫声相当凄惨，周围空地上所有人唰唰望去，连刑警队长都急了："干吗呢？给我站住！"

"不是我干的！不是我！"

"站住，不许动！"

"不是我！有鬼！啊啊啊啊别过来，别过来！"两个辅警愣抓不住何星星一个人，这瘦小的少年简直吓疯了，挣扎中被勒得直翻白眼，满脸惊慌狰狞，"是鬼！是鬼！啊啊啊饶了我！饶了我！啊啊啊啊——"

凄厉的尖叫在现场久久回荡，众人面面相觑。

廖刚也惊呆了："现在怎么办？"

"押回车上，让老郑他们看着。"步重华当机立断，说，"蔡麟，你亲自去审他。"

"所以你的意思是，一具骷髅从草丛里钻出来，你眼睁睁看着它拿刀杀了年小萍？！"

半小时后，派出所警务车里，蔡麟提高声音，充满压迫性的审问一字字砸在了对面少年的脸上。

何星星黑、瘦，两手就跟俩枯枝似的戳出袖管，神经质地紧紧抓在一起，满头天生的卷发也不知道多长时间没洗，都已经干结了，瞪大的眼睛空虚无神，直勾勾盯着车厢空气中飘浮的灰尘。

他脸上黑一道、灰一道、红一道，额头上顶着块纱布，边缘还隐约透出干涸的血迹，显得那呆滞的眼神格外吓人。

步重华站在打开的车窗外，向里扬了扬下巴，尾音隐约有些不悦："那是怎么回事？"

话音刚落，几个派出所民警同时叫起苦来："真跟我们没关系！""他自己弄的！""简直跳进黄河都洗不清了这次！"……

"凶杀大案，万般手段也不敢上啊，是这小子自己跟狂犬病发作了似的。"刑警队长苦着脸解释，"您是没看见那劲头，我们队小张不过多问了句'那骷髅怎么可能会动呢'，完了这小子立马就疯了，又是赌咒发誓又是跪地求饶还自己咣咣往车窗上撞，要不是我冲进去拦得快，他能现场给咱们上一出跪钉板！"

边上有民警小声嘀咕一句："演的吧……"周遭顿时投来好几道瞪视。

步重华淡淡道："你去隔壁叫个中戏毕业的来试试能不能演这么真？"

民警缩着脖子不敢言语了。

"我没撒谎、我没撒谎，不是我杀的……"何星星用力抓住头发，头皮屑雪片般往下掉，干裂的嘴唇不住颤抖，"真的不是我杀的，就是鬼、是鬼，你们为什么不肯相信这世上有鬼！"

蔡麟毫不留情打断了他："五月二号当晚十点，你在组装厂门口等到年小萍，一起坐上公交车回家，晚上十点四十分下车后直到案发期间再也没人见过你俩。你为什么偏偏要在那天晚上去接她？"

"我没有，不是我、我……"

"我问你为什么偏偏要在那天晚上去接她！"

"我喜欢她！"何星星声音嘶哑地吼道，"因为我们想耍朋友！我没有杀她！"

"没人能证明你们之间的关系。"蔡麟打开面前厚厚的走访笔录，翻了几页，嘴角倏而挑起冷笑，"年小萍是个学生，天真、幼稚、纯洁、无辜，而你是个退学打架偷盗的小混混儿。你家楼下便利店老板已经作证案发前一个星期你在他家买了一盒保险套，为什么？嗯？"

"我只是……"

"只是什么？说，你买保险套到底是想对她干什么？！"

何星星怒吼："真的不是我，我什么都没有干！"

两人对视半晌，蔡麟目光如剑，而少年眼里布满了通红的血丝。

"也许你只是没有'亲自'干。"蔡麟在何星星绝望的瞪视中慢条斯理道,"跟年小萍同一车间的工友做证,她不止一次提起要攒钱带母亲离开城市,回到家乡,这意味着她有很大可能将与你分手。也许你只是想教训教训她,也许你找了别人或者是哥们儿,但没想到年小萍死了。走投无路之下你偷了邻居的摩托车,却在高速公路上自投罗网……"

哗啦一声手铐撞响,何星星脖子上青筋全暴了出来:"我说了不是我!不是我!我没找人,我不想杀她,求求你相信我!求求你相信——"

"那就把那天晚上的实情说出来。"蔡麟冷漠地向后一靠,"别跟我扯什么骷髅杀人的鬼话,你到底看到了什么,是否有任何顾虑,统统都给我老实交代,否则你就是这起凶杀案最大的,也是唯一的犯罪嫌疑人。"

周遭空气仿佛凝固许久,车内外数道视线紧紧锁定了何星星。

少年疯狂沙哑的呢喃终于缓缓渗了出来:"我看到一个骷髅,就是骷髅,脸上手上全是白骨头,腿上也是白骨头……"

所有人同时泄气,廖刚一拳捶在车门上骂了一声。

到这份儿上了还满嘴骷髅骨头的,可怎么审下去?

里面的蔡麟表情也没绷住,从口型看他大概无声地骂了句娘:"你不是说凶手穿着黑色长衣长裤吗?上哪儿看腿上全是白骨头?能给个准话别扯淡吗?!"

"真的是一个骨架子,头那么大……那么大……"何星星已经完全神经质了,一把接着一把狠命揪自己的头发,发着抖不停自言自语,"为什么会有鬼?这世上为什么会有鬼?为什么不相信我?为什么不相信我?……"

"老子才是真见了鬼!"廖刚愤愤道,"我看这小子八成就是犯罪嫌疑人,现在怎么办老板?做精神鉴定?"

步重华不知道在思考什么,少顷呼了口气,这个动作让他双肩轻微一松,肩背肌肉在笔挺的衬衣下的轮廓一现即逝。

"不一定。"他终于说。

廖刚以为自己听错了:"什么?"

"何星星这种跟警察打交道惯了的小混混儿,即便真要杀人,也不至于编这种一戳即穿的谎话,用抢劫杀人或失足落水这类借口倒更有可能,所以我倾向于他真的看到了什么,代表骷髅这一意象的特征给他留下了极深的印象,在惊恐中造成了短暂的记忆障碍——换言之,就是PTSD。"

吴雩正拎着几个物证袋从不远处经过，突然听见什么，停住了脚步。

"PTSD？"正巧有个派出所民警顺嘴问。

"创伤后应激障碍，又叫战争神经症。"步重华从车窗倒映中瞥见了吴雩，但没有理会，"是指人经历过凶杀、战争、惨烈事故后通常出现的心理后遗症，包括记忆紊乱、惊悸噩梦、情感解离、强迫症式地不断回忆最令自己痛苦畏惧的场景，还有一种情况目前国内研究得不多，是被害者在事故刚发生时并不表现得惊慌害怕，甚至连老练的刑侦人员都看不出心理受创痕迹，其隐藏症状却会随着时间推移而愈演愈烈。这种沉默内向的受害人是最危险的，所有人都觉得他们已经恢复正常生活了，但实际上他们内心的恐惧绝望却日益严重，有可能会在很多年后突然萌发出自杀倾向，甚至有可能因为心理失衡而突然从被害者转变成加害者。"

周围一圈年轻民警似懂非懂。

只有廖刚看着步重华，似乎突然想起了什么，想要开口打岔，又陡然沉默下来。

"何星星这种情况是典型的记忆紊乱型应激障碍，创伤经过两天发酵，让他潜意识对记忆进行了篡改、夸张，还放大了最恐怖的那部分经历。所以他现在一会儿说凶手穿着黑色衣裤，一会儿又说凶手四肢全是白骨，这就是他潜意识中的恐惧幻想和真实的记忆互相交错造成的结果。"

"那这何星星现在是精神病啦？"刚才提问的那个年轻民警挠着下巴，皱眉道，"这小子看着不像那么弱鸡的人啊，凶手又没伤害他，光是目睹行凶过程就能吓疯掉？"

"你给我闭嘴！"廖刚呵斥，"什么精神病，有没有点专业素质，什么都往精神病上——"

"PTSD不等同于疯子，也并不值得羞耻。它跟软弱或矫情都没关系，而是经历创伤后的自然反应。"步重华冷淡地打断道，"连战场上最强悍的战士都可能患上PTSD，你永远体会不到别人经历过怎样严酷的事情，所以不要轻易下论断。"

那小民警刚毕业，当时吓得噔一下就站直了，嗫嚅着说不出话来："是……是……"

廖刚还待要骂，步重华却面无表情地转过了头。

就在这时，他突然看见车窗倒映中的吴雩微微向这边偏着头，表情入神，似乎在很专注地听自己说话。

——他怎么了？

步重华皱眉回头，两人视线蓦然相撞。吴雩一个激灵回过神，立刻垂下眼帘，转身走了。

他走路姿势其实有点不自然，应该是脊背伤处还很疼的缘故。

步重华注视着那瘦削的背影匆匆离开，内心突然生出了一丝非常奇异的感觉，但那只是瞬间的事，蔡麟噔噔噔从车里下来："老板，现在怎么办？"

在场所有人都无计可施，眼巴巴盯着车里蜷缩成一团发抖的何星星。步重华回过神来，"唔"了一声说："你让人拿纸笔进去，让何星星画出他看到的凶手。我看他口供中唯一没有变过的是对凶手头部的描述，因此形成应激障碍的点大概率就落在这上面。跟他说不用在意四肢，关键要画出骷髅的头，只要能画出来警察就相信他。"

蔡麟也一筹莫展，姑且只能死马当活马医："是！"

河堤现场拉拉杂杂来了几十号警察，挖土的、测量的、捡石头的，满场忙得热火朝天。蔡麟打发小警察去痕检那儿要了纸笔，送回警务车上给何星星，半晌只见这小子呆滞的黑眼珠在白眼眶里一转。

不知怎么，蔡麟觉得自己从那双眼睛里看到了死刑犯一般的绝望。

"老板，你说这小子真的行吗？"廖刚压低声音问，"他保持这样得有二十分钟了，要不先带回局里关起来慢慢审？"

从刚才书记员递来纸笔开始，何星星只画了一笔——与其说是"画了"一笔，倒不如说是用尽全力在纸上狠狠划了一刀，覆在夹板上的纸应声而破，然后他啪的一声把笔丢下，发着抖捂住脸，就再也没变过姿势。

步重华紧盯着车窗里少年的一举一动，斟酌片刻后道："叫蔡麟给他根烟。"

小民警跑上车传话，蔡麟点了根烟递过去："喂。"

何星星不动。

"喂！"蔡麟喝道，想拨开他掩面的手。

何星星触电般一哆嗦。

蔡麟有点不耐烦了："放轻松点！想到什么就画什么，想不到就跟我们回局里，反正你……"

"别碰我！"仿佛猛然触动了某个机关，何星星几乎发动全身力气惊跳起来，疯狂挥舞双手往后仰，"别碰我、别碰我，鬼、鬼、鬼——"

稀里哗啦巨响，少年带着椅子向后翻倒在地，车内外所有人脸上同时变色！

蔡麟霍然起身："老板！"

话音未落,车门呼地被拉开,步重华大步流星地走了进来。角落里两个书记员立刻起身叫"步支队长",步重华却置若罔闻,从地上一把拉起少年,不顾他尖厉的哭泣反抗,直接将他推到椅子里按住,居高临下喝道:"何星星!"

这三个字犹如惊雷炸响,何星星应声巨震,紧接着纸笔被重重拍到了他眼前。

"你不是说有鬼吗?"步重华直盯着少年眼窝,目光几乎能透过视网膜刺进他大脑里去,将脑髓连红带白地生生从颅骨里挖出来,"既然你说有,就画出来给我看。不用怕画不出来或没人信,哪怕只画几笔都是我们调查的线索,你不想替冤死的年小萍报仇?"

何星星干裂的嘴唇一抖。

"她死在荒野上,而你不敢来市局报案,让她足足烂了三十多个小时,现场物证全毁完了才等来能替她申冤报仇的警察。你还算是个男人吗?!"

"……可是,"何星星本来就大的眼睛几乎全成了血红色,"可是他们不相信……他们不相信……"

"我相信你。"警务车内鸦雀无声,只听步重华一字一顿地直盯着少年的瞳孔,"我知道你很害怕,一闭眼就做噩梦,控制不住自己回想那个最恐怖的画面。我知道你恨自己无能救不了她,也恨当时无人可以求助,年小萍的鬼魂随时要来把你逼成疯子。"

"但我也知道你喜欢她,不可能是凶手。"

步重华在何星星赤红的瞪视中将纸板一寸寸推到他面前,说:"我相信你。只有把鬼画出来,你才能救年小萍,也能救你自己。"

眼泪从何星星眼角大颗大颗地往下滚,但他哭不出声,本来就没多少肉的身体上每一根骨头都似乎在抖。警务车内外安静得一根针掉在地上都听得见,所有人都屏住了呼吸,步重华就这么死死地盯着他,慢慢放开手退后半步。

"它……它的头……"终于何星星变调的哭音慢慢渗透出来,"它的头特别大……"

步重华一使眼神,蔡麟眼疾手快捡起笔递上去。

"它的眼是两个窟窿,鼻子是个洞,牙齿……牙齿是黑的……"

众目睽睽之下,何星星终于在纸上画出了几笔拙劣的线条,夸张变形的人头骨渐渐出现在白纸上。

"头顶鼓出来,很鼓、很鼓……"

"是头发吗?"步重华声线稳定得可怕,问,"头顶鼓出来,是头发还是其他东西?"

"头顶……头顶……"何星星恍惚念叨。

他的视线穿过空气，仿佛又回到了那个噩梦般的雨夜。千万道雨线贯穿天地，全世界都是震耳欲聋的轰响；他倒在泥水里，发疯似的手脚并用往后退，一声声浑不似人的惨叫被淹没在暴雨中，只见骷髅高高举起利刃——

放过我！我不想看！不想看！脑子里有个声音在疯狂哀求。

但紧接着一道更强硬有力、更振聋发聩的声音响彻在耳际："她死在荒野上，而你不敢报案，你还是个男人吗？

"我知道你喜欢她，你不想救她吗？！

"你不想救她吗？你不想救你自己吗？！"

何星星瞳孔针扎般紧缩——他看见远处雨幕中火车驶过铁轨，明黄灯光一闪，仿佛相机快门将那一刻深深定格。

"不是……不是头发，"何星星嘶哑道，"是帽子……是……"

仿佛突然从虚空捕捉到一线蛛丝，何星星颤抖着一把抓住纸，唰唰画出几笔："是圆帽子！是骨头做的两顶帽子！！"

嘭！

车门大开，步重华快步而出，劈手把肖像画塞给了最先迎上前的廖刚："把何星星带回南城区分局，请刑侦局犯罪研究室的素描专家过来审问，对这张草图进行细化。"

"是！"

步重华步伐不停，大步走向远处现场。空地上所有人都在来回忙碌取证，只见他用力拍了两下掌，众人纷纷停下手中的事情，肃然起身望向他。

"通知打捞队对四里河两岸及下游流域进行筛查，看看重点区域内的血清氯渗透检验还能不能做，尽可能找到疑似凶手及凶器的线索。同时请求水文局予以协助，调取案发当天的区域降水统计和河道水情报告，如果有可能的话，争取拿出全市水网分布图。"

周遭除却河水静寂无声，他说一句，底下人就记一句。

"对被害者年小萍及报案人何星星的家庭、学校、社会关系，以及两人交往期间所牵涉的所有人、所有事、所有金钱往来一一进行调查梳理，着重考证年小萍学校老师、打工地点同事及组装厂门卫的说辞。除此之外，走访案发当天晚上两人所搭乘公共汽车上的司机和乘客，尽量还原年小萍离开工厂之后到两人下车之前这段时间内的所有细节。"

"另外，"步重华转向法医，后者立刻迎上前，只听他道，"不用把被害者送去殡仪馆解剖了,直接送去分局交给技术队吧。"

法医如释重负,连忙点头:"您还有什么要吩咐的?"
步重华转过身,向不远处警车方向瞥了一眼。
——现场留给技侦员,没外勤什么事了,支队刑警们拿了现场笔记和材料,正七手八脚地收拾东西准备开车回去,而吴邪正巧被技术队王主任叫住,让他跟自己一人抬头一人抬脚,把装尸体的铁架床抬上车。

那铁架床不轻,技术队大车后门又高,吴邪刚托起床脚,突然脊背像被闪电抽了一道似的,在剧痛刺激下向后一撇肩,甚至突出了明显的蝴蝶骨。

王主任气喘吁吁问了一句,吴邪摇摇头,应该是没解释。
"……没什么。"步重华淡淡道。
法医:"……啊?"
步重华却没再多说,大步走向他那辆吉普:"外勤收队,走人!"

"创伤后应激障碍,又叫战争神经症。……是经历创伤后的自然反应……
"患上PTSD不等同于疯子,也并不值得羞耻。……连战场上最强悍的战士都可能患上PTSD,你永远体会不到别人经历过怎样严酷的事情,所以不要轻易下论断。"
…………

吴邪面对蓝白色的法医车后门,背对人群,低着头微微发抖地点起一根烟。
这时突然听身后有人喊了一嗓子:"哎,小吴!"
吴邪一震,只见王主任抹了抹那光溜溜脑门上的汗,过来掏了半包硬中华强塞给他,笑眯眯问:"待会儿有事忙不?不忙的话留下帮我们提个物证,回头晚上跟技术队一道出去撮饭?"

技术大队老大王九龄,人称隔壁老王,平生最喜挖墙脚,尤其喜欢挖各部门颜值高、长相好的年轻警察。这位大神在整个津海市公安系统内都非常有名,因为从刑侦禁毒到扫黄打非,从防暴特警到经文保处,除了那个出场自带《死神来了》配乐的步重华,没有他没挖过的警花警草——按他自己的话说就是:"本来技术岗就缺人,再不挖点撑门面的,老子拿什么去骗应届毕业生?"

吴邪含混应了,王主任非常高兴:"年轻人有干劲!好!我跟你说小吴,我们技术队喜欢你很久了,我们福利高待遇好工作充实领导温柔,跟你们支队那个成天吊着张驴脸的姓步的完全两回事……"

哔哔！

车喇叭连响两声，王主任脸色一变，只听不远处"那个姓步的"朗声道："吴雩！"

吴雩猝然回头，只见步重华坐在半敞车门的SUV警车上，衬衣袖口挽在手肘上，一条结实长腿撑地，拍了拍副驾驶座椅。

"我说早上的事还没完，回去路上再收拾你，忘了？"他目光强硬地瞄了隔壁老王一眼，不由分说地呵斥，"给我过来！"

第 7 章

吴雯一怔。

王主任的嘴立刻气歪了:"嘿——你这姓步的……"

步重华嘭地甩上车门,几个箭步上前,身手快得王主任都没来得及拦,眨眼间就抓住了吴雯手肘:"把我的话当耳边风?"

吴雯低头解释:"王主任叫我帮痕检提几个物证,待会儿我自己回去……"

步重华劈手就把吴雯拽了过来,冷冷道:"你的外勤补贴是刑侦发还是技术队发?"

王主任大怒:"姓步的你看不起谁!许局说从下季度起给我们每人涨津贴,二百块钱呢!"

边上几个痕检员在那儿一个劲点头,暗自给自家老大加油打气,然而老王只敢在背后对步重华展开人身攻击,当面很容易暴露自己外强内干的怂货本质——步重华连理都没理,盯着吴雯嘲道:"我说的话对你不管用了是不是,嗯?"

他就吃准了吴雯不会当着众人的面变脸,果然两人面对面僵持数秒,只见吴雯咬着犬齿,喉咙终于上下一动:"……对不起,步队。"

步重华没等他再多说一个字,手肘一勾脖颈就把他往吉普车上拽。吴雯一个趔趄差点被他扛起来,推搡间被塞上了副驾驶座,随即"咣当"重重甩上了车门。

王主任双手罩在嘴上做喇叭状,义愤填膺谴责:"姓步的你太过分了!"

步重华降下车窗喝道:"给你们涨二百是为了买霸王防脱洗发水!"

警用牧马人轰地发动,冲下公路,尾气将王主任稀疏的头毛呼地扫起,然后在老王愤怒跳脚的抗议声中绝尘而去。

盘坡公路出口下桥,警车在绿灯亮起时掉头,汇入了晚高峰繁忙的城市主干道。

除了车辆行驶的引擎声，驾驶室里空气沉闷，没人出声。仪表盘上的车速显示六十公里每小时，吴雩系着安全带，脊背紧贴在座椅靠背上。

他的样子貌似非常平静，但其实从颈侧到肩背一路都是绷紧的，如果再仔细观察的话，会发现连腰都微微有点往前弓——那是经常生活在危险中的人，保护自己的一种本能姿态。

前方直行两公里就是津海市公安局南城区分局，吉普却毫无预兆地打灯并线，往左一转。吴雩眼角余光向身侧一瞟，只见步重华目不斜视地盯着路面，后视镜中映出他刀刻般冷硬的眉眼——从那张据说曾经把整个分局小女生都迷得要死的俊脸上看不出任何情绪，根本猜不到他心里正打着什么算盘。

"步队，"吴雩终于赔笑着开了口，若无其事地问，"咱们是不是走错了啊？这好像不是……"

"别演了，这里没其他人。"

吴雩脸上所有表情瞬间消失："这不是回分局的路，你要带我去哪儿？"

步重华懒洋洋道："你猜？"

吴雩二话没说，伸手就按住了车门——但就在同一时间步重华突然踩油门超车、打灯并线，风驰电掣猛地拐弯，在后车抗议的喇叭声中蹿出马路，一脚刹车稳稳停住，轮胎发出刺耳的——刺啦！

吴雩猝不及防往前一倾，抬头怔住了。

——津海市第一人民医院。

步重华解开安全带："愣着干吗？等我请你下去？"

"……你来干什么？"

"检查。"

"检查什么？"

步重华这才吝啬地吐出了一个字的答案："背。"

不论从哪个角度来看步支队长都完全不像是那种春风化雨的、会关心手下身体的上司，他对敌人和对自己人都同样是暴风冻雨，绝不厚此薄彼，这点上到津海市公安局局长下到看守所里那个"三进宫"的小毛贼都深有体会——吴雩动作一下就收住了，果然只见步重华笔直的剑眉略微一挑："不检查清楚，等你下次有机会再来碰瓷？"

医院大楼前人来人往，所有人经过都回头偷觑这辆涂着"津海公安"的大SUV，只见车里车外两个人僵持不下，步重华那一身正气凛然的架势一看就知道是刑警，反衬得吴雳倒有点像刚从扫黄打非现场拎出来的犯罪嫌疑人。

吴雳迟疑几秒，深吸一口气，低头说："是，步支队，麻烦您费心了。不过我只是不小心摔了一跤，现在已经没事了，您看这医院……"

"这医院怎么？"步重华冷冷道。

"看，快看警察好帅！""偷偷拍两张别被人发现了……""车里那个也好好看哦真可惜怎么就被抓起来了呢？""拍一张拍一张！"

窃窃私语声从几个方向同时传来，步重华一回头，正撞上两个女生隔着花坛若无其事地举起了手机。

吴雳："关于这个费用的问题……"

下一刻他被步重华眼疾手快一把拖出车门："你给我立刻下来！"

"啧啧啧啧，怎么会摔成这样？小年轻就是登高爬下的不注意。"老副院长扶了扶眼镜，唰唰写下一行龙飞凤舞的大字，食指戳着检查报告单语重心长地道，"幸亏没摔成内伤，否则你现在就得准备卖房子了——别不当回事，多少人都是撞了车以后活蹦乱跳的，还以为没事，过两天一头栽倒下去，嘿就没救了！你们现在的年轻人啊，平时都不知道多关注关注专家，多看看科普……"

吴雳低着头坐在医生办公室里，几次想开口都被无情地打断了。

"行了，按时上药注意消毒，不要贪凉不要做剧烈运动。"老副院长终于把检查报告单往他面前一拍，挥挥手，"回去找你们队长吧。"

吴雳终于无可奈何，接过检查报告单问："那缴费的话我是上哪儿去……"

"缴费？"副院长没当一回事，"不用，你们步支队已经缴过了，回去好好休息吧。"

缴过了？

步重华？

吴雳终于呆住了。

暮色四合，夜幕初降，行政办公室外的走廊空空荡荡，雪白墙壁反射着明亮的光。吴雳拿着检查报告单出来，只见不远处走廊长椅上一道侧影，脚步略微顿住。

——步重华没有走。

公安局业务部门，尤其是刑侦支队跑外勤的，因为经常要上本辖区公立医院办手续、开证明、押嫌疑人体检等，所以跟医生护士们都非常熟悉。步重华作为南城区刑侦支队一把手，来这里就跟回家一样轻车熟路，给吴雩办好各种手续后，自己就在办公室外走廊上找了张长椅坐下了，头微微扬起靠在墙壁上，双手插在警裤口袋里，闭着眼睛小憩。

夜幕初降，办公室外这片区域冷冷清清，走廊尽头几个小护士开药经过，羞红着脸窃窃私语，然后又笑着互相打闹走了。

吴雩默立片刻，转身走了过去，停在步重华面前。

睡着了，他想。

睡着不奇怪，步支队再精力充沛得像怪物，也毕竟不是精钢打的，出任务出现场审讯嫌犯一把抓，高强度工作不眠不休二十多个小时当然也会困。

但在这么高强度工作的情况下，他竟然还记得一个初来乍到、面目平庸的手下背上有伤，还能体谅到对方不好直言的难处——他并不像那种人。

吴雩心里有些说不出来的感觉，略微俯下身，眯起那双淡色的眼，打量这个名义上的上司。

他看过太多事，见过太多人，经历过太多的颠沛流离和无可奈何。像步重华这样的上司他一眼就能看透——精力旺盛，作风锐利，顶尖学府精英出身，个人品德无可挑剔，从骨子里就刻着忠诚而坚定的信仰，是绝对的完美主义者。背景加能力的双重光环让步重华从一开始就拥有别人望尘莫及的起跑线，未来也理所应当将青云直上，拥有大好前程。

这种完全正面的、毫无瑕疵的精英形象，受到媒体公众的赞誉、基层碎催们的拥戴，都是顺理成章的事情。

吴雩轻轻垂下眼睫，借由这一轻微的动作掩饰住了异样——没人能看出那温和的老好人面具下，丑恶隐秘又见不得人的愤恨，正慢慢从灵魂深处一丝丝浮现出来。

凭什么他们的人生就那么顺遂？

凭什么他们的成就和荣耀都聚焦在高光处，而有的人就要在黑暗中苦苦挣扎，铁骨忠心俱被碾碎，热血头颅被抛于深渊，连名字都要被埋葬在世人永远也不会知道的地狱？

吴雩站起身，颤抖着呼出一口滚烫的气。

步重华并不知道自己遭受了怎样的评价。他似乎睡得很沉，头顶抵着墙壁，呼吸轻微均匀，结实的双肩难得放松垂落，脊梁挺拔得似乎被一把剑给撑住了。

吴雩打消了叫他的念头，准备不出声地转身离开。

但就在这时，他蓦然注意到了这军姿般严正的睡姿，动作微微一凝。

——这么坐着睡觉的人不多,潜意识深处突然蹿出的熟悉感,让他刹那间有些恍惚。

"怎么可能光睡姿就能看出不对来……哎,我到底还有哪些露馅儿的地方,你说?"

"……"

"说啊你!"

医院走廊安静空旷,步重华无声无息地睁开眼睛,打量站在身前的吴雩。

然而吴雩没有看到。他略微抬起头,这个动作让深陷的锁骨在灯光下清瘦而明显,他的视线涣散在虚空中,瞳孔仿佛凝固住了,他听见回答一字一句响起,仿佛依然就在耳际:"——你看这个地方的马仔平时都是什么样,再看看你自己,连睡着都直挺挺的,你站军姿啊?

"条子把你训练得太好了,怎么能不露馅儿呢。"

"你看我做什么?"步重华突然开口问。

吴雩整个人无声地一震,猝然低头望来,两人隔空对视。

一般来说,天生长相好的人,因为从小被人偏爱夸奖惯了,长大后气质上总会有点不同的感觉,至少也会更加自信。但吴雩完全相反,在步重华眼里他都谈不上有气质这种东西——沉默寡言、站姿不直、反应略慢;合影不看镜头,走路喜欢贴墙根,没有墙根的话就贴路边;即便别人点名问他话,他的每句回答也都要犹豫个几秒才能出口,仿佛随时都得小心翼翼地掩饰着,注意着,避免跟任何人产生争执似的。

他刚来时那帮毛头小年轻不知道他是个关系户,还曾经拿这个取笑过他,但他从来不生气。他对谁都很友善,对步重华的各种刁难和严厉训斥也从不反抗,温顺到了一种似乎软弱可欺的地步——当然现在步重华知道了,这小子心里大概一直在问候自己家祖宗十八代。

不过这一刻,他站在医院走廊上,低头望向步重华,毫不掩饰的眼神在眉骨阴影中淬着寒光,眼底布满红丝,犹如血腥利剑出鞘,足以令人心神俱震。

步重华刹那间以为自己看错了,紧接着吴雩又恢复了那副老样子,微微佝起脖颈含混道:"没看什么。"

步重华狐疑地上下打量他:"你刚才站那儿想什么呢?"

吴雩"哦"了一声:"琢磨案子。"

……鬼才信你!

步重华还要追问,吴雩掩饰地咳了一声:"很晚了,队长你不回家?"

确实已经晚上八点多了,步重华站起身,刚要说什么,手机铃声突然打断了他——是廖刚。

"喂老板,我们从刑侦局请来素描专家对何星星的口供进行了具象化,现在他那张简笔画的具体细节已经出来了,我发给你看看?"

步重华被这一打岔,没工夫追问吴雩了:"发过来。"

廖刚挂断通话,少顷手机嗡一声,传来一张素描板上活灵活现的骷髅头。

之前步重华怀疑过凶手是不是戴了个类似骷髅的面具,何星星在极度惊惧之下,把凶手看成了一整具僵尸。但直到犯罪素描专家的图发来之后,他才意识到这玩意儿与其说是面具,倒不如说是个头盔。

头盔的下半部分是白骨化的正脸,眼眶巨大空洞,鼻腔暴露在外,牙齿部分已经残缺不全。上半部分却从天灵盖截断,于前额、太阳穴左右两侧分别连接着三块长方形的骨头,这三块骨头都略有弧度,头盖骨就盖在这三块骨头上方,乍看上去好似一大一小两顶骨头做的瓜皮帽,上下叠戴在一起。

步重华一线刑警干了十多年,这样的头盔别说见,连听都没听过,到底是什么玩意儿?

吴雩突然说:"这个头盔……"

步重华有点意外,只见吴雩盯着画像,错愕道:"我以前见过,这是——"

篝火在乡村夜晚发出响亮的噼啪声,男女老少或围坐或跪地,四面八方响起哭泣吟唱般的诵经声。人头骨在火苗的舔舐中跳跃,舞蹈,白烟缕缕升上夜空,散发出香臭混杂在一起的陈年异味……

"是什么?"步重华立刻追问。

"跳大神啊。"

"什么?"

他们两人面面相觑,吴雩迟疑道:"以前乡村跳大神啊,津海没有吗?"

"北方跳大神不是这样的,"步重华锋利的眉头锁了起来,"那都是戴上帽子,用彩穗子挡住脸,戴着五颜六色的面具。而且跳大神通常得有两个巫师,分别称'一神'和'二神',还要系铃铛敲鞭鼓,一边唱一边跳……你见过这个骷髅头盔?你老家在哪儿?"

吴雪脸色微僵，有那么几秒钟，步重华觉得他似乎感到非常意外。

但他很快回过神来，"唔"了一声说："其实我也没亲眼见到过，可能是记错了……"

"到底是哪里？"

他们两人面对面僵持，吴雪看实在混不过，终于呼了口气，小声道："看电视上演清宫剧的时候。"

步重华一言不发，收起了手机。

吴雪闷不吭声跟在步重华身后，两人走出医院，外面天已经黑了。步重华看看时间，大概在"我送你去最近的地铁站"和"你自己打车吧"中间迟疑了两秒，才问："你家住哪儿？"

吴雪立刻道："不用了队长，我住南边，自己坐地铁就行。"

步重华说："我送你吧。"

"……"

"你背不是受伤了嘛。"

步重华不太关心人，但一关心就绝对让人心里发毛。吴雪下意识地想婉拒，步重华却已经转身走向医院大楼前的停车场，头也不回道："你在这儿等着，我去把车开过来。"

吴雪僵在原地想：他其实只是怕我找到借口明天请病假吧。

吴雪内心对步重华这种天生自带高光的人是抵触的，但也不想跟自己的上司那么针锋相对。他来津海之前对未来的设想是，最好能跟所有人都保持一段没有矛盾纷争的距离，疏离、客气地相处几年，每月按时拿到不错的工资，然后不管是领导高升还是他自己被调离津海，都称得上是人生中一个比较完美的过渡了。

毕竟他这个年纪，重新融入社会非常困难，找到独自生活的方式会让他感觉比较舒服。

——但步重华跟他设想中的上级领导不太一样。

步重华这个人，算是个非常不官僚的上司，但他太年轻敏锐、太锋芒毕露，很容易超越旁人的安全距离，又有强烈的主宰欲望和支配能力，偶尔会让吴雪感觉非常不舒服。

远处街道车水马龙，华灯初上，吴雪微僵地站在医院大门口，好几次想干脆离开，但又有些迟疑不定。

就在这当口，一辆黑色 A6L 突然从夜幕中驶进医院大门，无声无息停在门口台阶前，随即车窗降下："吴雱！"

吴雱眉角一跳。

——竟然是林烓。

"咔嗒"一声车门打开，林烓微笑着看他，夜色中只见眼底熠熠生光："走，我来送你回家。"

第 8 章

远处停车场上有一簇车灯亮了亮,应该是步重华开了车锁。

吴雪瞳孔微微缩紧:"你来干吗?"

"我……"

"你们到底要监视我到什么时候?"

林烃叹了口气,上半身向前倾,认真地看着他:"今天没有别人,是我自己想来见你的。我后天就要回云滇了,你就不能合作点,让我虽然违心但也能勉强在报告书上填一个'优良'吗?"

远处车灯缓缓而来,吴雪眼梢在浓密的眼睫下微微闪着光。

林烃笑容加深,探身越过副驾驶座,力道柔和地拉住他:"上车吧!"

步重华刚打灯转向,手机嗡一声振动,是来自吴雪的新消息:"朋友来接,先走了。"

朋友?

他狐疑地回头向医院大楼望去,一辆黑色的奥迪车正亮起灯,前行掉头,向远处丰富多彩的都市夜晚驶去,很快消失在了车辆川流不息的街道上。

不知为何步重华有种怪异的感觉,他从几岁开始就经常出入各种现场,这种超乎常理的直觉很多时候连他自己也说不清楚。

他那锋利的眉头微微皱了起来,半晌才点开那条消息,回了三个字——

"知道了。"

屏幕亮了又暗,林烃收回目光笑道:"你这手机也太老了,换个智能的吧。"

吴雪放下手机:"不用。"

"平时上网不觉得慢吗?"

"我不上网。"

林烃微愣，但紧接着就反应过来："对不起，我这脑子短路了，实在是……"

吴雩说："没事。"

他那沉静疏离的态度就像一堵透明墙壁，把他和纷杂繁华的现代社会隔离开来，外人既无法窥视，也无隙可乘。林烃从后视镜中看了他一眼，五颜六色的霓虹灯灯光透过车窗映在他脸上，把侧面轮廓勾勒出了一道俊秀清晰，但又非常坚硬凛冽的弧线。

"在南城支队怎么样？"林烃轻声问。

"还行。"

"我听说你跟那个步重华处得一般？"

"你消息还挺灵通的。"

林烃叹了口气："我必须确保你安全，这不仅是任务，也是我个人的愿望。所以如果你始终抱着强烈提防心理的话，我偶尔也会感觉有些……"

吴雩突然打断了他："你们只是想确保我没有心理失衡导致 PTSD，变异成罪犯。"

车内骤然陷入沉默，林烃敏锐地抓住了某个点："PTSD？这词你跟谁学的？"

吴雩本来就很薄的嘴唇愈加抿成了一条直线。

"——没关系，随便你怎么想。"林烃收回目光，口气出乎意料地冷硬，"但我已经告诉过你很多次，不管'他们'的看法如何，我的态度是不会变的，我只想确保你安全。"

吴雩没有吱声。

奥迪沐浴灯红酒绿，在热闹的城市中心穿行，初夏夜晚的凉风伴随谈笑、叫卖、打情骂俏等喧杂人声，从车窗缝隙中伴风习习而入，更显得车内一片沉寂。

他们两人都没有说话，吴雩靠在车窗边，颈骨投下的阴影一路蜿蜒，沉默着收进洗白了的旧T恤领口里。

良久后林烃偏过头，叹了口气："你真的不想回云滇工作吗？或者不工作也可以？"

林烃本来就是很容易吸引异性的长相，这样放低的姿态更令人怦然心动，但吴雩没有看他："北方挺好的。"

林烃深深地叹了口气，不再劝说，过了好一会儿才突兀地道："南城区分局其实也还行。南城支队拥有津海市公安系统最好的配置，福利待遇、警务安全、资源政策在华北地区都是数一数二的，只要你跟步重华打好交道，日子不会难过到哪里去。"

他提到步重华，吴雩眼角余光轻轻一瞥，正撞上林烶的视线。

"那词你跟他学的吧？"林烶心下了然。

吴雩不置可否。

林烶似乎想追问什么，吸了口气又忍住了，话锋一转道："步重华那个人，当年我还见过他，是我同届不同系的大学同学。他在学校里非常有名，所以我多多少少听说过一些事情。你大概也感觉到他是有一些背景的吧？"

这是肯定的，这么年轻爬到正处级，还在南城区分局说一不二，连许局都给三分面子。

警院每年出那么多硕士博士，可不是每个人的仕途都能那么顺的。

"他的父母都是警察，据说在他很小的时候就牺牲了。现在的津海市公安局局长宋平当年还是个普通警察，跟他家是过命的交情，就收养了战友遗孤。后来宋平高升，本来想培养他干点别的，他自己执意报了警院。所以现在别的支队去市局要资源那是战战兢兢，他去市局就是嫡亲外甥回了舅舅家，南城支队要不是有他，各种资源也不可能倾斜成这样。"

吴雩有些意外，半晌才"噢"了一声。

"所以你能别跟他起冲突，就尽量别起冲突。不是说大家非要分个高低上下，主要是没必要，你在津海毕竟势单力孤，就算我想，也没法一直照顾——"

林烶突然生硬地顿住了，汽车在津海市特有的狭窄胡同里七弯八拐，闪转腾挪，终于挨着墙根蹭出小路，停在了小区的老式居民楼前。

林烶停车熄火，这才笑了笑，低声问："我刚才这么说你不会感到很奇怪吧？"

吴雩低头解开安全带："没有。"

他对别人的暗示毫不在意，没有任何试探能够稍微触动他为自己竖立起的那堵安全的、透明的、冰冷的墙。

林烶无可奈何叹了口气。

"那我走了，后天晚上八点飞机回云滇，下次来估计是年底。这期间如果你有什么需要可以联系我，也可以联系冯厅——最好是我，执行起来方便一些。"

吴雩简单丢下"知道了"三个字，刚钻出车门，突然手腕被人从身后拉住："吴雩！"

林烶紧盯着他的背影，掌心干燥灼热："我真的很欣赏你，这种欣赏很早以前就有了，可能比你想象中的还早。下次见面的时候，不如我们一起出去喝酒吧！"

周遭非常安静，远处蝉鸣已歇，只听见飞蛾扑撞路灯的簌簌声，草丛中星星点点的小花在晚风中摇曳。

吴邪终于回过头，慢吞吞地道："你这种人，女朋友一定非常多。"

林烃猛地被口水呛着了，爆发出咳嗽和大笑声，然后攥着吴邪的手一使劲，连半边身体都探了过来，在幽暗中目光灼灼地看着他："你错了，我没有女朋友——我眼光太高了！"

吴邪挑眉盯着他没吱声，林烃大笑着放开手，奥迪车灯亮起，渐渐消失在了夜幕中。

吴邪没有立刻上楼，一直等到那红色的尾灯完全消失不见，才往周围望了一眼。树叶在夜风中沙沙簌簌，看不到有任何盯梢的痕迹，那些名义上是保护其实饱含着猜疑和提防的视线都消失不见，应该是林烃事先吩咐过。

他拿出手机，看了看时间，刚过晚上九点，最新一条没点开的消息还停在提示栏里，是来自步重华的——"知道了。"

"父母都是警察，据说在他很小的时候就牺牲了……

"本来想培养他干点别的，他自己执意报了警院……"

吴邪眼底晦涩不明，他点开那条消息，拇指悬空片刻，似乎想回复点什么；但良久后他蓦然打消念头，摇头微微一哂，转身走进了破旧的楼道。

晚上九点零五分，步重华开门前又看了一眼手机。

他最后发出去的那条消息没有得到回复。

他按灭手机，打开家门，站在玄关处换了鞋，头也不回道："我回来了！"

装修精良的客厅空空荡荡，吊灯的光洒在大理石地板上，反射出一片锃亮，并没有人回答。

步重华挂上钥匙，去厨房把冰箱里的剩菜和速冻食品放进微波炉，然后脱了衣服转进浴室。水声伴随热气腾起，磨砂玻璃上模糊映出一道矫健颀长的身影，少顷他随便往腰间围了条浴巾，擦着湿漉漉的头发推门而出。

晚饭已经热好了。步重华坐在厨房吧台的高脚凳上，一手吃饭，一手拿着市局配发的国产机回复工作邮件，处理些鸡零狗碎的人事问题，把上个季度的结案报告浏览一遍修改好字句，发给廖刚让他明天准备送去总务处。然后他喝完最后一口汤，把碗筷收拾洗了，来到书房打开电脑，开始看刑侦局最新发下来的公开案例和学习材料。

晚上十一点半。

该睡觉了。

步重华坐在床上，给手机充上电，关床头灯，随着啪一声轻响，卧室陷入一片黑暗，只有远处街道繁华的灯光从窗帘缝隙隐约透进室内，在天花板上留下粼粼光影。

床头柜上的玻璃相框反射出模糊的光，步重华眼神凝在上面，半晌才伸手拿过来，耳边突然响起白天派出所民警冒冒失失的声音："那这何星星现在是精神病啦？"

"这小子看着不像那么弱鸡的人啊，凶手又没伤害他，光是目睹行凶过程就能把他吓疯？"

…………

——黑暗中步重华的侧脸显出极其冷硬的轮廓，少顷他闭上眼睛，肩背肌肉因为过度紧绷而凸起——

不要去想，他告诉自己。

不要想、不能想，让它过去、让它过去——

"是谁？说不说？！"

"到底说不说？！"

殴打，叫骂，拳脚重击，火把熊熊燃烧的噼啪声混杂在一起。雪亮刀锋在烟雾中反射出寒光，扑哧刺入肉体，鲜血与碎肉一并飞溅在墙壁上。

没有人注意到衣柜门缝中透出孩子通红的眼睛，因为噙满泪水而剧烈发抖，但所有呜咽都被捂在嘴上的一只手用力堵了回去。

"……爸爸……妈妈……妈妈……唔！"

那只手陡然用力，掌心皮肉都挤进了孩子的齿缝里，丝毫不在意被发着抖的牙齿深深切进血肉。

衣柜外传来骂骂咧咧声："这俩条子还挺硬，不见棺材不掉泪是不是？非逼老子给你俩点颜色看看？"

"最后给你们一次机会，线人到底是谁？"

"问你话呢！那个'画师'到底是谁！"

说吧爸爸，说吧妈妈，求求你们快说吧，求求这一切快结束吧——

但上天没有听见小孩撕心裂肺的哀求，衣柜外的歹徒终于失去了最后的耐心："现在怎么办？"

"把那女的杀了！"

不！！

小孩疯了般往前撞，但所有扭动都被身后那双手硬生生桎梏住，混乱中他只听见"砰"一声枪响，紧接着万籁俱寂，重物咚地砸在墙上，顺着墙面缓缓摔倒在地。

小孩瞳孔颤抖，大脑空白，牙缝里一片血腥。

短短几秒钟却仿佛过了很久，他才呆滞地听见外面传来骂声："看见了吧？现在还说不说？不说你老婆就是你的下场！"

"别出声，你听，"有人在黑暗中贴在他耳边轻声道，"警察来了。"

就在这时候，远处深夜中隐约传来动静，旋即越来越近——是警笛声！

警车来了！

"条子找过来了！""有人通风报信？！""怎么可能！快走！"

外面一阵慌乱，怒骂抱怨，脚步纷杂，紧接着有人恶狠狠问："这男的怎么办，老规矩？"

小孩满心瞬间冰凉，下一秒他听见——"杀了，动作快点！"

不！爸爸！爸爸！不要——！

砰！

枪声响起的同时，那双手猛然将他往后勒，堪堪阻止了他困兽般疯狂的挣扎！

那濒死的力道都不像是九岁孩子能发出的，但在此时此刻，身后传来的桎梏更加强硬、坚决，甚至不惜用全身锁住小孩任何能发力的部位，把他死死抵在狭小衣柜的角落里。

歇斯底里的号哭被迫吞进咽喉深处，只有齿缝里甜腥黏腻，是那个人的血。

但当时他注意不到自己已经将那掌心咬得血肉模糊，鲜血在黑暗中汇聚到下颌，与泪水混在一起，一滴滴滚烫地打在颈窝里。

哗啦——屋外传来泼水声。

哗啦——

异味从缝隙传进这方小小的空间，是汽油！

这时一切反应都已经来不及了，歹徒早有准备，挥手点燃了大火！

轰的一声浓烟四起，火苗呼啸冲上夜空。小孩只感觉自己被那双有力的手提了起来，紧接着听见那个人冲自己大吼，声音像惊雷炸响在耳边——这时候已经顾及不到会不会被发现了："我数到三！跟我跑！"

"爸爸、爸爸，妈妈……"

啪的一声响亮耳光，小孩霎时被打蒙了，随即被那振聋发聩的厉吼震醒："跑！！"

咣当几声巨响，小孩只感觉自己被人牵着，撞破了衣柜门。屋子已经被浓烟笼罩，他甚至来不及感觉自己有没有踩到父母无法瞑目的尸体，就被踉踉跄跄地扯出大门，穿过燃烧的门槛和前院，疯了般冲向黑夜。

"那里有人！"

"是小孩……两个小孩！"

"抓住他们！"

小孩不记得自己曾经跑得这么快过，黑烟、火苗、风声、喘息，混合成破碎的记忆从耳边呼啸刮过，他只记得自己被那只手死死抓着，或者说是拖着，在崎岖的山路和泥泞的草地上飞奔。时间的流逝突然变得极快又极慢，火烫的碎片嗖一下掠过耳际，脚边草叶倏而飞溅起泥土——那其实是霰弹片。

但在那个时候，他什么都感觉不到，大脑完全空白，甚至没有恐惧和悲伤。

扑通！

他们一脚踩空，瞬间天旋地转，在混乱中滚下了土坡，稀里哗啦撞在灌木丛里！

剧痛让小孩眼前发黑，第一反应就是胸腔里骨头断了，稍微用力便钻心地疼。恐惧中他听见警笛声越来越近，山路尽头已经闪现红蓝交错的光——但他站不起来，哪怕咬牙硬撑都动不了，不远处歹徒的叫骂已经传了过来！

"在那边！"

"不能让他们跑去找条子……"

"搜，快搜！"

我完了，小孩从来没有这么清晰地意识到。

我要被追上了，我要被他们杀死，到那边去和爸爸妈妈重聚了——

哗啦！那个人咬牙把他拽了起来，随着这个动作，茂密的灌木枝劈头盖脸抽打在他们脸上、身上，朦胧中他看见对方紧紧盯着自己："还能跑吗？！"

小孩颤抖摇头，用力抹去越流越多的泪水，想看清这个拼命救自己的人是谁。

但太黑了。

即便凭借远处的红蓝警灯，他也只能隐约感觉到对方的轮廓瘦削——那竟然是个半大的少年，也许根本不比他自己大两岁，额角眉骨都在流血，眼睛亮得吓人，在夜幕里森森闪烁着寒光。

"我们是不是要死了？"小孩绝望地看着他，"怎么办？我们要死了，我们——"

语无伦次的呜咽被一只手捂住了，少年喘息着站起身，嘶哑着嗓子说："要活下去。"

"不、不……"

"活下去才能报仇。"

小孩战栗着愣住了。

少年手掌用力在他侧颊上一抹。那是个决然果断的告别，因为紧接着他看见少年跳出土坑，仿佛一头伤痕累累而殊死一搏的幼豹，清瘦肢体中蕴藏着巨大的爆发力，闪电般迎着歹徒追踪的方向冲了过去！

"在那儿！"

"找到了！"

"快追！！"

喧杂人声、脚步声、枪声混成一片，飞快向树林深处移去，而身后山路上的警笛迅速震响，警车风驰电掣而至，警方终于赶到了。

…………

小孩靠在岩石背后，汩汩鲜血不断带走体温，将他的神志旋转拉进深渊。意识的最后一个片段是半边脸颊滚烫火热，昏迷前他以为那是自己软弱的、一钱不值的眼泪。

但随即他想起那是血。

它来自少年坚定有力而鲜血淋漓的掌心。

事后有很长一段时间步重华的记忆是缺失的，医生说那是受到太大刺激以及头部摔伤的缘故。他在医院里住了很久，最开始只躺着，不会说话，也没有反应，睁着眼睛呆呆盯着天花板，就像个浑浑噩噩的提线木偶。整个公安系统只要数得上名字的，排着队轮番往病床前走了一圈，放声悲哭的，哀痛欲绝的，慰问表彰的……短短几个月内仿佛历经了世间所有荒诞悲哀的戏剧，直到大半年后，这个精神科会诊几次都束手无策的九岁小孩，才渐渐对外界有了微弱的反应。

有一天打点滴时护士手滑，针头猛然刺出了血。实习护士正手忙脚乱找棉球，突然听这个小孩动了动嘴唇，发出极其微弱嘶哑的声音："他活下来了吗？"

"什么？"

"他活下来了吗？"

开始所有人都以为他是问自己的父母，没有人敢回答。

但其实他问的不是父母。关于父母他已经知道答案了。

后来的津海市副市长兼公安局局长宋平当时还是个普通刑警，直到很久后才有机会告诉他这个问题的答案——"不知道，查不出那孩子是什么人，但活下来的概率应该是很大的。"

"为什么？"

"现场没有找到第三具尸体，房屋被完全烧毁，废墟中只辨认出了两具——"

宋平的声音戛然而止，再开口时带着强行压抑的沙哑："那伙人很快就会被警方连根拔起，法律和正义会替你报仇。重华，人生就是得放下很多事情才能继续前行，不管发生什么，你爸妈都希望你平安。"

所有人都希望他平安，没有人希望他子承父业。但步重华知道，从那个血腥的深夜开始，他的人生就注定了只能往那一个方向前行，升学、考公、成为刑警……再没有其他目的地。

而被猝然打碎的人生另一面，永远凝固在了床头冰冷的相框里。

"晚安……"步重华低沉道。

他把相框轻轻放回床头，九岁生日宴上欢笑的一家三口静静凝望虚空，卧室沉入了深长而静谧的黑夜。

第 9 章

翌日清晨。

早高峰街道拥堵异常,公交车走走停停,挤得跟要爆炸了似的。拎着菜篮子的大妈、神情困倦疲惫的白领、背着书包玩手机的学生们随着车辆前后摇晃,吴雳被挤在车窗边,一手拎着素三鲜包子,一手抓着防护栏杆,防霾口罩遮住了俊秀的鼻梁和下颌轮廓,眼帘低垂,无声无息。

"哎你听说了吗?四里河中学下星期不上晚自习了,天天下午三点就放学回家……"

"哇好爽!"

"说他们那一片有鬼从河里爬出来杀人,烂得就剩一副骷髅了,不知道是不是真的。"

吴雳神情微动,眼角余光瞥去。

几个中学生挤在车门边兴致勃勃地讨论着,发出混着羡慕、兴奋和恐惧的叫喊,一个斜挎书包的小男孩眉飞色舞说:"我知道我知道,微博上都刷出来了,被杀那女的跟我表姐同一个中学……"

新闻这么快就出来了?

前方女白领把手包抱在身前,专心致志刷在线漫画,在"登录即可抢先看"的网页弹窗跳出时毫不犹豫选择了邮箱登录;她身后几个女学生头顶着头围成一圈,叽叽喳喳地交换微信、微博、QQ 等各种信息,热火朝天地注册账号支持心爱的偶像;车厢内张贴的"区块链新经济!分享广告收益,百万年薪起航"广告牌边,一名中年男子正举起手机,将信将疑地扫二维码,按要求一步步输入了身份证号、手机号。

网络的触角无处不在又生生不息,就像无数个窥探的眼珠裹挟在潮水里,渐渐弥漫成深海，将人类社会的每个角落淹没。

所有人都在这片海域尽情畅游，没人知道他们脚下隐藏着深不见底的数据海沟。

吴雩吸了口气，闭上眼睛。

叮当！公交喇叭响起。

"市公安局站到了，请拿好您的随身物品，排队有序下车……"

正是早晚两班交接的时候，市公安局刑侦大楼人来人往，大办公室门一开，隔夜的烟头、茶水、方便面汤气味儿飘得满走廊都是。

吴雩站在走廊外仔细吃完了他的素三鲜包子，把塑料袋团好扔了，刚准备回座位，突然听身边紧闭的会客室门里隐约传来喧杂声："一个个人五人六的……"

吴雩只见过被害人家属闹法医处，没见过敢在刑侦支队门口骂街的，刚觅声望去，突然大门"砰"一声打开，叫骂声与哭声轰然一拥而出。

"别跟我扯那没用的！啊，我告诉你们！跟老子这儿没用！"一个四五十岁挺胸叠肚的汉子满身冲天酒气，逼得孟昭连连倒退出会客室，"我姑娘上个班就没回来，你们就得去抓她老板！赔钱负责！！"

"萍萍啊，我苦命的萍萍啊！……"一个披头散发的妇人跪在地上尖声哭喊，边上俩内勤姑娘急赤白脸，愣是扶都扶不起来她。

孟昭有点狼狈，但还是不卑不亢："年大兴先生你稍微冷静一下，警方不会放过任何线索，但我们也必须按程序办事……"

——原来是被害者年小萍的父母，年大兴和范玲。

资料上只说年大兴是帮人看仓库的流动务工人员，没想到是这么个地痞流氓。

"什么线索？有个屁线索！老子知道的都告诉你们了，那个组装厂老板有钱！"年大兴醉醺醺地指着孟昭的鼻子唾沫横飞，"有钱人都不是什么好东西，不然为什么叫我姑娘加班到晚上十点半！就不是在加班！把她搞死了往外面一扔，老子什么都知道！！"

孟昭咬牙道："可尸检结果显示死者处女膜完整，周身未见任何猥亵痕迹……"

"别跟我扯那个！尸检还不是你们警察想怎么写就怎么写！当官的都护着有钱人！"

走廊上几个办公室的门都开了，值班内勤纷纷探出头，连从隔壁技术队过来拿资料的王九龄都觅声而来，惊异地向这边张望，议论声不绝于耳。

范玲大概是羞愧难当，终于止住哭跄跄从地上爬起来，抱着年大兴的腿往后拖："你在说什么呀！什么乱七八糟的，萍萍她不是那样的女孩子！……"

"你给我闭嘴！"年大兴一脚把她踹得向后，差点撞上吴雩。

孟昭大怒："你干什么？住手！"

年大兴大概是平时打老婆习惯了，在公安局都不知道收敛，被孟昭一吼反而更横了，扑上去把两个内勤姑娘一搡，拎起范玲就要揍："你哭！就知道哭！一点忙都帮不上，没用的老娘们！"

孟昭尖叫："快拦住他！"

——啪！

年大兴只觉自己手肘被铁钳攥住了，钵大的拳头再也落不下去，他瞪着赤红的眼睛一看，只见一个俊秀瘦削的年轻人半跪在哭哭啼啼的范玲身边，皱眉盯着自己。

"警察敢打人？！"

年大兴醉意上头，用尽全力一推——他那体重少说二百斤，酒后蛮力又大，吴雩当场往后跄跄了好几步，在惊呼声中险些撞上墙！

孟昭没看到吴雩刚才一把抓住年大兴手臂的利落场景，只看见他轻飘飘被一把推开，登时就急了，知道这个脾气温和的新人不顶事，一边吼着让内勤去叫刑警一边大步往上跑。但年大兴根本不在乎，还把去扶范玲的内勤姑娘头发一扯，小姑娘连衣服都差点被扯下肩膀，还被他劈头盖脸推到了地上！

王主任拔脚就往这边奔："这还翻了天了？！"

孟昭冲上去护住小姑娘，眼见周围不是女的就是内勤，吴雩存在感约等于零，便当机立断："去叫廖刚！快！"

嘭一声，年大兴把范玲踹倒在地，唾沫四溅大骂："滚边上去！我打自己老婆，关你们屁事！小心老子把你们给——"

话音未落，他脖子被人从身后一肘勒住，脸红脖子粗地消了音。

孟昭失声道："小吴？"

吴雩脸色森冷，勾手一记猛甩，把年大兴重重砸到了地上！

咣当一声重响，干净利落碎裂金石，所有人都惊呆了，连范玲都张着嘴忘了哭号。

"你……你……"年大兴也摔愣傻了，紧接着暴跳如雷，蹿起来就抓住吴雩领口要拼命。

公安局日常着装要求只针对内勤，外勤基本都是随便乱穿，吴雩一年三百六十五天有三百天都穿着那几件领口宽松、洗旧了的淘宝款T恤，推搡中后肩一扯，将浅墨色的刺青露出大半，振翅飞鸟一闪而过。

年大兴瞥见一愣，就在这眨眼间，吴雩抓住揪着自己衣襟的手，毫不留情反拧，骨节发出了清脆的声响——咔嚓！

"啊——"年大兴惨叫尚未出口，吴雩飞起当胸一脚，迅猛堪称开山裂石，闪电般把他踹得横飞了出去！

轰隆一声巨响，年大兴沉重的身体打滚摔倒在地，发出杀猪般的痛叫声！

众目睽睽，一片死寂，没人敢相信自己的眼睛，接着孟昭头嗡一声就大了："吴、吴雩！这里有监控！"

范玲哆嗦着瘫软倒在地上："杀人啦！警察杀人啦！"

"四里河这个案子按照您的吩咐，水上派出所已经针对凶器和凶手逃跑路线展开了搜索。但当天的降雨量大得险些让南城内涝，四里河直通渤海，流速非常快，水上派出所反映在案发附近打捞出凶器非常困难。另外，下游两岸也没发现凶手爬上来逃走的痕迹，即便有脚印，应该也早被暴雨抹平了……"

廖刚紧跟着步重华踏出电梯，汇报声突然被前方传来的喧闹声打断了。两人同时抬头，步重华猝然一声厉喝："住手！"

连滚带爬往前扑的范玲呆住，年大兴的号叫也戛然而止。孟昭正推着吴雩让他快走，闻言整个人惊跳起来："队、队长？"

吴雩瞳孔骤然紧缩。

场面登时一片僵持，步重华大步上前，所有人下意识地给他让开了一条道："怎么回事？"

"是他先动手的！"几个值班警察反应快，抢先七嘴八舌道，"被害人家属闹着要抓组装厂老板要赔偿，这人还想打他老婆……""砸了会客室！还动手打小吴！""对对是他先动手的！"

年大兴从刚才就一直紧盯着吴雩，满脸掩饰不住的难以置信，如果仔细观察的话就会发现其中还有一丝恐惧。不过这时候周遭议论纷纷，他也随之反应过来，抱着肚子就开始在地上打滚："警察打人啦！还有没有天理王法了啊！就欺负我们老百姓呀，欺负我们没钱没势……"

哭的、喊的、打滚撒泼的闹成一团，不远处驻足观望的技术大队王主任终于忍不住了："这家子是什么鬼，撒泼撒到刑侦支队头上了，还不赶紧找治安大队拉下去？！"

旁边痕检员赶紧把他拉住："主任你冷静点！你不经常带头人身攻击步支队吗？"

王主任怒道："我攻击是我攻击，那也不能给外人攻击啊！"

不管事实内情如何，警察在支队大门口跟被害人家属动手，首先就落了理亏，如何处理全看领导愿不愿意去保——步重华皱着眉看向吴雾，两人的视线蓦然隔空相撞。

吴雾的脸微低侧着，那姿态仿佛平常一样局促拘谨，仔细看的话却能发现五指在身侧微微发抖。他眼梢向上斜挑，似乎在紧张地打量步重华是什么反应，这个角度显得他眉骨格外深刻，下颌绷得极紧，鼻梁与侧颊都显出一种玉石般坚硬的质感。

步重华并不熟悉他这种神态，但此时此刻能奇异地察觉到他的情绪——这个人正唰地竖起一身尖刺。

他甚至没能掩饰住平时隐藏得很好的敌意。

"你怎么样啦？你怎么样啦？"范玲手足无措地摸索年大兴，然后一屁股瘫软坐在地上，采取了自己最熟悉最本能的处事方式——拍腿大哭起来，"我可怜的萍萍呀！现在怎么办啊！我命苦啊！……"

人人敢怒不敢言，孟昭挡在吴雾身前想求情，张了几次口都没敢出声。步重华不动声色地收回目光，问赖在地上的年大兴："你还能站起来吗？"

年大兴立刻翻过身捂着肚子叫痛。

"行。"步重华冷冷地吐出一个字。

然后他回过头，在众目睽睽之下吩咐廖刚："公安局门口寻衅滋事，把他带下去，关隔离室冷静冷静。"

吴雾一怔。

孟昭也意外一愣，紧接着喜上眉梢，几个值班民警不用领导吩咐第二遍就立刻扑了上去。只有范玲惊慌而软弱地一边说"啥？啥"一边试图阻挡，然而这个瘦小干瘪的妇女根本拦不住警察，几个人七手八脚抬起年大兴就往前推："跟我们过来！""走！"

年大兴出乎意料地不敢说话，讪讪地念叨着什么，频频回头看向吴雾，目光中充满了难以掩饰的狐疑和恐惧。

"别磨蹭！走！"

年大兴仿佛活见鬼般一缩，被几个民警厉声呵斥，跌跌撞撞被押了出去。

"步队，您看，"孟昭搓着手笑道，"小吴他也不是故意的，他是为了阻止年大兴家暴妇女，您看这个事情……"

步重华没有答话，脸上也不见喜怒，微眯着眼睛打量吴雯。周围一圈人的心都吊着，半晌才听他问："你没被打吧？"

孟昭赶紧捣了吴雯一下，低声说："还不快道歉？"

吴雯低垂着眉眼："对不起队长，我下次……"

"你没被打吧？"

片刻安静后，吴雯含混吐出两个字："没有。"

步重华点点头，说："以后别在走廊上动手，有摄像头。"

众人都松了口气，气氛这才活泛起来："那年大兴本来就酗酒家暴、小偷小摸五毒俱全，根本不问他姑娘怎么死的，上来就要钱！啧啧啧……"

"你们别说，咱小吴是不是练过啊？上来就把人当胸一踹，咔嚓！"

"好样的吴雯，平时咋不见你这么威风呢！你下次就得硬气点知道吗！"

廖刚顺口笑道："你们懂啥？全刑侦支队上下就孟姐一个女的，人小吴这是保护我方警花……"话音未落他转过身来，正撞上步重华冷漠的注视，当场汗毛倒竖，瞬间消音。

"所有人回办公室，五分钟后开案情会。"步重华不动声色道，"这件事待会儿再说。"

"五〇二杀人案，被害者年小萍，十八岁，致死原因是造成外伤性心脏破裂引发的急性心包填塞，凶器是一柄宽度三点五厘米左右的双刃利器，尸体身上暂时没发现凶手任何痕迹。"

"现场痕检的第一轮筛查已经结束，我们把泥土整个翻检了一遍，暂时没发现凶手脚印、血迹、指纹或者毛发。"

"出去走访小岗中学的探组回复消息了，年小萍在学校没有什么同学矛盾或不良记录，校园暴力暂时可以排除。她打工的鸿兴组装厂老板和车间主任也接受了问话，详细笔录在这里，交叉印证没发现互相矛盾的情况。"

"…………"

"不要看技侦员，技侦员尽力了，你们知道技侦员有多努力吗？"王九龄在满办公室人目光炯炯的注视中两手一摊，无奈道，"水上派出所联合蛙人在四里河连凶器的毛都没发现，更别说凶手了，我们能有什么办法？给你从土里变出个血指印出来？"

满办公室刑侦人员炯炯有神的目光落在他脸上，一副"技侦爸爸再爱我们一次"的表情。

"没办法，待会儿让法医小桂他们再对尸体做一次感光片，看能不能找到潜血吧。"王主任没好气道，"瞧你们这有事钟无艳无事夏迎春的嘴脸，下次团建再往技术队送霸王防脱洗发水，小心我就真翻脸了啊。"

刑侦人员们立刻掩了半边嘴当什么也不知道，步重华问："沿途监控录像呢？"

所有人目光齐刷刷转移，老实巴交的视侦组长一下成了众矢之的，立刻开始发着抖摇头。

"那天下暴雨，可见度极差，案发地又属于城郊接合部，管理难度大，监控录像筛查的范围太大了。"老好人廖刚叹了口气帮他翻译，说，"如果只盯着监控录像的话，查到猴年马月都不一定能有线索——完全不知道凶手跳河以后是在什么地方上岸的啊。"

既没发现现场痕证，也没排查出社会恩怨。也就是说，从案发到现在第三天，侦查工作几乎没有任何进展。

暴雨冲走了一切线索，凶手占据天时、地利、人和，把一件原本就扑朔迷离的案子变得更加诡谲了。

"年大兴有没有仇家？"蔡麟反坐在椅子上，抱着椅背举手发问，"那孙子一看就是个喝多了敢招惹马王爷的主，会不会他身上存在什么突破口？"

刚被招惹了的马王爷吴零低头坐在办公桌后，因为T恤过于宽大，越发显得沉默瘦削，与刚才判若两人。

步重华看着他，目光停留了半秒。

孟昭无奈道："年大兴一口咬定自己遵纪守法，从不惹事，要求雇用年小萍打工的鸿兴组装厂负主要责任，除此之外半个字都不肯交代，怎么办？他是被害人家属，我们只能询问他，又不能审他！"

这是肯定的，年大兴这种流氓地痞跟当地派出所交道打多了，早练成了死皮赖脸的滚刀肉。叫他主动承认自己平时那些偷鸡摸狗的龌龊事？那根本不可能。

"我已经让刑大的人去小岗村摸排走访了，下班前应该能有回音。"步重华站起身，沉声道，"一个十八岁的女孩子被杀，目击者却毫发未损，如果其中有任何恩怨动机，她的父母十有八九逃不开牵扯，这方面还要往深里查。"

蔡麟麻溜起身："是！"

"凶手留下的唯一确切的特征就是骷髅头盔，加紧排查医院、公墓、火葬场、殡仪馆等地，对津海市周边没有实行火葬的乡村着重梳理，如果有任何买卖或偷盗尸体的线索要立刻彻查到底。另外，留两个机动组在队里应付突发情况，其他所有人散出去排查本市的人体模型生产厂家和经销商，要是有不配合的就通知当地工商，再不配合的，安排人去上门，检查他们消防。"

步重华不愧一线刑侦历练出来的老警察，这招可谓又毒又辣，所有人起身："是！""明白！"

外勤匆匆佩上警八件准备出发，廖刚在喧闹声中压低声音，不乏忧虑地问："如果头盔这块也找不出线索怎么办，队长？"

步重华没吱声。

"咱们从来没遇到过现场这么干净的案子，监控录像缺失，被害人家属不配合，时间又紧张……要是这蹊跷的骷髅头盔也查不出来历，'五〇二'岂不成'死案'了？"

——死案，没有线索、没有证据、没有动机、没有嫌疑人。每个刑侦队队长任上都或多或少会遇到死案，就像沉疴宿疾，久治不愈，最终成为一辈子的心病。

"这世上只有不够专业的刑侦，没有绝对干净的现场。"步重华顿了顿，说，"但我最担心的不是这个，而是另一件事。"

廖刚一惊，只见步重华眉头紧紧压着眼眶，半晌才低沉道："雨季要来了，你说他还会再次作案吗？"

廖刚悚然色变。

好运并没有眷顾刑侦支队。

技术大队再三筛查，确认现场铲回来的那层泥土里不存在凶手的任何痕迹。法医对尸体进行了全面解剖和电子摄影，没发现关于凶器的更多特征，也没找到凶手的潜血指纹或DNA。

各个乡镇派出所都没有关于坟墓被盗掘的警情，殡仪馆跟火葬场的尸体火化记录也都对得上。各大医院和人体模型厂家被挨个儿约谈，反馈回来的消息非常不乐观，骷髅头盔的来路完全摸不到任何线索。

发生在暴风雨夜的五〇二杀人案，仿佛真是腐尸从冥河中爬出来，杀了一名凑巧路过的无辜少女，然后跳回阴间，从此再也不见了踪迹。

这案子还能从哪里下手呢？

第 10 章

吴雩吐了口气，疲惫地揉揉眉心。

窗外天色渐晚，玻璃窗映出荧荧发光的电脑屏幕，页面上的搜索图片赫然是一个个形态各异的骷髅头盔和人头面具，腐烂的、仿真的、考古出土的、海外展出的……但没有一个符合何星星对凶手的描述。

即便在搜索框里加上"祭祀""跳大神"等关键词，结果图片也跟记忆中模糊的场面大相径庭。

——我真的见过吗？吴雩想。

步重华那天的话再次在耳边响起："典型的记忆紊乱型应激障碍……让他潜意识对记忆进行了篡改、夸张……恐惧幻想和真实记忆互相交错造成的结果……"

如果应激障碍可能令人的记忆产生混淆，那么如何才能肯定二十多年前的场景是真实的？会不会这个骷髅头盔，真的跟"那边的"行为一点关系也没有？

吴雩站起身走了几步，透过半掩的百叶窗，可以看见步重华他们几个在支队队长办公室里开会，连许局都亲自下来了，神情凝重地坐在沙发上听蔡麟汇报调查结果。

步重华聚精会神，衬衣袖口挽到手肘，侧坐在办公桌沿上。事实证明熬夜是抗衰老天敌，在支队熬了整整两天一夜后，连步支队警院校草级别的五官都没扛住造，眉宇间满溢着焦躁和疲倦，眼睛里则充满了吓人的血丝。

蔡麟的声音从门缝中飘出来："现场这块我们几乎已经放弃努力了，从昨天下午到今天的调查重点一直是年家的社会恩怨，但怎么翻都翻不出线索，现在最大的难题是找不出动机……"

百分之八十以上的杀人案是熟人作案，找到动机就等于攻克了最大的难题，但偏偏这个案子连动机都毫无头绪。

吴雯下意识摸出根烟，还没来得及点燃，步重华像是有第六感似的突然抬头，透过门缝对他一瞪，食指和中指并拢隔空一点，意思是：不准抽。

吴雯："……"

许局看不见门外："哎？你怎么了？"

"关注手下身体健康，展现我作为上司为数不多的关心。"步重华平静回答，转向蔡麟，"对各大医院太平间的筛查结果出来了吗？"

蔡麟愁眉苦脸说："连非法运营的私人太平间都被我们挖了个底儿掉，别说骷髅头了，连完好不腐的头都没有丢失记录……"

步重华脑子里飞快地琢磨案情，眼角余光瞥着门缝外的吴雯，只见他深深吸了口气——那瞬间步重华感觉到自己的祖宗十八代又被亲切问候了一遍。不过出乎意料的是，紧接着吴雯又生生忍住了，转身走出了大办公室。

上外面抽烟去了，步重华想。

他这么想着，内心又觉得好像自己对这小子的关注度稍微高了一点。他还没来得及分神去思考为什么，廖刚突然探头进门叫了声"许局"，然后问："队长，您让三组排查年家人在来津海之前的社会关系，现在他们把结果发回来了，听吗？"

许局立刻忘了刚才那茬："听听听，怎么样？"

"年大兴，今年四十五岁，老家在高池县羊枣子村，平时租住在津海周边城郊接合部的小岗村，陆续干过搬水泥、装修、看仓库等杂活儿，属于流动务工人员。据高池县的派出所传真来的记录来看，是个偷鸡摸狗、酗酒闹事、打老婆打到村委会调解了七八次的混混儿，在老家那几年横行霸道，经常跟村民争执打架，还曾经强占过邻居的半块宅基地。"

许局立刻说："那赶紧顺着这条线往下查，派人去他老家摸排啊。"

廖刚赶紧"哦"了一声要走，却突然听步重华说："等等。他占过邻居的地？"

"是，我们收到的传真全是一条条出警记录，每条记录里都有概略警情……"

"不对。"

办公室里所有人都满头问号，目光炯炯地盯着步重华，只听他轻声道："年大兴只有个女儿，在那些落后的地方算'绝户'，即便是个横行霸道的混混儿，也最多在一些鸡毛蒜皮的事情上占点便宜，绝不至于强占邻居的地，现在很多地方争宅基地是能闹出人命的。除非他有其他倚仗，足以让其他乡邻都不敢招惹，但又不是涉黑，否则地方派出所跟我们交叉印证时不会一点风声不提……"

宅基地按每户人头分，家里男丁越多越说得上话，廖刚心想难道邻居是个寡妇、残疾人、老人？

步重华脸色突然一变，不知想起什么，疾步走到办公桌后打开了电脑。

许局丈二和尚摸不着头脑："哎？你查什么？"

"内网。"步重华紧盯着屏幕，"全国公安犯罪数据库。"

吴雩下到刑侦支队大楼门前，深深吸了口初夏夜晚清凉的空气，这才点燃那根烟，翻开了手机通信录，无意识地上下滑动屏幕。

真的要打吗？他有些犹豫。

从来津海之前他就知道，自己只需要打卡上班、按时拿钱，过两年辞了职，无声无息地消失在人海里，安稳平庸地活到老死，这辈子就算无愧于天地也无愧于本心了，那些血腥离奇的杀人案其实都不该再跟他产生任何关系。

但不知道为什么，年小萍死不瞑目的灰白眼珠和步重华布满血丝的锐利眼眸，就像被快进了的哑剧画面般，始终不停地交替闪现在他脑海里。

吴雩长长出了口气，终于夹着烟，按下了那个号码——

云滇省机场。

林烓拎着公文包大步走出抵达大厅，一辆黑色轿车早已等在人行道边，司机麻溜下车打开后门，叫了声"林科"。

林烓一言不发，坐进车里。

司机早已习惯了他的作风，也不以为意，一边发动汽车一边从后视镜小心打量他："咱们现在是去哪儿，林科？我送您回家还是——"

林烓微闭着眼睛，吐出两个字："省厅。"

司机已经跟他有一段时间了，能感觉到他表面虽然没有异状，心情却不太好，于是闲话半句没说，立刻打灯转向。

就在这时车里响起了手机铃声。

林烓猛地睁开眼，接通电话，那瞬间他的语气让司机怀疑自己听错了："喂？"

"方便说话吗？"

电话里那道声线略带沙哑，但有种沉静的质感，司机确定自己从没听过。他不禁往后视镜看了一眼，意外地发现林烓眼睛弯弯的，他在笑！

林科竟然在笑，是他的眼睛出了问题还是后视镜出了问题？

"方便，我飞机才降落——怎么了？"

通话对面电流沙沙，少顷才听那声音含混道："有件事想求你帮忙。"

林炡不自觉坐直了，声音里都带上了笑意："什么忙？你说。"

吴雩站在分局门前的人行道上，在袅袅烟雾中眯起眼睛，灯火繁华的街道夜景尽数映在了他眼底。

"我早年在南边的时候，有一次进到当地村落，偶然看见巫师戴着人骨面具跳大神。有时我晚上会梦见之前的事，那人骨面具还挺吓人的，醒来以后就想那到底是什么样的活动，还把图画了下来，一整天都在琢磨它。"

林炡的笑容慢慢淡了下去，听到最后脸色已经有些凝重了："你晚上经常做梦？"

"偶尔吧。"吴雩含糊应付了一句，说，"我就想知道那个面具是做什么用的，感觉很多事如果想通了，以后也就不会老惦记着过不去了。我听人说你的权限大查东西快，能帮我查查吗？"

林炡沉声问："你晚上经常做噩梦，为什么从来不告诉我？"

吴雩一时语塞，顿了顿之后气馁道："可能有点违反纪律，你不方便查就算了。"

林炡幽幽叹道："吴雩……"

司机知道自己应该眼观鼻鼻观心，但林科长那口气叹得好似咽下了千言万语，让旁人心肝肺腑都不由得跟着一颤。

所幸林科长在那一叹之后就没说什么，只温和地道："那你把你画的图发给我吧。"

在案子没破的阶段披露关键性线索是违法的，即便对方是不同辖地的同事也不行。所以吴雩之前就把骷髅头盔粗略临摹保存在手机相册里，用短信发给了林炡。

手机嗡地一振，林炡看了一眼。

"知道了，交给我吧。"他顿了顿，好像终于还是忍不住，对着手机低声问，"吴雩？"

吴雩"唔"了一声，正夹着烟要抽，不远处阴影里突然响起手机拍照时特有的声音：咔嚓！

这动静极其轻微，在繁华热闹的街道上简直不起眼到极点，电光石火间，原本半侧身体的吴雩却猛地抬头，精确无比觅声望去，紧接着手就顿在了半空中。

——年大兴站在人行道对面，手机摄像头还来不及藏起来，一张横肉脸绷得紧紧的，自下而上死死盯着他。

远处绿灯转红，赤红的光映在那三角眼里，泛着淬过蛇毒般的光。

吴雩经历过太多生死瞬间，几乎在同一时刻就预感到了什么，瞳孔猝然压紧。林烃在电话那头问什么，但他没有在听，他看见年大兴面孔扭曲着，张开嘴做了几个口型："二、三、六、五、九——"

分局办公室里，步重华的光标从密密麻麻的网页上迅速滑动，随即一停，屏幕上出现了年大兴呆滞僵硬的二寸免冠照："果然。"

许局一看："哎呀，这小子有前科？"

"可是我们收到的出警记录……"廖刚戛然停住，然后猛地反应过来，全国犯罪人员档案数据库还没建成，派出所的无犯罪记录只保存十年，而且如果年大兴是在外省被羁押的，原籍派出所不一定联网！

而在那些特别封建的地方，除了家里儿子多，还有什么能震慑四里八乡？

——蹲过大牢！

"年大兴，原名年贵，十四年前因协助贩卖鸦片不满两百克被判有期徒刑三年，并处五千元罚金。"步重华逐字念出内网上的记录，目光落在下一行上，"服刑地云滇，锦康区看守所，保山监狱。"

23659。

夜风清凉，笑语喧杂，没人注意到吴雩一动不动地站在人行道上，瞳孔微微扩张。

这串数字仿佛一把钥匙，将记忆角落里某扇不起眼的门轰然打开，封锁多年的画面迎面呼啸而来。他仿佛再次看见铁窗外支离破碎的天空，远处一声声脚步回荡，随即牢房铁门哗啦关上，看守在空旷阴森的走廊尽头提高声音："23659！有人探视——"

"没想到吧？这么多年过去了，躲不掉的还是躲不掉！"年大兴咧着嘴，喜悦的调子几乎控制不住从那口发黄的冰毒牙里喷出来，"穿上官皮又怎么样？条子知道你以前的事情不？"

"吴雩？"林烃似乎听见了什么，感觉到通话那头的呼吸紧促起来，立刻问，"你怎么了？"

"……"

"喂？吴雩！"

"死者财物没有遗失,无猥亵性侵迹象,现场目击者毫发无损。排除情杀、劫财、利益纠葛,仇杀或灭口应该是目前最可能的杀人原因。年小萍跟范玲都没有社会恩怨,如果这个案子的方向没错,关键点有可能落在年大兴的前科上。"

支队长办公室里所有人起身,步重华沉声道:"年大兴没有跟我们说实话——蔡麟去联系小岗村派出所,让他们立刻带年大兴过来帮助调查,现在就去!"

蔡麟一跃而起:"是!"紧接着飞也似的跑了。

步重华长长吐出一口浊气,中指关节揉了揉隐隐作痛的眉心,呼啦打开窗户。晚风裹着热热闹闹的都市气息一拂而入,瞬间吹散了外面大办公室的浓厚的香烟、泡面、地沟油炸串味道,令人精神不由得一振。

分局门口的树荫下亮着一星红光,步重华定睛一看,只见那果不其然是吴雯,正背对着他一边抽烟一边打电话,也不知道在跟谁聊什么。

——跟谁?朋友?

那天医院门前开走的黑色奥迪以及那晚最终没有得到回复的短信,两者突然同时从记忆中浮现,让步重华心里蓦地升起了一丝古怪的感觉。

真是想案情想魔怔了,人家的私生活关你什么事。步重华心里对自己一哂,正要关窗,只见吴雯终于举着手机转过身,似乎要回刑侦支队大楼,却突然又站住了,以一种要转不转的僵硬姿态立在树荫下,紧盯着不远处的什么东西。

步重华心说他在看什么,便顺着视线往前望去,透过人行道边的树冠,隐约望见那里站着个人,但看不清是谁。

"老板!"蔡麟举着手机推门而入,"小岗村派出所巡警去敲了年家门,他老婆说他那天从公安局走后就没回家,电话也打不通,已经失联了!"

失联?!

所有人面色一变,步重华当机立断:"查他名下的出行记录,车票、机票,长途汽车站、高速公路收费站、48小时内的手机通话记录和他家附近公用电话亭监控录像——王九龄!"

正巧王主任捧着泡面从楼上溜下来,准备从刑侦支队的柜子里偷卤蛋吃,闻言一个趔趄,惊慌失措道:"我我我只拿一个……"

"年大兴手机三角定位,现在就去!"

"哎呀你凶、凶什么凶嘛!"王主任赶紧往怀里揣了袋卤蛋,想想又飞快地替法医室多拿了一袋,嘴里还嚼着面条,一个箭步冲上楼。

刑侦支队大办公室陡然陷入了忙碌，人人都在快步来去，空气里飘浮着紧张的味道。步重华回头把窗户一关，抓起办公室钥匙，正准备上楼去技术队，眼角余光突然瞟见什么，猝然回过头——

"吴雩？"电话那头林烃低吼起来，"回答我！你怎么了？"

吴雩没答话也没动，只见不远处年大兴森然一笑，那是拿住了某个致命把柄后满意又贪婪的笑容，一字一字道："你完了。"

年大兴转身就跑，同一时刻，吴雩将烟头弹进数步以外的垃圾桶，红光在黑夜中画出一道弧线，映在高处的步重华眼底——

"没事，"他沙哑道，"回头联系你。"

林烃："喂？什么？"

通话猝然切断，吴雩拔腿就向年大兴逃跑的方向冲了出去！

步重华喝道："姓年的在那儿！来人！"

"队长？"廖刚觅声抬头，还没来得及反应过来，只见步重华旋风般转到办公桌前，抓起手机，调出吴雩的号码按下通话键，但无人接听，再打直接被挂断了！

"您好，您所拨打的电话正忙……"

步重华疾步冲出办公室，脚步不停地吩咐廖刚："年大兴刚才在分局门口，吴雩正在追他，叫老王同时查姓年的和吴雩两个手机定位，蔡麟！"

蔡麟正稀里呼噜吃泡面，闻言把筷子连汤带水一甩跟着冲出来，跟跟跄跄大喊："老板什么情况？！等等我一起走！"

"通知交管局，出人沿途拦截，车钥匙！"

蔡麟铆足力气一抛，吉普车钥匙呼呼打旋而来，步重华头也不回，啪地接在手里，闪电般冲下楼道，开车打灯。警用牧马人一个漂亮的三角掉头，冲出大门，呼啸着汇进了车流！

哔哔——

车喇叭此起彼伏，载着愤怒的叫骂飞快远去："跑什么跑？！""作死啊！"……

吴雩停下脚步，整个人就像绷紧的弓弦，猝然回头一扫，余光锁住了数十米外巷口疾闪而逝的背影。下一刻他冲进小巷，只见年大兴猛地推翻了挡路的垃圾杂物，在稀里哗啦的声响中跟跄奔向前方，不远处的围墙上到处画着醒目的"拆"字，是城中村。

——现代都市中低洼、混乱、藏污纳垢的旮旯，是罪恶滋生最好的温床。

风声从耳边呼啸着向后飞驰，吴邪眼底划过寒光，脚底骤然发力，跃起踩上围墙，飞檐走壁数步，轻而易举超过了连滚带爬的年大兴，凌空三百六十度翻身落地，甚至没带起半丝声音！

年大兴立马止住步子，差点摔了个跟头。顺着他颤抖的瞳孔向前看去，数米以外的小巷中，吴邪从光影交界处缓缓站起身，侧影被他身后的那轮冷月拉得锋利狭长。

"你想起我是谁了？"年大兴脸上肥肉乱颤，咬牙切齿地吐出一句话。

吴邪默不吭声。

"没关系，我记得你，每当我看见这个都会想起你！"年大兴把松松垮垮的跨栏背心一撩，肚皮上赫然一道蜈蚣似的弯弯曲曲的疤，足有半个巴掌那么长，"想不到吧，从云滇到津海，隔着大半个中国，还有遇见故人的那一天！"

他上下打量吴邪，小眼睛里闪着毫不掩饰的恶意："你倒有本事，还披上这身条子皮了，应该不仅仅是送钱找门路那么简单的吧？你说，要是条子知道你是越狱的逃犯，你下半辈子还能不能从牢房里出来？！"

吴邪脸上看不出任何情绪："你想怎么样？"

年大兴咧嘴大笑，得意至极："你觉得我想怎么样？！"

"你要钱？"

年大兴没想到他这么直截了当，顿时更神气了："钱？老子不缺钱！这样吧，你自己倒是说说，当年把老子肚子上豁这么大一个口子，该赔我多少医药费、精神损失费？你们条子老说什么天网恢恢，你撞到老子面前算不算报应，嗯？"

吴邪知道他在拖延时间，右手缓缓摸到后腰，从皮带上轻轻拔出一把匕首。

那匕首刀锋极其狭窄，也不知道是磨了多久，月光荡在刀刃上，反出一道森寒的弧光。

年大兴毫无知觉："再说你能有几个钱，老子要发财，可不缺门路，想叫你死的人多的是！现在可不是当年蹲牢房的时候了，光拳头硬可没用，我倒要看看你还有什么办法……"

吴邪不易察觉地重心前移，持匕的手缓缓垂在身侧——但就在这时，他身后城中村的方向传来了摩托轰响，急速逼近，转眼就到了近前！

呜——呜——引擎轰然停止，窄巷前后同时闪现出摩托车头灯。吴邪眼睛被刺得一眯，只见这破败的方寸之地已被照得灯火通明，紧接着七八个小混混儿扛着撬棍、握着菜刀齐刷刷从车上下来，不怀好意地堵住了巷子的前后两端。

然后巷尾堵着的那几辆摩托后又缓缓驶来一辆豪车，车门打开，钻出来一个五十来岁圆头大耳的男子，可能是相由心生，看面相便非常不善。"十年了，真是老天有眼啊！"

吴雪的目光落在那人手上，只见那人的右手全无异状，左袖口下却空空荡荡，表情发生了微妙的变化。

他终于想起了这是哪号人。

——或者说，他总算想起自己是怎么剁下这只手的了。

五六辆警车一线冲出分局大门，闪烁着夺目的红蓝警灯，很快融入了都市夜晚的街道。

"三组0027 三组0027，五分钟前目标经过文兴路明珠娱乐城正门，重复一遍五分钟前目标经过文兴路明珠娱乐城正门，完毕！"

步重华一手方向盘一手步话机："知道了，我正在赶过去。"

"华哥！目标接近高速出口与新瀚路交叉地带，正往南边移动！"

警车闪电般拐过马路，步重华单手将方向盘打到死，同时心内一沉。新瀚路以南不远是老昌平区，错落分布着津海市最大的城中村，据说准备年底拆迁，现在正是鱼龙混杂难以监控的阶段，而且难以计数的小巷曲折复杂，很多地方根本连车都通不过，上哪儿去找人？！

"老板！"蔡麟在风驰电掣中喝道，"他们往城中村方向去了！"

刺啦一声尖响，轮胎在摩擦声中急剧停住，步重华反手嘭地甩上车门，脸色森寒冷峻。

他身后是鳞次栉比的高楼大厦，身前却是错落的窄巷、破旧的道路和低矮的棚户房，地上集聚着一摊摊水洼，脏污发黑的老式空调外机嗡嗡作响。

"三组到哪里了？"步重华走进巷子，对步话机轻声问，"技术队那边怎么样？"

"我们七八分钟就到，王主任正让人追踪年大兴的手机定位！"蔡麟顿了顿，背景中其他频道此起彼伏，不知收到了什么信息，突然"咦"了一声，"华哥？"

"怎么？"

"王主任联系不上吴雪。"蔡麟狐疑道，"他说，吴雪的手机上有反追踪装置。"

第 11 章

远处车声近了又远，巷子里却安静异常，只听长短粗重的呼吸起伏，没有人动。

"当年你砍我手的时候，我还以为这仇一辈子都没法报了，没想到啊。"那男子冷笑起来，也不知道是不是"溜冰"溜多了，嗓音嘶哑尖厉，"姓年的告诉我你在津海的时候，我还当他胡说八道呢！"

吴雩默不作声，但如果仔细观察的话，就会发现他肩背、窄腰、大腿肌肉绷紧，身体呈现出了略微前倾的戒备状态。但那男子没注意，激动得断手都在微微发抖："过了这么多年，善恶到头终有报，老天果然不会放过欺负过我姓刘的人！"

年大兴颠颠儿跑去邀功："刘哥，刘哥您可总算来了，我……"

"所以你现在想怎么样？"吴雩平淡地问，"'老镏子'？"

十多年生死岁月没有给吴雩的外貌带来太大改变，除了眼角下的细微痕迹，五官神情都一如当初，只是声线有点沙哑——那可能是当初刚入狱时，被姓刘的他们那帮老犯人抓住逼着喝脏水，后来咽喉感染了的缘故。

但那真的已经是很久以前的事了。就像光洁的石碑表面被无意刮出一道痕迹，但很快被更狠、更重、更密集的风刀霜剑所覆盖，最终没人能从伤痕累累的石碑上找出它的第一道印记。

如果"老镏子"不出现，他根本都不会再想起当年还有那么一帮人。

姓刘的抬手挡住年大兴，连看都没看这喽啰一眼，只死死盯着吴雩："我们道上做生意的，讲究的就是个公平……"

吴雩迅速向四周一扫，略微退后半步，但同时后面堵巷尾的小混混儿立刻逼上前来。

"当年你砍了我一只手,现在我连本带利只要你一条胳膊,不算过分吧?"姓刘的一抖光秃秃的左袖口,厉声道,"我倒要看看现在还有谁帮你,给我上!"

话音刚落,小马仔们唰唰举着菜刀撬棍,从前后扑了过来!

脑后菜刀凌空劈下,吴雩闪身避过耳侧刀刃,空手抓住前方铁棍,闪电般向后一推,铁棍底部当场将那马仔打得胸骨爆裂,一口血当空喷了吴雩身后那打手一脸。就在这半秒不到的空隙中,吴雩飞起一脚将菜刀踢飞,刀面"当"地重重打在围墙上,铁石交激出一道耀眼火光!

姓刘的又惊又怒:"你——"

没人能看清吴雩的动作,只见他将匕首一抛,反手握住,就势毒牙般捅向马仔,在对方惨叫的同时发力一跃,单手撑墙,三两下直接蹿上了墙顶!

"给我追!给我弄死他!"姓刘的声嘶力竭。

"什么意思?反追踪?"步重华眉峰一挑,"现在还有什么牌子的手机能做到这个?"

"是,根据机器反馈来看,应该是通过限制基站指令和修改后台参数,针对我们现行的追踪系统模拟了假定位。王主任说他以前见人这么弄过,但网络信号会受到很大限制,新款智能机是做不到的,老机型才可以。"蔡麟舌头几乎打结,"现在怎么办,老板?"

步重华一时发不出声来,眼前突然浮现出吴雩伤痕累累的腰背,以及肩上那说不出怪异的飞鸟刺青。

为什么"失联的"年大兴会突然出现在分局门口,正巧撞上吴雩?

为什么吴雩明明不清楚案情进度,却知道立刻拔腿去追年大兴?

案情如重重迷雾,被一丝极端危险的直觉蓦然刺穿,这时只听蔡麟突然叫起来:"老板!技术队追到年大兴的手机定位了!"

"在哪儿?"

"稍等我先看看,定位在——在……"蔡麟声音一顿,蓦然轻了下来,"华哥,目标离你直线距离一百二十米。"

步重华心神一沉:"发给我,快!"

"在那边!""追!"

吴雩在屋顶疾行,三步并作两步跃过屋檐与墙头的空隙,犹如月光与霓虹交错中的猎豹。马仔们在窄巷中一窝蜂地追上去，但你推我挤根本追不上，混乱中有人大叫："刘哥他要跑了！怎么办？！"

姓刘的咬牙切齿，那只缺失的残臂举起又放下，放下又举起，断口仿佛再次生出了被活活剁断的感觉——其实那瞬间是没有痛觉的，因为刀刃太快，神经来不及将痛觉反应给大脑。但那任人鱼肉的恐惧绝望，以及足以将半个身体冻僵的森寒刀锋，却永远刻在了灵魂里，时至今日都仍然能让他感觉到剧痛。

"是哪只手？"他还记得自己被按在布满灰尘的水泥地上，那年轻人蹲在旁边，眉眼五官还是非常清晰，眼底坚冰似的沉静却已经跟在监狱里那阵子完全不同了，他问，"是哪只手摸的？"

他已经不记得自己当初的反应了，应该是在一把鼻涕一把泪地号哭哀求。但年轻人无动于衷，拿刀比画了一下，真的只有一下。

"行吧，"他说，"既然你说不出来，我就随意了。"

姓刘的怎么也没想到，自己卧薪尝胆，辛苦筹谋，熬过了这好几年的大牢，还没来得及出去东山再起，就先被砍掉了一只手。他也没想到当年那个年轻人既没有死在缅甸，也没有混成一方枭雄，而是又回来了，还横跨大半个中国来到华北，神不知鬼不觉地出现在他面前。

"不能让他跑了，绝不能再让他跑了……"姓刘的牙缝里嘶嘶吐着凉气，然后心一横，摸出手机，"喂！'三头眼'？"

对面立刻叫了声"大哥"。

"带人从外包抄，把那小子给我堵在巷子里弄走！记住，弄不走就弄死，不能留活的！"

"明白！"

姓刘的狠狠摁断电话，眼一横瞅见跟在后面搓手的年大兴："你也去！"

年大兴倒也灵光，不用他说第二遍，立刻麻溜从地上捡了根撬棍，杀气腾腾握在手里："是！"

警车冲过街角，疾驰而至，齐刷刷停在即将拆迁的棚户区前，随即蔡麟带着三四个刑警跳下车，举着步话机急匆匆冲进七拐八扭的羊肠小道："老板小心！我们到老昌平区了，随时可以支援！"

半塌的围墙下只听水沟哗啦作响，步重华侧身隐在砖墙后，轻声说："目标在我两点钟方向五十米，知道了。"

紧接着他关掉通信设备，伸头瞥了一眼。前方棚户区根本没有路灯，水电都不通，黑黢黢的，看不清虚实；隐约的叫骂声从黑暗深处传来，但很快就向更远处移动去了。

年大兴到这地方来干什么？

对方有多少人？

吴雩那边为什么完全断了音信？

原则上他应该等待手下支援，但步重华十多年一线刑侦培养出的嗅觉让他知道，某种诡谲不祥的情况已经发生了。万一吴雩已经陷在了未知的危险里，他早一分钟突入定位地点，吴雩就能多一分生机。

步重华心内左右不决，后脑紧贴在粗糙的砖墙上，深吸了口气。就在这千钧一发之际，前方窄巷中突然有黑影晃动，紧接着"啪嚓"枯枝作响动静传来。

——有人！

步重华猛地起身："不许动！警察！"

谁在那儿？

年大兴惊慌回头，六神无主，一咬牙就举着铁棍狠狠砸了下去！

只听"呼"一声劲风响起，撬棍结结实实砸在骨头上，黑暗中顿时响起惨叫："啊！"

"喵——"野猫踩着一连串枯枝蹿上墙头，瞬间消失得无影无踪。步重华脚步顿住，只见夜色中的窄巷空空荡荡，根本连个鬼影都没有，心说不可能啊，技术队定位难道错了？

他眼角余光向附近一扫，突然意识到什么，只见水沟边的地上有什么东西在隐约反光，便过去捡起来一看。

是部手机。

技术队定位没错，手机确实在这里——人早跑没影了。

步重华俊美的脸颊仿佛被冰封一般，半晌才呼了口气，抬头望向四周，低声骂了句脏话。

来人是刘哥手下马仔，捂着满头满脸鲜血痛得直叫。年大兴惊魂未定连退数步，结结巴巴回骂："谁、谁叫你鬼头巴脑，该！"

马仔一听不干了，嘴里不干不净地骂着要扑过来，正当这时后面有人狂叫："在那儿！在那儿！"两人同时回头，恰好见不远处墙顶有人纵身一跃，是吴雩！

吴雪疾步而至围墙尽头，纵身跃下锈迹斑斑的铁丝网，像一片羽毛般落地，瞬间没有发出任何声音。前方已经没有路了，当初违章搭建起来的平房已经被拆得七七八八，大片废墟砖石堆在坑坑洼洼的泥地上，另一拨人正扛着家伙从四面八方向他包抄。

而在他身后，那帮堵门的马仔已经追了上来！

那姓刘的估计是仗着"三不管"地带人流混乱，鬼知道他到底带了多少马仔，简直是前后左右四面夹击。混乱中吴雪侧身避过迎面拍来的铁棍，被一块砖头狠狠击中手肘，碎砖沾着鲜血四分五裂，小混混儿还没得及补刀，被吴雪反击！

"他、他有刀！""死人了死人了！"……

在无数起伏的咆哮声中，吴雪将视线骤然拉近，又急速拉远。

他听见那些尖锐叫骂声被拉成奇怪的声调，闹哄哄，又变成放肆的尖笑声。尖笑声夹杂在连珠炮似的机关枪响里，点燃出烈火，升腾起浓烟，覆盖了村庄绿田，也盖住了村民恐惧的痛哭和哀叫。

"刘哥说别放这小子走！"马仔在夜幕中惊慌失措叫喊。

"一个都别放走！"缅甸人的卡车从燃烧的田埂上轰轰驰过，"东家"声嘶力竭怒骂，"给老子搜！搜出那个条子！老子看看今天谁还敢帮他！"

…………

四五个马仔一哄而上，黑暗中看不清是谁一棍砸在吴雪额角，黏腻血液霎时蒙住了视线。

但他首先感觉到的不是痛，而是——愤怒。

这其实是非常奇怪的一件事，因为漫长、痛苦、孤立无援的岁月已经迫使他摒弃了一切负面情绪。在相当长一段时间里，他甚至以为自己除了机械的冷静隐忍，已经不会有其他感觉了。

但等一切危险过去，等任务大功告成，当所有人都沉浸在鲜花掌声和庆功贺喜的时候，他才发现原来自己是被遗忘在了过去的困兽，对现实社会的恐惧和压抑已久的愤恨，在全身每根神经接连爆炸、直上脑髓，疯狂到了连他自己都控制不住的地步。

嘭！嘭！铁棍重击在胸腹，肩背，抬起的手肘，发出沉闷撞响。

"弄死他！"

"把他刀拿过来！"

....

一个马仔冲上去按住吴雩的手，刚要拧掉他紧紧抓着的匕首，突然咽喉一紧，全身血液涌上头顶。

"啊、啊……"马仔发不出声，眼睁睁盯着吴雩近在咫尺的瞳孔，然后感觉自己双脚离地，被活生生捏着咽喉提了起来，随即身体一空——

咣当！几声重响，马仔被活活横掼出去，当空撞翻几个兄弟，身体将满堆沉重瓦砾硬生生撞塌！

吴雩抓住铁棍向自己一扯，握棍的混混儿登时失重前扑，匕首没入肩窝，紧接着被当胸踹飞。后面人还没来得及挥着菜刀冲上来，只见吴雩夺过撬棍横手一扫，那旋风般的速度足以将人五脏六腑砸成血泥，打得马仔措手不及。

被姓刘的委以重任的"三头眼"怒骂一声，冲过来从后面抱住吴雩，发狂吼道："给我打！打死他！打死他！"

吴雩在夹攻中一时甩不开"三头眼"，胸前、腹部、大腿不知道挨了多少下。剧痛激发了他被压制许久的凶性，双脚腾空踹飞了最前面那个小混混儿，那人口鼻喷血砸在草丛里，但紧接着他的手也被人抓住，匕首咣当落地。

"三头眼"怪叫："把他刀踹走！"

当啷几声亮响，混乱中有人把匕首踢开了。吴雩脚下一滑，带着"三头眼"同时失去重心，哗啦摔倒在了布满碎瓦片、玻璃片的泥地上。

"你一人能打是不是？！是不是？！""三头眼"已完全疯狂，不顾自己被掐得眼珠凸出，双手紧紧摁着吴雩咽喉不放，"老子这么多兄弟，今天就看看你——你——"

吴雩咬紧牙关，咽喉中涌出铁锈味的甜腥，这时眼角余光突然瞥见雪光一闪，寒风对面门直劈下来——是砍刀！

这一刀足够把"三头眼"跟吴雩两人都劈开，吴雩猝然放手翻身，但"三头眼"没看见，兀自吐着舌头在那儿死掐，一时竟没起来！

吴雩在千分之一秒的时间里知道自己躲不过去了，下意识猛地一扭头，避免刀锋对上正脸。但紧接着剧痛却没有如期而来，相反身后劲风突至，有人从墙头跳了下来！

所有变故都发生在同一瞬间，吴雩还没来得及察觉身后是谁，那人就一把拽住他向后拉，把他死死扣进自己臂膀里，挡着他向后一转！

砍刀当空直下，一头劈进了来人后肩！

吴雩回头一看，面色剧变。

——是步重华！

步重华别无选择地用后肩接住了刀锋，血洇透了衬衣后背。但在这千钧一发的时刻，人甚至不会感觉到疼痛，他咬牙向后就是一枪，砰！

所有杀红了眼的马仔同时被镇住。

"不许动！"步重华一手向后护住吴雩，声音沙哑严厉，"警察！"

哐当一声亮响，刚才那砍人的混混儿一哆嗦，砍刀掉在了满地碎砖上。与此同时远处红蓝光芒乍亮，警车由远迅速驶近，数不清的民警飞奔下车，哗啦啦包围了整片空地。

南城区分局刑侦支队的后援终于赶到了。

第 12 章

"不许动！把刀放下！"

"举起手来！警察！"

巡特警、派出所、防暴大队、刑侦支队全数到齐，偌大一片废弃工地被警察团团围住了。马仔们一个个哆嗦起来，砍刀撬棍叮当掉了一地，被特警迅速踢走，警察一拥而上，把他们挨个铐了个结结实实。

步重华这才放下枪，喘息着问："你没事吧？"

吴雩怔怔盯着他，皮肤苍白发透，显得那双眉眼越发乌黑清晰。步重华脸色铁青，按着他肩膀扫视一遍全身见他没受重伤，才又加重语气问了一遍："你没事吧？"

"……你为什么在这里？"

步重华劈头盖脸训斥："我为什么在这里，难道不是该问你吗？！"

他们两人站得极近，吴雩匆忙退了半步，仓促道："你流血了队长，快叫人过来。对不起我下次不……"

就在这时几名特警从连接荒地的废巷中押着刘哥、年大兴等人出来，年大兴拼命挣扎扭动，大喊大叫："你们抓错人了！我是被害人家属！我要检举揭发……唔！"

特警不是吃素的，当场就把他嘴堵上，塞进了后车厢里。

吴雩脸色微微一变。

步重华全部注意力都集中在他身上，当时就注意到了这一细节，刚想开口追问，廖刚、蔡麟他们几个却哭爹喊娘地扑了上来："步支队！""快快快叫小桂法医过来！""老板，老板你没事吧？这是哪个孙子砍的，给老子拖出去现场埋了！"……

吴雩被挤得踉跄半步，脚下没站稳，突然膝盖一软。

"小吴也没事吧,谁看见我吴了……啊!"蔡麟吓了一跳,还没来得及反应,步重华猛地转身一把抓住吴零,只见他捂着嘴闷咳了两声,那几乎是从胸腔里震出来的咳嗽,紧接着就把手往警服裤子上抹。

步重华攥住他的手腕,掰开手掌一看,掌心星星点点的全是血沫。

"叫车来送医院,他受内伤了。快!蔡麟!"

蔡麟兔子似的弹起来就往外跑,人群登时乱成一团。步重华手臂半环着吴零,让吴零靠坐在砖墙边,突然感觉吴零反手抓住了他的手臂,手指冰冷发抖,吴零沙哑地道:"年大兴……"

步重华紧紧盯着吴零的眼睛,刹那间竟然从那双眼里看出了一丝难以言喻的东西——混合着悲哀、挣扎,以及更深重的无可奈何。

"年大兴怎么了?"步重华低声问,"你为什么要去追他?告诉我!"

这个相对的姿态让吴零仰起头,他近距离盯着步重华,张了张口,又没发出声。

"来了来了!小心点!"这时蔡麟跟几个民警飞奔回来,抬着警务车上的简易担架,七手八脚把吴零扶了起来。步重华也站起身,不顾其他人的阻拦,喝道:"吴零!"

"法医!法医这边!"廖刚死命扶着步重华,"队长你快坐下!你还在流血!"

吴零猝然闭上眼睛。

不知怎么的步重华竟然从他微妙的反应中感觉到了一丝神经质,紧接着吴零被送上警车,警笛拉响,一路风驰电掣冲出了现场。

刘栋财,男,五十岁,曾因盗窃、抢劫、贩卖假药、偷卖二手车等犯罪事实多次入狱,十年前出狱后游荡到东北,凭借在狱中学来的"手艺"重操旧业,甚至开班授徒,近两年来疯狂制造多起入室盗窃案,被三省警方通缉。

谁也不知道他为什么潜逃到津海,还丧心病狂地围攻刑警,被当地警方一举围剿殆尽。

"负隅顽抗,不知悔改!我看你是无可救药了!"津海市公安局局长宋平拍案而起,声色俱厉,"我警告你最好悬崖勒马,回头是岸,这话我今天最后一次重复——奇变偶不变,符号看象限!要看象限!!"

十五岁的宋小远半死不活趴在饭桌上,厨房里传来局长夫人刺啦炸排骨的声响。

"看看你这样，啊，还敢跟我犟！你看看人家重华什么时候要辅导过作业，再看看你？！还瞪？再瞪我把你送去给步重华管教！不信你试试！！"

宋平一手掐心，正要寻鸡毛掸子，突然手机响了起来，来电人赫然是说曹操曹操到。

"喂，重华啊？"

宋小远心口一紧。

"嗯、嗯，我听你们老许汇报过了……什么？！"

宋平尾音突然拔高，不知道电话对面的步重华说了什么，只见他脸色风云骤变，立刻起身穿上鞋，抓起车钥匙："我知道了，你跟老许说我现在就过去，待会儿就到！"

"怎么啦这是？"局长夫人从厨房探出头，不满地问，"好容易在家一天，又要上哪儿去？"

宋平匆匆把皮包往胳肢窝里一夹："昨晚南城支队在老昌平区抓了一伙人，重华被砍伤了，刚打电话来说案子有新情况。"

"什么？！"夫人拔高的尾音跟宋平刚才一模一样，连音调都不带差的，"重华受伤了？严重不？！卉卉！卉卉！"

宋平简直一个头两个大："哎呀你叫她干吗！"

里屋咚咚咚一阵脚步作响，放假在家的宋卉奔进饭厅，一张如花似玉的小脸吓得煞白："怎么了？妈？怎么回事？"

局长夫人连忙说道："你爸去南城支队看重华，你赶紧跟过去瞧瞧，把那件新买的粉裙子穿上……"

"你们放过人家吧，这都什么时候了！"宋平哭笑不得，风风火火地关门走了。

津海市公安局南城区分局，刑侦支队大楼。

一辆红旗车刺啦停在门前，司机还没来得及下车开门，宋平已经钻了出来，大步登上台阶，摆手示意许局不用寒暄，直截了当指着步重华的肩膀问："到底是怎么回事？"

"法医已经缝合过了，那刀钝得杀鸡都不一定死。"步重华披着警服外套，左肩被绷带包得严严实实，但行动完全不受影响，"刘栋财落网的消息已经发给了连城市公安局，他们派来协查的人中午就到……"

"你杀过鸡吗？你知道鸡的生命力比你顽强多了吗？"宋平呵斥打断，"给我上医院去！待会儿完事就上医院！"

步重华说："行我知道了。昨晚廖刚他们几个彻夜审讯了姓刘的手下喽啰，经过口供对比，确认五〇二杀人案的被害者家属年大兴也牵连在其中，就是他通知刘栋财带人潜入津海市的。"

一行人疾步走进刑侦支队大楼，宋平眉头一皱："为什么？"

"年大兴原名年贵，十四年前因协助贩卖鸦片不满两百克被判有期徒刑三年，在锦康区看守所等待宣判期间，跟刘栋财同住一间监室，姓刘的当时是牢头，年大兴是他的打手兼小弟。两人出狱后逐渐不再联系，直到几天前年大兴因为他女儿被杀的案子来到市局，见到了吴零，回头就私下通知刘栋财带人来津海寻仇，因为通风报信有功从刘栋财那里得到了三万块钱赏金。"

宋平脚步一顿，几个人也跟着站住了："寻仇？"

步重华点点头："年大兴声称刘栋财那只断手是吴零十年前砍下的，还说他要检举揭发，请求立功表现。"

从津海市公安局"宋大老板"意外的表情来看，连他都不知道有这回事，他思忖片刻后问："他要检举什么？"

步重华做了个向外挥的手势，掌心向内，手背向外——除许局之外的几位主任都识趣退后了两步，刑侦支队大楼人来人往，而这一小块方寸之地突然格外安静。

"他说，吴零坐过牢。"步重华略微偏过头，声音非常轻，"他说吴零是十三年前锦康区看守所越狱潜逃的通缉犯。"

讯问室。

四面墙壁惨白，墙顶上开着一扇巴掌大的铁窗。书记员已经被请出去了，光秃秃的铁桌上只有一盏暗淡的台灯，光芒黄不黄绿不绿，把年大兴满是横肉的脸映得竟有一丝虚弱。

步重华披衣坐在审讯桌后，袖口卷在手肘上，露出结实的小臂，漫不经心道："我听说你要举报，说我们的刑警是通缉犯？"

步重华肩宽腿长，肩背挺拔，随便往那儿一坐，十多年刑侦生涯锤炼出来的气势就压倒性地盖住了对方，年大兴甚至不敢抬眼直视他："我、我没说谎，我不是为了那三万块钱才跟刘哥通风报信，是因为那姓吴的太狠！我是为了自、自卫！"

讯问室外小黑屋里，"宋大老板"和许局两人并肩站在单面玻璃前，沉沉对视了一眼。

"自卫。"步重华听不出什么态度地重复了一句，问，"为什么要自卫？吴雱会对你不利？"

年大兴用力咽了口唾沫，喉咙里咕咚一声。

"年贵，"步重华淡淡地道，他声音极富磁性，但每个字都重若千钧，"你在我面前，指控我的人是逃犯，知道污蔑在职刑警是什么罪吗？"

他最后几个字仿佛泰山当头，压得年大兴整个人向铁椅里坍缩，好半天才辩白似的勉强挤出一句："可是……可是我能认出来，他样子没变，还有那个文身！世上怎么可能有同样的两个文身？！"

步重华瞳孔压紧。

——文身。

"他真名姓解，叫什么不知道，据说是帮人往缅甸运粉而被抓进来的，听看守管他叫编号23659。号子里每个人都有'花名儿'，唯独他没有。他不用有。一提'他'所有人都知道是他，甚至后来连提都不用提，放风的时候一窝窝犯人凑在一块儿，使个眼色就知道是在说他，那些看守也根本不管……"

"为什么？"步重华问。

年大兴虚虚地喘气，灯光下只见冷汗顺着额角流出一道道印记，半晌他挤出了一个痉挛扭曲的笑。

"为什么？没有为什么。你以为看守所都跟监狱那样吗，警官？法院没判下来的时候，所有人都混着关在看守所里，灭门一家七八口的，边境贩毒百八十斤的，组织团伙拦路抢劫的，杀人全国通缉的……所有犯人全混在一块，有大铺，有小铺，每间小铺里还有个牢头。谁都知道犯人间的玩法……"

"我不是问你这个。"步重华打断道，"我是问为什么'23659'没有外号。"

年大兴瞪着他，脸上扭曲的恶意几乎要化作黏稠的东西流出来，终于说了实话："因为好看。"

步重华呼吸微顿。

"那是大牢，他长得那么好看，你说他为什么没有外号，警官？"

讯问室内外都仿佛被冻住了，空气化作无数锋利的碎冰，沉甸甸坠在人肺里。

许久后步重华终于活动了一下脖颈，骨节发出咯嘣脆响，他问："所以刘栋财对他下手了？"

"刘栋财是第一个下手的。因为我们蹲同一个号子，动手方便。"年大兴冷笑起来，"但姓刘的不敢自己动手——他当牢头是因为外头有背景，有人给送钱，打人他可不行。所以他命令我们几个先上……"

步重华脸上还是沉沉的，看不出任何情绪："然后呢？"

年大兴吸了口气，脸上肥肉不住抽动，然后他终于撩起汗衫。

即便在讯问室这么昏暗阴沉的可视条件下，他胸腹部那道伤疤还是非常清晰，泛着陈年增生可怖的暗红色。

"玻璃块。"年大兴声音嘶哑道。

步重华的表情终于有了一丝变化。

"你能想象吗？平时姓刘的那几个欺负他，打他，打得血都吐出来了，那小子只咬牙一声不吭，我还觉得他挺好欺负的。但那天晚上一群人围着动手的时候，他突然就豁出去了，用藏起来的砖头干破了一个人的脑袋，碎玻璃捅进我肚子。所有人都在喊，所有人都在蹿，武警带枪赶来之前他还捅破了一个人的脖子。后来我听说那天晚上险些引发暴动。"

年大兴喘着粗气，说："你知道姓刘的这次为什么带二三十个人来津海吗，警官？因为他怕了。我敢说姓刘的混了大半辈子，从没离死亡那么近过。"

步重华眯起眼睛，盯着年大兴那张混合着畏惧、懦弱和仇恨的脸，久久没有说话。

"后来呢？"步重华终于开口问，"你说他越狱了？"

年大兴死死盯着审讯桌，仿佛透过冰冷锃亮的桌面，再次回到了看守所里那个混乱血腥的夜晚。半晌他又咽了口唾沫，说："对，那天晚上之后，他就跑了。"

"……"

"那天晚上武警围住监仓，然后拿高压水枪往监仓里喷，所有人一下就被顶到了墙边上，然后他们冲进来把犯人统统踹倒，叫我们抱头蹲下，喊着谁敢动就立刻枪毙。当时我还捂着肚子，痛得刚要叫救命，突然就看见那小子站起来抓住看守，跟疯了似的往死里揍——当着武警面打看守，这还得了？轰的一下武警就扑上去，一帮人打得他头破血流，一直打到再也不动了，才把他从号子里拖出去。我跟你说，他被拖出去的时候地上全是血，我还以为他已经死了！"年大兴狠狠骂了一句，"后来我才知道他要干吗，他就是想进医务室，医务室的下水道连着外河，第二天他就跑了！"

不仅是步重华，连单面玻璃外的宋局和许局都皱起眉——医务室的下水道？

就算那是十多年前，就算那是个坐落在边境小城镇的破看守所，憋一口气就能从下水道里越狱也未免太扯了。

"不信？开始我也不信，那么多犯人没一个信。那下水道从医务室通往外区，从外区还要出来再转一道，才通往外面的锦康河。如果有人说他能一口气憋足了潜水好几里，换作是你你能信？但偏偏他就真的不见了！咳、咳——"

年大兴激动得被口水呛咳起来，讯问室内外的目光都紧追着他，只见他不住摇头，虚胖蜡黄的脸上因为激动而泛出病态的红。

"我始终想不通，怎么想也想不通，只知道那阵子整个看守所全部戒严，一卡车一卡车的武警来了四五拨，还下令严禁犯人讨论这件事，连提到那小子都不允许。但实际上这种事根本禁不住，所有人都在暗地里偷偷猜测，可猜不出来为什么——直到两年后我出了狱，才总算有人告诉我。"

年大兴停下摇头，直勾勾盯着步重华，混浊的瞳孔不住发颤："那小子根本不是自己游出去的，其实他只游到监狱外区，就被武警包围了。然后一伙缅甸人开军车越境，从监狱大门冲破电网，跟看守交火，还被武警打死了好几个人。

"他跟那帮缅甸人是一伙的，他们把他从监狱里劫走了。"

第13章

隔离门呼啦被打开，两位局长同时回头，只见步重华走进办公室，一手插在裤兜里，一手拉开椅子坐下，来回注视他俩："你们分配给我的人到底是怎么回事，现在可以告诉我了吗？"

许祖新望向宋平，明显也非常疑惑。

宋平在两道炯炯目光中低头思忖片刻，终于叹了口气，把手里那沓刚传真过来的文件扔到桌面上，说："喏，我也是刚刚才拿到的。"

步重华拿起文件一看，目光凝住——那是锦康区看守所的陈年档案与收押文书。

十三年前的吴雩站在镜头中，黑发剪得很短，皮肤很白，身穿灰蓝色囚服，与步重华平静对视。

一般人形容年轻小伙子长相会说英俊、帅气，或是有精神，但年大兴用的形容词是"好看"。

这个词没用错，不论是五官轮廓还是眉眼细节，吴雩都生得非常清楚、标准，甚至有点少年人的感觉。而且那个时候的他可能刚刚离开学校，看起来还有一点沉静的书卷气，完全没有被岁月折磨过的痕迹，不论任何人乍看到这张照片，都会很容易形成"好看"这个初始印象。

所以姓刘的那帮人完全没想到他那么凶狠扎手，也是情有可原的事。

"觧千山。"许局扶着老花镜，慢慢念出档案上的名字，奇道，"'只解千山唤行客，谁知身是未归魂'——这名字倒有些文化，但兆头也太差了，谁给起的这种名字？"

宋平无奈地瞅着他："老许，要不你退休后让警院返聘吧，我看你教教语文挺好的。"

"哪里哪里。"许局有点得意，又凑近把档案翻了几页，问，"他真名叫什么？"

宋平说："不知道。"

"不知道？"

宋平面对许局和步重华两人的目光，摊了摊手："我刚才查了'解千山'的背景，发现他有一套完整清晰的档案：籍贯云滇边陲，初中文化，屡次盗窃，走私运毒，越狱潜逃偷渡缅甸，然后彻底失了音信。这套案底不管拿去哪个系统都是真实的，连坐牢经历和年大兴这样的目击证人都一应俱全，找不出任何破绽。但如果你去查'吴雩'这个人呢，就会发现吴雩也是真实的：一个出生在广西，上学在四川，毕业后分配到津海，先后在交警大队、治安大队、派出所、刑侦大队乏善可陈地熬了十三年，然后以吊车尾成绩考上分局支队的普通民警，其工作履历、档案手续也都完善齐全，甚至可以找到他当年在派出所出警时留下的记录和回执，说报案人不太满意，投诉他态度不好，净会和稀泥。"

许局："……"

"所以'解千山'和'吴雩'这两个角色都被档案塑造得十分缜密，真正的那个人是谁，你不如去问他自己。"

许局琢磨了一会儿，还是不甘心："那上面把人调过来的时候，连你都没通气儿啊？"

许局的疑惑很有道理，因为就算是被派出去执行化装侦查任务，十三年这么漫长的时光，也足够完成任务、离岗解密，回归到正常的警务工作里了。即便出于某些历史遗留原因还没完全解密，也会跟新岗位的领导打好招呼，透露好风声，这样该照顾的、该保护的，也可以落实到位，不至于让有功勋的警察在以后的工作生活中受到什么刁难。

但吴雩的身份被保护得非常好，保护得太好了，甚至连步重华这样的顶头上司都半点风声不闻。这显然是很不合适的。如果步重华是个喜欢摆架子、小心眼的领导，那按吴雩这种闷声不吭好欺负的性格，可能已经被整了一百八十回。

"我确实听说过一些，但比你知道的也多不太多。"宋平顿了顿，缓缓说，"从我打听到的情况来看，当年云滇省公安厅为他申请一个荣誉称号，而且部里已经在正经讨论了——全国二级英模。"

许局差点打翻了茶杯。

——这得是何等辉煌功勋,才能申报这样的荣誉?

步重华突然间想起刚才年大兴的话:"平时那些人欺负他,打他,打得血都吐出来了,那小子只咬牙一声不吭……

"一直打到再也不动了,才把他从号子里拖出去,地上全都是血,我还以为他已经死了!"

"那,讨论最后怎么样了?"许局颤颤巍巍地问,"难道没批?"

"没批,"宋平犹豫片刻,说,"至于具体为什么没批,我也不太清楚。"

许局不干了,一下把腿放下,就从桌子边站了起来:"你可不能这样啊老宋,你肯定知道点儿内幕,还藏藏掖掖地不肯告诉我?哦,不告诉我也就罢了,连你家孩子也不告诉?"

步重华回过神来,手掌微微一摊,含蓄地表示跟自己没什么关系。

宋平颇为头疼:"老许你跟那儿点什么炮仗……"

"你把人塞给我的时候,只说供着养老就完了,你可没告诉我这是一'特情'啊。"许局也很委屈,"如果那个荣誉称号批下来了,那别说,让我把人当祖宗供着都行;要是没批下来,那他就是个烫手山芋啊。你把个烫手山芋塞给我,还能不给我打个预防针?未免太不厚道了吧!"

——这话说得虽然不好听,但非常在理。特情可并不像某些宣传片中演绎的那样都是好人,事实上很多特情必须在光明与阴暗之间左右逢源,一脚跨黑一脚跨白是常事,意志稍微不坚定点儿可能就再也回不来了。如果吴零真的立过功,荣誉称号却批不下来,那真是鬼才知道他干了什么,才导致现在这种不上不下的状况。

宋平沉吟半晌,终于在许局饱含着控诉的目光中妥协了:"我也不是故意隐瞒你,只是这种事无凭无据,我也是在接收他的时候私下问人打听出来的……"

他顿了顿,仿佛在思忖如何开口,然后才说:"这个吴零,在潜伏期间,有很多问题解释不清。"

解释不清?

不仅许局,连步重华都愣了愣。

"而且开完庆功会后,最初负责组织整个计划的功臣之一,也是那几年唯一能跟吴零单向联络的上线,在向公安部提交详细报告之前——"宋平低沉地吸了口气,过了数秒,才缓缓地道,"在医院里跳楼自杀了。"

"你的那个上线……"

"你的上线是谁？消息都发给谁了？！"

"说不说！"斥骂声在喧杂声中越来越清晰，带血的鞭子呼一声擦过脸颊边，"给我往死里打！看他说不说！"

地下室弥漫着终年不去的铁锈味，那是黑血一层层凝固在沉重的刑具缝隙里，天长日久后腐烂散发出的。鞭子每次扬起都甩出一弧血线，和着破碎皮肉，唰地打在乌黑油腻的砖墙上。

但奇异的是，这次吴雩并不感觉到疼痛。

他的灵魂似乎被抽离了肉体，静静飘浮在虚空中，望着脚下一幕幕血肉斑驳的场景，就像曾经在梦境中上演过的千百次那样，向悲剧既定的结局前行。

"这条子运气不好，骨头倒还挺硬……"

"人要不行了，怎么办大哥？"

"现在怎么办？"

…………

仿佛知道接下来要发生什么，吴雩的瞳孔无声无息地放大了。

人声窸窸窣窣，随即陷入了短暂的安静，他看见一支充满混浊液体的针筒出现在视线中，被一只只沾满罪恶的手传递上来，直到近前，针尖反射出灯泡微茫迷离的光。

"给条子打一针，一针就差不多了。"他听见一个阴沉嘶哑的声音说，"要么撬开他的嘴……"

吴雩挣扎起来，恐惧终于在那一刻冲破囚笼，山呼海啸淹没了所有意识，全身骨髓都沉入了冰冷黑暗的深海——

"要么就干脆，让他彻底不行了吧。"

不、不要！

扔掉它！不要！

吴雩骤然睁眼，呼地坐起。

阳光透过窗户，洒在雪白被褥上，病房四面墙壁明晃晃、亮澄澄的。铁架上输液袋里的药液正一滴滴落进软管，床头柜上的玻璃瓶里插着一束百合花，露水顺着花瓣滑落下来，啪嗒一声滴在桌上。

"醒了？"林烓坐在窗边的扶手椅上，微笑着伸了个懒腰，笔记本电脑打开放在膝盖上，显然他刚才还在工作，"醒了就好。医生说你没有大碍，但我还是觉得你应该好好睡一觉。"

吴雪久久盯着他，声音沙哑干涩："你不是回云滇了吗？"

"电话打到一半没声了，再打死活不通，你觉得我还能怎么办，我也很绝望啊。"林烃合起电脑，收进脚边皮质精良、做工考究，但完全看不出牌子的深棕色公文包里，笑道，"我当场掉头买机票，大半夜的赶来津海，果然宿命让咱们再一次在医院里喜相逢了——就为这，我今天得推掉两个会，还不知道回去要被姓冯的老头骂成什么样儿呢。"

吴雪的头发有一点长了，刚醒来比较凌乱，乱七八糟地挡住了额角。他侧对着窗口，阳光映得脸色比平时还白，眉骨上方、眼角周围甚至有点反光的感觉，反衬得瞳孔黑森森的。

他好像完全没听见林烃刚才那番话似的，缓慢重复了一遍："你回来干吗？"

林烃正起身给他倒水，闻言动作一顿。

几秒钟后他放下玻璃杯，回过头来看着吴雪，叹了口气："你觉得呢？

"明明可能只是你信号不好或有点急事，我却拿着手机坐立不安，只能大半夜的一路'飙'回机场，飞来医院，临时请假，彻夜陪床——我为什么要赶来，你觉得是为什么呢？"

病房里安静异常，门外的人声和脚步，窗外马路上的喧嚣声，甚至他们彼此相对的呼吸声，突然都变得格外明显。

吴雪沉默下来，坐在病床边，手肘搭在两个膝盖上，玻璃窗映出他半低垂的侧影，看不清楚神情。

天生外貌上有优势的人，从小就容易获得别人的肯定，因此通常会更矜持、自信，身形气场上也会更挺拔一些。林烃见过吴雪大学时代的旧照片，不说如何意气风发，光站在那里就像是一棵年轻的树，即便是十多年前低劣的像素条件，都挡不住那扑面而来的神采飞扬。

那照片跟现在沉默拘束的侧影相比，真的相差太大了，像是从灵魂里活生生扭曲了一个人。

"你昨晚差点醒了好几次。"林烃突然若无其事地岔开了话题，仿佛刚才一触即发的逼问都没发生过。

吴雪没有吭声。

"护士每次过来一关灯，你就要醒，我就起来再去把灯打开。这样重复了三次，我只好去护士站打招呼，让她们别再热心过度过来关灯了，之后你终于一觉睡到了大天亮。"

"……"

"吃点东西吧。"林烃摸出手机,闲聊似的问,"想吃什么?点个庆丰包子,素三鲜还是白菜香菇?"

吴雩摇摇头。

"那喝点儿粥,附近有个潮汕粥店,再叫个清蒸鱼?"

"过敏。"

林烃脾气很好,搜索外卖 App,一时也拿不准他到底是什么口味:"那要不让素斋店做几个清爽点的菜,再熬个汤……"

"林烃,"吴雩声音沙哑地打断了他,"你回去吧。"

林烃话音戛然而止,从手机后看着他。

两人都没再说话,半晌林烃终于深深吸了口气,走过去半蹲在病床边,按住了他的手,问:"你对我就这么反感吗?"

"注意消毒,不要沾水,多多休息,不要吃辛辣刺激含酒精的食物,下周不管多忙都要记得过来拆线……"

主任办公室里,医生一边叨叨一边唰唰写处方,步重华道了谢,穿好衬衣,仿佛突然想起来似的,问:"我们支队那新来的怎么样了?"

市一院因为跟南城区分局近,医生和警察们相当熟,经常是这边医闹尚未提拳,那边刑警已神兵天降,下车上铐提人押走行云流水一气呵成,长久以来建立了非常良好的合作关系。步重华都不用提吴雩的名字,医生自然知道谁是支队里的新面孔,笑道:"那姓吴的小哥啊?"

步重华心说如果从身份证上看,吴雩已经不能再被称作是"小哥"了。但那小子的长相确实显不出年纪,说三十出头可以,说二十来岁也行,大夫没仔细看病历的话,确实容易被那张脸欺骗。

"还行,挺扛打,内脏跟组织都没有大碍,恢复恢复就可以出院了——倒是你们王主任送来的那几个犯罪嫌疑人比较惨,害得护士长加了一个晚班。啧啧,可把你们家祖宗十八代都问候遍了。"

步重华若有所思,少顷又问:"那我们队那人之前的旧伤,现在恢复得怎么样了?"

"旧伤?你说胳膊腿那几处骨折的地方吗?"医生毫无知觉,"挺好,毕竟年纪轻,恢复得都不错。就是以后保暖方面要注意些,免得老了以后受罪。"

"除了骨折，内脏和血液方面没其他的了？"

"没了啊，心肺脾脏都运行良好，除了轻微贫血没有更多问题——放心吧，你们支队的人都是咱们院 VIP 年卡客户，验血验尿拍片那是一整套固定流程，实在不放心回头我给他安排个脑部 CT 加肠镜胃镜。"

步重华："……"

步重华眉头微皱，刚要再追问什么，医生笑着说："对了，你们局昨晚来看护的那个男的，成家了没？"

"谁？"

"那个来陪床的警察呀。"医生向护士站方向努了努嘴，"新来的小护士看上人家了，护士长给我们布置了打探消息的任务。你今天过来，正好……"

"我们没有派人来陪床。"

医生一愣："啊？"

两人对视半秒，步重华霍然起身："那人叫什么名字？多大年纪？现在在哪里？"

医生匆忙跟着站起来："他……他说他姓林，我不知道现在走没走，喂——"

医生话音尚未落地，他已经推门而出，大步流星穿过走廊。

住院部人来人往，步重华疾步冲过一间间或半开或紧闭的病房门，直至尽头呼地转身，只见最靠南边那间编号 358 的病房门微微开了条缝，里面正飘出模糊人声，好像是吴零简短说了句什么，随即传出一道非常低沉有磁性的男声，似乎带着些无奈，但也非常强硬："你对我就这么反感吗，吴零？"

步重华要推门的手一下收住，迟疑片刻，不动声色从虚掩的门缝中向里望去。

吴零侧对着他，手肘搭着膝盖，闷头坐在病床边。他穿着不太合身的旧背心和大短裤，光脚踩在冰凉的地砖上，看着十分邋遢，但脖颈、腰背、双腿、脚踝，甚至自然垂落的十根手指，线条都劲瘦、优美而流畅，是那种真正被职业、被经历打磨出来的流畅，跟健身房锻炼出来的偾张肌肉完全不同。

而问话的是一名约莫三十出头的年轻男子，穿着剪裁合身的浅蓝色衬衣、深灰色长裤和软底鞋，在吴零面前俯下身，两人的距离近到几乎贴着，虽然因为姿势的关系看不清脸，但隐约能听出他语气中强势的压迫感："我以为张博明跳楼之后，你唯一怨恨的人已经死了，为什么你还抵触我们到这种地步？"

"我是想帮你的，吴零，我以为你能感觉到这一点。"

吴雪平淡的神情毫无波动："我跟你重复过很多次，林烴，姓张的死跟我没有任何关系。那天在医院里我见过他之后，就直接回了病房，之后我再听到他跳楼消息的时候……"

他猝然一顿，转向虚掩的房门："谁在那儿，出来！"

正常人不可能敏锐到这种程度，门里门外林烴和步重华两人同时脸色一变。

林烴霍然起身，面沉如水，一边隐蔽地伸手探向后腰，一边贴墙走向病房门口。

第 14 章

咚咚，虚掩的门被敲了两下，随即被步重华推开了。

林炡脚步一僵。

吴雩皱眉："是你？"

"过来换药，顺便看看。"步重华点了点头，权当简单地打过了招呼，坦然转向林炡，"这是你朋友？"

吴雩还没开口，林炡却已经迅速恢复了常态，不知什么时候探向后腰的手也笑着伸了出来，两人短暂而用力地握了握："您就是步支队吧，久仰久仰。我姓林，在云滇省公安厅工作，之前跟吴雩在同一个地方实习，这次正好出差经过津海，所以就过来看看。"

这话开诚布公且条理分明，加之语速十分和缓，让人很容易心生好感。

"那真是巧了。"步重华也挺客气，"林警官是吧？原来是省厅的专家，失敬。"

"不敢不敢，就是个混饭吃的科员，哪敢在步支队跟前称专家。"

"您是在……"

"啊，"林炡笑道，"我是坐办公室搞信息技术的，跟你们刑侦口没法儿比，惭愧了。"

——网警？

网警这个概念其实相当大，分工也非常杂，负责网络安全保卫、犯罪侦查、网络监察等，都统称网警，甚至有些涉密技术工作者也会自谦说自己是网警，而且从林炡这体格气质来看，跟步重华平时工作中接触的网警也不太相似。

但步重华没有细问，两人心知肚明地聊了几句，林炡便拎起公文包，笑道："既然步支队来了，想必有工作要交代，我还有点儿事，要不就先告辞吧。"

吴零坐着不吭气，既不挽留，也没有任何要起身相送的意思，倒是林炡态度很好地跟他打了个招呼才走。门咔嗒一关，病房里只剩下了他们两个，步重华转过身来，只见吴零正抬起头，直直地盯着他。

两人一站一坐，相距不过数步，周遭安静得吓人。许久吴零视线落在步重华衬衣领口露出的那块染血的纱布上，丝毫没有触动地扬了扬下巴："年贵都交代了吧？"

——他叫的名字不是年大兴，是当年坐牢的年贵。

这问话直截了当得堪称尖刻，跟平时在公安局里故作遮掩的木讷明显不同，那瞬间步重华仿佛看出了十三年前那个犹如困兽、满身尖刺的年轻人的影子。

"不管年大兴说了什么，事情都已经过去了，以后……"

这种四平八稳的套话吴零显然已经听各级领导重复过很多次，懒得再听了："不，没过去，不然林炡为什么大半夜赶回津海？"

步重华思忖两秒才道："我以为你俩关系不错。"

"他只是想调查我而已。你刚才不是在门外都听见了吗？"

"……"

吴零脸上那面具似的温顺木讷终于退尽，眉眼冷静得有点尖锐："张博明跳楼自杀了，他们怀疑是我干的，林炡一直没有放弃追查。他喜欢给人那方面的错觉，只是一种手段而已，对谁都这样。"

步重华一时不知该说什么，吴零也不想再跟他啰唆了，起身从衣架上拽下常服，脱下不合身的病号服，背对着步重华拉上裤链，然后捡起护士送来的干净T恤囫囵套上。

他站在窗前，起身时阳光从突出的蝴蝶骨上一现即逝，映照出脊背肌骨嶙峋，无数陈旧细小的伤痕难以计数——岁月却没有带走年少时俊秀利落的挺拔。

步重华是正经学院的高才生，毕业后一路从刑侦干上来，解剖台上的男女老少被害者不知道见过多少，别说对同性，连对异性的身体都有点麻木了，很有点任你风吹浪打我自岿然不动的专业精神。但此时此刻，可能是受年大兴那番口供的影响，他脑海中第一反应竟然是避嫌，下意识就挪开了视线，仿佛浑然不知般"哦"了一声："你说的张博明是谁？年大兴没交代过。"

吴零顿了顿回过头，下颔到脖颈修长的线条凸显出来，有种和平时截然相反的尖刻和突兀，话音却是带着笑的："他是我卧底时的上司、指挥官兼单向联络人，学院派领导岗，不过他本人倒从没'下过地'。"

"说起来,跟步队你还有点像。"

步重华本想试探,这话倒让他一愣。

"张博明精英出身,铁血,忠诚,不讲情面,将原则和正义视作第一追求,容不下自己身上有任何污点。十年前在一次突发情况中,一个制毒商潜入境内跟人接头,我把消息传给他,却遭到了暴露的风险。我向他求救,他却选择了先去抓人。"

——暴露。

说出来不过简单两个字,实际卧底中却直接等同死亡——不,比死还可怕。死也不过是眨眼间的解脱而已。

"然后呢?"步重华心里不由得发沉。

吴雩语调却平稳从容:"他那边下令抓人,我这边立刻陷入了孤立无援的境地,当时情况极度危险。不过,我也没想到那次竟然非常……幸运,最终没有暴露身份。"

不知是不是错觉,步重华似乎从"幸运"二字中琢磨出了比刚才还难以掩饰的讥诮。

"他们怀疑你记恨他?"

"也许吧,不过我其实跟他不熟,毕竟卧底只能单向联系,有时一整年下来联络的机会都屈指可数……直到去年任务结束回来后,我才去见了他一面。"

吴雩仰头吸了口气,步重华敏锐地问:"你是不是想去问他要一个说法?"

指挥官的决策可能会出于很多方面的理由:坚持原则,忠于正义,综合现实,顾全大局。为任务牺牲生命是光荣的,为集体奉献自我是值得赞颂的,当时换任何人坐到张博明的位置上,可能都不会有太多其他想法。

但张博明肯定没想到——坚持完原则、顾全好大局之后,吴雩竟然没牺牲。不仅没牺牲,他还继续执行了很多年的任务,最后竟然还活着回来了。

那么回来的吴雩肯定会想要一个说法:十年前下令放弃战友时,你有没有过一丝一毫犹豫?十年来每当夜深人静时,你有没有过一丝一毫后悔?现在你我并肩同台接受褒奖,你会不会感受到哪怕一丝一毫的心虚脸红,无地自容?

"说法……"吴雩喃喃道。

他直勾勾盯着空气中飘浮的尘埃,那双瞳孔仿佛冰川之下黑不见底的深渊。

"不要说……求求你,不要说了,不要再说了……"

一声声哀求从虚空中飘来,他又看见了张博明那张痛不欲生的脸——那个人跪在病房地上，每寸皮肤、每根手指都仿佛正被地狱之火煎烤似的，痉挛得活活扭曲了形状。

"你是不是以为我会来要个说法？不，我只想告诉你我为什么能站在这里……"

真好啊，他想。

他看见自己说的每个字都像烧红的利刃扎进内脏，然后从张博明身上剜下一片片焦煳了的血、熟透了的肉，复仇的快意从未像那一刻充盈胸腔，让他轻快得要飘起来。

——他当然能飘起来。

他已经被那利刃千刀万剐了十年，肉剔干血流尽，轻得连全身嶙峋骨架都化作了飞灰。

"我只想告诉你我为什么能站在这里……

"我只想告诉你我为什么能那么幸运。"

风声如涨潮般席卷天地，穿过病房明亮的玻璃窗，潮水中夹杂着一声声绝望到嘶哑的恸哭。

但吴雯有些恍惚，一时分不清那哭声来自张博明还是来自他自己。

"是，"他轻声说，"我得找他……要个说法。"

"张博明没想到你仍然对十年前的往事耿耿于怀，也根本给不出任何说法，索性选择了自我了断？"步重华无法从吴雯平静到有点木讷的表面窥见丝毫端倪，但总感觉这逻辑非常不对劲，"然而上级觉得，张博明之所以选择自杀，跟你卧底期间那些说不清楚的问题有关系？"

"我不知道他自杀跟我有没有关系。"吴雯声音沙哑道，"当时他表现得很后悔，但不到要寻死的地步，所以当晚林烓告诉我他从医院楼顶跳下去了的时候，我都不敢相信……他的二级英模证书本来都已经批下来了。"

步重华从警十多年，参加过的行动评级最高的是荣获集体一等功，这已经是非常厉害的资历了，很多省部级领导在他这个年纪都未必有这样的资历。当年的卧底行动却可以一下报上两个二级英模，其规模之巨、力度之大、意义之重要，自然不言而喻。

所以张博明这一跳不管是出于什么原因，他自己解脱了，却把吴雯害惨了，甚至说把他千辛万苦挣来的下半生整个毁掉了都不为过。

"开始我真的想不到他为什么会死……不过后来觉得有点儿明白了。"吴雯黑白分明的眼珠一瞥，轻飘飘地落在步重华肩膀医用绷带上，旋即又移开了视线，"他可能真的就是那么高傲的一个人吧。"

"他就是那么高傲的人？"

步重华反应快得可怕，几乎在电光石火间就明白了为什么吴雩说他跟张博明相像，为什么对他挡刀没有丝毫感谢，甚至连问都懒得问他伤情怎样——

"说起来，跟步队你还有点像。""张博明是精英出身""他可能真的就是那么高傲的一个人""容不下自己身上有任何污点"……

张博明不一定觉得为了抓住毒枭而牺牲一名卧底是违背道义的，他忠诚、铁血，将使命视作唯一，觉得吴雩也该心甘情愿牺牲；但他没想到的是吴雩自己并不心甘也不情愿，甚至还一直憎恨着这个无能的上司，因为他只能在两难境地中让手下送死，而手下从来就不想死！

他不是无法面对吴雩这条命，而是无法面对染上了"污点"的自己！

"——所以你躺在医院里思来想去一晚上，就得出了一个结论，觉得我只是暂时做出了另一个选择的张博明？"步重华突然出其不意地问，"觉得我出于高傲才不允许自己束手旁观，出于英雄情结才迫使自己出手相救？"

吴雩没想到他这么敏锐，下意识"哦？"了声，紧接着又恢复了平时温顺中带着诧异的表情："你说什——"

"你是不是觉得我还能趁机捞个立功表现？"步重华突然绕过病床走上前，吴雩下意识往后退了半步，后腰一下抵到窗台，但紧接着步重华上前一指头戳在他肩窝里，在这么近的距离堪称居高临下，"我告诉你，我要真是另一个只讲原则的张博明，当初在公安局里你对着摄像头把年大兴一脚踢飞到墙上的时候我就该办你了！"

吴雩一手扶着窗台向后仰身："你……"

"倒是你！手机违法安装反追踪程序，一个人追着年大兴就往没监控摄像头的地方跑，当时你其实是打算干什么，你敢告诉我吗？！"

"……"

"——我要是真不讲情面，"步重华轻而严厉地俯下身，两人距离不过咫尺，"昨晚现场那把沾着你指纹的匕首，现在就不该锁在我办公室，而是已经交到市局监察委了，你还能好好地站在这儿对我的心理动机分析来琢磨去？！"

空气紧绷得可怕，他们只能听见彼此呼吸压抑起伏，吴雩搭在窗台上的手指用力到发白。

不知过了多久,他终于不易察觉地软了软,嘶哑地开口道:"谢谢步队,我没有拿你跟张队比的意思。"

步重华死死盯着他乌黑的眼睛,许久才终于开恩般起身,针扎般的压迫感随之一轻,严厉却不减半分:"你最好记住。下次如果再敢不跟我打招呼,一个人追出去扛事,我就没这么好说话了。"

可能出于逆光的原因,吴雩瞳孔格外幽深,脸颊又泛出青白,神情看上去有一点奇异。他直勾勾望着步重华的眼睛不吭声,似乎想透过那眼球从他脑子里挖出点什么,但又摸不着方向。

明明是僵持的情景,步重华却在刹那间感觉到了他的心理活动——他在想:"这姓步的跟我可不是同一个世界里的人。他到底有几分好心?还是纯粹控制欲作祟?"

"我还是谨慎一点,这种有背景有前途的'领导',既没经历过事,又自视甚高,指不定牵扯着多少利益关系呢。"

"我知道了。"吴雩终于慢吞吞地说,"下次一定跟组织汇报。"

步重华鼻腔中发出一声轻不可闻的冷笑,正当这时放在窗台上充电的老式诺基亚叮当一响,来了短信——是林烃。

步重华象征性地向后一退,吴雩迟疑了一下,才拿起手机点开,原本只打算匆匆一瞥,霎时却顿住了:"什么?"

短信是林烃发来的简短的一句话:"今早查到的,本来想给你看,刚才没来得及。"短信下面有个图片附件,点开是一张十分清晰的国外博物馆拍摄图,一个狰狞的骷髅头放在铺着黄色丝绸的展柜中。

吴雩顾不上刚才的争执,立刻把手机递给步重华:"这是'五〇二'案市局复原的骷髅头盔?"

步重华一看,心里顿时咯噔一下,确实是!

这骷髅头因为年代久远,已经完全变成了酱黑色,通体雕刻虽然模糊不清,但仍然能隐约看出精致的花纹和符号。它的眼眶、鼻腔和牙齿都有不同程度的磨损,从眉骨以上被截断,颅内垫着的不知道是黑布还是铁器的东西;前额和太阳穴左右两侧分别衔接着三块有弧度的长方形骨片,骨片上雕刻着极其精致的图案，但出于拍摄角度的原因只能看清前额。

而被切掉的头盖骨，就像瓜皮帽一样盖在这三块骨片上方，"帽檐"是一圈小骷髅头连接起来的雕刻。"帽子"上密密麻麻刻着无数花纹，哪怕仔细观察，也只能勉强辨认出天灵盖上的是两个骷髅互相纠缠，手持法器，做舞蹈状。

——这骷髅头与何星星目睹的凶手竟有八九分相似，尤其上下分离的结构，竟然一模一样！

"你把复原图泄露给林炡了？"

吴雩立刻否认："没有。"

步重华瞅了他一眼，没有追究细节，心里却模糊地掠过一个想法：那个林炡调动资源捕获信息的速度可真不是一般"科员"能比的，他对吴雩的关注程度，也似乎比吴雩自己描述的高很多。

"这骷髅是做什么用的？"

步重华呼了口气："尸陀林主。"

"啊？"吴雩茫然道。

"看见这个了？"步重华指着那两具彼此拥立舞蹈的骷髅，"'其林幽邃而寒，因以名（寒林）也；在王舍城侧，死人多送其中。今总指弃尸之处名尸陀林者，取彼名之也。'——这是唐代《众经音义》里的一段叙述，尸陀林主差不多就是保护墓地的神灵，象征人有生老病死，世间并无永恒的道理。"

他们都凑在手机屏幕前，挨得极近，吴雩一扭头，嘴唇差点碰到步重华侧脸，条件反射向后一仰："唐代？那何星星看到的难道是文物？"

"要是文物真品，下水就毁了，所以何星星看到的是什么不好说。但这个展览品不是一般东西，尸陀林主作为雕刻，通常只会出现在一类相关物品上——"

"您两位先坐一会儿，这儿有水。"民俗研究所的接待员将信将疑把步重华领进门，用一次性纸杯接了两小杯凉水，解释道，"几位专家都是退休返聘的，不太坐班，我得去看看今天哪位还在。"

民俗研究所挂靠在大学底下，平日里门前冷落鞍马稀，连耗子都不来啃这满屋子的故纸堆，因此接待员显然很好奇市局刑警为什么会上门来拜访，一步三回头地走了。

步重华并不喝水，正专注而迅速地用局里统一配发的国产机跟手下侦查员联络，突然余光瞥见吴雩跟坐不住似的转了几圈，不由得抬头问："你干吗呢？"

吴雩站在接待室那满墙书橱前，目光在一本本大部头之间扫过，完全没听见他在说什么。

"吴雯！"步重华提高声音。

那姓吴的小子这才回过神似的，摸了摸鼻子说："好多书啊。"

不知道是不是多心，步重华竟然从他语调中听出了一丝复杂的欣羡。

"好多书啊。"片刻后吴雯又低声重复道。

步重华心里一动，这时接待员一阵风似的刮回来，咚咚脚步声打破了屋内短暂的异样气氛，他比刚才热情了很多："巧了，今天我们陈老在所里，您二位这边请。"

陈元量是文化民俗方面全国有名的专家，因为年纪大了，平时也不坐班，只挂个头衔在家养花种草。老学究脾气都有点儿执拗，平素关起家门很少见客，恰巧今天闲着没事来所里查阅故纸堆，正揣着两本线装书准备回家吃晚饭，就很不幸被市局刑警堵在办公室里了。

"四里河那个案子？我看新闻报道了。"听说牵扯到人命官司，老学究脸色一沉，不由得郑重端坐起来，接过吴雯的手机仔细辨认半晌，才用满是皱纹的手敲了一下屏幕，指着天灵盖上的尸陀林主说，"确切地说，是一种原始宗教。"

清水衙门的办公室有点像二十世纪九十年代中学老师办公室，陈老坐在书桌后，扶了扶老花镜，锐利的目光从镜片后直射过来，似乎在责怪现在的年轻人为何读书那么少："你们现在的人哪，就好人云亦云——做学问要溯本究源，要有一丝不苟的研究精神，否则怎么能成呢？"

一向会训人的步重华竟然被人训，吴雯耳梢突然动了动。

步重华明显已经感觉到了斜觑而来的小眼神，但表面上不动声色，就当没看见："陈老说得是，但我只是在想，它不是很久以前就已经消失了吗？"

"这是世人的误解，实际上任何一种教义只要流行过，都不会完全消失，只会随着历史变迁慢慢被融合、演化，诞生新的教义，从而在文化史上留下独特的痕迹。"陈老端了端坐姿，仿佛在讲台上跟学生授课，认真道，"这种原始宗教可以追溯到石器时期，牲祭、血祭甚至活祭是非常普遍的。"

吴雯出了神，与步重华一起侧耳聆听。

"极盛时期它甚至威胁到了王权。公元9世纪，它流传到了今甘南、云滇、印度、尼泊尔等地。"

云滇。

步重华眉角轻轻跳了一下。

——发现五〇二杀人案被害人尸体的那天晚上，他们在医院急诊室外的走廊上，廖刚把市局专家描摹的凶手画像发到他手机上，吴雩只看了一眼，就错愕地说："跳大神啊……"

"以前乡村跳大神，津海没有吗？"

步重华眼角余光瞥向身侧，只见吴雩认真侧耳听着，睫毛在眼梢扫出了一道弧度。

他心里隐隐约约地浮现出某种猜测，但那念头太模糊了，紧接着就只听陈老又敲了敲手机屏幕："后期它再一次崛起时，与佛教互相吸收融合，但依旧不可避免带着血腥残酷的烙印。"

步重华回过神来，问："那这个头盔属于什么时期的呢？"

陈老说："这个不好确定。"陈老不无遗憾地摇了摇头，"我们只能猜测是古时候重大仪式上用的法器，现代社会中已经极其罕见了。至于它具体有什么装饰、功效和意义，这个我确实说不出来，还请见谅。"

陈老递回手机，吴雩起身双手接了过来。

"您看能查到关于这个头盔更详细的意义吗？"步重华沉声问，"实不相瞒，警方对'五〇二'案的侦查已经到瓶颈期了，骷髅头盔是目前最有价值的线索，如果能彻底摸清它的意义，对我们的侦查工作应该能起到很大帮助。"

"这……"陈老迟疑了片刻，问，"我看新闻上说，四里河那个杀人案死的是个小姑娘？"

步重华心思非常敏锐："这有什么说法吗？"

陈老欲言又止，表情有点儿挣扎，过了好一会儿，老学究才迟疑道："照理我不该宣扬这些乱力怪神的东西，毕竟现在网上争议很大，学术界又没有确凿的文献去证明有这回事。如果让人知道这话是我说的，我怕……"

步重华紧盯着他。

陈老在他充满压力的注视中无所遁形，半晌终于呼了口气。

"在原始崇拜中，处女象征着纯洁干净、超脱世俗。

"所以少女比较容易成为……活祭的……首选。"

步重华和吴雩都愣住了。

室内一片沉默，冰凉诡谲的恐惧如游蛇般，从虚空中一丝丝滑过耳畔。

第 15 章

　　两人从研究所告辞离开，临近傍晚了。陈老虽然有所顾忌，但能看出对案子挺上心，临走时亲自送了出来，还许诺帮他们打听跟骷髅头盔相关的线索。

　　步重华左后肩还缝着针，只能由吴雩这个伤残人士来开车。大学门口停车相当乱，大车又不好倒车，全凭着吴雩高超得精确到毫米的技术才把SUV倒出来，正要掉头就接到了廖刚的电话。

　　技术队王秃……王爸爸又爱了他们一次，不仅把被害人尸体送去做三检，还从河岸边挖了三卡车的石滩碎草，铆足劲儿要从这三卡车泥土中挖出凶手那肉眼不可见的DNA。此外宋局和许局亲自主导的对刘栋财的攻坚已经告一段落，"老镏子"负隅顽抗没多久就全盘崩溃，不仅交代了横行三省的盗贼团伙，还把积了多少年的大小旧案都抖搂了个一干二净。

　　但这些案底中，并没有任何一起，能跟五〇二杀人案沾上丝毫关系。

　　"我知道了。"SUV在夕阳下一个漂亮的三角掉头，吴雩听见步重华在副驾驶座上说，"这案子现在出了新情况，可能得想办法查一查本市的邪教。"

　　廖刚以为自己听错了："啥，邪教？！"

　　"对。"步重华把刚才拜访陈老的经过简单告诉了他，"如果这个情况属实，那凶手可能是个平时离群索居、行为怪异，但会把死亡、轮回等概念挂在嘴边的男性，平时在现实生活中很难找到同好，很可能会在网上寻求共鸣。"

　　廖刚有点儿为难："这个画像不太好找啊，老板。全国人口超千万的城市也就十几个，咱津海有幸跻身其中，这年头成天泡网上的宅男又多，一砖头砸出去十个有九个都像凶手……"

　　步重华沉吟片刻，夕阳穿过车前窗，在他的侧脸投下冷峻的阴影。

　　"如果我推测得没错，"他缓缓道，"这名男性可能还对男女关系有着非同一般的热衷，查查相关娱乐场所，说不定会有线索。"

廖刚领命而去，吴雩一边开车一边瞥了一眼。

步重华立刻问："怎么？"

"……没什么。"

SUV在晚高峰的车流中向前行驶，步重华眯起眼睛，上下打量身边这张沉默的侧脸，半晌才说："吴雩。"

"是，步队。"

"你不是囚犯，我也不是狱警。现在周围没人，你不用再装出那副似乎很敬畏我的样子，想问什么就问吧。"

吴雩开始没吭声，不知道心里在掂量什么，步重华沉着气等他。直到警车随着绿灯左拐并线，他才开口问："你为什么让廖副队去查娱乐场所？"

"经验。"步重华说，"这年头搞邪教的，通常都是以现实中合法存在的正统宗教为幌子，将教义扭曲妖魔化，以此来搞传销式洗脑崇拜。虽然手段花样翻新，但犯罪目的都很统一，不外乎金钱、女色、统治欲，国外报道的邪教首领通常离不开性犯罪正是出于这一点。"

吴雩若有所思，过了会儿又问："所以这个案子确实跟邪教献祭有关？"

两人目光短暂一碰，步重华没有回答："前面停下车。"

警用SUV缓缓停在路边，吴雩不明所以，跟着步重华七拐八拐，片刻后竟然拐进了胡同里的一家饭店——招牌明晃晃：潮汕砂锅粥。

"炒肝，炒豆苗，红烧鸡块，两锅粥。"步重华把菜单递给吴雩，"你要点什么？"

吴雩低头揉鼻梁，含含糊糊地说："我随便，看着也没什么特别好的……"

"我买单。"

"……就水箱里那鱼好像还行。"

两人面对面，吴雩眼神飘忽。

步重华面无表情，瞅着他那张透明失血的脸，把菜单递给服务员："来条清蒸鱼。"

服务员立马"哎"一声，上后厨下单去了。

正是吃饭的点，店堂里非常热闹，但上菜速度很快，砂锅粥咸香入味，豆苗清鲜爽口，连炒肝都肉香汤浓、肥而不腻。吴雩若无其事地拿筷子把蒸鱼上的葱花挑到盘边，眼角余光观察到领导没什么反应，神不知鬼不觉挖掉半块鱼肚埋在自己碗里；少顷见步重华并不动鱼，又迅速挖掉了另外半边鱼肚。

步重华只当没看见，用筷头敲敲炒肝，说："吃吧，给你点的，补血。"

吴雩表面"唔"了一声，但步重华边吃边观察他，看他除了鱼之外就只夹那几片豆苗，别的菜一筷子都不碰。

"你不吃内脏？"

"不太吃。"

"鸡肉呢？"

吴雩低头敷衍："还行吧！"

步重华看他那样子，觉得似乎哪里不对，但还没细想，只听吴雩含着鱼骨头模糊地问："所以现在怎么查，真跟献祭有关吗？"

"你觉得呢？"

吴雩犹豫片刻："我不知道，就感觉这事……听着太玄乎了吧。"

"我也觉得太玄乎了。"步重华顿了顿，说，"献祭是一种仪式，而仪式必然包括很多不可或缺的要素：对象、祭品、时节、手段。如果五〇二杀人案是一场献祭的话，凶手佩戴了还原度极高普及度又非常低的符号——骷髅头盔；挑选了十八岁的年小萍作为祭品——少女；作案在一个天气极端因此可能具有某种特殊含义的日子——暴雨夜。看似满足我们对献祭的所有想象，但如果仔细想的话，其实还缺少一个至关重要的元素。"

"手段？"

"对，手段。杀人过程太干净果断了，一刀毙命，杀之即走，凶手完全不曾表现出对献祭仪式的任何情感联系，甚至连象征性的虔诚都没有——你还记得陈老的话吗？"

陈老刚才对他们解释得非常清楚："……在原始崇拜中，处女象征着纯洁干净、超脱世俗。"

吴雩若有所思。

"谋杀过程没有流露出对少女身体的丝毫需求，而仅仅是一刀刺中心脏，毙命立刻弃尸；这种堪称粗糙的手段，跟特意佩戴骷髅头盔所体现出的强烈仪式感相比显得非常矛盾，同时还有更重要的一点——"

步重华顿了顿，吴雩下意识停住了筷子，与他对视，只听他轻声问："凶手怎么能确定，年小萍是处女呢？"

饭店里人声鼎沸，菜肴来去，没人注意到这热闹大堂的一隅，他们两人默然相对，面前横陈着一宗吊诡血腥的命案。

许久后吴雩才低头拿起筷子，短促地笑了一声："您这么一分析，我都感觉这是个随机杀人案了。"

步重华沉沉道："我希望不是随机杀人，但案情确实已经现出随机杀人的特征了。"

在所有类型的案子中，随机杀人是最难破案的一种。虽然侦探小说中推理出神入化，现代刑侦技术也日新月异，但现实中一线刑警查案仍然是枯燥的摸排走访，人海战术是很多案件得以破获的最大法宝。如果没有动机，没有理由，就缺少筛选标准和排查方向，从海量枯燥的信息中筛选线索就会变得非常困难。

五〇二杀人案凶手潜逃，现在已经过了黄金搜索期，如果再拖下去，他会不会逃出津海，消失在天涯海角？

或者，发现警方束手无策后，他会不会信心膨胀到再次犯案？

吴雩突然盯着步重华，欲言又止。

"怎么？"步重华敏感地抬头问。

可能因为这一路上步重华的态度都很耐心，吴雩迟疑片刻后，还是提出了自己对凶手的看法："你说他可能是随机杀人……如果年小萍是他随便挑选出的祭品，有没有可能这不是他第一次作案？"

"我也这么想。"步重华说，"但我之前查过今年全市范围内针对少女的类似案件，三十多个警情全部排除，而且……"

"你们排查的是故意伤害和抢劫未遂吧？"

"什么意思？"

吴雩慢吞吞道："十几岁小丫头，想法可能跟警察不一样。凶手这次作案前跟了年小萍一段距离，如果他上次犯案前也同样跟踪被害人的话，小丫头也许想不到他是想伤人，即便打110也不会说有人意图抢劫，而是会说——"

步重华神情突然一振。

劫色！

如果凶手在跟踪阶段没有戴上恐怖的骷髅头盔，只是揣着一把刀跟在目标后头，那当十几岁小姑娘发现一个成年男性尾随自己时，很难想到对方要搞什么献祭杀人，她们的第一反应是有流氓意图不轨！

步重华摸出手机，在通信录里翻了翻，拨出一个电话："喂，老章？你们指挥中心前两天是不是在做上个月的出警记录汇总？"

章志是报警中心负责人，这两天快被南城支队派去的小碎催踏破了门槛，连办公室地面都要生生磨秃三寸。步重华没顾上寒暄，开门见山问："这个季度全市范围内年轻女性被尾随、被偷窥、被猥亵未遂的出警记录有多少起？给我汇总一下发过来，四里河那个案子要用，快！"

"步重华你个王八养的，老子成天就耗在这破烂检索系统里了！你家大房廖刚昨天才跟我拍胸脯保证说那案子跟骚扰猥亵没关系……"

吴雩正喝粥，乍听见"大房"二字，险些被米粒呛着。

"他管他们中心四个副主任分别叫'大房'到'四房'，不要搭理这种低级笑话。赶紧吃，吃完我要回市局加班。"步重华挂了电话，顺手夹了一筷子清蒸鱼就着最后一口粥吃了，起身说，"我去结账。"

在他身后，吴雩刚要去夹鱼肉，筷子蓦然僵在半空。

步重华买单时被老板娘强行赠送了两包薄荷糖，还没来得及客气拒绝，手机突然又响起来，是气急败坏的章主任："姓步的我告诉你，你们这个破案思路就是有问题，今年上半年的相关报警数量……"

步重华眉头皱得风雨欲来，一手接电话，一手拎着两包薄荷糖，刚往餐桌那方向走，突然远远瞥见吴雩，脚步一顿。

——吴雩用筷子头把他刚才夹的那边蒸鱼都挑了出去，放在餐巾纸里，包了包扔在手边。然后他皱着眉夹了块鱼肉，却没放进嘴里，只盯着它，面上浮现出一丝不加掩饰的反感。

不过他什么也没说。

他把还剩小半的鱼一推，起身用纸巾擦了擦嘴角。

那瞬间步重华突然意识到他刚才察觉的不对来自哪里——这餐桌上他比较频繁下筷的红烧鸡和炒肝，吴雩都一筷子也没动过；他夹过的那盘豆苗，吴雩会换一边继续夹，刻意避开他筷子触碰过的区域。

爱憎清楚，泾渭分明。

电话那边老章的抱怨还在继续："……恶作剧、报假警、无效信息、虚拟号码，所有加在一起上半年报警被跟踪猥亵的女性数量……"

吴雩向这边走来，步重华定了定神："多少？"

"四千三百二十九！"老章怨气冲天，"大海捞针去吧你！"

第 16 章

"报警人年龄在十八岁左右的、报案时有极端天气的、距离'五〇二'案发时间在一个星期至一个月内,报警阐述中明确表示非熟人骚扰的!

"小岗村、老工业区、全市水网分布点及四里河流域!

"广泛筛查,排查重点,距离市局的破案期限还剩最后一天,一旦发现可疑对象,立刻连夜实施抓捕!"

刑侦支队轰然应声:"是!"

四千三百二十九,这是津海市上半年报警被骚扰、被跟踪的女性数量。这还只是忍无可忍之下开口求助的小部分,更多受害者因为惧怕被人议论、不愿惹上麻烦,或是从一开始就觉得报警也没用,从而选择了忍气吞声,所遭受的侵害也永远不为人所知。

"正常的,基层警力就这么多,现在有警必出有求必应,每天光是猫发情狗打架、菜市场里针头线脑的出警都一大把。"孟昭把头发扎起来用圆珠笔一簪,哗啦哗啦地翻出警记录,说,"津海市 110 报警服务台呼入量平均每天两万六千个,哪儿来那么多人手天天看监控抓跟踪狂?何况这种事大部分就是一个批评教育,连刑拘五天都够不上,除非最后酿出了强奸凶杀的大案子——得,还不是各大分局跟着吃挂落?蔡麟!"

蔡麟睡梦中一个激灵,噌地从办公桌上弹起来,险些把堆成山的材料撞翻。

"你那些筛完没有啊?"孟昭不满地问。

"我都已经一天一宿没睡了孟姐……"

"甭啰唆,给老娘起来干活儿。"孟昭不耐烦道,"你看人家小吴,还是伤号呢,不也照样辛辛苦苦在那儿——"

话音未落,挡在办公桌前的案卷哗啦一倒,露出了吴雯笔挺的坐姿和端正的睡脸。

孟昭说："你看人家是伤病号，坐着睡多辛苦啊。小吴你醒醒，上值班室沙发那儿睡去。"

蔡麟怒道："你们女人就爱看脸！"

"来来来，起来！"廖刚踢门而入，两手挂满塑料袋，"支队小金库出钱，所有人过来吃夜宵！"

现年奔四、五大三粗的廖刚不愧是号称步支队正房的男人，只有他惦记着满屋子嗷嗷待哺的小崽，包子、饺子、烙饼、烧卖的香气顿时飘满了整个刑侦支队大办公室。所有人都把案卷材料一丢，鬼哭狼嚎地往上扑，蔡麟连控诉孟姐都忘了，抱着廖刚大腿喜极而泣："廖哥你真是咱们支队的亲妈！"

廖刚一脚把他踢开："去，这么大孩子该学会贴补家用了，找你爸要抚养费去。"

蔡麟"嘤嘤嘤"："妈妈你忘了吗？我爸他早都不回家了，男人有钱就变坏，谁知道他去隔壁报警中心找老章的四房夫人们搞什么！"

话音未落只听咔嗒一响，步重华推门而入，皱眉道："搞什么？"

满屋子人登时魂不附体，作鸟兽散。

步重华往桌上扔了几大袋热气腾腾的香肠咸肉鸡蛋灌饼，示意他们要吃自己拿："针对宣传邪教不法活动的举报线索正在筛查，底下县城乡村各级公安都已经被通知过一遍了。郑主任说一旦有发现会立刻通报过来，跟我们这边的筛查结果交叉对比，看能不能缩小嫌疑人范围。你们筛得怎么样了？"

包子大饼突然显得如此寒酸、如此凄凉，所有人都眼巴巴望着那几袋超级豪华的灌饼——奈何没人敢在悬案没破的情况下当第一个伸手的橡子。

廖刚咽了咽口水，说："报警人年龄在十八岁左右的九百二十八起，其中第一季度六百零二起，第二季度三百二十六起。孟姐正带着他们从'五〇二'案发往前倒推，看有没有发生在四里河流域的报警，好做进一步筛查。"

这是很有道理的，如果凶手敢在暴雨内涝的夜晚往四里河里跳，起码说明这片水域对他来说不算陌生，否则即便换孙杨或者菲尔普斯来，也很难一口水不呛地安全上岸。

步重华颔首不语，沉思片刻，眼角余光瞥见吴零和几个同事正解开廖刚带来的塑料袋，分里面的包子吃，突然心里动了动，招手叫来吴零，拿了袋咸肉鸡蛋灌饼递给他："喏，伤员吃病号餐。"

| 124

他清清楚楚地看到吴雩表情刹那间凝固,但紧接着吴雩接过灌饼,好似还挺受宠若惊:"谢谢,谢谢步队。"

——英雄末路,功臣气短,要是让知情人看见指不定要掬多少同情泪,可见这小子的演技确实已臻化境了。

步重华神情自若示意不谢,举步走回办公室,反手关门的同时向后一瞟——

门缝中映出外面大办公室的情景,只见吴雩顺手拉住风风火火路过的廖刚,指指他手上那袋五毛钱一个的素菜包子,温良恭俭地说了几句什么。廖刚不明就里,随即喜出望外,爽快拿包子换了鸡蛋灌饼,也完全不怀疑这蔫坏的孙子是不是在里面下了巴豆,乐颠颠捧在手里走了。

……他还真没跟我撒谎,步重华想。

我在他心里确实是另一个张博明。

步重华舌根泛上一丝复杂的滋味,随即被他自己强行压下,他若无其事地走到办公桌前打开了案卷。

挂钟分针一圈圈走过,天色由浓黑转向深蓝,继而东方天穹隐隐泛出了鸭蛋青色。

前男友心有不甘纠缠不放,社会小流氓跟踪骚扰在校女生,"校霸"欺凌同学尾随抢钱,父母离婚后败诉一方跟踪伺机抢孩子……除掉五花八门的警情,第二季度三百二十六起相关报案,还剩下最后三分之一。

"喂您好,我们是南城区公安分局,您女儿上个月打110说放学路上被人跟踪的那个案子……"

"您好我们是南城区公安分局刑侦支队,您是张佳佳的妈妈吗?您上个月曾经报案张佳佳被人偷窥?"

"津海市第一中学?我们是南城区经文保处,你校学生李幼岚三月底多次向我们报案说晚自习被人骚扰……"

"…………"

"谁知道哪来的神经病要追求我女儿!报警都没人来管管!我们已经被逼得租房子搬家转学了,火起来老子自己去解决那个畜生!"

"你们到底抓不抓人?到底抓不抓!我们佳佳才十一岁!这种变态不赶紧关起来一定会出大事我跟你们讲!"

"没有的事,我们学校管理得很严不会发生这种事情……什么?多次打110?哎呀怎么会呢?这孩子都没跟我们老师说过呀……"

大半个南城区分局彻夜灯火通明，直至东方天亮，时针嘀嗒对上清晨六点。

办公室门呼地被推开，所有人同时回头，只见步重华抓着遥控器快步进屋，打开了投影仪："四月初至今，四里河流域发生的相关警情，除掉真的变态、恋童癖、偷窥狂和已经被抓捕在押的嫌疑犯，还剩十九起无法确认跟踪动机！"

四千三百二十九个筛查目标最终压缩到十九个，所有人同时精神一振！

屏幕上唰唰跳出了数排出警信息，步重华疾步穿过满地狼藉，食指关节咣咣敲了两下投影屏："出四个探组着重排查这十九起报案，调取监控录像，对比跟踪者与五〇二杀人案凶手的相似点。我已经跟各个辖区派出所打好招呼了，治安大队会协助你们进行排查，如果这十九起报案的跟踪者全部不符合凶手特写，那么就扩大范围，继续筛查！"

周遭轰然应声："是！"

大办公室充斥着食物过夜后荤腥油腻、香烟泡冷茶酸臭发馊以及满屋子男人两天没洗澡那一言难尽的气味，连孟姐身上的最后一丝香水味都被她的大油头味取代了。步重华环顾四周，沉声道："我知道大家已经为这个案子熬了六天，可能有人会质疑为什么这么难破的案子还要定破案时限。但我提醒你们——万一凶手的动机确实跟邪教献祭有关，那么他绝不会只杀一个就完事。津海市正进入暴雨季节，一旦'五〇二'案发当夜的极端天气重现，那么他极有可能会在场景和心理的双重刺激下，再次向少女出手。"

大办公室里人人肃然，鸦雀无声。

"十八岁的年小萍还在隔壁解剖台上等我们为她申冤。"步重华啪地关了投影仪，简洁道，"所有人就地解散，出发！"

不用他吩咐周围一片桌椅挪动声响，所有人迅速整理出警装备，按照早已定好的探组编制，三五成群向外走去。

"吴雩！"

吴雩一回头，步重华正站在办公桌后看着他："你伤还没好，失血过多，就别出去了。回家睡一觉吧。"

步重华贴身穿的还是前天那件衬衣，已经皱皱巴巴的了，从领口中可以看见厚厚的医用纱布，边缘沾着干涸的深褐色血迹。失血、熬夜、难以想象的高强度精神压力让他脸色不太好看，但他站起身来的时候还是非常挺拔，像是脊梁中有什么东西撑着，看不出丝毫疲态。

吴雩迟疑片刻，问："那您呢？"

"名单上有几个案例，家庭情况比较复杂，我去找她们家长聊聊。"

大半个支队人都走了，只有他们面对面，站在凌晨空旷的走廊上，连彼此身上的烟草气息和消毒纱布味道都清晰可闻。从步重华的角度可以看见吴零疏朗的眉角，少顷只见他用力掐了把眉心，说："算了，睡也睡不着，我还是找点儿事情做吧。"

　　他来支队两个月，从来没有这么拼命过，步重华突然意识到了——这个侦查思路是他提出来的，他怕最后竹篮打水一场空，反而耽误了现在最宝贵的时间。

　　步重华沉吟片刻，问："你是不是觉得现在这个侦查思路逻辑链薄弱？"

　　吴零含糊道："还好吧。"

　　但步重华知道他只是惯于糊弄领导，其实他想的是，这难道还不薄弱？

　　确实薄弱。首先有很多女孩子被纠缠、被尾随是不会打110的，那么凶手之前的犯罪举动很可能会成为漏网之鱼；其次他们也根本不确定凶手是不是真的习惯先尾随再杀人，警方手里现在只有年小萍一个孤例，很难成为分析凶手行为模式的证据。

　　他们现在的侦查方向简直就是在碰运气，是万般道路都堵绝后，困境下的无奈之举，能走通的概率可能连五成都不到。

　　"我知道，但不论怎样都得去试试。哪怕只有百分之一的希望，也得做出百分之百的努力，否则在绝境中也没其他路可走了。"步重华顿了顿，看着他一挑眉，"'一天都没下过地'的学院派领导，也只能用这种办法跟凶手死磕了，不然还能怎么着？"

　　这是吴零形容张博明的话，含沙射影讽刺步重华，没想到步重华却记到现在，吴零那张温顺谦卑好下属的面皮不由得一僵。

　　"你不是想找点儿事情做吗，"步重华难得近距离观赏这家伙演技掉线，气定神闲地问，"要不跟领导一起下地去？"

　　吴零含含糊糊摸鼻子："我伤还没好，失血过多……"

　　丁零零——

　　市局统一配发的国产机声震四壁，步重华摸出手机，认出了号码是四里河派出所："喂，老郑？"

　　"步支队！太好了您还没走！"通话背景一片喧杂，应该是刑警队长老郑在风风火火地往前跑，"昨晚分局不是让我们查那几个跟踪骚扰女孩子的出警记录吗？有个叫部灵的报警人，片警一时没联系上她，您还记得吗？！"

　　刑侦干久了人确实会有第六感，步重华心突然往下一沉："记得，怎么？"

　　步重华昨晚听了上百个报警电话录音，记住了几十个女孩子的名字和声线，但对郜灵的印象比较深——因为她说话吞吞吐吐，像嘴里老含着一口水似的。

问跟踪者长相特点，说不清楚；问在哪里发现被跟踪的，说不清楚；问她当前所在地和联系方式，也说不清楚。感觉就像是思维比他人慢半拍，最后接线员都怀疑她是恶作剧报假警的了。

——不过接线员可以怀疑她是报假警的，步重华却不能。郜灵是最后十九个重点侦查对象之一，孟昭已经带着实习警在去她家的路上了。

"她失联了。"老郑咽了口唾沫，声音中带着难以掩饰的慌乱，"她室友来报过一次警，只是没立案，所以昨晚兵荒马乱的没发现。今早我上后台多看了几眼，发现她早就已经……已经……"

步重华打断了他："她室友最后一次见到她是什么时候？"

"五月二号。"老郑颤抖道，"五月二号……中午。"

——年小萍死亡当天！

"把她室友找来，我现在就过去！"

步重华按断手机一抬头，走廊上两人面面相觑，吴雩的手还僵在鼻梁上。

——我伤还没好，失血过多……

"领导都去了，我不能不去。"吴雩正色道，"走吧。"

第 17 章

"那个贱人！"一个黑瘦高挑、披头散发的十七八岁的女孩子一屁股坐进沙发，尖声道，"什么失踪？！她偷了我的东西跑了！"

郜灵租住在四里河附近城中村一处简陋的平房，普通一居室，客厅东角落是锅炉灶台围成的"厨房"，西角落是纸箱、空瓶、塑料凳形成的"杂物间"，南角落被褪色印花塑料布划分出一处小小的方寸地，地上床垫一放，连转身都没空间，是她栖身的窝。

"郜灵，十八岁，初中肄业，和失主刘俐一起在一家洗浴中心打工。五个月前刘俐问地下黑中介租了这个地方，一个月前郜灵来到这里，向刘俐私下租了客厅，两人开始形成室友关系。五月二号中午刘俐出门'上工'，五月三号清早收工回家时，发现自己的笔记本电脑和五百块钱现金不见了，同时郜灵的行李包不知所终，人也联系不上。当天下午刘俐来到四里河派出所报案，暂时还没有立案。"

孟昭边说边递给步重华一张纸，是派出所出具的报警回执，上面列出了刘俐当初口述的电脑特征——二手国产笔记本，折价最多五百，总失窃金额堪堪破千。

"年小萍死在四里河辖区内，派出所这几天都忙疯了，根本没时间仔细调查郜灵在哪儿。再说除了刘俐，没人注意到她消失，爹妈、亲戚、朋友、同事一个都不见；连洗浴中心当班经理都说像她们这样的小妹拿的是日结工资，流动来去太频繁了，一声招呼不打就到别家上班是常事，根本不会有人注意到她们失没失踪。"

步重华望着那又小又暗的斗室没吭声，倒是孟昭带的那个实习警张小栎忍不住问："那现勘员提取到证物了吗？"

孟昭习以为常："上哪儿提啊，基层，你看连案都没立。"

张小栎一脸蒙，显然还是个没有被现实打磨过的天真碎催。

"郜灵平时有没有朋友？失踪前几天是否有任何异常言谈举止？跟她一起失踪的有哪些私人物品？"吴雩坐在刘俐对面的板凳上，拿着纸笔问道。

刘俐细长眼、小尖脸，穿着吊带短裤，趿拉一双褪了色的塑料拖鞋，周身满溢着野蛮的辣劲，显然对警察敌意深重，吊着眼睛蹦豆子似的："我怎么知道？平常排班都不在一起，我天天早上才回来我怎么知道那个贱人上哪儿浪去了。你们警察不是很牛吗？怎么连这都查不出来，为人民服务说假的啊？"

"跟她一起失踪的有哪些私人物品？"

"都说了我怎么知道！她就那两件破衣服、两个破口红，要不是仗着那劲儿，叫男人多看她两眼都不可能！她有个屁的私人物品！"

吴雩往前一翻案情材料，郜灵的二寸免冠照出现在首页，果然除了早早出来混社会的风尘气，单从五官来说，和年小萍一样是个清秀的女孩子。

"所以你跟郜灵平时不太聊天？"

刘俐瞪着吴雩，但话没出口，又想到什么似的，把屁股往沙发边上一挪，故意撩了把头发："聊啊。"

"聊什么？"

刘俐放肆地上下打量吴雩，不答反问："警察帅哥今年多大呀？"

"聊什么？"

刘俐扬着嘴角斜睨他，拍拍自己身侧："帅哥你坐过来点儿，你不坐近点儿我怎么告诉你？"

吴雩笔尖顿住，就在这时肩膀被人一拍，步重华居高临下俯视沙发上的女孩子："刘俐？"

"……"

"去年八月五号，十月四号，今年二月十三号，治安扫黄扫过你三次。如果你不想告诉他，也可以去公安局，在讯问室里坐近点儿告诉我。"

步重华面相俊美中带着肃杀，那是多年办案出生入死、直面过无数血腥现场后自然积累起来的独特气势，当他那双锐利的眼睛一眨不眨紧盯着什么人的时候，其中可怕的洞悉力，连很多老警察都扛不下来。

刘俐脊梁骨下意识缩了缩，半晌悻悻道："我……我跟那贱人不聊什么。我们排班不一样，她白天去做事，我晚上才出台……出场，下班回家收拾收拾她就该走了。而且她眼睛长在头顶上，穷得跟个鬼似的还扯什么清高，我跟她能有话说？聊都聊不到一起去。"

步重华问："郜灵不卖？"

刘俐一震，大概想不到步重华能顶着那张高冷禁欲的脸说出这么直截了当的话:"她、她不……她……她又不给家里寄钱,爱卖不卖咯!我怎么晓得这些个事情?"

"你怎么知道她不给家里寄钱?"

"给押金的时候她自己说的,说她老子娘不是个东西,吸她的血,还叫我也不要往家里寄钱。"刘俐撇撇嘴,"我又不是她,我还有兄弟呢,不寄钱回去拿什么养家?老子娘盖不起房子、抬不起头,要被村里人笑话的!"

张小栎他们几个都呆住了。

步重华却无动于衷:"她来租房子的时候,没提过自己是哪儿人?"

"那我怎么知道,我们这行又不看个身份证。"刘俐想了想,不情愿地说了个津海市周边县城的名字,"可能是那里的吧,具体哪个村的我也不清楚。怎么,你们真去她老家抓她啊?那能把我的钱找回来吗?那可是五百块钱呢!我那个电脑起码也值一千吧!一千块你们当官的看不上眼,可那是我从牙缝里抠出来的,我……"

"步支队!"这时孟昭从门外探头打断了她,"视侦队把附近监控调出来了,五月二号下午两点,郜灵独自步行离开家,您要不要过来看看?"

步重华始终按在吴雯肩上的手拍了拍:"让她老实做笔录。"随即转身大步出屋。刘俐不甘心地追出去两步:"喂!我的钱……喂?!"

道路泥泞,暴雨滂沱,一个瘦弱的少女从巷口闪现出来,低头匆匆离开,在监控录像画面中留下了一道湿漉漉的背影。

"城中村监控范围不完全,当天可视条件又非常差,郜灵离开家门后留下了这一段持续六秒的视频,但没有正面。从巷口出去以后分四条岔路,大约在二百米范围内这些路上都是没有摄像头的,按郜灵的步速计算走过这段区域大概需要三分钟。"孟昭皱眉道,"然而在这之后,所有岔路出口都没发现她的踪影,她再也没出现过。"

好端端一个人,在三分钟内消失了。

步重华沉吟不语,把监控录像倒回她出现的那六秒,唰唰大雨声充斥了安静的车厢。少顷郜灵走出镜头,他又倒回去重新播放,少女穿着蓝色连帽雨衣,迈着一模一样的步伐再次离开了他们的视线。

"那四条岔道都是普通民巷,没有下水井口、机关暗道之类的东西。我已经让大队民警挨家挨户沿途走访去了,但没法肯定……"

"等等。"步重华突然打断她,按下暂停。

监控摄像头灰暗模糊,步重华却仿佛看见了什么,不断放大、又放大,直到画面聚焦在郜灵侧身的那一瞬间:"她怀里有东西。"

孟昭把鬓发挡到耳后，定睛一看，果然宽大的雨衣下微微突出一块，但因为画质问题，如果不极尽目力根本发现不了。

"这是……她的行李？"孟昭不确定道，"还是刘俐的笔记本？"

步重华不置可否："从郜灵家到河堤这一段大范围调取监控，让视侦做海底捞针式的搜索。另外把目标出现的这一段视频发给市局刑科所，能处理多少处理多少，我想知道郜灵失踪前随身携带的到底有哪些东西。"

"是！"

步重华推门下车，回到低矮的出租屋，派出所大队长老郑正亲自带领痕检员勘查刘俐的卧室，见步重华进来，满脸通红地笑着打了声招呼。

步重华一眼瞥见痕检员手里拿的是二次复勘表，也没说什么，在房间里转了两圈，用手机拍了几张照，然后又打开衣柜，目光梭巡许久，从角落布袋里拎出了两双印着香奈儿LOGO的高跟凉鞋。

老郑跟在他后头搓着手："我们刚才看过了，这应该是假的，连真皮都不是……"

步重华打断了他："我知道是假的。"

他把鞋放回布袋，起身翻了翻刘俐那些乱七八糟的衣服，粗制滥造的蕾丝吊带情趣内衣就随便挂在铁丝架上，也不知沾着多少皮屑，散发出长久没洗过的难以言喻的味道，简直是生理性辣眼睛，刚才连现勘员都没下得去手。

步重华的气质跟这些东西相比简直可以用云泥之别来形容，偏偏他却把那堆皱巴巴的内衣一件件扯开观察，老郑简直无法正视他冷淡的表情："步支队，这儿可能已经没什么线索了，不如我们就……"

"等等。"

老郑满头雾水，只见步重华紧盯着手里那件黑色小吊带，似乎终于印证了某种猜测，起身将衣柜下的抽屉全部拉开翻找半响，毫不留情地把杂物统统甩出来扔了，少顷从角落里翻出一个褪色的戒指盒，里面是个满是划痕的K金戒指，他只打开扫了一眼就丢给老郑："把物证交给痕检。"

"哎？是、是，可是——"

步重华没理他："那刘俐人呢？"

老郑心惊胆战地向外面指了指。

"我这个月房租还没交呢！那煤气灶坏了都没钱换！"刘俐气急败坏，一屁股坐在客厅沙发上，堆满杂物垃圾的破沙发顿时发出"嘣"的弹簧振动声，"说有困难找警察，呸！报警顶什么用！就抓我们罚钱一个比一个积极！"

吴雪低头翻阅现勘本，坐在边上默然不语。刘俐眼珠骨碌一转，抓着吊带又往下扯了扯，故意露出一片黝黑粗糙的胸，娇滴滴问："帅哥，你人好，给出个主意帮帮我呗？"

吴雪头也不抬道："小心别被抓。"

"啊？"

"就不会被罚钱了。"

刘俐："……"

吴雪合上记录本，皱眉上下打量她，那目光让刘俐那么厚的脸皮都有点挂不住："你、你干吗？"

"你做这个家里人知道吗？"

刘俐翻了个白眼："知道啊，当然知道了，做我们这一行的不都老乡带老乡？"

"钱都寄回去？"

"自己用点，剩下的寄回去给弟弟盖房子。"刘俐嘟囔道，"否则怎么办？现在愿意留村里的女的越来越少，再不娶亲就更娶不上了——还不是钱闹的。喂，你看我干吗？"

她隐隐感觉到吴雪瞧她的眼神，跟其他警察都不一样。

她以前被扫黄抓进去碰见的那些民警，瞧她的眼神是轻蔑、厌恶，偏偏又无可奈何的，像辖区里藏着一群蝗虫，不扫没法完成任务，扫了又嫌脏手。而刚才那貌似很厉害、所有人都害怕的支队长瞧她，却不显山不露水，一切情绪都不带，仿佛有洁癖的城里人看见马路边被乱扔的脏东西，只会捡起来扔进垃圾箱，但不会多给一眼，更不会站在马路上开口去骂这个东西。

只有吴雪看她是平直的，像同类看同类，眉头微微皱着，眼底带着一丝她非常陌生的情绪。

那是责备。

"找不回来了。"吴雪说，"你的电脑不值一千，丢失的现金又没有凭据，这种事指望派出所不太现实。我们是刑侦支队，也没法给你越级立案，以后自己小心吧。"

"什么？别人丢个自行车都能找回来，你们那么牛找不回我的钱？"刘俐顿时急了，指着刚才步重华出去的方向，"你们那领导不是牛得很吗？敢情都是装的？唬人的呢？！"

吴雪叹了口气，说："我要是你，就不会再去挑衅他了。"

刘俐歪着吊带一脸不服，三角眉挑得几乎要蹦出额头。

她只接触过治安队，见识过最可怕的手段也不过是被协警骂两句，被遣返原籍两天就能跑回来。她不懂步重华为什么扫都懒得扫她一眼，更不懂刑侦口的实权正处级代表着什么。

吴雩有些无可奈何，思忖片刻后从裤兜里摸出钱夹。刘俐歪着脸疑惑瞧他，只见他拿出所有纸币数了数，三百六十元整，然后轻轻丢在了她面前。

"拿着。"吴雩简短地说，"别闹了，没好处。"

刘俐眼睛瞪圆了，张开嘴却没发出声，怔怔地看着他。

吴雩收拾纸笔，起身走向屋外，就在这时被一只有力的手从身后按住了——紧接着那只手越过他肩头，抓起桌上的钞票，啪地重重拍在吴雩胸前。

吴雩扭头一看，只见步重华弧度冰冷的下颌线。步重华说："来人，'五〇二'案嫌疑人刘俐，立刻带走！"

周遭空气刹那静止，人人都没反应过来，吴雩愕然愣住了，还是老郑大队长反应快，立刻带人扑了上去："不许动！""带走！"

"怎么？怎么了？你们搞错了吧？！"刘俐猝不及防挣扎起来，"我干什么了？放开我！你们快放开我！救命啊——"

屋里顿时乱成一片，但刑侦大队警察不是吃素的，三下五除二就把她反拧胳膊押了出去。直到屋外刘俐还在尖叫"你们搞错了""救命啊警察打人啦"，尖厉的叫喊震得左邻右舍纷纷开窗窥探，但眨眼工夫不到她就被推上警车，穿堂风呼地刮过，咣当一声甩上了门。

"什么意思？"屋里只剩下他们两人面对面，吴雩一指外面，感觉荒唐，"'五〇二'案嫌疑人？"

步重华却连答都懒得答他："钱多得送不掉不如捐希望小学，送给她，你以为能换来几句真话！"

她能干出"五〇二"这么大的案子？吴雩深吸了口气，摸出烟点燃，问："您发现了什么线索，能证明她跟年小萍的死有关？"

如果其他人敢这么跟他顶，可能已经被步重华劈头盖脸训回去了——你是不是这辈子没见过雌的？一个小姐都能让你怜香惜玉，要不滚出支队去扫黄办天天跟她们打交道算了！

但除了吴雩，其实也没别人敢这么顶撞他。

当一切谦卑温顺的伪装都从吴雩身上褪去，就会发现他面相其实非常疏离，

134

大概是脸部轮廓非常立体而五官又很鲜明的缘故，鼻梁唇沟都很清晰，缺少柔和缓冲的弧度，透出一种因为心态长期压抑而形成的紧绷感。

他确实必须压抑。可能在他的世界里，女毒贩和吸毒妹才是绝大多数，刘俐这样的已经算是孝女了。

步重华用那双淡琥珀色的眼盯了他半晌，终于半点火气不带，开口冷静地道："我刚才看了刘俐的卧室，她没有跟你说实话。"

"……"

"刘俐的衣柜里衣服尺码大多是中号，唯独几件假冒大牌衣裙是加小号，另外单独藏着两双码数36的假冒奢侈品鞋。床头柜抽屉里有一枚戒指，布满划痕，18K金，戒围目测6.5或7，但刘俐本人是37.5到38之间的脚，她的无名指指围目测起码到8。你明白这代表什么意思吗？"

——那不是刘俐的东西，是郜灵的。

"郜灵失踪不过数天，刘俐就已经堂而皇之把她的东西据为己有了，说明什么？她可能不是凶手，但一定藏着某些内情，她知道郜灵不会再回来了！"

两人一时都没说话，步重华剑眉一挑，冷冷道："寄钱回家，赡养父母……这话听听就算了。那些跟黄、赌、毒沾边的杂碎，派出所笔录一个比一个可怜，但实际道德底线几乎没有，什么都做得出来，洗白上岸重新做人的可能性比万里挑一还低！"

吴雩手指夹着烟没动，午后曚昽阳光折射过积满灰尘的毛玻璃，只见烟头在昏暗中闪烁着一点半明半昧的红光。

步重华严厉的语调终于缓和了些，他伸手拍拍吴雩的肩膀："可怜之人必有可恨之处，其实都是自作自受。你没在派出所干过，以后见多了就知道了，回去吧。"

突然他的手一顿，被吴雩的手臂挡住了。

吴雩的瞳孔在背光处呈现出一种极深的黑，黑得有点幽幽泛蓝，像压抑着某种更深的情绪，不贴很近的话发现不了嘴唇在轻微战栗："我知道，步队。我跟杂碎在一起混了这么多年，还不比您了解得多？"

步重华眼皮一跳。

"我只是不知道协助调查也能直接上手段，你们这些精英针对不同对象的处理方式还挺灵活。"

步重华面上轻微色变，但这时吴雩已经放开他的手，退后半步，礼貌而嘲讽地一点头，转身大步走出了门。

第 18 章

"这是故意的嘛！"王九龄一边嘬面条一边指着监控录像屏幕，唾沫横飞道，"你看这四月二十九号、四月三十号、五月一号，连续三天她每次走到这儿就踮脚往上看，不是故意观察摄像头是什么？案发当天她是刻意避开监控的！"

晚上十点，南城区分局小会议室里兵荒马乱，步重华抱臂站在屏幕前，锁着锋利的眉头。

虽然城中村监控摄像头很少，但几条主要路段还是装了摄像头的，三分钟内原地消失这种事只有一种可能——刻意走了监控死角。为了证实这个猜想，步重华让人调来了案发前一周郜灵家附近的监控录像，果不其然发现了异样的蛛丝马迹。

但郜灵为什么要故意避开监控，真是为了偷刘俐的东西？

少女的消失到底是无意被害，还是某个更大阴谋的冰山一角？

"哎，"老王突然想起来，"我听说你铐来个陪酒的说是有重大作案嫌疑？"

哪壶不开提哪壶，步重华不置可否地瞥了他一眼。

老王跟刑侦支队队长在理论上平级，并不怵他的冰寒凝视，一边吸溜面条一边抱怨："小黑屋都快被那连环抢劫案撑爆了，你一人占一个单间，还不去审啊？小心过了二十四小时人家老板娘带女团来公安局门口挂横幅骂你哦。"

步重华看了看表，不动声色道："还没到时候。"

"嘿——你这故弄玄虚的家伙，什么还没到时候？你打算挑哪个良辰吉日入洞房呢？"

步重华没搭理这茬："快了。"

"吃什么吃什么？"内勤实习生拿着平板电脑在办公室穿梭，统一给大家点外卖，"市局楼下老杨排档，一个人限额五十，自己选啊！"

吴淼点了个蔬菜汤泡饭，把平板还给实习生，从办公电脑后探头一瞟，只见远处步重华和王主任守着解析出的高清监控录像不知在商量什么，快两个小时没挪过窝了。

"蔡麟。"吴淼探身往前一拍。

蔡麟正偷偷跟他爹妈发短信商量周末吃什么，一惊之下差点把手机摔了："干吗？"

吴淼向讯问室方向指了指，轻声问："上午铐回来姓刘那个女的，就一直关着？"

"啥？那陪酒的？"蔡麟早上没跟他们一起行动，愣了下才反应过来，"孟姐带着小张他们盯着呢，怎么？"

"还不审？"

"老板肯定有他自己的理由啦。"蔡麟以为他在担心二十四小时的协查期，松了口气笑道，"莫慌，到时候万一来不及稍微多关两天也不打紧。你不懂这个，这些人跟警察是天然对抗不合作关系，不压到一定程度不会开口的。"

的确，像刘俐这种人，对带"警"字头的早形成了根深蒂固的敌对意识，哪怕知道什么也绝不会老实交代，不给足下马威是不会合作的。

吴淼眉眼间似乎有些阴霾，突然眼角余光瞥见门口人影一闪——是张小栎。

"步队！步队！"张小栎匆匆穿过满地狼藉的大办公室，突然被地上垒成小山的案卷材料绊了个结结实实，"哎哟——"

步重华如同背后长眼，闪电般一转身，拎小鸡似的把他拽起来："我知道了，这就过去。"

张小栎龇牙咧嘴："不是啊步队，孟姐叫我赶紧来告诉您……"

步重华与不远处吴淼的视线骤然一撞，蓦然加重语气："我知道了！这就过去！"

然而张小栎不愧是号称全支队十年来新人智商最低谷，就这样都还没反应过来，一把拉住步重华的手情真意切道："好的！那您可快点儿啊！"

然后他顿了顿，连拦都来不及，那大嗓门震得半个办公室都能听见："孟姐说您让盯着的那丫头，她毒瘾犯啦！"

步重华："……"

"我不知道、我不知道……啊——求你，给我点儿'肉'，给我一点——"

刘俐披头散发，两脚踢蹬，整个人虾米般蜷缩在讯问室椅子上，不住往前拼命伸手，但被松松横在腰间的束缚带困住了，涂满劣质红甲油的黑瘦的手指只能徒劳刮过桌面，发出刺耳的擦刮声。

啪一声轻响，步重华把手机丢在她面前，食指从左往右，一张张翻过照片。

"这个戒指，这两双鞋，衣服，裙子，甚至这几件内衣，全都不是你的。"他居高临下盯着女孩痉挛赤红的脸，口气冰冷从容，"这边郜灵刚死，那边你的衣柜里就塞满了她的东西。你是真的贪小便宜，还是明确知道她已经不会再回来了，能给我解释一下吗？"

"我不知道，跟我没关系！是我报的案！求求你给我点儿'肉'，是我报的案——"

"警方抓过不知道多少行凶后自导自演报案的凶手，在很多情况下，报案者即为第一怀疑对象。"

"求求你！我真的好难受！"刘俐拼命摇头，用力抓挠自己裸露的肩膀，鼻涕眼泪几乎要流到嘴里去，"我什么都告诉你！我真的不知道！！"

"郜灵曾经跟你说过什么？平时在家她用不用你的电脑？工作时跟什么人来往最密？"

"没有！我不知道！我不让她进我的房间，平时根本没人理她！"

"郜灵有没有提过自己被人跟踪，或是跟任何人有矛盾？"

"没有、没有！谁跟踪她！她整天骂她老子娘！她才是贱货、贱货！"

"她骂她父母什么？"

"我不知道，她是个贱货，死了都不放过我，我什么都不知道——"

"她骂她父母什么？"

"给我点儿'肉'，就一点点、就一点点，求求你求求你……求求你……"

一众刑警站在单面玻璃后，没有作声。

讯问室是全隔音的，但刘俐狠命用手捶头的咚咚声响，以及她撕心裂肺的哀泣哭号，却仿佛穿透了包裹厚海绵的墙壁，直接震动着每个人的耳膜。

"我要死了、我要死了、我要死了啊啊啊啊啊……"

吴雩脚步刚动，孟昭用力勾住他肩膀安抚地拍了拍。

"孟姐，她这个情况，"张小栎咽了口唾沫，"不会出事儿吧？"

"不至于，你看她只要冰毒，没要海洛因。"孟昭一手圈住吴雩肩膀，另一手把乌黑的鬓发捋到耳后，说，"理论上来说，冰毒是兴奋剂，而海洛因是镇静剂，有人用前者来戒后者，最终两种毒品都上了'大道'，一命呜呼只是分分钟的事。现在她还能回答问题，神志尚算清楚。"

"她骂她父母什么？"步重华的每个字都重重钉在刘俐绝望的眼窝里。

"郜灵为什么成天都在骂她爹妈？她的事情你还知道多少？！"

刘俐像一条脱水的鱼，只张着嘴扑腾，眼珠赤红暴突，死死瞪在步重华年轻俊美但冷酷至极的脸上。

"不是我害的她，不是我害的她，我只是……"她像是自我催眠般一遍遍喃喃重复，突然崩溃尖叫起来，"你杀了我吧！你杀了我吧！！"

咣当！

孟昭一下没拉住，吴雩大步冲出隔间，重重推开讯问室的门，一把拉开不断用额头狠撞桌沿的刘俐，强行把她按在椅背上，用臂膀死死圈住，不断用力抚摸她脑后油腻蓬乱的头发。

"行了、行了，没事了。"他不停地低哑重复，"冷静点，坚持一下，再多坚持一下，很快就过去了……"

那瞬间刘俐像是被开了闸，全身上下一边痉挛一边剧颤。如果说她刚才还只是撕心裂肺的话，现在就是要把咽喉肌肉都撕裂了含血带肉地喷出来，那号叫完全就不是个人："我难受！我难受！我好想死，好难受！！……"

"没关系，再坚持一下很快就过去了。"吴雩用肩膀压着她，两手把她深深刺进她自己脸颊皮肉的十个指甲拔出来按住，低声说，"我知道、我知道……再坚持一下就过去了……"

——我知道。

吴雩背对着审讯桌，没看见步重华那双异于常人的浅色眼突然微微缩紧了。

讯问室内外一片死寂，没有人出声，甚至没有人敢动。不知过了多久，刘俐疯狂的挣扎渐渐减弱，尖叫嘶喊也变成了变调的号哭，眼泪鼻涕口水就像水龙头般，连着脸颊被指甲扎出的血洞一起糊了她自己满脸，看上去荒唐恐怖，又夹杂着一丝凄凉的可笑。

"我没有害她，我只是不想被怀疑，他们说条子查不出来就会抓人去顶……你要相信我，求求你相信我。"刘俐神经质地紧攥吴雩衣领，直勾勾盯着他的瞳孔，说，"我没有拿，我真的没有拿——"

所有人同时咯噔一下。

"我真的不知道，她那个东西我没有拿——"

刘俐瘫在椅子上，整个人仿佛陷入了一种虚幻迷离的状态，脸上黑红青紫，分不清是病态的潮红还是刚才真抓出来的干涸的血。

吴雩坐在刘俐对面的审讯桌边上，十指交叉搭着膝盖，从上而下近距离望着她，语气十分平缓："郜灵为什么这么恨父母？她平时真的成天都在骂他们？"

刘俐盯着空气，良久才迟钝地点点头："她说他们没文化，吸她的血，要害她。"

"那你没有拿的东西又是什么呢？"

"那个东西……"

刘俐无意识地重复，视线聚焦不起来，半晌才听她声音仿佛在飘："那个东西我也不知道，我见都没有见过……那贱人每天都像在做贼，喜欢把桶挂在门后，我跟她说过好多次都没用……"

"她把桶挂在门后，是因为有人进来可以立刻发出动静吗？"

刘俐发呆半晌，点点头。

"她有没有说过她在防着谁？"

刘俐没动静。

吴雩换了种方式："是不是还有其他人想害她？"

"害她？"刘俐突然像被惊醒似的，呢喃道，"害她？"

她神经质地呵呵起来，那声调里满是嘲讽："谁想害她？干吗害她？我们都是贱命，也就郜灵那贱骨头认不清现实，还做梦说她有'大生意'，只要做完了大生意就能发财——哈哈哈哈，发大财，你相信吗？"

——能发财的大生意。

讯问室外人人脸色都变了。

"让老王出两个理化员，带人重勘郜灵家。"步重华一秒钟都没耽误，按住蓝牙耳麦低声吩咐，"墙缝、地板、天花板隔层全部打开重检，另外注意提取检材看是否有任何化学反应，尤其是……毒品残留。"

孟昭心知肚明："是！"

一名刑警飞奔而出，讯问室里刘俐不屑一顾地扬起头："她哪有值钱的东西做生意？我都找过了，到处都找过了，根本什么也没有。"

吴雩望着她，一时不知该说什么，这时审讯桌后的步重华沉声问："郜灵有没有提过那到底是什么样的生意？你是不是经常翻找她的行李？"

"她能告诉我？——那贱人藏藏掖掖的，才不肯说。"刘俐撇着干裂流血的

140

嘴角，又哼地轻蔑一笑，"但她偷了我的电脑，偷了我的钱，我得把损失补回来，所以找了好久好久。她的箱子、水桶、床铺、地板……能找的地方我都找了，除了那堆破烂，其他什么值钱东西都没发现，她一定是在骗我。"

步重华问："郜灵失踪前，你偷偷翻找过她的东西吗？"

"失踪前？没有……没有，她看得太紧了，没机会。"刘俐眼神直直瞪着前方，仿佛对虚空中并不存在的贱人满怀愤恨，说，"一定是她把宝贝拿出去卖，被人抢了杀了，一定是。"

这疯疯癫癫的女孩其实有可能说中了一部分真相——郜灵坚信自己能做成一笔"大生意"，于是躲开监控偷偷跟什么人约好去交易，却被人黑吃黑杀了灭口，这倒符合警方侦查到现在发现的一系列线索。

但为什么她要带走刘俐的旧电脑和五百块钱？

讯问室外人人面面相觑，大家都是办过经济案子的，霎时都不由得想起了离岸账户、电子交易、虚拟货币等一系列词汇，顿时感觉非常荒谬。

"那贱人死了……她怎么会死了……她怎么就死了呢？"刘俐眼底的仇恨渐渐被疑惑所取代，看上去又蒙眬又涣散，梦呓般颠三倒四地嘟囔，"你要相信我，警官，你得相信我。我真的没有害她，我还给过她饭吃，我怎么会害她呢？她有什么值钱的东西，我真的没有拿啊。"

刘俐嘴角干得可怕，又被她自己咬烂了，血珠顺着她说话的动作往下流，在黑瘦的下巴上留下一道道血迹。

讯问室外的人面面相觑，难以言喻的沉重从所有人心底生了出来。

——从一起看似简单的雨夜杀人案到现在，案情越来越复杂，越来越吊诡，已经超出他们最坏的预测了。

吴雩坐在桌上，回头看了看，伸手拿走步重华面前的纸杯，递给刘俐："喝一点儿。"

步重华刚要起身去找人接水，又坐回去了。

"她怎么就死了……她怎么就死了呢？……"刘俐错乱似的不住念叨，声音嘶哑得令人不忍倾听。吴雩把纸杯塞在她手里，这个动作让女孩眼珠一转，如同瞬间被注入了活气，溺水者抱住浮木般上半身向吴雩一弹："不是我拿的，你相信我吗？你信我吗？？"

这个问题不论回答"是"或"不是"都违反审讯规定，孟昭刚要出声阻止，只听吴雩简洁地道："我也觉得不是你。"

孟昭："哎小吴……"

步重华背对着她一抬手，孟昭生生把话咽了回去。

刘俐这才哆哆嗦嗦地瞪着他接过那杯茶，突然嗓子眼儿里古怪地咕噜了半声，像是被痰卡住的怪笑，说："……吴警官，你的手真好看。"

所有人一头雾水。

"来人给隔壁市一院打电话。"步重华按住耳麦，"她开始了。"

很多毒虫故意让年轻女孩子染上冰毒的瘾，意味着什么大家都清楚。孟昭一分钟都不敢耽误，果断亲自带人进去把她从椅子上抱了起来，但冰毒对中枢神经产生的刺激开始发作，刘俐痴痴地笑起来，一边挣扎一边用充血的眼珠死盯着吴雩的指关节，仿佛要扑上去啃似的："跟弹钢琴的手一样，哈哈哈——跟弹钢琴的手一样——"

吴雩望着女孩迷离通红的眼，目光中有种莫名的悲哀："谢谢……但我不会弹那个玩意儿。"

刘俐也不知道是听懂了还是没听懂，呵呵笑着把手一松，纸杯啪地掉下去溅了满地水。孟昭一个激灵，竟然被她挣脱出去半个身子，那双黑瘦带血的手跳舞似的在半空中摇晃，就想去摸吴雩的胳膊！

啪！

步重华一把握住她的手腕，强行将她从吴雩身前扯开，低声吩咐孟昭："立刻带她上车，跟急诊打好招呼注意职业暴露。"

边上立刻有识眼色的刑警脱下外套裹住刘俐的手："孟姐这边！"

孟昭赶紧半扶半抱地把她拖起来，低声安慰："好了好了，我们走了……"同时几个人左右架着她，一路跟跟跄跄地出了讯问室。刘俐这时候已经不太清醒了，一边拖长变调地笑着一边手舞足蹈，铁门就在那夸张的尖厉笑声中"咣当"一声摔上，重响回荡，久久不绝。

吴雩坐在审讯桌上，背对单面玻璃，把脸用力埋在掌心里，重重呼了口气。

步重华也呼了口气："别担心，没事了。"

吴雩没有动，细长的手指插进黑发里，指关节细瘦明显，每个指甲都因为用力而微微发白。步重华看着他，心底一动，刚想低声劝两句，吴雩突然声音嘶哑地问："你故意等她毒瘾发作的，是不是？"

步重华顿住了。

吴雩抬起头，眼尾自下而上形成一道尖锐的弧度："是不是？"

隔音室内只剩他俩，步重华回头望了一眼外面监控室里的人，扯下蓝牙耳麦关掉，丢在桌子上，直视吴雩满是血丝的眼睛："是又怎么样？"

"……"

步重华目光冷静得近乎冷酷："我不管你跟那些人混过多少年，你已经回到我们的阵营，跟他们不是一个世界里的人了。要是你还分不清什么是现在什么是过去，永远习惯把一切推到安全线以外的话，你就永远也走不出来，甚至有一天会被那些东西吞掉，变成他们的同类。"

吴雩眼珠黑漆漆的，一动也不动。

"'解千山'可以在黑白之间左右逢源，'吴雩'却只能收起一切多余的同情心来适应规则，所有手段的最终目的都是破案！如果你还意识不到这一点的话，触线对你来说就是分分钟的事情，你给我记好了！"

吴雩的第一个念头是：难道我不是跟你们一样，一直竭尽全力想要破这个案子？

但那话尚未出口就戛然而止，被某种更冰冷的东西哽住了——

"那些跟黄、赌、毒沾边的杂碎，派出所笔录一个比一个可怜，但实际道德底线几乎没有，什么都做得出来……

"可怜之人必有可恨之处，其实都是自作自受。

"洗白上岸重新做人的可能性比万里挑一还低！"

…………

"你说得对，这世上没有重新做人这回事。"吴雩冰冷的黑眼珠盯着步重华，几乎和讯问室背景融为一体，每个字都像是从黑暗中渗出来的，"但我不论走到哪里，都不会跟你这种人成为同类！"

咣当一声讯问室门被推开了，门外张小栎他们回头："步……"

吴雩一言不发，面色森白，与众人擦肩而过。

"路监网范围扩大到南泖路跟沿河大桥交叉口一带，一秒一秒地筛，一帧一帧地筛！我就不信了！一个小丫头有那么神通广大，还能避开所有摄像头不成？！"

蔡麟坐在大办公室桌沿上，一边狼吞虎咽吃牛肉炒饭一边唾沫横飞指使小碎催，突然瞥见吴雩推门回座位，便扭头冲他喊了一嗓子："宝贝儿！你叫的那个蔬菜汤没有了，我给你换了个好点儿的啊！"

吴雯脸色异乎寻常地苍白，也没看出是听清了还是没听清，远远冲他一摆手。

电脑上的监控录像放到一半就被暂停了，画面停在被暴雨冲刷的街道上，路面积水倒映出被狂风吹拂的树杈和电线。吴雯点开播放，在重新响起的唰唰雨声中点了根烟，颤抖着手重重抽了一口。

冷静一点，集中精力破案，现在尽快破案才是最关键的，其他都不重要。

其他都不重要。

吴雯几口抽完一根烟，呛咳起来，随手把烟头在窗台上用力摁熄，一边盯着监控屏幕一边端起刚送来的外卖汤，咳嗽着掀开盖子喝了一口。

下一秒，肉类特有的浓郁咸鲜直冲咽喉，将食道猛然绞紧，汤碗当啷一声，汤泼在了桌面上。

蔡麟经过吓了一跳："小吴？怎么了？！"

周围同事闻声回头，只见满桌汤里带着白白的脂肪和油花，几块形状奇特的猪脊骨淋漓带肉，毫无预兆闯进了吴雯骤然紧缩的瞳孔。

"谁把这——"

吴雯只来得及吐出几个字，紧接着剧烈呕吐感直冲喉头，他一把捂住嘴推开蔡麟，踉跄地夺门而出，在周遭惊异的目光中冲过走廊，直扑进了洗手间！

"我不关心那吸毒妹说她拿没拿，她整篇证词只有郜灵那句话有意义，现在跟我说什么搜检手续都没用！把她的房间也给我撬开重检，墙面、地缝、天花板、洗手间——所有能验出东西的地方！"

步重华强压火气的呵斥声响彻电话两头，就在这时走廊尽头突然传来了喧哗声，随即可见吴雯冲出办公室，蔡麟踉踉跄跄跟在后面高喊："对不起小吴！我错了我真不是故意的！你们赶紧去扶一把——噫！"

咣当！洗手间门被重重摔上，险些夹着他的鼻子。

步重华的脸色简直能让那几个新来的理化员吓哭，他嗯地摁断电话，快步走去："怎么回事？"

"我、我……"蔡麟哭丧着脸向办公室一指，说，"我真的不知道他信教啊！"

半碗排骨汤泼在吴雯桌上，汤汁顺着桌沿滴滴答答，满地泛着油光的海带、葱花。

步重华的视线凝固在那几块猪骨上，直觉中的怪异感让他停顿了两秒。

紧接着他闪电般意识到了什么——

碰都不碰的炒肝和红烧鸡,泾渭分明的夹菜方式,转手换成素菜包子的咸肉鸡蛋灌饼,仿佛孩童赌气般既明显又幼稚的行为方式……

"不,他不信教。"步重华轻声说,"他只是不能吃牲畜肉。"

蔡麟:"啊?!"

步重华没有犹豫,推开洗手间门,下一秒只听:"呕——"

吴雯一手紧紧按着洗脸池边缘瓷砖,再也控制不住痉挛的咽喉,弯腰全吐了出来!

这一吐翻江倒海,简直要把多少年没有沾过肉的食道都绞成碎片从喉咙里喷出来,到最后除了黄水已经出不来食物残渣了。剧烈冲上头顶的血让吴雯膝盖发软、视网膜发黑,耳鼓轰轰不断震荡,许久他才感觉到一双手稳稳托着自己上半身,步重华的声音模糊而有力:"好了,没事了……来漱个口……"

我吐他手上了,混乱中吴雯突然冒出来这样一个念头。

他说不上是狼狈还是恼火地想把步重华推开,但来自对方臂膀的支撑却毫不动摇,同时对方还接了杯水强行递到他嘴边,让他含了半口。

"他没事吧?小吴?小宝贝儿?"洗手间门被咚咚敲了两下,蔡麟惊慌失措地叫人,"你们几个,过来别发愣了,快去把那个排骨汤收走、桌子擦干净!快快快……"

排骨汤。

——天是血灰色的,瘦骨嶙峋的人影围在空地上,大锅里热气腾腾地烧着肉骨头,散发出难以形容的香气。

"你怎么不吃呢?"他听见有人操着浓重的口音在耳边问,"这么好的肉,这么好的汤,你怎么就不肯吃呢?!"

"给我吃!把这帮贱种都押过来吃!"

…………

这么好的肉,你怎么就敢不吃?

一股更疯狂的呕吐欲灭顶而来,吴雯一头扎在洗脸池边,连声都来不及出,呕吐物就从鼻腔跟喉咙里同时喷了出来,直到最后一丝水分都在肠胃里绞得干干净净,满嘴都是酸涩浓重的血腥味。

他不知道时间过去了多久,仿佛连五感都丧失了,等再次回过神来的时候已经坐在了隔间的马桶盖上,心脏在胸腔里怦怦狂蹦,血液不断冲击四肢末端,但一丝力气也没有。

哗啦啦——

洗脸池边的水声停了，少顷步重华走进隔间，拿着一条温热的湿毛巾，不顾吴雩虚弱的推拒，用力擦干净了他的脸、脖颈和鬓发，整理好衣襟，然后塞给他半瓶矿泉水："漱一漱。"

吴雩咽喉麻痹，想说话又说不出来，颤抖着手指刚接过来就泼了自己一身。幸亏步重华眼疾手快一把接住，然后用臂弯扶着他，让他就着自己的手漱了口，又喝了小半瓶水，那口堵在胸腔里带着血锈味的气才呼了出来。

洗手间门关着，外面隐约传来不清晰的人声，隔间里却安静得一根针掉在地上都听得见。良久后吴雩急促的喘息终于被强行压抑住，他刚抬头，就撞上了步重华的目光。

步重华半边衬衣被蘸水擦过了，湿着贴在身上，现出明显的肌肉轮廓——那是沾上了呕吐物的关系。

"对不起。"吴雩垂下眼帘，声音嘶哑道，"对不起步队，不好意思。"

但这冷淡客套的道歉没有得到回应，他听见衣料窸窣声，然后步重华半蹲下来，英俊、深邃但异乎寻常浅淡的眼在咫尺之际紧盯着他。

"你是不是以为我不知道每次你说'对不起步队'的时候，心里其实在想什么？"

吴雩还没来得及向后仰，步重华突然伸出一只手按住了他后颈，把他的头按向自己："'这个空有背景的学院派，读书都读到狗肚子里去了，跟姓张的一样表面道貌岸然，实际连一点人心人肺都没长。这破警察我也不稀罕，哪天忍不住干脆辞职走人算了，出生入死十三年就当老子喂了狗'——是不是这样？

"我在你心里，可能连你卧底时抓的随便哪个毒枭都不如，是吧？吴雩？"

第 19 章

  他们两人一坐一蹲，额角几乎相抵，半晌吴雩提了提苍白冰凉的嘴角，动作非常仓促短暂："说什么呢步队，您一个领导，又没去贩毒。"
  然后他扭头就想挣脱，但后颈骨被步重华的手掌一把压住又按了回来："让我猜猜你在想什么。
  "每天早上你来上班，坐在桌子后头发呆，忍气吞声听我训斥，偶尔面对入户抢劫的混账和飞车夺包的瘪三，死几个人竟然就算重案要案了。下班回家路上听到广播里放娱乐圈花边新闻，听不懂；他们说那些明星哪个结婚生子哪个离婚闹绯闻，不认识。独自回家打开门冷锅冷灶，四面墙壁除了你，连个鬼影子都没有。楼下外卖十公里内全吃遍了，自己动手做顿饭，剩菜热热能混一星期——这日子过得还不如回去当卧底，没错吧？"
  "……"
  "你在刀头舔血的丛林里潜伏太久，已经融不进温吞的大羊圈了。看到刘俐觉得很亲切是不是？那些可悲、可怜、无知、无奈，犄角夹缝里扭曲变形的人，跟解千山特别像是不是？"
  吴雩紧抿嘴唇，整个人仿佛冻住了。
  步重华紧盯着他微微战栗的瞳孔："但我想把你从夹缝那边拉回来。"

  不知何处传来冲水声，哗哗地通过水管，又哗哗地远去。远处有人哐当关门，回响在空洞洞的走廊上，脚步声近而又远。
  那仿佛是铁索在地面拖动的声响。
  "二三六五九！"看守不耐烦地拖长音调，"有人探视——"
  天光被铁栅栏切割成无数扭曲碎片，铺在探视窗口对面那个人的侧影上。吴雩发着抖，盯着他，看见那无比熟悉的眼眶、鼻影和脸颊深深陷下去，就像从地狱里探出来的幽魂，但眼珠又燃烧着奇异、瘆人的亮光。

"他们叫你来干什么？你为什么在这里？你警院上得好好的为什么会跑到这里？！"

…………

吴雩胸腔不住起伏，但就像被深水灌满了咽喉，除了自己越来越急促的喘息，竭尽全力都发不出半点声音——

"我来把你拉回去……

"我说过我会从那个地狱里把你拉回去！"

"我知道你想破这个案子，跟其他所有人一样。"步重华拍拍吴雩脑后的黑发，终于放了开他，沉声说，"如果当时在郗灵家给刘俐钱的不是你，或刚才在讯问室被她纠缠的是其他人，我都不会有这种反应，但换作是你就不同。你知道为什么吗？"

吴雩像是沉浸在某个陈旧的梦魇里，连呼吸都轻微得不可察觉，目光涣散飘浮在半空中，闻言猛地一震，蓦然惊醒过来："什么？"

步重华说："那天年大兴在监控前酗酒闹事，满走廊的人，只有你毫不犹豫出手揍他——从那次起我就知道，你身上有些特质跟别人真的太不一样了。

"做没有错的事容易，做没有错的好事却容易受伤。有时候我最担心的就是这一点，你还没学会怎么做一个不容易受伤的好警察。"

吴雩已经当了很多年警察，但从没人用"好警察"这个词来定义他——林烃没有，冯局没有，张博明当然也没有。

他们可能是忘了，或者觉得根本没必要。

如今猝不及防地从步重华嘴里听到这个评价，竟然让他有些不真实的麻痹感。

"我知道了。"吴雩突兀地挤出几个字，喉咙像堵着什么酸涩的硬块，嘴唇翕动了一下，才又低声含混道，"谢谢。"

步重华可能从没说过这么多话，按正常人的反应，这时候应该予以一些坦诚的回应吧，他想。

但某种更深层次的本能，又像是与生俱来的诅咒般，将一切语言都牢牢地禁锢住了。

"来洗把脸。"步重华拍拍他的肩，起身把手伸向他，"你今晚不能待在局里了，回家休息吧，明早再来。"

吴雩有点局促，似乎坐过牢之后是真的并不习惯主动触碰别人，便自己撑着膝盖站起身——紧接着一阵剧烈眩晕措手不及袭来，眼前刚一黑，就被步重华眼疾手快一把牢牢架住了，被半搀半扶地来到洗脸池边，半天才缓过了这口气，就着冷水草草洗了把脸。

"你吐得我差点就让法医打120了。"步重华给他递了块毛巾，问，"你是一口肉都不能吃吗，条件反射？"

吴雩用毛巾捂着脸"唔"了一声。

"怎么形成的？"

"啊？"

吴雩眼皮微微发红，从毛巾角里露出一只茫然的眼睛。步重华问："你怎么形成的这个反射，吃死人肉了？"

吴雩猝不及防呛咳起来，步重华赶紧一手扶着他的肩膀，一手用力拍他的背，半晌吴雩好不容易止住咳嗽，低着头没好气道："你当人人都跟你一样细皮嫩肉呢。"

步重华在听到"细皮嫩肉"四个字的时候表情有点古怪，但看他已经咳得直不起腰了，就没有多说什么，只无声地摇头一哂。

吴雩撑着膝盖，用手背擦了把唇角："你这身衣服——"

"没事，有备用的。"

步重华这个把公安局当家的工作狂，办公室里四季衣物一应俱全，连牙刷牙线漱口杯都有。但吴雩想了想还是说："我赔你吧。"

步重华看了他一会儿，不置可否，突然问："你知道上一个往我身上吐的人是谁吗？"

"啊？"

"建宁市公安局副支队，我亲表哥。"

吴雩意外地瞥了他一眼，步重华说："我们兄弟俩感情不好，从小一见面就打架，在他眼里我是道貌岸然的告状精，在我眼里他是惹是生非的败家子。后来我北上念书，逐渐断了联系，直到工作后一次异地抓捕恰好碰见他，我为了秘密突入而潜进下水道，出来的时候还没来得及叫他拉一把，他竟然就当头吐了我一身，而且那味道把他自己熏得紧接着又吐了第二轮……好几年前的事情了，不过那卡在下水道口无处可躲的感觉至今还记忆犹新，你这只能算毛毛雨了。"

步重华这朵高岭之花也有被迫正面迎接狂风暴雨的时候，吴雩忍俊不禁问："后来呢？"

"什么后来？"

"你们还联系吗？"

"不。"步重华淡淡道，"吐完我就把他拉黑了。"

吴雩失笑一声。

这大概是步重华第一次看见吴雩真的笑起来，虽然短促半秒就淡去了，但没有任何敷衍应付、强行赔笑的畏缩感，冰冻似的眉眼五官一下就活了，仿佛有种惊心动魄的神采一掠而过。

吴雩长相一直不错，这点南城区分局里人人都能看到，但那只是抛开他寡言少语、畏缩局促的气质之后，纯粹针对那五官面孔的客观评价。直到这一刻，步重华才从那流动起来的神情和笑意中，瞥见了十三年前丰神俊朗的影子。

"那是大牢，他长得那么好看……"他仿佛听见年大兴油腻阴狠的声音再次从审讯桌后响起。

步重华肌肉突然有些绷紧了，扶在吴雩身侧的臂膀不自然起来，不引人注意地微微放开了些许。

就在这时他突然听见吴雩"嗯"了一声。

刹那间步重华的第一反应是松开手："怎么？"

"这个陶瓷……"

南城区分局洗手间才装修过，墙壁水池清一色雪白，吴雩皱眉盯着他刚才用过的水池，只见白陶瓷在灯光映照下蒙着一层水，清清楚楚地映出了他和步重华两人的影子。

——暴雨，监控，城中村满地低洼的积水……

"郜灵。"吴雩突然冒出来两个字。

"什么？"

"我知道怎么找到她了，"吴雩望向步重华，眼底闪烁着异乎寻常的亮光，"案发当天下暴雨，从郜灵家出来四条岔路都积满了水，就算她贴着监控死角也没用！

"她的影子躲不开，一定会被投在水面上！"

"郜灵家门口有四条岔道——明光路、金铃路、正兴巷子、猫耳胡同，调出每条路出口周边监控，针对所有可能投下倒影的地方做色相分析！

"五月二号下午两点十二分零六秒猫耳胡同出口十五米，小部分水面发生逆风方向波动，疑似周边有动态干扰！

"猫耳胡同出口路面积水勾勒出疑似人形倒影，王主任！"

王九龄唰地一个回头，差点把自己新买的假发掀掉："做局部高清！快！"

五月二号下午两点十二分零八秒，年小萍被杀前八个小时，南城区特大暴雨，六级东风。距离另一名失踪少女家116米的某个路面水洼中，水面却向西南方向荡出了几道波纹，仿佛是一只脚踩在水坑边缘而激起的细微震荡——那一闪即逝的瞬间被监控图像捕捉，放大，经过无数道图像处理，终于从图像中采集到了一道模糊的深蓝色侧影。

原地消失的少女，终于再次向刑警们透露出了她的影踪。

顺着猫耳胡同向下，城中村的每个转角、每条岔路、每个监控摄像头的画面都被抓取，每一帧画面中的积水都被捕捉分析，高清技术将她刻意掩藏的行踪暴露无遗：下午两点十五分零二秒，她的深蓝色雨衣经过五道胡同口树荫，积水中映出了一只穿红色胶鞋的脚；下午两点二十分钟零六秒，她从五道胡同转向远航路，在一家超市监控录像画面边缘露出了半边雨衣；下午两点三十六分零七秒，她终于走出城中村最破败低洼的地带，交通监控摄像头渐渐密集，越来越多画面中闪现出了她的身影……

"找到了！步支队！"一名视侦员猛地从监控录像屏幕前抬起头，声音兴奋到嘶哑，"下午三点半，目标经过高速桥下全家便利店门口，监控拍到了正脸，她在沿铁路线向北步行！"

——铁路两边布满了铁道监控摄像头，只要沿这个方向走，她就绝对避不开密集的摄像头！

此时不到凌晨四点，黎明前最黑暗的时候。穿深蓝雨衣的郜灵匆匆走过监控图像，脸色苍白、面无表情；她的胶鞋踏在积水里，裤腿已经湿了，雨衣下摆随风掀动，露出了半只鼓鼓囊囊的黑色书包。

无数双布满血丝的眼睛目送她向北，一路前往暴雨倾盆的四里河，直到在河堤监控缺失的旷野上，再次消失了踪影——

那芦苇丛生的旷野，正是几个小时后年小萍被杀害的案发现场！

技术队大办公室一片躁动鼓舞，王九龄顺手拽下假发套啪地往桌上一拍，亢奋得声音都变了调："赌着了！郜灵失踪跟年小萍被杀是有关联的，凶手不是第一次作案，这孙子肯定有前科！"

步重华蓦然松出一口气，回头看向吴雳——这小子头发凌乱神情疲惫，正向后重重靠在椅背上，双手用力抹了把脸，视线隔着人群恰好与他一碰。

"让老章带着他的'四房夫人'去查部灵当初那通报警电话，去调出警记录，去调监控！"王九龄连声吩咐，"只要找到当初部灵报警时跟踪她的人长什么样，案情就有眉目了，快！立刻去！"

"等等，先叫警犬。"步重华回过神来拦住了他，"让隔壁警犬大队以部灵留下的最后一段监控录像，以及年小萍尸体被发现的两个地点为圆心，在附近五公里范围内展开第一拨搜索。法医、现勘员收拾东西出发，跟我一起去四里河。"

王九龄："啊？你去干吗？"

"去找部灵。"步重华沉声道，"我总有种感觉，那个女孩子最后应该没能活着走出那段河堤。"

王九龄这才反应过来，猛地打了个寒战："我……我跟你一起去！"

凌晨四点，天幕岑寂，唯见长河奔腾南下，消失在广袤的平原尽头。十几辆闪烁红蓝光芒的警车排成一行呼啸而至，一辆接着一辆停在晦暗的旷野上，少顷十六组城市追踪警犬分头冲进茂密的芦苇丛。

"那边！"

"是！"

刑侦支队三班倒了几天几夜，熬得人倦马疲，年轻点儿的凑在一块儿聊天提神吃东西，年纪大点儿的在警车里争分夺秒睡觉。步重华反手关上车门，踩着荒草走上前，只见吴雳背对着他蹲在路边抽烟，还隔着几步便一回头，敏感地望过来。

"不用，"步重华示意他别摁熄烟头，然后丢给他一个热腾腾的塑料袋，"补充点儿能量，别光抽烟。"

吴雳低头一看，是几个素三鲜包子："什么时候……"

"新鲜的，刚过来的路上停了一下。"

吴雳确实是饿了，三两口抽完烟，蹲着吃了包子，脸上终于有了一丝血气。步重华拿着瓶水待在边上，拈起他随手摁熄在石块上的烟头，打量了两眼，问："你干吗老抽便宜货？"

吴雳头也不抬说："你又知道是便宜货了？"

"烟滤嘴棒外面的纸质感粗糙，没有打孔，烟丝的形状、色泽和感觉也不一样。像廖刚他们用的烟丝抽起来有枣泥味，你每次抽的时候就只有呛人，焦油含量应该很高吧。"步重华扔了烟头，说，"省钱攒老婆本也不能从这上面省，以后得病就知道厉害了。"

吴雯终于意外地抬眼问:"你真不抽烟啊?"

"你说呢?"

"那你怎么能……"

步重华挑眉看了他一眼,嘴角似乎噙着一丝揶揄的神情,但没有回答,话锋一转:"四里河派出所对刘俐那屋子的现勘报告出来了,确实发现了大量属于郜灵的指纹,集中在抽屉、书桌、床头柜上,少量在笔记本电脑电源线对应的插板上,初步符合郜灵偷窃刘俐电脑现金的行为,但目前无法具体判断指纹留下的时间。除此之外,也没发现任何藏匿物品、化学品的迹象。"

吴雯无声地点点头,皱眉道:"可是她偷了电脑,为什么要带到河堤?"

这话问得很有道理。如果是偷窃销赃,应该去津海当地的电脑城,再不济也该去二手电子废品回收市场;在暴雨滂沱中步行一个多小时带来河堤,怎么看都不像是要把赃物拿去换钱,倒像是要把电脑丢进河里毁尸灭迹。

但反过来说,把一台电脑彻底毁损的方法有很多,最方便的无疑是丢在马路当中,让车流连固态硬盘都彻底碾碎,何必刻意躲开监控来到河边?

"所以我们必须先找到郜灵,"步重华站起身,跺了跺脚底潮湿的杂草,说,"只有找到郜灵,才能知道刘俐所说的'大生意'到底是指什么。"

"各组注意各组注意,"步重华手里的对讲机突然响了,"8组申请支援,362段河堤下发现异常情况,重复一遍8组申请支援……"

信号沙沙声淹没了后面的话,两人对视一眼,步重华立刻拔脚走向空旷处:"我是步重华,8组通报方位!8组能听见吗?"

信号嗞啦作响,似乎那边有很多人在跑动,噪声中夹杂着警犬焦躁的吠叫。周围所有刑警同时起身望来,每个人脸色都绷得铁青,少顷频道那边"嗡"一声干扰重响,终于传来了警犬大队长断断续续的吼声:"步支队!8组紧急呼叫步支队!

"362段河堤下泄洪洞口传出强烈异味,我们已经封锁泄洪洞口!立即申请现勘支援!"

河堤下杂草丛生,一段倾斜的上坡后是幽深昏暗的河道泄洪洞口,约三米宽、两米高,在凌晨五点多蓝灰色的天光中犹如巨兽之口,深不见底,散发出极为不祥的森冷气息。

训导员远远站在河岸边,各自面露惊惧,紧拽着躁动不安的警犬。少顷河滩尽头传来人声，只见步重华匆匆带人赶到，还没靠近就有一股熟悉的恶臭扑面而来。

步重华脚步不停，反手示意吴雩退到线外："你不舒服，站着别动。"

吴雩停住脚步，只见步重华已经钻过警戒线，一手脱下外套捂住口鼻，顺着光滑的上坡迅速攀爬上去："王九龄！老王！"

洞里一阵苍蝇嗡嗡，戴着防毒面具的王九龄跟小桂法医踉跄奔出泄洪洞口，无数只绿头大苍蝇随之泱泱地冲了出来，漫天乱飞。步重华捂在外套里闷声喝问："怎么样？能辨认吗？"

王九龄一把掀开防毒面罩，指指幽暗深邃的泄洪洞，满脸难以言喻的表情摇了摇头："满地尸水，辨认个屁！都巨人观了！"

第 20 章

"剪刀石头布！"

"剪刀石头布！"

"剪刀石头……"

"你们好了没！"小桂法医跳脚怒吼，"快来个人帮把手扛尸体，王主任又滑倒在尸水里了！"

可怜王九龄一把老胳膊老腿，蹲在河滩上吐得撕心裂肺，两腿发软得站不起来，刚眼泪汪汪要去拉步重华，却见步重华瞬间原地消失，下一秒凭空出现在了两米之外，表情冷漠纹丝不变，仿佛一切都只是错觉。

"你个驴！"王九龄悲愤道。

"幸运儿"终于在第十八轮猜拳后"喜中头奖"，蔡麟哭丧着脸戴上双层手套，被小桂法医粗鲁地扣上防毒面具，牵驴似的揪着领子牵进泄洪洞口，下一秒两人齐齐踩到了漆黑油腻的尸水，险些跟王主任一样当头滑个倒栽葱。

尸体已经完全肿胀起来了。蔡麟简直快哭出来了，站在那儿不敢下手，指着尸体头部颤巍巍地问："这这这玩意儿不是蛆吗？！"

小桂法医不断轰苍蝇："说什么呢亲爱的，这怎么是蛆？别废话了赶紧上手。"

"你是不是当我读书少，这玩意儿不是蛆还能是面条吗？！"

"你见过哪条蛆长这样！别废话了赶紧搬头！"

蔡麟哭爹喊娘地抱着小桂法医不松手："求求你放我出去，我小时候掉过幼儿园粪坑我最怕蛆了，回头我就去看心理医生！"

"闭嘴，文盲！这玩意儿怎么可能是蛆？"小桂法医拈着一条虫举到蔡麟的护目镜前，气沉丹田道，"人家叫尸蠹！"

蔡麟："……"

五分钟后，尸体停在河滩边的担架上，蔡麟蹲在不远处吐得撕心裂肺，软着两条腿向众刑警伸手，所有人齐刷刷向后退了半步，连警犬都扭头钻到了训导员身后。

蔡麟怒从心头起恶向胆边生，刚要抹眼泪骂街，就见吴雩拎着一瓶矿泉水走来。

"呜呜呜我就知道只有小吴才是我人美心善的宝贝儿……你干吗？！"

吴雩停在十米外，弯腰把矿泉水瓶放在地上，轻轻踢了一脚，让水瓶骨碌碌滚向蔡麟，然后他头也不回地转身走了。

"尸体高度腐败，头面严重变形，暂时无法断定身份，待会儿回去我们要取个肋软骨来做 DNA 对比，但脚上所穿的红色胶鞋跟监控录像中部灵脚上那双完全一致。结合环境、湿度、温度，以及尸体呈现出的腐败现象来看，死亡时间应该是一周左右，蛆虫和尸蠹的孵化程度也初步符合这一判断。"

步重华戴着双层口罩站在两三米以外："致死原因呢？"

尸体停在河滩边，因为搬动，似乎比刚才更膨胀了，四肢仿佛泛着油光的象腿，周围十米以内连警犬都不敢接近。小桂法医全身上下被防护服罩得严严实实，用镊子把蛆虫一条条夹进玻璃瓶里，摇了摇头："不好立刻断定，不过尸体头部、肘部、背部有明显外伤，按压枕骨似乎有轻微骨擦感，可能跟致死原因有关系。"

"钝器伤？"

"不好说，腐败得太厉害了，创角、创缘都非常模糊，而且现在没法肉眼观测创腔。你看我只要把这创口一扒开……喏，全是高蛋白，就算有组织间桥也都被破坏完了。"

"不能通过骨片大小来判断吗？"步重华盯着那堆白花花的高蛋白问。

"啧！步哥是内行人。"小桂法医打了个响指，"回去我们第一件事就先开颅看看骨折线和骨片大小，结合现场环境来看，如果骨片大的话，石块木棒一类凶器大概没跑了；如果骨片小的话，我猜也有可能是用那个笔记本电脑的锐角砸的。"

步重华面色微凝。

凶手杀死年小萍时正中心口，一刀毙命，堪称是干净利落，杀部灵时却制造了七八处外伤，甚至还打碎了她的颅骨——暴力血腥的虐杀方式往往暗示着凶手与死者之间微妙的情感联系。

为什么要采取两种迥异的杀人手法？

难道说，这两个女孩子对凶手的意义完全不同？

"华哥，快过来看！"廖刚一头钻出泄洪洞，小跑着冲下陡坡，"我们发现了这个！"

步重华双手插在裤袋里，一回头——廖刚手上有一个黑乎乎沾满泥土叶片的东西，赫然是监控录像里部灵拿的那个书包！

步重华拔腿就迎上前，随便拽了个痕检员扯下手套戴上，刚把书包接过来，心里就咯噔一下——那包相当大，但拉链是开着的，而且比想象中的要轻。他把手伸进去翻了翻，里面只有钱包、钥匙、化妆品、餐巾纸、卫生巾、两件旧衣服等零碎杂物，除此之外再没有其他东西了。

——刘俐的那台笔记本电脑呢？

部灵怎么可能就带这点儿东西，大雨天走一个多小时跑来河堤下的泄洪洞里？

"钱包里什么都没有，凶手拿走了身份证和银行卡，看来有一定反侦查能力。"廖刚看步重华脸色不是很好，咽了口唾沫说，"另外我们还找到一块染血的石头，不清楚是不是凶器，已经交给王主任拿去做检验了。"

步重华默然不语，半晌把书包扔给他："让训导员把贝爷牵来。"

贝爷是警犬大队的一级犬，立过摞起来比人高的功。在一次特大行动中，毒贩持土制霰弹枪打中训导员，贝爷一声怒吼，如闪电般穿过铁砂弹雨，扑上去一口咬掉了毒贩的手。从此大家都同意它已经站在了食物链顶端，贝爷名震华北。

贝爷虽然是以"啃鸡爪子"出名的，但实际它是条功勋搜毒犬，曾创下过隔着橡胶轮胎闻出五公斤海洛因的纪录。如果什么地方装过毒品，哪怕封得再好，只要有一丝一毫残留，也很难完全逃过贝爷的鼻子。

廖刚一边纳闷着一边去找警犬大队长，大队长亲自把贝爷请下车，大黑背冲书包里呼哧呼哧闻了半天，嗷呜一声，扭头钻进训导员怀里，只留了个毛茸茸的狗屁股对着廖刚，意思是没闻出来。

步重华捋了把狗毛，起身把书包扔给廖刚，面色沉郁："拿去给理化分析室吧。"

廖刚赶紧答了声"是",把书包交给痕检员。

"现场还有什么发现？"

"哦，还真有——我们在洞口提取到了两组脚印，一组有进无出，脚长23厘米，推算身高160厘米到162厘米，深浅度被暴雨破坏所以无法精确估算体重，但能确定是体形较瘦的女性，应该属于郜灵。另一组有进有出，脚长26厘米，推算身高约180厘米到184厘米，属于凶手的可能性非常大，从行走方式中看不出有什么异于常人的特征。"

凶手胆子相当大，而且非常聪明：在泄洪洞里杀人抛尸，上游只要一开闸，洪水倾泻而出，什么痕迹都能冲刷得干干净净，连狗都闻不出来。但同时他的运气又差了一点儿，五月二号那天雨下得那么大，偏偏就没开闸，以至于留下了他和死者的脚印。

不过，这对刑侦人员来说并不是很重要的线索，毕竟津海这样一个北方城市身高一米八几的男性太多了，刑侦支队除了吴雩这个营养不良的后进分子之外，近五年内录取进来的小伙子就没人身高低于一米八二的。

"死者脚印间距平均，不像是被挟持，十有八九是她在这里约了人。"廖刚无可奈何地问，"现在怎么办，步队？难道郜灵真的偷了刘俐的电脑，约在这鸟不生蛋的鬼地方跟人交易，然后被交易者杀人灭口，随之将一切身份信息都抹除了？"

小桂法医在旁边听得一脸扭曲，从他的表情来看，他大概已经把自己代入什么窃取机密威胁国土安全的美剧里了。

步重华扭头望向高处，泄洪洞口的现勘人员进进出出，两名痕检员正头对头蹲在泥地上，分别给两组脚印建模。他收回目光看了一眼表，片刻后摇了摇头，吩咐小桂法医："收拾一下回分局解剖室，我跟你一道做尸检。"

小桂法医冲他比了个大拇指，然后便收拾好勘验箱，欠身默哀五秒，再为尸体盖上白布："蔡麟——"

远处蔡麟一个哆嗦。

"给我过来！别废话！"小桂法医撅着屁股抬起担架一头，不耐烦地指指另一头，"七八个人出石头就你出剪刀，你还有什么话好讲？！"

"那是上一轮！不行我都已经帮你把人抬下来了，我要求再来一盘！"

"男子汉大丈夫不要磨叽！这次我抬头你抬脚，蛆都给你挑干净了你还想怎么样？！"

"啊啊啊你手上那条是什么东西！别过来！妈妈啊——"蔡麟连滚带爬跑了。

小桂法医怒骂一声"废物点心"，顺手甩掉手腕上那条蛆，扫视周围一圈，只见全支队公认人美心善的吴雩正巧捧着检材盒经过，立刻如获至宝："吴——我吴——过来我请你看好东西，快来！快！"

吴雩："……"

吴雩嘴角微微抽搐，接过了蔡麟光速奔来点头哈腰递上的三层口罩，深吸一口气，上前抬起担架脚。但他还没往后退，不远处正一边吩咐廖刚一边往远处走的步重华却突然站住脚步，紧接着走来按住了他的手，淡淡道："我来吧。"

小桂法医惊得手一松，险些没握住担架头。吴雩哪能当着这么多人的面让领导接手，便客气地说："没关系的，不重，您肩上那刀伤还没好……"

步重华打断了他："没事，给我吧，轻点儿，这个有危险。"

"我来我来！"廖刚袖子一挽抢上前，不由分说从吴雩手里夺过担架，顿时白布一个危险的晃荡，"当了这么多年警察谁还怕这个，都给我放下！队长让开！"

步重华一把稳住担架："廖刚你听我说……"

"稳住！稳住！"小桂法医扯着嗓子，"谁来都可以！小心轻放不能摇晃！"

"哎！哎！知道！"廖刚踩着河滩上光滑的鹅卵石往后退，争抢中差点滑一下，立刻稳住了，"小吴让开，走起！"

步重华勃然大怒："廖刚你给我放下！巨人观成这样了还敢颠，待会儿你——"

——扑哧。

明明只是极轻微一声气流拂动，吴雩却似乎感觉到了什么，猝然回头望向白布，只见尸体诡异地向上一顶。

步重华顺着吴雩的目光望向担架。

现场仿佛有瞬间静止，下一秒，他劈手夺来担架，飞起一脚踹开廖刚，厉声道："快跑！"

已经太迟了。

小桂法医在南城区分局工作了五年，这是所有人平生第一次见到他连滚带爬，疯了似的奔向河堤——紧接着，腐败膨胀到极限的尸体就在他身后炸开了！

嘭一声闷响，蒙尸布被顶飞出去，红的、黄的、绿的、黑的、白的……稀里哗啦洒了满地，足以让人当场飞升的气味顷刻间爆炸上天，十几条警犬以贝爷为首，齐刷刷奔出上百米，愤怒的狂吠声满河滩不绝。

廖刚："……"

步重华伏在地面，咽喉鼻腔尽皆麻木，一时闻不到任何气味，不知过了多久发黑的视线才终于渐渐恢复清明。只见吴零一肘撑在草地上，大半边身体挡住了他，好半天才挣扎着坐起身，声音嘶哑地挤出了一句话："……帮我挡刀的事咱俩清了。"

步重华向后望去，以尸体为中心半径两米内斑斑驳驳，蛆虫尸蠹炸了满地，花花绿绿的黏液喷了两人满裤腿。

步重华喘息着点点头，肯定地道："清了。"

小桂法医坐在地上惊魂未定，半天才摇摇晃晃地站起来，刚向尸体走了两步，看清那炸开的尸体，当场膝盖一软差点跪下去，紧接着就哇地开始干呕。

"这是怎么回事？姑娘我对不起你，我对不起你……法医！法医你怎么了？法医你别吓我！"廖刚连滚带爬过来扶起小桂法医，一阵疯狂捶胸拍背，"妈呀来人！快来人！法医他翻白眼了！！"

小桂法医呕得差点窒息，好容易死命把廖刚推开，那声音颤抖得都不像人了："别动！站远点！都别过来！"

几个忍着恶臭往这边跑的实习警都站住了，只见小桂法医往死里掐自己的人中，半天才勉强缓过那口气，全身发抖上前，双手颤得如同秋风落叶，从尸体中小心翼翼捧起一物。

"步支队……"小桂法医青白着脸回过头，颤声说，"她……她怀孕了，四到五个月。"

第 21 章

津海市南城区分局，刑侦支队大楼门口。

一排警车风驰电掣开进门，为首那辆牧马人SUV在刺耳的摩擦声中突然停下。车身尚未停稳，步重华已推门而出，一手摘下墨镜，脸色森寒沉郁："从母体到胎儿安排两组尸检，立刻给市局打报告请法医所主任出马坐镇，看能不能提取出精液跟胎儿做DNA对比，廖刚去告诉王九龄，最迟明天必须出尸检报告。孟昭！"

廖刚忙不迭奔向技术大队的车，远处孟昭从台阶上飞奔而至："步队！"

"刘俐怎样了？"

孟昭半走半跑跟着步重华，被一车队尸臭味熏得脸色发白："市一院急诊说已经稳定下来了，再观察两天可以转给治安队，好几个单位都打电话来求我们要这个指标……"

"一组人找她一组人找洗浴城，问郜灵平时都跟哪些异性接触，实在不行把那洗浴城扫了！"

孟昭立刻闭嘴答了声"是"，干净利落地奔向分局大楼。

技术队大车后门咔嗒打开，尸体蒙着一层白布，被放置在铁架床上，小桂法医一边亲手推车钻出来一边马不停蹄吩咐："快准备解剖台，新风系统开到最大挡，火速去总务处领一打防毒滤芯，告诉那几个实习生谁不穿防护服谁明天就不用来了，去去去！"

廖刚俯身在白布边，跟着铁架床一溜小跑，边跑边带着哭腔碎碎念："对不起你啊姑娘，我不是故意滑那一下的，咱俩往日无怨近日无仇，今晚要找就去找那害你的孙子好吗……"

"没——用，告诉你没用，今晚肯定去你家站床头。"小桂法医把白布从他手里一扯，冷嘲热讽道，"准备跟你下个月的奖金说拜拜吧。"

廖刚如遭雷殛，眼睁睁望着小桂法医咣咣咣推着铁架床跑了，失魂落魄一转身，差点儿当头撞上步重华，只见他上司满脸寒霜密布，正一边快步经过一边反复嗅自己的衣领和双手。

廖刚立刻一个哆嗦从脚后跟打到了天灵盖，忙不迭扑上去："老板你慢点儿，老板小心台阶，老板你是要去洗澡吗？等等等……等我给你放洗澡水，我这就脱了去给你搓背！！"

步重华蓦然立正陡转，三百六十度硬生生绕开廖刚，冷冰冰丢下一个字："滚。"

廖刚："……"

哗——

淋浴间里水汽氤氲，吴雩直直站在花洒下冲了好几分钟，才疲惫地呼出一口气，感觉全身黏着不去的腐尸气味稍微淡了些许。

今早出现场的所有人跟所有狗，都已经各回各科室各找各爹妈，哭着喊着汪汪吠着洗澡去了。廖刚、蔡麟这样没有直接被尸水喷溅到的，还能火速奔去祸害市局边上的那个快捷酒店，像吴雩这种重点污染对象就是生化武器级别了，只能先赶紧来支队值班室将就洗一把，否则出了分局大门都有可能被人当成反社会分子抓起来。

吴雩伸手抹了把水汽氤氲的镜面，正凑近观察自己头发上是否还沾着人体组织，突然听咔嗒一声，淋浴间门开了，赤裸上身的步重华应声而进，霎时两人隔着透明塑料帘面面相觑。

"你干吗，自拍呢？"

吴雩张了张口却没发出声，步重华指指外间，简单明了地解释："楼上淋浴头坏了，特殊情况没办法，给我挤一下。"

吴雩抓起毛巾："不用，我洗好了，还是您……"

"你洗好什么了？"步重华一边脱下长裤一边呵斥，"你那身上的味儿出去能把半个公安局的人熏死，尸臭是有黏着性的知道吗？拿着这个，我刚让食堂现做的。"

他掀开塑料帘塞进来一个罐头，吴雩措手不及，只见是满满一大罐淡绿色的晶体："这是……"

"芫荽汁泡过的食盐。"

步重华把头埋在花洒下冲，在水流中闷声道："放心，进口也没关系，安全无毒。"

吴淞心说这什么玩意儿，芫荽汁？

——姓步的讲究多，难道真有什么偏方？

步重华用力甩了甩头，满头黑发水花四溅，然后转身一看，只见吴淞正犹豫地撮了一小把盐放鼻子底下闻。

"干吗呢？"步重华抓住他的手，"我是让你当浴盐使，浴盐是什么知道吗？"

吴淞愕然道："甲卡西酮？"

亚甲基二氧吡咯戊酮，简称MDPV，曾在山西泛滥成灾臭名昭著的"长治筋"，传到外国后又称浴盐——它还有个更生动形象的名字，叫作丧尸药。

步重华哑然失笑："你书背得还挺熟。"然后他抹了把食盐就想往吴淞后背抹，说，"这是法医代代相传的秘方，你捏一把抹在身上……"

然而他手还没碰到，吴淞本能地躲了一下，刹那间手指与皮肤一擦而过。

"搓到食盐自然溶化，再用水冲掉就可以了。"步重华不动声色在半空中硬生生转了个弯，将满把食盐往吴淞头发上用力一胡噜，说，"芫荽气味有很强的遮盖作用，可以缓解人鼻黏膜对尸臭的灵敏程度，待会儿你下班前记得问食堂再要两罐带走，过两天就差不多了。"

吴淞依言搓了搓手，果然指缝间异味淡去了很多，不由得有点儿意外："还挺灵的。您以前见过？"

"见过。"

"也炸了？"

步重华叹了口气："这种程度的巨人观陆地上难见，很多老警察一辈子都未必能碰上，但水里多。以前我在水上派出所实习，夏天江上那种水漂子，只要上甲板十有八九都炸，所以只能用绳子钩住慢慢往岸上拖。——怎么，你没见过？"

吴淞把头伸在花洒下哗啦啦地冲，半晌才猛地呼了口气，笑道："我哪儿有那条件？我见过的尸体一个比一个新鲜。"

步重华也笑了起来。

步支队长冷厉严苛居多，平时很少笑，但不愧为在警院蝉联了四年的系草，一笑脸上就有种光风霁月之感。淋浴间里隐隐紧绷的气氛到这时候才松快下来，步重华顺手把吴淞前额滴着水的头发往后一捋，把盐罐塞回给他："帮我用盐搓两下。我背后溅上了尸水，有点儿黏。"

步重华在整个支队里都算白皙的，平常感觉也很劲瘦，但脱了衣服就会发现身材肌肉锻炼得非常结实，加之他个头高，肩宽背挺腿长，肌肉线条凌厉而不傀张，是个标准的衣架子。

这种体形一看就知道青少年时期营养底子打得特别好，吴雾帮他搓了几下，低头看看自己，心里本能地有点儿泛酸。

"怎么，"步重华望着淋浴间雪白的瓷砖，仿佛背后长眼一般，"不是说我细皮嫩肉吗？"

吴雾想了想，内涵地表示："你深蹲练太多了。"

步重华没有从这话中领会到吴雾丰富复杂的心理活动："你平时不锻炼？"

"一个人瞎过，哪儿有那闲情逸致？"

"不交个女朋友？"

吴雾"嗐"了一声："算了吧，我这一穷二白的，谁看得上。"

步重华扭头看了他一眼："交过吗？"

水流哗哗作响，吴雾开始没答言，顿了顿才说："没有，上哪儿找正经女的去？女毒贩倒接触过不少，不是五十岁朝上就是三百斤朝上，我献身的思想觉悟还没到那份儿上呢。"

步重华失声而笑，吴雾转移了话题："你呢？"

"我？没有。相亲人家一听你是刑侦口的，跑都来不及，谁愿意往火坑里跳？"

"不是有个检察院女的为你闹自杀来着？"

步重华"嘶"地吸了口气，转过身瞅着他："你这谣言得传了十八手吧？"

"蔡麟说上次那案子被检察院退侦是因为……"

"是因为我抓了她舅舅，他持械入室抢劫五十块钱，判了十二年。"步重华一把夺过盐罐，啪地推了他一下，说，"下次这种谣言少传，转过去我给你搓搓。"

吴雾猝不及防被拍得一晃，刹那间没动弹。

他似乎有些迟疑，但这时候的气氛已经很融洽、很自然了，而且他刚才还帮步重华搓了会儿，对方的态度也非常坦然平静。如果他拒绝的话反而会显得尴尬和突兀，像是明明没事，却硬要遮掩什么似的。

他犹豫着转过身，听见步重华新奇地问："文身挺精细，在哪儿做的？"

"噢，"吴雾回头看了一眼，"当年坐牢以前。"

"图案有什么意义吗？"

"早忘了，随便选的就是。"

花洒水汽蒸腾而下，飞溅在四面瓷砖和塑料布上。吴雾很不习惯在没有武器也无法防备的情况下跟人如此近距离接触，虽然理智上知道步重华并不是拳台上那些亡命徒，身体却仍然本能地微微发僵，步重华还在毫无觉察般有一搭没一搭地跟他闲聊："怎么文这个图案，混黑道的不都文青龙、白虎、关公之类的吗？"

"要上色，疼。"

"卧底还怕疼啊？"

吴雩说："不仅怕疼，还怕死呢。"

两人都笑起来，少顷步重华一拍他肩背，说："你这个怕是洗不掉了，要么再文个什么盖住吧，老留着也不安全。"

吴雩沉默片刻，说："太久了，习惯了。"

哗哗水声中没有人说话，半晌吴雩又道："哪天抽空去洗吧。"

步重华在他身后点点头，又吩咐："把手抬一下。"

吴雩不是很自然地略微抬起手臂，那瞬间步重华的目光不动声色地从他抬起的上臂内侧迅速扫过——没有。被温水浸透的皮肤色调比平时还冷，双手臂内外侧光滑平整，没有任何瘀血青紫，也没有注射器留下的针眼。

步重华在水流哗哗中无声地吁了口气，心想：看来是我多疑了。

讯问室里毒瘾发作疯狂哭号的刘俐，挨着她一遍遍安慰"我知道"的吴雩，那如鲠在喉的一幕总算从他心头无声无息地消失，仿佛某个悬在半空的利器终于被放了下来。

像吴雩这种长期缺少动物蛋白的人，形成不了明显的肌肉，但身体线条又非常紧实流畅，脖颈长、肩膀直、蝴蝶骨清晰而突出；他一低头的时候，后颈骨就清晰地凸出一截，折成一段优柔的弧度——确实很好看，连步重华这种对外貌极端漠视的人都不得不承认。

那种少年时期尚未褪尽的文秀和岁月打磨出的悍利混在一起，形成了一种非常特殊的气质，有种奇异的吸引力。

"他长得那么好看……"

虚空中年大兴蛇一样恶毒油腻的声音突然响起，就像电流骤然通过耳膜——步重华瞳孔微缩，刹那间都没意识到自己在想什么，紧接着心里油然升起一股不可思议的错愕：我为什么会又想到这个？

年大兴已经被抓起来了，他供出的往事也早就过去了十多年，为什么却总是猝不及防地冒出来？

"好了啊？"吴雪在水流中活动了一下肩并回头问。

浴室光线昏暗，吴雪瞳孔黑得发透，嘴唇上干裂的皮带着一丝血色，眉骨、脸颊到下颌又反射出了一种冷冰冰的、惊心动魄的白。

某种难以言喻的刺激伴随着本能的抵制、厌恶和惊悸，混杂成强烈的负面情绪冲上脑顶，让步重华动作倏而一顿。

"好了。"他的声音听不出丝毫异样，"你再冲一下吧，我先出去开会了。"

吴雪放松下来。他倒没有其他什么想法，只是步重华这种存在感强烈、作风又非常严厉的领导型人格，确实容易激起其他雄性的抗拒本能，两个人拉开一段距离后，这种近距离接触的警惕感终于退下去了。

"下午开案情会？"吴雪草草冲完背后溶化的盐粒，穿着问蔡麟借来的T恤短裤来到外间，一边用毛巾擦湿润的黑发一边问，"这案子现在怎么办？"

步重华已经换了衬衣长裤，坐在值班室行军床边上穿鞋，头也不抬道："不怎么办，走常规流程。如果能提取精液这案子就等于破了一半，如果提取不到，就散出大量人手摸排二手电子元件市场，排查郜灵生前的社会关系通话记录，同时海量筛查她报警当天的行踪路线，看凶手跟踪她时是否曾经在监控里留下过影像，都是体力活了。"

吴雪思忖着点点头。

"凶手杀害郜灵和年小萍的手法非常不同，这点值得注意。我看到年小萍尸体时，觉得他是个冷静的杀人老手，但他杀死郜灵的手法又非常野蛮粗暴，相比之下仿佛跟郜灵有什么深仇大恨似的。从郜灵的男女关系上入手可能是个突破点。"步重华站起身，整了整袖口，说，"你熬太久了，这样下去身体撑不住，下午别去开会在这儿眯一会儿吧。"

吴雪却不困，他第一次参与侦查的特大案件取得了突破性进展，正是全副心思挂在上面的时候，闻言只提着自己的后领摆了摆手："我没事，刚被你搓盐搓精神了——帮我拽一下这标签，有点扎。"

蔡麟知恩图报，他以前借张小栎他们的衣服是洗了不知道多少遍的作训汗衫，借吴雪的就是他新到还没拆包装的《复仇者联盟》"寡姐"头像T恤，一小截塑料商标挂在后面，一动就能扎到皮肤。

步重华低着头，没有往那修长利落的后颈看一眼，淡淡道："自己拽，不要凡事都使唤领导。"

吴雩一脑门问号。

"困了，"步重华趁吴雩还没转过来，刻意搓了把脸，"我去泡个茶提提神。"

他转身推开门，头也不回地快步走出值班室，身后吴雩探头往走廊上看了一眼没人，便冲着他的背影小声道："能不能帮我也泡一杯？！"

步重华呵斥："能！知道了！"

电水壶发出呜呜声响，啪一声断电了。

南城区分局不仅专门开辟了一个小隔间当茶水间，专门供带饭党用微波炉热饭，柜子里还一天24小时不间断供应咖啡、茶包、方便面、火腿肠，偶尔还有宋局遣人送来的水果和红牛。

步重华往自己放了五个茶包的保温杯里灌满热水，给吴雩拿了个马克杯放进去两个茶包，沉吟片刻后拿出来一个，刚要往里倒水，想想吴雩那满是血丝的眼睛，把另一个也拿了出来。

"人呢？还没解剖完？"这时外面隐约传来说话声，唉声叹气地，"行吧，那我先放这儿，回头你千万记得帮我把香点上……"

廖刚？

步重华转身望去，只见走廊另一边是解剖室，廖刚正可怜巴巴地拎着大包小包站在门口。新来那个法医实习生从门缝里探出头，脸上写满了同情："没事廖副，想开点，根据我们的经验来看最多纠缠你半个月……知道，那个心理辅导的微信我待会儿推给你，记得报我们医学院名号打八折哈……"

廖刚欲哭无泪，把那几大袋东西放在解剖室窗台下，踮着脚走了。

步重华眉角抽跳，少顷只见那实习生缩回法医室，便走去翻了翻那几大袋子东西。

常用祭祀用品若干、一束小白花、两盒水果、两盒点心、两块巧克力，以及……一袋进口孕妇奶粉。

廖副支队强烈的求生欲简直要溢出来了。

步重华简直不知该有何表情，半晌突然心里一动，拎起那袋奶粉揣在怀里，然后起身透过窗口观察了会儿解剖室里如火如荼的情况，想了想又从钱夹里摸出二百块钱，妥善地放进购物袋，起身若无其事地走了。

第 22 章

"转发量上万了……""实时热搜上升趋势倒数第三名！""廖副呢？赶紧找廖副联系网信办，快！"

刑侦支队大办公室里吵吵嚷嚷，半个支队的人都挤在蔡麟的电脑前。步重华端着两个杯子推门而入，皱眉道："干吗呢？"

"老板！"蔡麟屁滚尿流地冲出来，"快看，郜灵这案子上热搜了！"

众人纷纷忙不迭让开，步重华面沉如水，一手端着保温杯，另一手把马克杯塞给猝不及防的吴雯，起身挤到电脑前，首先跃入眼帘的就是一张高清放大图——

画面上隐约可见远处警灯闪烁，映亮了反光的警戒线，小桂法医脸色铁青，蔡麟忍吐忍得五官移位，两人正躬身把一副担架放到地下，担架上赫然是郜灵已经呈巨人观的遗体，乌青肿胀触目惊心，只有脸部被打了马赛克，其余部位毫无遮挡。

"津海市突发！第一时间带你看新闻！"

"直击刑警第一线，向负重前行的人致敬！"

"白骨杀人案又有新进展，四里河再出少女被害者？！"

"夏季到来，千万不要让孩子去陌生水域游泳，否则这就是教训！！"

…………

蔡麟出离愤怒："这是哪个孙子拿手机在现场拍的？拍了你倒是P一下啊！你不怕郜灵晚上去找你可以，起码给你蔡爷爷打个马赛克行不行？我平生第一次上热搜，热评竟然说我长得像猴？！"

步重华森白的脸上毫无表情，迅速翻阅了几张流传最广的图片，首先确定了一件事：并没有任何照片拍到吴零。

没有人发现他紧绷的肩背无声无息一松。

步重华闭上眼睛，清晨阴霾天幕下的犯罪现场浮出脑海，记忆精确地掐准分秒，将一帧帧画面的每个细节都迅速检索过去——七八个猜拳决胜负的刑警，慌张奔去拿防毒面具的现勘员，拿着勘查板飞快前后开道的痕检员，闪光灯此起彼伏中的刑事摄像师，几个一拥而上的大队实习生……

"训导员。"步重华眼睛一睁。

"啊？谁？"

"你们把尸体搬下河滩的时候几个人上去帮忙，警犬大队有几个新来的凑在后面，跟这几张图片的拍摄角度相符合。廖刚！"

廖刚飞快挤进来："哎！"

"联系网信办说重案线索泄露，想办法屏蔽关键词，关键词没办法屏蔽就屏蔽图片，打电话叫警犬大队指导员收缴那几个人的手机。"步重华起身吩咐，"一旦查出来是谁，协警立刻辞退，实习生退回，学警通知学校记大过处分，就说我说的。"

"是！"

蔡麟咻溜一下起身，亦步亦趋地跟着廖刚钻了出去，小声问："廖哥，你是我亲哥，能让网警帮忙查查那几个说我像猴的孙子是谁吗？这玩意儿是人身攻击，我这么英俊潇洒一小青年，要像也是像齐天大圣啊……"

刑侦支队每个人都收到了亲朋、好友、同学好奇打听的消息，周围手机叮当作响，一片吵吵嚷嚷。只有吴零身边非常安静，他站在人群外，愕然盯着步重华塞过来的满满一杯——

热牛奶。

这种温馨的情节怎么看都不该发生在步重华身上，半晌吴零终于迟疑着喝了一小口，下一秒："噗！"

这肯定已经过期了吧！

吴零呛得直咳，刚想趁人不注意把牛奶倒进盆栽里，就见步重华隔着人群回头，神情强硬不容置疑，手指冲他遥遥一点，意思是：不准倒。

吴零："……"

步重华冲他一扬眉角，这时手机铃声突然响起，步重华低头一看，来电显示陈元量——民俗文化研究所当初答应帮他们查资料的那位老学究。

"喂，陈老？"

"是步支队吗？"陈老声音嘶哑，也不知道是不是着急上火，"我学生刚给我看了微博热搜，是不是四里河那个案子又出了第二个被害人？！"

步重华微微一顿。

"你在公安局吗？我这就过去。"通话那边哗啦啦纸页翻动，陈老不待回答，便机关枪似的冲着话筒说，"我学生找到了一些资料，可能对你们有用——是关于那个骷髅头盔的！"

半小时后，会客室。

短短几天没见，陈老就憔悴了不少，老花镜后挂上了两个硕大的黑眼圈。偌大会客室内只能听见纸张被轻轻翻动的轻微动静，片刻后步重华合上材料，整理了一下思路，沉吟道："所以凶手佩戴的头盔有可能是真的文物？"

门咔嗒一声开了，拎着热水壶进来的不是实习小碎催，而赫然是吴雯，他很尊敬地用一次性纸杯给老专家泡了个立顿红茶包。

步重华："……"

这殷勤服务的态度别说支队领导了，连许局甚至宋局都没见识过，步重华用指尖用力掐了掐挺拔的鼻梁骨。

"谢谢、谢谢。"陈老不知道自己正享受着高级待遇，接过一次性纸杯，才忧心忡忡地转向步重华："四里河那个案子里凶手佩戴的是真文物还是仿制品，理论上说得找到那个头盔才能确认——不过我刚刚才听学生说又出了个被害者，这事是真的吗？也是个女孩子？"

步重华没吭声。

陈老已经从一片死寂中得到了答案，叹了口气把纸杯放在茶几上，唏嘘道："作孽，真作孽啊！"陈老在步重华面前那沓打印出来的材料上一拍，说，"你们手里那张流落海外的头盔，我也四处去打听了一下，早年曾经在欧洲拍出过高价，后来被捐献给了博物馆。这种头盔因为数量极度稀少、制作工序繁杂，只会在特定场合使用。"

步重华对他话里的特定场合已经有所预感："活祭？"

"对，活祭。"陈老凝重道。

他哗啦啦翻开资料，指着几页彩印图，详细解说起来。

吴雪双臂别在胸前，已经听入了神，脑子里不知道想什么。

步重华瞅了他几眼，对自己能享受什么级别待遇心知肚明，于是起身自己动手接了杯水，站在饮水机前随口问："但即便是藏在民间的真文物，河水里泡一下出来也该毁了吧，这凶手干吗把大几百万丢水里？"

陈老满是皱纹的双手搁在身前，老花镜后的目光认真投向这位年轻刑侦支队队长的背影，语调中没有一丝开玩笑的意思："我怀疑他已经疯了。或者说，被骷髅头盔里的某些东西控制了。"

步重华一回头，挑起眉。

"我们讲无神论，应该不相信这个。"陈老青白着脸说，"但我们研究民俗文化的时候，确实会发现很多事情不能用现代科学来解释，如果都是巧合，也未免太牵强了。

"本来平平无奇的孩童，机缘巧合下能回忆起自己的前世今生，立地蜕变，这些在文献记载中非常多见，每朝每代各个地方都有，难道每朝每代所有人都在不约而同地撒同一个谎吗？"

步重华默然不语。

"如果说骷髅头盔中有某些东西影响到了凶手，致使他发疯随机杀人……我觉得也是有可能的。"陈老摘下老花镜揉了揉疲惫的眼睛，凝重道，"未知的事物太多了，所以才会有人说，科学的尽头是哲学，而哲学的尽头则是神学。"

步重华喝了口水，从冷峻的侧面看不出他在思考什么，半晌他才缓缓道："如果一直查不出作案动机，我会考虑您这个看法的。"

陈老呼了口气，又皱起花白的眉头："这次的被害人也是个女学生？"

步重华没提郜灵的背景，只说："是个十几岁的小姑娘。"

"有什么特征吗？"

步重华沉吟片刻，吴雪在边上犹豫了一下问："祭品必须是处女吗？"

陈老没反应过来："理论上说应该是……"

"有怀孕的话呢？"

"啊？"陈老愣怔几秒，随即大惊失色，"原来被害人有两个？！"

"啊？"吴雪迟疑道，"胎儿……不能算是被害人吧？"

陈老和吴雪面面相觑，对视片刻，都一脸鸡同鸭讲的迷惑。步重华在边上抚着额角叹了口气，说："他的意思是那个小姑娘怀孕了，不是除了小姑娘还有个孕妇……吴雪你说话要说全，考虑一下老人的接受能力。"

陈老"哦——"了一声，尴尬地扶着老花镜笑道："我年纪大了，跟不上潮流了。我们那时候都是先结婚再生孩子……挺好、挺好。"

挺好什么？

步重华啼笑皆非地摇了摇头，岔开话题问："您听说过活人祭品用孕妇的吗？"

"孕妇——"陈老想了想，"几个流毒甚广的邪教都没有利用胎儿来献祭的说法，所以凶手特地杀死孕妇的可能性，应该是比较小的。"

步重华点点头，起身客气地和陈老握了握手："谢谢您百忙之中抽空过来，我们会仔细考虑您提供的这些线索。另外还有件事，如果您能在业内打听到相关的消息，比方说什么人喜欢收藏这些东西，是不是有人专门买卖这些藏品……"

"明白，我明白。"陈老两只满是皱纹的手紧握着步重华的手，认认真真地望着他，"任何需要帮忙的地方都尽管开口，我一定尽力！保持联系！"

吴雩对学识渊博的人态度明显不同，主动要送陈老出公安局，但老人家连连推辞，步重华便从走廊上叫了个实习生送他下楼。老学究熬了几天在到处查文献资料，走起来步履蹒跚，出刑侦支队大楼的时候脚下一滑，险些摔下台阶，所幸他带来的两名青年学生始终在门口等着，见状立刻扑上去搀住，忙不迭把他扶上了车。

步重华收回视线，只听身后吴雩问："你怎么看？"

"你怎么看？"步重华回头反问。

吴雩一手插在裤袋里，一手专注地把玩着打火机："我还挺信的。"

"……"

"你那什么表情？我又不是你这种名校毕业的高才生。"吴雩失笑道，"你要是像我一样往那又穷又乱的边境待上十多年，你也信这些东西。"

"为什么？"

"毒贩信啊。"吴雩感觉挺有意思似的瞥着他，"贩毒越多越信这个，金三角最乱的地方走一圈，十个毒枭九个信这些，你这种心无杂念的人当然相反了。"

步重华对他隐晦的揶揄无动于衷，淡淡道："我没有这个意思。相反如果凶手真是个狂热的邪教信徒，对骷髅头盔所代表的意义又十分了解，受到强烈心理暗示以至于杀人'祭祀'是有可能的。"

"哦？"

"但心理暗示在人类行为学以内，仍然属于现代科学的范畴。"步重华在吴雩有一下没一下打火的咔嗒声中说，"我相信因果报应是事在人为的一种，所谓风水学说是地理、心理、巧合、群体效应等多种因素综合作用的结果。但我不信鬼神，一切假借鬼神之名导演的闹剧，幕后都必然印满了人类自己的指纹。"

吴雩手指一停，火苗唰地收起，笑道："你们学习好的人，说话果然有水平。"

"好说。"步重华不以为然，率先走出会客室，吴雩一边跟在他身后一边从烟盒里摸出根烟，突然听他想起什么似的顿住脚步，"对了，那个刘俐——"

吴雩跟着脚步一顿："干吗？"

"刘俐要被送去强戒所，你没意见吧？"

"啊？"吴雩一根烟正夹在嘴边，"我该有什么意见？"

他们俩面对面站在走廊窗边，吴雩目光茫然，形容瘦削，牙齿间轻轻叼着根烟，举着打火机还没点。

明明是完全无关的两个场景，那瞬间却突然与记忆中的某一刻相重合——

"你不抽烟啊？"有人咬着犬齿在他耳边轻声道，每个字音里都充满了居高临下的挑衅，"那我教你？"

步重华瞳孔微微一缩，刹那间脸色似乎变得有点奇怪，但还没让人觉察出异样，便抢先劈手夺下了吴雩嘴里那根烟："还抽！你这都多少根了，肺还要不要！牛奶喝了吗？"

吴雩："……"

"喝了就回家睡觉去，晚上回来值夜班等尸检结果，去！"

步重华把烟一揉往垃圾桶一丢，不由分说地把吴雩撺进电梯，亲手按了向下键，啪的一声，吴雩的打火机眼睁睁打了个空，回头恼火地瞪着他："就你那过期奶，馊成那样了还逼人喝，你差不多得了啊！"

步重华心说"两百块钱一袋的奶粉你还挑，你这孙子才真是差不多得了"，于是不耐烦地训道："进口奶粉都那样！"

叮——

电梯门在两人之间缓缓合上，继而向下滑行。

吴雩一脸莫名其妙，半晌小声自言自语："呦，原来是进口的？"

第 23 章

"哎哟您小心点儿,小心点儿别摔着……慢走啊!"

陈老被学生左右扶着,突然又颤巍巍地转身,拉着实习警的手:"公安同志辛苦了,一定要尽早破案,为民申冤……"

"知道、知道。"实习警哭笑不得,连声宽慰,"我们一定努力,您慢走啊!"

头发花白的老专家被学生小心搀扶着钻进了轿车,没有人注意到远处,南城区分局刑侦支队大楼对面的快捷酒店十二楼,镜面的反光从窗帘缝隙中微微一闪。

房间狭小阴暗,床单一片狼藉,角落里随意扔着几个黑色行李包,一名二十多岁、戴着棒球帽和防霾口罩的男子站在窗前,盯着陈老那辆车驶离公安局的方向,咬着牙无声地骂了一句。

现在怎么办?

他紧皱眉头,转头望着墙角的背包,少顷回头又架起望远镜,漫无目的地向外望去,突然瞥见什么,视线一定。

吴雩低头走出刑侦支队大楼,身形挺拔但形容慵懒,一边快步下楼梯一边点起香烟,长长地吁了口气,径直穿过分局前院,向马路对面的公交车站走去了。

高处望远镜后的视线一直牢牢锁在他身上,从迷惑、狐疑、不确定,到混杂着难以置信的错愕——这个人分明是——

但这个人,怎么可能出现在这里呢?!

男子久久不作声,脸颊肌肉咬得极紧,半晌才轻轻放下了望远镜。宾馆房间一片死寂，除了外面大街上传来的车辆喇叭隐约声响，就只回荡着他自己一声声压抑克制的呼吸声，足足几分钟后他一把拽下口罩，像是终于下定了决心，摸出手机迅速拨了个号。

"喂，银姐？"

手机对面沉默一瞬，男子仿佛意识到什么，喝道："别挂！"

"不用找我，我不会帮你的。"通话那头响起一道冷冰冰的女声，"现在风声太紧，你做事手脚又太不干净……"

"你想见故人一面吗？"

对面声音戛然而止，良久才吐出一个字："谁？"

男子笑起来，仰头活动了一下后颈骨。

"我刚才好像看见了一张熟面孔。"他悠然道，"你的……老朋友。"

"在这儿签字，如果情况不稳定随时跟我们联系……"

"好，知道了。"

刘俐坐在病床上，突然听见了什么，觅声一回头，便看见吴雩提着一袋水果走进病房，顿时惊喜出声："吴警——"

吴雩抬手制止了她。

市一院病床紧张，能给刘俐安排一个室内的床位已经是看在南城区分局的面子上了，病房里其他几张床位上的护工、家属纷纷投来好奇打量的目光。当着那么多人的面，吴雩没多说什么，只向刘俐点了点头，简短地道："医生说你可以出院了，走吧。"

夜幕渐渐降临，霓虹扫射天空，长街延续着望不见尽头的车灯。小吃一条街上人头攒动，热腾腾的烧烤香气飘满街头巷尾，刘俐叮当一声把铁扦丢在油渍斑斑的一次性盘子里，心满意足地抹了抹嘴："好吃！我就喜欢吃加辣的，来两瓶金威就更劲道了！"

吴雩呼出一口悠长的烟雾，说："你明天进强戒所就要开始用药了，烟酒最好都别碰了吧。"

夜市人声喧杂忙乱，下水道里漂浮着垃圾、蚊虫，大排档暗淡的电灯泡裹着一层脏污油垢，打赤膊的男人们围坐着大声吆喝、推杯换盏。刘俐偷眼斜觑吴雩，她从没见过这个年轻的警官穿制服，不合身的宽大T恤总是洗得褪色泛黄、皱皱巴巴，穿着地摊上廉价的人字拖往塑料椅子上一坐，肩背自然地垂落着，右脚踝跷在左腿膝盖上，一只手夹着根十几块钱一包的便宜烟，跟邻桌刚从工地上下来喝酒的年轻水泥工一模一样。

他与这肮脏、油腻、粗俗廉价的背景融为一体,全身上下没有任何地方能跟"警察"两个字沾边。

但当刘俐在昏黄灯光下看着他的时候,他平淡的侧脸笼罩在缭绕香烟里,眼睫自然垂落,瞳孔中映着烟头那一星忽明忽灭的红光,不知怎么又感觉跟所有人都不同。

既不属于那巨大都市夜如白昼的霓虹灯,也不属于这背阴面鱼龙混杂的下水道。

仿佛一个突兀、疲惫的外来者。

"走吧,"吴雩摁熄烟头,丢了几张钞票在桌上,起身说,"我送你回家,你自己收拾收拾,明天派出所的人会来接你。"

这顿饭吃得很便宜,因为两人都没要啤酒,吴雩面前的铁扦又寥寥无几。不知怎么的,刘俐平生第一次不好意思看男人花钱,寻思着想唠两句什么,但又实在不太会说话,紧跟在他身后半晌,突然冒冒失失地问:"喂,你不吃这些东西对不对?"

吴雩说:"我吃不了太辣的。"

"那你饱了没啊?"

"我下半夜回局里再吃点儿。"

刘俐跟着他在人群中穿梭,看着他拎着水果的两根细长的手指,咽了口唾沫,没话找话地问:"哎,你们当警察的是不是待遇都不错啊?我老听人说这年头当警察都不行,穷,没几个工资……"

"你听谁说这话的?"

"以前抓进去的时候。"刘俐满不在乎地抓了抓头发,"那里面的协警说的。嗐,可这年头谁赚钱不辛苦呢!"

吴雩回头瞟了她一眼,又好笑又有些无奈,想说什么却咽了回去,叹了口气道:"支队还行。"

"对!你们那领导长得就一副很有来头的样子!"刘俐蓦然想起步重华,登时一股邪火直冲脑顶,"说话那口气,拉长个脸还拉得好长,真讨厌!他怎么不去演电视剧?不用化装就是反派,包红!"

公交车缓缓停下,车门打开,一拨人涌出来又一拨人挤了上去。吴雩给刘俐投了一块钱,一边刷公交卡一边说:"你夸他长得像演员,他会高兴的。"

刘俐:"……"

津海市的空气五花八门：走在中央商业区和韵路这样的地方，大街两边一溜高档奢侈品店灯火辉映，昂贵矜持的香氛沁透夜风，仿佛连多呼吸一口都要收费；走在永利街这样KTV、夜总会林立的地方，灯红酒绿酒肉飘香，银铃般的笑声随着宝马香车来去，处处都挠得人心尖发痒。

　　但如果跨过途经港口、横贯市区的四里河，来到城市的另一边，老昌平区的灯火随纵深渐渐湮灭，无数棚户、矮墙、待拆的城中村和没有玻璃的烂尾楼隐没在越来越冷清的夜幕中；再往下才英区、小岗村，纵横交错的小路窄巷中横着各家各户拉起的晾衣绳，发黄的尿布、油腻的围裙、油漆斑斑的工装和五颜六色的床单被套混杂出千万种气味，分隔开一块块蜂巢般的蜗居，横陈在城市天幕下。

　　不知哪家婴儿嗷嗷大哭，回荡在昏暗崎岖的巷尾。前面就是刘俐家了，她熟练地跳过水洼，笑着问："那我要在强戒所待多久啊？是不是不吸了就能放出来了啊？"

　　身后没吱声，她一回头，眼睛亮亮地看向吴雩："哎？"

　　吴雩在路灯下停住脚步，面色似乎有些忧郁："不是。"

　　"啊？"刘俐没反应过来，"那要关多久？我不吸了还不行吗？"

　　吴雩望着她，很久后才缓缓地说："你不会有不想吸了的那一天。"

　　刘俐茫然地站在石板上，没有明白他在说什么，揉了揉黑瘦脸颊上的血痂。

　　"你进戒毒所以后，他们会给你用药，头几天都昏昏沉沉地只想睡觉。再过几天他们会让你定时作息、锻炼劳动，跟着其他人一起适应军事化管理，背诵行为规范，整理内务搞卫生。如果你内务考核都能过，接下来就能进入康复区下车间干活，偶尔去种花、种果树，不过大多数时候在缝纫机上做衣服刺绣，每天都有任务要完成，完不成可能会被罚抄行为规范守则，或者写思想报告。

　　"津海这种一线城市应该都是八人间甚至四人间，你是女犯，步重华又打过招呼，饮食住宿各方面会更优待一点。医务处有教官定时定期跟你聊天做疏导，每天放风时会组织看电视、打乒乓球赛，逢年过节可能还要排练节目准备文娱晚会……这种流水线式的集体生活只要过几个月你就不会再犯毒瘾了，别说毒瘾，连吸毒的想法都忘了，十八个月强戒期满后你会觉得自己已经脱胎换骨，整个人都获得了新生。

　　"是不是听起来很简单，甚至很舒服？"

　　刘俐呆呆地看着他，干裂的嘴唇微微开合。

　　婴儿号哭不知什么时候停了，飞蛾在他们头顶簌簌扑撞路灯，远处回荡着野狗偶尔一两声吠叫。

"但几乎所有人都会复吸。"吴雩尾音低沉喑哑，一个字一个字地对她说，"没有人戒得掉，我从没见过任何人能戒掉。

"冰毒瘾是心瘾，除非彻底和过去一刀两断，否则几天就能复吸。然而哪怕你脱离过去的生活圈，这座城市的每一座公厕墙后、工地角落、菜场犄角还是藏着数也数不清卖零包的拆家；哪怕你离开这座城市，其他城市的车站广场、商场网吧、电线杆后，还是有可能写着一两个卖'肉'或者是卖'糖'的号码。

"一个犯毒瘾的人，在陌生城市里寻找毒品的嗅觉和速度，是十个缉毒警都比不上的。即便你真有艰苦卓绝的毅力远离所有可能获得毒品的渠道，结婚生子二十年后，这瘾都仍然深深藏在你的骨子里，任何一个当着你面玩吸管的小孩、拿锡纸卷烟草抽的朋友，甚至电视电影里一晃而过的镜头，都有可能让你在未来的某天突然复吸。戒毒不是十八个月的事，是往后余生、每天每刻、每分每秒都必须忍受的煎熬。"

路灯的光晕铺在弯弯曲曲的石板路上，吴雩低下头，弹了弹烟灰，再度抬眼悲哀地望着她。

"你不会有不想吸了的那一天，戒毒成功只有一种证明方式，那就是死。"

刘俐张了张口，艰难地挤出几个字："可是……我……"

她像是在黑夜的沙滩上一步步走向大海，直至被海水淹没胸口，才突然惊醒般意识到什么，一丝恐惧油然而生，却连战栗都被冰冷海水的压力活生生摁住了："我、我还年轻呢……我还有好多年要……要过呢……"

吴雩的手停在半空，像是要给她颤抖的身躯一个拥抱，但良久后只轻微拍了拍她的头发："以后每一天都要好好过。戒毒和缉毒一样，都是至死方休的战争。"

他们彼此相对而立，吴雩把那袋水果递给她，低声道："进去吧。"

刘俐脑子里嗡嗡响，像是被一闷棍打蒙了似的，脑海里一片空白。她机械地拎着那袋水果转过身，不记得自己是怎么开门进家的，整个人仿佛浸泡在嘈杂窒息的深海里，记忆深处无数只言片语卷成冰冷的旋涡："抽一口吧，不会上瘾的，你不试试看怎么知道？""做这一行的哪个不抽？抽了才有更多生意，客人才更喜欢你！""飞叶子可以治病，国外飞叶子都合法你知不知道？""现在时髦就是抽这个，你不抽你就老土了！"……

啪一声轻响，她打开卧室灯，慢慢地坐在地上。

那些七嘴八舌声渐渐淡去，将她留在无边无际的冰海中，脚下最深处望不见底的黑暗里，渐渐响起越来越清晰的轰鸣，如丧钟般每一声都令人清醒："你永远不会有不想吸了的那一天——

"戒毒成功只有一种证明方式,那就是死!"

刘俐把脸埋在臂弯里,却没法挡住不知何处而来一股接着一股的寒意,全身一阵阵地起鸡皮疙瘩,不知过了多久她才迟钝地感觉到手臂潮湿发凉。

那是她满脸的眼泪。

墙上挂钟嘀嗒,在安静的屋里格外清晰。良久后她终于扶着身后的墙勉强起身,活动了一下麻木的腿,慢慢走去收拾明天要带的东西。

如果不是吴雯在和韵路派出所那边作了保,她今晚应该是在派出所暖气片边上度过的,连支牙刷都别想带进强戒所里。不过即便如此她也没有太多行李可收拾,连正经衣服都找不出几件来,那些暴露的蕾丝内衣和廉价的塑料首饰怎么也不可能带,肯定进去就被没收了。

刘俐有种虚脱后的麻木和茫然,把牙刷装进小包里,找了几双厚袜子,想再去衣柜翻翻冬天穿的厚外套。

呼——

衣柜门打开,一名男子出现在她眼前。

他在衣架间直勾勾望着她,脖颈上是一张白骨森森的骷髅脸。

第 24 章

"啊——"

吴雩走到巷口,冥冥中仿佛听见了什么,脚步一停。

窄巷幽长弯曲,歪斜的院墙紧挨在一起,最窄处只能一人侧身通过。高低不平的石板缝隙间长满了青苔,飞蛾在路灯光晕中投下盘旋不停的阴影,远处夜风掠过草丛,老鼠攒动时发出轻微窸窣的声响。

"啊……啊……"

不知哪家婴儿撕心裂肺的号哭又响了起来,接二连三几家灯亮,隐约传出不耐烦的叫骂声。

不,刚才不是这个哭声,吴雩想。

刚才那是一声惨叫。

他向身后望去,眉毛细长而眉骨挺拔,眼窝深邃明亮,瞳孔不引人注意地微微缩紧。树梢、草丛、院落、人家、厌烦的呵斥、疲倦的哄劝、更远处摔摔打打的叫嚣吵骂……黑暗中所有响动被一层层过滤,十二年刀尖悬命的警惕犹如钢丝抛入天际,随即骤然现出一线端倪——

明明是没有声音的,他潜意识深处最敏感的直觉却蓦然一动。

"刘俐,"吴雩快步穿过窄巷,跨过水洼,敲了敲门,"是我,我打火机落在袋子里了,开开门!"

没有动静。

"刘俐!"

门里窸窸窣窣片刻,终于渗出不清楚的声音:"……啊,什么?"

"我打火机落袋子里了,给我拿出来一下!"

"唔、唔……"刘俐颤若颠筛,惊恐的眼睛几乎瞪出眶,被身后一只手紧紧捂住嘴,脖颈在刀尖下滚落一连串血珠。

咚咚咚!门又被敲了几下,传来吴雩开始不耐烦的催促:"快点!你睡了吗?"

那只手稍微移开些许,旋即威胁地晃了晃带血的刀锋,映在她剧烈发抖的瞳孔里。

"我已经……睡了,你……你明天再来拿、拿吧……"

门外吴雩动作微凝,仅仅半秒钟后,他没什么反应地"啊"了一声,说:"那行,明天见吧。"

门外动静消失,背后持刀的人也没吭声,黑暗中仿佛空气刹那凝固,刘俐的心脏在那瞬间停跳——

吴雩回头转身。

下一秒他猝然后踹,整块门板腾空飞了出去!

"啊——""啊!"

尖叫、怒吼和沉闷凶狠的撞击声在同一秒齐齐响起,刘俐匍匐惨叫连滚带爬,她甚至看不清吴雩的身影,只觉半空中疾风利闪——下一秒歹徒已被迎面撞飞出去,轰然砸进墙角沙发,木头沙发架哗啦塌成了数块!

吴雩落地、回转、欺身上前,那厉鬼般的速度连半丝风声都带不起。歹徒疯了似的挥舞带血的弹簧刀往前刺,但刀锋还没落下就被吴雩一把拧住手,旋即"当"一声金属撞击亮响,刀刃被贴地打飞,旋转着从尖叫的刘俐脚边一划而过。

"啊啊啊!"

吴雩就着这个姿势攥着歹徒手腕,干净利落三百六十度一转——咔啦一声脆响手腕脱臼,咔啦又一声脆响手肘脱臼,歹徒的惨叫瞬间震动了整条窄巷!

街坊邻居八九盏灯纷纷亮起:"还睡不睡了?!""哪家丧德烂肺的玩意儿大半夜叫呢?!""给老子闭嘴!!"

吴雩踩在歹徒胸前的脚骤然一用力,沙发木架轰隆整个坍塌了,惨叫被扼住喉咙似的戛然而止,随即吴雩俯身夺下了那个遮脸的骷髅——

那是个恐怖夸张、做工粗劣的万圣节面具。

面具下露出了一张恐惧绝望的年轻男人的脸。

"李洪曦,三十二岁,硕士学历,互联网私企中层经理,已婚没小孩。"廖刚紧跟在步重华身后，匆匆穿过一片混乱的讯问室走廊，"年收入税前在三十到四十万，有房贷，开一辆三系华晨宝马。老婆在投行工作，三个月前被调去香港学习进修，两人每天靠打电话和视频联系，据说感情相当稳定。典型的中产阶级家庭。"

"步支队！"一名侦查员飞奔而至，"刚经侦曹哥帮打的招呼，紧急调出来的银行流水单！"

步重华接过厚厚一沓纸，边走边翻，步伐不停，少顷将流水单塞回侦查员怀里："半年前开始在 ATM 机取现次数明显增多且数额变大，平均下来每个月取现一万元以上，超出了日常花销的现金额度。他家住在西城，工作地点在开发区，每次取现的 ATM 机却大多集中分布在永利大街和嘉阳路交叉口 KTV、洗头房最集中的地段，且时间都在晚上七点到十点间，正好是公司白领下班后而夜生活开始前。"

"他是……"

"老嫖客。隔壁扫黄大队一抓一把都是这样。"步重华面沉如水，"去翻翻他最近半年微信、QQ 新增联系人和微博私信点赞记录，应该能有发现——廖刚，拿证办手续，立刻去李洪曦家，搜索跟邪教、骷髅头盔相关的一切痕迹。"

"是！"

廖刚正掉头要走，步重华突然又想起什么似的一招手："哎，回来。"

"啊？"

"下楼经过技侦帮我催一下王主任，就说我让人从医院送来的样本，叫他尽快处理完做比对，务必在审讯完之前给我。"

廖刚一愣，完全不知道他送了什么样本，但服从的习惯让他立刻"哎"了一声："明白！"

廖刚带着侦查员掉头冲下楼梯，步重华呼地推开讯问室外间的门，只见单面玻璃前刑警、书记员都已经各就各位。吴雩坐在靠门一张椅子上，张小栎正凑近一边打量一边嘶嘶吸气："小吴哥你就是人太好太善良了，对这种亡命徒你怎么能心慈手软呢？你看看你这伤……"

"他们说你受伤了？"步重华皱眉道。

吴雩一抬头，眼睛黑白分明，他指了指脸颊上一道两三寸长、细得几乎看不出血丝、对光才能隐约观察到的白痕。

"被指甲划的。"吴雩如是说。

步重华："……"

咚咚咚一阵脚步声传来，满面心疼的孟昭推门而入："小吴呢？我听廖刚说你跟犯罪嫌疑人搏斗，被一刀划脸上了？怎么回事？"

吴雩说："指甲……"

"吴啊，我吴呢！"蔡麟匆匆路过，一边手忙脚乱整理出外勤的警八件一边从门外探进头，"我听王主任说你跟持械歹徒搏斗，被刀砍在脸上毁容了！怎么回事？"

"指……"

步重华深吸了口气，重重关上讯问室的门，蔡麟在外面"嗷"一声险些被夹着鼻子。

"叫什么名字？"

"李洪曦。"

"干什么的！"

"就上班，开发区。"

"为什么持刀潜进那个女孩子的家？"

"我就逗她玩玩。"

"玩？玩什么？！"

"就无聊，我没想抢劫。我错了，我不该擅闯民宅，下次不敢了。"

"你手指上那白疤是怎么回事？"

"蚊子咬的，抓破了——我拜托你啊警察同志，这都快好了……"

…………

李洪曦脱臼的手腕和胳膊已经紧急处理好了，被三角巾吊在脖子上，他脸色青白，眼珠发红，病恹恹地靠在讯问室椅背上，看上去狼狈不堪。但他不愧是硕士毕业的高级白领，很快就从极度惊慌中镇定了下来，开始跟警察顾左右而言他，一切问话都坚决抵赖、不承认："什么？入室抢劫十年起判？可我没有抢她一分钱啊，你们有证据证明我的动机是抢钱吗？

"她说我拿刀抵着她，你们就信啦？她就是个下三烂，她怎么不说我强奸她呢！

"那警察冲进门的时候又没说他是警察，我还以为他才是入室抢劫的呢，你们怎么能给我套拒捕的罪名？！

"是，我是嫖娼的，所以我就找她做个上门服务，怎么这也能出动刑侦支队半夜审我？业绩完不成也不能随便拉人头来顶啊！"

…………

"这孙子，"书记员往键盘边一拍，没好气道，"典型看美剧学犯罪的主，正经反审讯技巧不会，磨蹭时间倒一个顶俩！"

很多没有受过专业训练的人以为只要顺口乱扯或闭嘴不说话，就能抵御警方的高强度审讯，但其实那是做梦。正经上了刑侦的重案要案都是口供、尸检、毒理分析、视频物证综合在一起往上套，身经百战的刑警二十四小时三班倒跟嫌疑人磨，磨不过两天就必定能抓到马脚，嫌疑人防御线轰然崩塌只是时间问题而已。

不过这一切有个前提——时间，也是现在横在警方眼前最大的问题。

所以从某种程度上来说李洪曦也算是打到警方的七寸上了。

"孟昭。"步重华低声吩咐。

孟昭会意，接过张小栎递来的那个用物证袋包着的行凶面具，推门进了讯问室。

"我不过就是找她玩玩，玩玩听说过吗？玩得激烈了一点，算我有错，该怎么处罚我都认了，但你们必须让我请个律师……"

侦查员起身："孟姐！"

孟昭穿白衬衣、黑裤子，浅口软底鞋，乌黑的头发扎了个短马尾，在李洪曦闪烁打量的目光中坐在侦查员拉开的椅子上，把物证袋往他面前轻轻一扔。

"律师？美剧看多了吧。"她轻描淡写地讥嘲道，"进了我刑侦支队的讯问室，还轮得到你伸手要律师？"

骷髅面具落在桌面上，正面向上，空洞洞的眼眶直对着李洪曦，让他不知怎么的在衣服底下打了个寒噤。

"不，不用开口，"孟昭毫不留情打断了提气要说话的李洪曦，"我来说。

"今天上午十点半，你以拜访客户为由离开公司，中间有两个半小时不知去向，下午一点左右从开发区附近地铁站搭乘九号线前往市区，途中网购了这个万圣节骷髅面具，选择了当日配送。下车后你在7-11便利店买了一卷防水胶带，在五金工具店买了手套、弹簧刀以及电线若干，继而又进入超市买了抹布、漂白粉、洗涤剂等清洁工具。随后你在老昌平区作案地点附近游荡到下午五点，去吃了个晚饭，出来后搭乘地铁前往永利大街附近，提取一千块钱现金后再次消失踪迹，直到晚上十一点，搭乘地铁回到老昌平区。"

"去嫖了吧，"孟昭手肘搭在审讯桌桌沿上，十指交叉，向前倾身，要笑不笑地盯着李洪曦，"作案前还不忘记要来一发，是想到万一暴露被抓，就没机会再嫖了是吗？"

李洪曦听着自己一整天的行程，越听脸色越难看，几乎是强挤出了一丝冷笑："美女，你可别忘了，你们没有证据证明我今天就是去嫖……"

"晚上十一点半，你绕到受害人家后墙，用铁丝撬开窗框翻进室内，在客厅及卧室扫视一圈后便坐在了床边等受害人回来。然而你没想到，今天受害人竟然不是独自回家的，所以你在屋里听到外面她和一个年轻男人的交谈声时，只能匆忙躲进衣柜。"孟昭挑起半边唇角，"直到受害人进屋打开衣柜发现你后，你才不得不动手。"

李洪曦嘴巴像蚌壳似的闭紧，一言不发。

"也许你以为只要不说话我们就拿你没办法，但监控录像已经暴露了你全天的心理活动，不是激情作案的嫖客，而是有预谋的入室伤害。作案前大量购买的漂白粉和洗涤剂说明你做好了清洗现场血迹的准备，电线和黑色塑料袋说明你想过捆绑移尸的可能，对入室时间的准确拿捏证明你对受害人的日常作息已经有了基本的了解。这是有计划、有准备、有图谋的杀人未遂，只要证据链咔嚓一合，就能结案卷宗上呈检察院。口供？口供是什么？不知道我们警察都是业绩完不成随便拉人来顶的吗？"

李洪曦万万没想到刚才他激警方的话能被孟昭一巴掌反扇回他自己脸上，顿时满面灰败，鬓角也渗出了细细的冷汗："我不承认，你乱说……"

"你当然不敢承认，你这个懦夫。"

孟昭微微冷笑，语气轻缓讥诮："看看你，三十出头的高级白领，身高一米八，体重得有个小九十公斤，选择的行凶对象却是个身体羸弱、年纪幼小的失足少女——就这样你还要借助电线、胶带、弹簧刀等行凶工具，躲在衣柜里直到被她发现才'被迫'动手。这种冲动与被动结合的攻击方式通常见于性犯罪新手，他们和你一样，没有经验，缺乏安全感，有怪异的性癖，而且几乎无法处理正常平等的男女关系——因为不自信，因为致命的懦弱和畏惧。"

孟昭盯着他，唇角的笑意更加深了，几乎带着怜悯的意味，声音轻得仿佛耳语："其实你在听到屋外刘俐和别人的交谈声之前，就已经躲进衣柜了吧，嗯？"

"你！"李洪曦滚刀肉式的防御被怒火冲破了，几乎要失去理智地从椅子上跳起来，"给我闭嘴，我有什么好怕的！一个臭婊子我畏惧个屁！我……"

"是吗？不畏惧你为什么要把郜灵骗到泄洪洞里才敢动手？不畏惧你为什么要戴上头盔才敢刺死年小萍？"

那瞬间李洪曦的表情一片空白。

"你是怎么把郜灵骗进泄洪洞去的？给她钱？做'大生意'？"孟昭咄咄逼人地盯着他放大的瞳孔，"五月二号晚上十点半你在哪里，你敢说吗？"

讯问室内外所有人都眼睁睁看见，李洪曦整个人像被电打了似的，下意识冒出一句："我在家看电视……"

"哪个台？什么节目？"

"那个纪录片，还有个综艺我不记得了……"

"谁能证明你在家？！"

李洪曦仿佛被定住了似的，眼珠战栗，急促喘息，大颗大颗的冷汗顺着脸颊往下淌，嘴唇青得发灰。

只要再推一把，只要再一把——他龟裂的防御墙便能立刻全线崩塌，所有罪行像开闸的洪水一样倾泻到光天化日之下。

偏偏在此刻，他却像是从绝境中找到了一个摇摇欲坠的支点似的，脸颊痉挛地冲孟昭笑了一下："没……没人能证明我在家。

"但你们也没法证明我不在家，是不是？"

孟昭眼梢微微一跳。

"你们支队不是很牛吗？零口供，也能结案？"李洪曦如斗败了的公鸡一样喘着粗气，恶意毫不掩饰地从每个毛孔里流泻出来，"那就去找吧，找我犯罪的证据。从现在开始我一句话、一个字都不会再跟你们说，我倒要看看你们怎么找齐证据链，怎么证明我杀了那几个小婊子，怎么把我送上法庭——找啊！去找啊！！"

讯问室内外陷入一片死寂，只有李洪曦疯狂的咆哮回荡在空气里，久久震动着每个人的耳膜。

监听室里没人说话，氧气仿佛被抽空殆尽，空气沉沉压着每个人的胸口。

"怎……怎么办现在，"半晌屋里终于响起张小栎胆怯的嗫嚅，"他、他要是就不交代……"

——是啊，年小萍被害现场至今筛不出物证，凶器已经消失在了暴雨中的四里河，郜灵被害现场除了那个染血的石块，什么也没有……

一阵急促的脚步声从外面传来，紧接着门被推开了。

所有人不约而同回头，只有步重华仿佛已经预知到了什么，只见小桂法医夹着一只牛皮文件袋，一边摘下口罩一边大步流星走进屋："步支队，这是你让王主任赶在审讯结束前做的比对，他让我立刻把结果给你！"

唰唰几道目光集中在那个文件袋上，步重华抽出里面的证明材料，只翻了两页，眼底便浮现出一丝冰冷的笑意。

——果然。

张小栎好奇心"爆棚"，探头探脑想要去偷窥材料上写了什么，无奈一个字都看不懂，还因为倾斜幅度过大险些原地绊个跟头，被步重华转身准确抓住，顺手推给椅子上的吴零，示意由他看管，然后推开讯问室的门走了进去。

李洪曦如一只斗败了的公鸡坐在那儿，半张脸歪着，狠狠瞪着空气，胸腔不断发出破风箱似的喘息。听到步重华进来，他一个激灵扭头望去，眼珠里几乎要射出噬人的精光："我说了不管谁来都没用，我一个字都不会……"

"不用说。"步重华把文件袋轻轻丢在他面前，说，"我是来恭喜你的。"

李洪曦瞳孔急促放大了，只见步重华顿了顿，居高临下地望着他："恭喜你当父亲了。

"尽管只当过短短的四个月。"

第 25 章

"牛!"张小栎一拳击在自己掌心,兴奋道,"这下他跑不掉了!"

单面玻璃外人人精神振奋,熬了几天的刑警们喜形于色,所有疲惫都在顷刻间一扫而光——然而张小栎无意回过头时,只见吴雯静静地坐在角落里,面色冷淡沉郁。

"小吴哥?"张小栎不由得叫道。

吴雯微微摇头,什么也没说。

"怎么样,聊聊吧。"步重华坐在书记员起身让出的椅子上,随意把衬衣袖口往手肘上一卷,"第一次做父亲感觉如何,李先生?"

如果说刚才李洪曦面对孟昭只是脸色发青的话,现在就是面若死灰了,被冷汗浸透的头发湿淋淋地贴在脑门上,眼珠就像两颗黑色的塑料珠子泡在血水里,尽管嘴巴像是冻住了一样张不开,牙齿却止不住地打战,发出高频率的咯咯声。

"我……"他从牙缝里挤出一个字,"我……"

"你是什么时候认识她的?"

李洪曦直直瞪着步重华,神经质般抓挠左手虎口上那个疤,除此之外全身上下都肉眼可见地发抖,抖得手铐都不断发出哗啦啦声。他这样根本说不出话,步重华招手问书记员要了杯水,起身放在他面前,在咫尺之距回视那双浑然不似活人的眼睛:"说实话吧,李洪曦。你受过高等教育,应该知道自己已经跑不掉了,主动合作和坚决抵赖呈现在最终案卷上的书面陈述是不一样的——你也不想让自己接下来的日子变得更难过,是不是?"

李洪曦发着抖拿起那杯水,五指一下把塑料杯掐变了形,大半杯水哗地泼在身上,那冰凉让他狠狠打了个寒战,仿佛瞬间被惊醒了。

"好……好,"他语无伦次道,"我说、我说,我都告诉你,我没有想杀她,我没有想杀她,我没有……"

"你没有想杀她?"步重华重复道。

"是、是。"李洪曦如同抓住了救命稻草,"她勒索我,是她勒索我!"

——勒索。

刘俐毒瘾发作时颠三倒四的话再度响起:"也就郜灵那贱骨头认不清现实,还做梦说她有'大生意',只要做完了大生意就能发财……"

众人眼底都难以掩饰地露出了不忍:原来这就是她梦想中的"大生意"。

那涉世未深的小姑娘是如何怀孕,如何做上发财的梦,又如何在那潮湿阴冷的泄洪洞中被石头一下一下、活活砸死的呢?

步重华浅色的瞳孔却没有丝毫情绪,他就那么静静盯着对面那张变形的脸。那无懈可击的冷静让人根本摸不清深浅,半响他才终于缓缓坐回到椅子上,注视着对面濒临崩溃的犯罪嫌疑人,简短地吐出了两个字:"说吧。"

"我是在洗浴城认识她的。"李洪曦重重咽了口带血的唾沫,用这句话做了开头。

"她说她是津海下面嘉瑞县的人,我之前出差去过那里,跟她有几个共同话题,慢慢就熟悉起来了。那大概是四五个月……或者五六个月之前的事,我出钱买过她几次,纯粹是鬼迷心窍……后来没过多久她失踪了,我也没放在心上,像她们那样的小妹来来去去太常见了。只是我怎么也没想到,怎么也没想到……一个多月前她突然又主动联系我,跟我说她怀孕了,孩子肯定是我的……"

"她怎么联系你的?"步重华打断道。

"她、她在我家门前守我。"

"她说孩子是你的,你就相信了?"

"我没办法不相信,由不得我。"李洪曦喉头上下滑动,声音干涩道,"我有工作、有家室,不管种是不是我的,这盆脏水都已经泼下来了,让人知道我还怎么做人?所以我只好一边敷衍她一边想办法,我说'你年龄没到我肯定不会离婚娶你',她说她不想嫁人,只想要钱,要狠狠敲诈我一笔……"

"一笔是多少钱?"步重华问。

李洪曦喘息片刻,说:"一百万。"

"我上哪里去找这一百万?你以为马路上都是钱我随便去捡吗?!"

"我不管！你不是吹你有房有车工资高吗？有房有车拿不出一百万啊？！"

"你、你还不如杀了我！"

"反正舍不得出钱就等着曝光吧，到时候传单往你公司、小区一发，看是你的前途重要，还是这区区一百万重要！"

郜灵狠狠一扭头，转身夺路而去，只留下路人异样眼光中的李洪曦站在马路边，慢慢蹲下抱住了脑袋。

"然后你就动了杀心？"孟昭口气嫌恶地问。

孟昭很少在审讯中流露出话术以外的个人情感，她是个很老练的刑警了，知道任何不必要的刺激都可能对嫌疑人产生不良影响——不过这时候李洪曦情绪激动得什么都听不出来："不，没有，我真的没有！借我个胆子也不敢杀人啊！我想先给她点钱请求宽限时间，但她咬死除了一百万什么都不要，到期拿不出来就要让我身败名裂，我还去杀她？！我只想杀了我自己！"

旁边记录的书记员忍不住要插嘴，被步重华平淡的问话打断了："你被她逼到这个程度，除了胎儿，她手里应该还有些其他的把柄吧？"

李洪曦咕咚咽了口唾沫，点了点头："有……有。"

"什么？"

"避孕套。一个我用过的，不知道什么时候被她翻到藏起来的避孕套。"

李洪曦抱住头，磨砂手铐链在讯问室灯光下哗啦作响，微微反光。

"五月二号下午两点到晚上十一点半这段时间你在哪里？"步重华无动于衷地问。

"那天我休假，一个人在家，本来因为这段时间压力太大想出去放松放松，但外面下暴雨，我就待在家闲着看电视，发了会儿呆，也没什么人能帮我证明。晚上本来想点外卖，但头一天点的还有很多剩下，就随便热热吃了，晚上跟我老婆打了个电话，大概是八九点的时候。"

"没人能做不在场证明？"

李洪曦点点头："我的精神压力真的太大了，不敢跟人出去，不敢跟人说话，连公司同事窃窃私语我都怀疑他们是不是在背后发现了点儿什么……本来难得休假，我肯定是要约个酒局的，但出了这档子事，我只想一个人待着……"

孟昭望了步重华一眼，李洪曦慌忙叫起来："你们别怀疑我，你们可以去查监控录像！我们楼的电梯、楼梯、楼道走廊，安全通道没监控就去查小区大门口！我那天没出门，监控录像一定是可以查的！法律不是都写了疑罪从无吗？！"

步重华不置可否："然后呢？五月三号你继续回去上班了？"

"对，我回去上班了，那天还刷到网上说四里河出了骷髅杀人案，一个十几岁的小姑娘死了，我就想为什么死的不是她！如果死的是她我不就解脱了吗？"李洪曦抹了把通红的眼睛，"当时这个念头只是在脑子里转一转而已，没想到之后的几天她都没来找我，我乔装打扮后偷偷去她上班的地方观察，发现她竟然也没去上班……我的心情慢慢从庆幸变成疑惑，难道死的真是她？可也不能这么凑巧吧？

"我不敢杀她，但又希望她死，这个念头每天每分每秒都在脑海中反复折磨我，于是我开始关注四里河杀人案，看到网上说什么的都有。有人说凶手是一具腐烂的骷髅，有人说凶手只是顶了个吓人的面具，还有人说凶手杀完人以后就跳河自杀了……直到今天上班途中我突然刷到热搜，四里河又死了个少女，还有人发出了尸体的图。"

李洪曦仰头深吸一口气，声音嘶哑道："我认出了那尸体身上穿的雨衣和红雨靴。"

讯问室内只能听见书记员咔嗒咔嗒打字的声音，步重华等那声音一停，淡淡地道："所以你潜入受害人家，想杀她的室友灭口？"

"我没有想杀人！没有！"李洪曦几乎要暴跳了，"我只是去找那个避孕套！！

"看到热搜之后我整个人都感觉历经了劫后余生，但又怕警方一旦摸清尸体的身份，找到她家，再从她家搜出避孕套，顺藤摸瓜摸到我身上，这档子事还是瞒不住！所以我拼了命只想把那个避孕套找出来带走，我买了个骷髅头盔，万一被监控拍到也许警方会以为我是四里河杀人案的那个凶手，到时候就可以混淆警方的视听……"

"找避孕套要用电线和黑色塑料袋吗？"孟昭挑眉嘲道，"那么大量的漂白粉和洗涤剂是为谁准备的，你倒是跟我说说？"

李洪曦瞪着孟昭的目光几乎称得上是狠毒了，但他仍然咬紧了牙关，双拳握得咔咔作响："我不管你怎么揣测，警官，事实就是我没有杀掉那个陪酒女。你可以说如果那个警察不闯进来下一步我就是要杀人，但没发生过的事就是没发生过，你的揣测没有证据，就没法零口供结案，最多只能判我个入室伤人未遂，对不对？"

"……"

"我们国家的法律没有陪审团制度，讲究的是疑罪从无，你们没办法证明我今晚就是想杀这个陪酒女，更不能因为她勒索过我，就判定我有杀人动机！如果人是我杀的,我为什么还留在津海不跑路?如果我真是个变态杀人狂,为什么要在案发后还潜入被害者的家继续行凶,我不怕正巧撞见一帮警察吗?!"

发狂的怒吼久久回荡在耳麦里,讯问室内外人人面露疑虑之色。

窒息的安静充斥着监听室。

"我只是不巧卷进了这个杀人案里,我是无辜的……"李洪曦的哭声渐渐从凝固般的空气中一丝丝渗出来,"我还有工作,有前途,有老婆……我只想拿回那个避孕套,我只是一时鬼迷心窍……"

"这还怎么审啊?"张小栎喃喃道,"难道郜灵真不是他杀的?"

他说出了每个人的心声:如果"五〇二"真是他干的,他还敢潜回郜灵家谋杀刘俐,那这孙子的胆子就太大了,不应该是讯问室里这个稍微一审就痛哭流涕的厌货。

况且这厌货潜入被害人家谋害刘俐的手段处处都是破绽,简直是个教科书式的犯罪新手,怎么可能犯下"五〇二"这么严密谨慎、几乎没留下任何证据的案子?

"步队,"孟昭在审讯桌后略微倾身,轻声道,"您看现在这……"

步重华突然打断了她:"李洪曦。"

嫌疑人抬起赤红、充满泪水的眼睛,双手因为抽噎而不断发颤,步重华却浑似没看到般,语气异乎寻常平静:"你没有其他东西要交代了吗?"

"我没有了,我真的……"

"你对警方的态度,以及主动配合的程度,是会以书面形式直接呈现在主办民警结案陈述上的,你知道吗?"

"我知道、我知道,我……"

"你真的没有别的要交代了?"

众目睽睽之下,李洪曦几乎要从椅子上滑到地上跪下去,每个含血的字音都充满了绝望:"求求你相信我!真不是我干的!你们尽管去找证据,尽管去找啊!!……"

"好。"

步重华只说了这一个字,起身走出讯问室,少顷推开监听室的门,轻轻呼了口气。

"步哥!""步队!"几名刑警纷纷起身迎上前,"现在怎么办?"

窗外天光乍现，鸭蛋青色的晨曦透过窗缝，与白炽灯渐渐暗淡的光亮融合在一起，映照在每个人忧心忡忡又疲惫不堪的脸上。

步重华没有吭声，目光从周遭一张张期待的脸上扫过，反问："你们怎么想？"

众人你看看我我看看你，都迟疑着不说话，半晌张小栎抓了抓头发，吭哧吭哧地嗫嚅道："本来觉得是这孙子没跑了，但现在看看……好像……似乎又不是他……"

"对啊，"有人也忍不住犹豫道，"这人的作案手法错漏太多，'五〇二'肯定是个老手……""我们要不要去他住的小区查查监控，也许有间接的不在场证明？""而且这孙子吓一吓就尿了，干不了这么大的案子，杀害年小萍的凶手心理素质绝对吊打他十条街！"

众人七嘴八舌，步重华的目光却穿过人群，瞥向墙角那道沉默的侧影。

吴雩坐在门框边，脊背放松地向后靠，大腿微微分开，手臂自然垂落，鼻翼和脸颊隐没在阴影中，天光勾勒出修长的下颔线，从微微凸起的喉结一路延伸进衣领里。

他脑后的黑发枕在白墙上，这样视线便有些居高临下的意味，透过单面玻璃，落在声音嘶哑抽噎的李洪曦身上，一言不发。

步重华收回视线，低沉问："你们觉得他已经被吓住了？"

他顿了顿，在周遭视线中抬手指指讯问室："通篇撒谎。"

霎时众人都一呆。

"你们回忆一下郜灵的书包里都有哪些东西。"

刑警们面面相觑，有人开始小声数："钱包、钥匙、润唇膏……""两件旧衣服，一件化纤开衫一件套头棉毛衫……""几张超市和便利店收据？"……

"郜灵的尸检结果，显示她子宫内膜很薄。"步重华一直等议论声平息后才缓缓开口道。

"子宫内膜在无创伤、无粘连的情况下较正常更薄，说明雌激素分泌过少，也就是说她生前两三个月甚至更久才来一次例假。所以在租房安顿下来后，她去附近药店买了一盒止疼药，如果你们仔细翻过她的包，就会发现内层口袋缝隙里有一张被雨水浸透了的药店小票，同时被她放进包里去的还有这个——"

步重华打开自己手机相册，调出那天现场拍摄的图片，放大，屏幕上是从郜灵那个黑色书包里翻出的所有零碎杂物，周围所有人在视线触及角落一个很不起眼的方块时都愣住了。"一块没拆封的卫生巾。"步重华沉声道。

止疼药、卫生巾，她在为四个月没来的例假做准备，她根本就不知道自己已经怀孕了！

"刚才李洪曦的全篇说辞，都是通过我们警方在审讯中泄露出的只字片语，加以分析、组合、猜测，在极短的时间内现场编造出来的。这种高智商犯罪者手里不会只有一起案子，如果案情走到最坏的那一步，我们要做好零口供结案的心理准备。"

办公室内四下无声，每个人的脸色都绷紧了，步重华一指单面玻璃，他清晰的倒影与讯问室内李洪曦佝偻的侧脸重叠："从现在开始，我们必须掘地三尺，挖出铁证，才能把他钉死在五月二号那天深夜的犯罪现场。"

第 26 章

"您好我们是南城区公安分局的，请问您平时和您隔壁的那个李洪曦交往多吗？"

"不多啊，但那小伙子挺有礼貌的……""他老婆经常出差，进进出出都他自己一人，没看到有什么奇怪的人进出我们楼。""发生啥事啦？哎哎哎警察同志，没什么大案子吧？"

"你们公司李洪曦平时表现怎么样？好相处吗？"

"挺好相处呀，就很正常一人，还挺热心挺负责的。""不太参加集体活动，可能因为他家住得比较远，聚餐回去不方便？""偶尔早退，我知道他有几次早班是让人帮忙打卡的……哎呀不过也都不是什么大事啦，哎！你们可千万别说这是我说的啊！"

"你们觉得他跟那种乱七八糟的邪教有关系吗？"

"乱七八糟的邪教？怎么可能，哈哈哈不可能不可能！""这个是违法的吧，没有啦我们公司肯定不会有的啦！""李经理就是独来独往了一点，同事之间交往还是很正常的，我们真的从来没有发现他一个人躲起来偷偷练什么气功啊哈哈哈哈……"

"你说我老公什么？"电话那头女声骤然拔高，因为难以置信而几乎破音，"嫖娼，入室盗窃，涉嫌杀人？你们是骗子吧？！"

蔡麟像个猴似的，半边屁股坐在步重华办公桌桌角上，无奈地抚着额角："我这里是南城区公安分局刑侦支队，再重复一遍：你老公李洪曦因为持刀入室伤害，目前被羁押在我们公安分局，请您抽时间尽快回来一趟协助……"

嘟嘟嘟——

电话被挂断了，蔡麟满脸一言难尽地坐在那儿，半晌把话筒反手一挂："唉！"

孟昭头也不抬:"别担心,她正在打电话联系她老公,然后她会打电话给咱们局值班室,再过会儿她就该打回给你了。"

呼一声门被推开了,廖刚风风火火地探进头:"步队!"

孟昭和蔡麟同时眼睛一亮,步重华从窗前回过头:"说。"

"我们搜查了李洪曦他家、他父母家、他公司办公室,半个月内以他或他老婆名义发出、收到的所有快件——都一无所获,然后我们按你的吩咐去查了他家老宅。"廖刚径直去饮水机前接了杯水,咕嘟咕嘟一口气喝光了,才抹了把嘴说,"他老家宁河县离咱们这儿开车来回六个小时,老宅快被扒光了,里面除了四面墙壁什么都没有;同一个村的人说这家很久都没人回来过了,但我们也没放弃,带着警犬里里外外掘地三尺,连房梁都上去看了,结果别说骷髅头盔,就连半个宣传邪教的小册子都愣没找到!"

"但是——"廖刚大概注意到孟昭蔡麟他们的表情,慌忙拍胸脯大声道,"我已经跟检察院的打过招呼了,待会儿下午我们就去李洪曦他家,天花板、四面墙、地板砖全扒了,我不信这孙子真的一点尾巴都揪不出来!"

办公室里陷入了安静,孟昭疲惫地用两根手指用力撑自己的眉心纹,连蔡麟都罕见地没有嘴欠,长长叹了口气。

摸排走访完全没用,众人口中的李洪曦几乎没有任何缺点,哪怕拿显微镜都找不出他跟任何乱七八糟邪教的丝毫联系。

如果真的就揪不出他的尾巴怎么办?

或者更可怕的——

这个案子的侦破步骤,会不会已经走到绝路上了呢?

"怎么会这样啊?她到底招惹了什么人啊?""我苦命的女儿,我苦命的琳琳,是谁害死你的呀!"

…………

突然一阵放声号哭声从门缝中隐约传来,步重华眉头一拧,起身去开了门:"怎么回事?"

一对四十来岁打扮土气的中年男女在走廊上痛哭流涕,这时正值下午换班,是人流量最大的时候,来回的警察都忍不住驻足多看一眼,议论声夹杂着尖厉大哭声震得人耳朵发痛。内勤民警正手忙脚乱不断劝慰他俩,见步重华从办公室披衣而出,急忙迎上前:"步支队!"

步重华打量着那对夫妻:"什么人?"

"'五〇二'案被害人郜灵的父母,亲戚看到了认尸公告,嘉瑞县公安局刚派车把他俩送过来。"民警一手挡着嘴小声说,"刚从楼上太平间下来,到这儿大概是忍不住了——劝都劝不走……"

"带会客室,我待会儿就过去。"步重华沉声道,"别堵在值班室门口哭,我的人在里面补觉。"

民警立刻答了声"是",赶紧跑了回去。

郜灵原名郜琳琳,嘉瑞县葛城山丰源村人,父亲名叫郜伟,母亲叫熊金枝,两人都是初中文化水平的农民,家里还有两个弟弟,分别是十三岁和十一岁。一个多月前郜灵离家出走后就跟父母断了联系,直到南城区分局综合刘俐和李洪曦两人的供词,让嘉瑞县公安局下属各派出所加大力度宣传认尸公告,才大海捞针似的捞到了她的原生家庭。

"她气性大,她气性太大!"郜伟坐在公安局会客室长桌后,抹着眼泪叨叨,"她看人家高中开学就跟我闹,要去上学,我说你念也念不出个清华北大来,还不如省钱供两个弟弟,但她就不干。我们家苦啊,要不是当年生了她是个丫头,哪能后来生男娃连牛都被那丧良心的牵走了,砖房都给人扒了?我们家苦啊……"

孟昭木着脸问:"她离家出走前,有没有任何提及自己赚大钱、做大生意的念头?"

熊金枝捂着脸呜呜哭,郜伟不假思索:"有、有!"

满屋子人精神一振。

"她说她要去打工!"郜伟认真地说,"我说你打工了要知道把钱寄回来,看别人家闺女都知道寄钱帮家里养弟弟,她就闹说我们吸她的血,要跟我们断绝关系!我说这有什么好断绝关系的,家家户户不都是这样的吗?他们还不是你亲弟弟了?!"

满屋子人低下头,刚才提起的精神劲儿一下消失得无影无踪。

熊金枝哭哭啼啼道:"都、都是前世作的孽,都是孽啊!"

郜伟通红着眼:"嗐呀!琳琳都死了,还说这个有什么意义!"

"这个人,"孟昭将李洪曦的照片推到他俩面前,"你们见过吗?"

熊金枝捂着脸号啕大哭,郜伟仔细瞅了好几眼,把头摇得拨浪鼓似的:"不、不,没见过,不认识。"

"郜琳琳平时有没有任何走得近的朋友、同学,或者是社会人士?"

"朋友、同学?"郜伟又抹了把眼泪,想了想之后摇摇头,"没有,这个真没有。她脾气古怪得很，主意大得很，一个人来一个人走，自己就跑了，嚷嚷着要去打工……"

熊金枝陡然声音尖厉地大哭："我苦命的女儿啊——"

坐在电脑后噼里啪啦做笔录的内勤小姑娘撇了撇嘴，一句几不可闻的"哭有屁用"刚要吐出来，就被孟昭轻轻一碰胳膊，她抬头正对上步重华严厉的目光，顿时一个激灵面无表情地坐正了。

"安排一下就近住宿，方便随时接受公安询问。"步重华起身淡淡道，"散了吧。"

会客室门被打开，内勤小姑娘抱着电脑紧走几步出来，贴着孟昭的胳膊小声磨牙："孟姐你说咱们队长是不是个冷无缺啊？这种吸血鬼父母，他刚才还客客气气地安慰他们？郜琳琳真可怜，她多想上学啊……"

"嘘！"孟昭把她一拉，"你懂什么？快把笔录打印出来吃你的饭去！"

"我就看不上那样假惺惺的爹娘，活着的时候干什么去了……哎呀！"

内勤小姑娘刚拐过弯，整个人登时汗毛一耸——只见步重华赫然站在走廊另一边的解剖室门前，那双浅色的眼毫无情绪，冷漠地瞥着她。

小姑娘："……"

孟昭："……"

步重华走进解剖室，咔嗒一声，在她俩面前反手关上了门。

"呦，步队！"小桂法医站在解剖台前一回头，"正好——我刚把报告打出来，正要叫小吴给您送过去呢！"

步重华边戴手套边"嗯"了一声，头也不抬地问吴雩："你不在值班室睡觉，跑这儿来干什么？"

吴雩望着解剖台上青紫发胀的尸体，习惯性想抬手摸摸鼻子，但手一抬又忍住了，含混道："没睡着。"

"吵醒了？"

"唔。"

"半层楼都给惊动了，哪儿来那么大肺活量？"小桂法医把打印出来的尸检报告递给步重华，向会客室方向扬了扬下巴，"怎么样啊这家人？"

步重华没答言，鼻腔中轻轻一哂，突然看着尸检报告问："死亡原因不是头部重创导致的颅骨骨折？"

"对,事实上被害人的死亡过程还挺复杂的,你们看这里。"小桂法医欠身指着尸体颅脑与后颈交接那块,"创缘皮肤擦伤明显,说明致伤工具表面非常粗糙,结合创口内的细微泥土杂质和我们在现场发现的带血石块来看,应该就是那块石头没跑了。枕骨部位头皮下出血对应线性骨折,液化的脑组织带血性,同时鼻腔与口腔内也都发现了腐败血性液体——这一击是在她背对凶手猝不及防的情况下发生的,因此还形成了对冲伤。"

吴雩望着郜灵前额一块格外厉害的腐败:"就是这里?"

"没错,额部皮肤损伤并形成血肿,说明这一击令她俯冲向前,跌在了地上。值得注意的是放射状骨折线没有互相交错、截断的迹象,说明她倒地之后凶手没有对颅脑进行重复打击;但这只是她死亡过程的第一步。"

"至于第二步,"小桂法医站起身,双手在尸体面颈部上方虚虚按压了一下,"相对来说不同寻常,也是真正的致死原因:扼住脖颈并捂压口腔,导致的机械性窒息死亡。"

吴雩无声地点点头,少顷忍不住问:"是发现了玫瑰齿吗?"

通常在窒息过程中,牙黏膜毛细血管破裂,出血浸染在牙齿中,便会形成淡棕红色,这是法医勘验窒息死亡的重要依据之一,小桂法医却对吴雩摇了摇食指:"机械性窒息确实会令牙齿发棕,但并不代表只要出现玫瑰齿就一定是窒息死。"

他转身从工作台上拿起一个酒精瓶,只见透明液体中浸泡着两颗极其浅淡的微棕色牙齿:"喏,颜色真的好明显对吧?"

吴雩望向步重华。步重华翻过一页尸检报告,波澜不惊说:"对,明显。"

"因为高度腐败能导致尸体牙齿变棕,比窒息死还棕。"小桂法医放回酒精瓶,一摊手,"很不幸,我们的被害人就是高度腐败,所以玫瑰齿不能作为窒息死的唯一依据,明白了吗小吴同学?"

吴雩点点头,眼底微微发亮地望着他。

"你马上就要享受到来自小吴同学的立顿红茶了。"步重华从文件中抬头瞥了小桂法医一眼,淡淡地道。

小桂法医:"啊?"

"没什么,"步重华低下头,"你继续说。"

小桂法医心说:是我尸臭闻多了产生了错觉吗,空气中为何弥漫着一丝淡淡的醋酸味?

"唔唔,好的。"他吸了吸鼻子,严肃道,"我们刚才说到郜灵是机械性死亡的，玫瑰齿只是侧证之一，关键性依据则是舌黏膜破损以及嘴部周围的潜血——你们看这里。"他从步重华手中接过报告，翻到图像那一页，"当凶手扼住郜灵的脖颈时，她的舌根被推压向前，同时嘴巴又被强行捂住，导致舌尖推挤往后。你知道这会导致什么后果吗？"

小桂法医本想卖个关子，谁知吴雩立刻道："大牙把舌根咬伤？"

"哦吼，你很有天分嘛小吴同学！"小桂法医意外地比了个大拇指，说，"当这两种前后方向的压力同时作用在舌头上时，她的舌头在口腔中遭到强烈挤压，被两侧大牙同时切伤，也就导致了非常严重的舌黏膜破损——对！扼住脖颈并捂压口腔，'铁证'成就达成！"

吴雩跟小桂隔着解剖台啪地一击掌，步重华指着尸检报告中的感光片，冷冷道："这块潜血又是怎么回事？"

"哪个？"小桂法医低头一看，只见他指的是郜灵人中部位，一块绿豆大小很容易忽略的潜血，"哦这个，开始我也没想到，是市局耿主任提醒我的——试探鼻息。"

耿主任是步重华从市局请来的那位法医所专家，小桂法医拿食指在自己鼻子底下一贴，说："凶手一石头打在郜灵后脑勺上，被害人倒地后，他蹲下来试探了一下郜灵是不是还有气，同时把手上的血沾在了郜灵鼻子下面，但没留下有效指纹。其后他应该是发现郜灵没死，所以才决定采用扼颈并捂住口鼻的方式，通过机械性窒息杀死了被害人。"

步重华经历过很多场解剖，见过很多个被害人，最开始的慷慨热血和怒火烧心已经被压进灵魂深处，沉寂为更炽热、更凝重的东西。

但此刻他望着解剖台上面目全非的尸体时，那个叫喊着"我要上学""我要念书"，那个在暴雨中一步步向河滩跋涉的小姑娘，却突然活生生地浮现在脑海里，甚至让他麻木到极点的神经都生出了一丝难言的刺痛。

"你们慢慢研究，我把一检报告传真给耿处他老人家签字。"小桂法医脱下手套，说，"出去帮我把门带上啊，王主任说从这个月起人不在解剖室而门不关的话，月底考评打分每人扣五分呢。"

吴雩突然想起来什么似的，认真地问："你想喝红茶吗？"

"嗯？亲，我不喝亲。"小桂法医彬彬有礼道，"我去喝一杯冰美式，待会儿还有一起连环追尾、两起当街打小三以及隔壁学校十八名学生互殴的案子等着我去做伤情鉴定呢。"

门被虚掩着带上，铁台边只剩下步重华和吴雩两人，新风系统在安静的解剖室里发出轻微嗡嗡声响。

步重华掀开白布一角，正仔细观察尸体脖颈上的痕迹，只见吴雩在旁边摸了根烟，没点就直接咬在嘴里："廖哥那边有发现吗？"

步重华轻呼了口气，摇摇头。

"没有任何进展？"

"……"

两人都没再出声，良久步重华才直起身，沙哑道："半个月了！"

"五〇二"那个血腥的深夜已经过去半个月了，市局全力以赴，案情停滞不前，社会压力越来越大，新闻热搜满城风雨……

然而他们却只能面对被害人含冤而死的尸体，两手空空，一筹莫展，拿羁押室里的李洪曦毫无办法。

"你以前做卧底的时候，有过这种走投无路的情况吗？"

吴雩"唔"了一声。

步重华抬眼看着他："怎么解决的？"

吴雩鼻端嗅着那根烟，含混不清道："就……走运吧。"

走运。

步重华瞳孔微紧，耳边突然响起他之前的话："他那边下令抓人，我这边立刻陷入了孤立无援的境地，当时情况极度危险。不过我也没想到那次竟然非常……幸运，最终没有暴露身份。"

这个人似乎能把所有的九死一生、所有的化险为夷都归功于两个字——走运。

他艰辛忍耐，遍体鳞伤，却还天真地坚信有一位幸运神，能在冥冥之中护佑着他。

"你看我干什么？"吴雩把那根横夹在鼻唇之间的烟拿下来，不自在地向后微微仰头。

步重华舌根夹杂着酸涩、怜悯和一丝难以言喻的复杂滋味，却在那瞬间被他自己强行压了下去，猝然别开视线："我……刚在想昨晚审讯李洪曦的时候，你是怎么看出他撒谎了的。"

"哦，那个。"吴雩低头把玩那根烟，不好意思地摆摆手，"我没看出来，就觉得李洪曦说话的声音、表情、眼神都不对，应该是在表演。可能因为我以前不得不时刻琢磨人，久而久之就形成习惯了……至于那个卫生巾的细节是真没想到，不是所有人都能有你那天分的。"

吴雩比了个大拇指,步重华看着他,眼底浮现出微许揶揄的笑意,向解剖台点了点:"那你再琢磨琢磨这个凶手?"

"这我哪儿知道?我又不会破案……"

"没事,说说看?"

吴雩推拒不过,迟疑片刻才慢慢道:"我也……说不上来。我就感觉……"

他顿了顿,伸一根食指在步重华鼻端前横着比画了一下:"为什么当他发现郜灵还有气的时候,第一反应不是拿石块继续砸她的头,而是面对面地捂嘴扼颈?"

步重华一怔:"因为当时凶手已经把行凶的那块石头扔在了地上……"

"我知道,但对冲伤证明郜灵当时正面贴地,他干吗要先把她翻过来?"

他们两人彼此对视,吴雩自嘲地揉了揉鼻子:"我破案经验不足,'杀人'经验倒还挺丰富的,就感觉他杀人的动作……好像不是很方便。"

吴雩的眼睛黑白清亮,步重华眼底却浮现着明显的血丝,喃喃道:"因为郜灵当时……郜灵……"

"她气性大,她气性太大!"

"她看见人家高中开学就跟我闹,要去上学……"

"我说你去打工要知道把钱寄回来……她就闹……要跟我们断绝关系!"

李洪曦左手大拇指处那块细小的结痂,感光片里郜灵鼻端不引人注意的潜血,酒精瓶中那两颗浅棕色的玫瑰齿——

所有异样的细节从千丝万缕线索中露出端倪,在步重华大脑中闪电般连成一线。

这个"气性太大"的小姑娘并没有任人鱼肉,她没有仅仅躺在那儿,徒劳等待凶手再落下致命的一击——骨子里的刚烈和倔强让她在最后一刻进行了微弱却殊死的反抗,当凶手伸出食指来试探她鼻息时,她突然咬住了对方的手!

正因为这反抗,凶手才会在极度惊慌失措的情况下,一把推开她并掐住了她的脖子!

"她的指甲缝里没有凶手DNA,只有齿缝间的血,因为跟她自己的舌黏膜出血相融合,所以才会被法医漏检!"步重华失声喝道,"让人把法医叫回来,快!李洪曦大拇指上有伤疤,只要从郜灵口腔里验出他的DNA,那孙子就彻彻底底被我们钉死了!"

羁押室灯光骤亮,垂手坐在床边的李洪曦受惊一抬头,只见蔡麟亲自带人推门而入,举着手机贴在耳边:"是,是,我知道,我们已经到羁押室了,随时等待对比结果……"

"怎么?"李洪曦青黑的眼圈在惨白灯光下格外明显,口气却是挑衅的,"正式批捕下来了?"

几名刑警虎视眈眈地盯着他,没有人回答。

李洪曦笑起来,在手铐哗啦声中抬手揉揉眼睛,左手大拇指上那快要愈合的伤疤在灯光下格外刺眼。

短短一天羁押就让他变化颇大,嘴唇干裂出血,血又结成了黑红的痂,憔悴得骤然老了几岁;这个笑容却不加掩饰,有种明晃晃的嘲讽和嚣张:"放弃吧,你们没有任何可能抓住我。"

第 27 章

"放弃吧,"他就带着那样的笑容说,"你们抓不住我的。"

蔡麟没理他,少顷手机突然响起,铃声在狭小空间内格外清楚,他一把接起来:"怎么样王主任?!"

所有人呼吸都停了一瞬,空气骤然加压,四下里安静得一根针掉在地上都听得见——

"被害人前牙缝隙中提取出的微量 DNA 样本,与嫌疑人的 DNA 样本对比结果出来了。"手机中王主任的声音顿了顿,才凝重道,"测序结果显示两者不能匹配。

"杀死部灵的凶手不是李洪曦。"

王主任挂了手机,抬起头,与坐在长椅上的步重华对视。

理化分析室不用值夜班,走廊上空空荡荡,照明灯灯光在白墙与地砖上反射出模糊的青光。王九龄叹了口气,伸手拍拍步重华的肩,还没来得及说什么,步重华突然一把挡开了他的胳膊,沙哑道:"去跑 DNA 数据库。"

王九龄难得好脾气地说:"可以,我明天一早就让人去跑。但你先做好心理准备,跑 DNA 数据库跟跑指纹库是不一样的,我们现在能支持的 STR 基因座只有 24 个,常染色体 STR 基因座连 11 个都不到,数据总量又在大幅增加,导致无关个体随机匹配的可能性比以前大很多;而且我们暂时还不支持亲缘对比,如果要从数据库里抓出凶手,那这人必须以前犯过案,犯案之后还必须留下足量的 DNA 样本,所有的点全部精确匹配上了才能出结果,所以你……"

步重华猛地打断:"现在就去跑,一分钟都别耽误,我打电话给市局让他们连夜过手续。"

两人久久对视，王主任欲言又止。

步重华眼底却是坚定到极点的冷静，向太平间方向一指："躺在解剖台上的那个小姑娘，从生下来就被漠视、被欺负、被辱骂，甚至有可能曾经被强奸。她一次次抗争想要上学念书，一次次筹划打工赚钱，带着那点可怜的行李跑来大城市，租住在破烂的城中村，却最终在暴雨天的泄洪洞里被凶手用石块打碎枕骨，被掐着脖颈捂住口鼻窒息而死，死后还被人套上了卖淫敲诈的恶名。

"凶手身高一百八十厘米到一百八十四厘米，体重起码八十公斤，而郜灵身高才一百六十厘米，力量对比堪称悬殊。她生前能做的最后一件事就是用牙狠狠咬了对方，致使我们从齿缝中提取出那一丁点的残留DNA。"步重华直视着王主任，声音低沉下去，"哪怕可能性再小，哪怕追捕到天涯海角，我都要抓住那个杀死她的人。

"她短短十八年人生中所有的反抗都失败了，我绝不会让她的最后一次抗争再失败。"

明明是冷静到几乎没有起伏的声音，却在深夜空旷的走廊上久久回响。

拐角另一侧阴影中，吴零背靠在冰冷的墙壁上，咔嚓点起一根烟，轻而悠长地吐出了一口烟雾。

如果从楼梯方向望去，窗外夜空岑寂，远方万家灯火，四里河滔滔水浪奔流向海；步重华坐在靠墙长椅上，逆光的侧脸如石雕般鲜明深邃；而吴零静静立在另一侧昏暗中，半边正脸迎着更远处微渺的光，笼罩在袅袅香烟里，九十度夹角仿佛被光影分隔成了两个世界。

墙上时钟嘀嗒作响，技术处半层楼办公室的灯明了又暗，暗了又亮。

突然一阵急促的脚步声从楼梯传来："步重华！"

去而复返的王九龄匆匆奔下楼，神情疲惫中掩不住兴奋，大步流星走来把几张纸往他面前一亮，连炫耀地哼一声都来不及，第一句话就是："你小子运气不错，天涯海角不用去了！"

步重华一把夺过对比结果，一个八字眉小平头男子的入狱照赫然映入眼帘——

"喏，你瞧瞧：高宝康，二十四岁，因强奸罪入狱四年，出狱后居住在津海市平海开发新区，测序结果与郜灵口腔中提取的凶手DNA精确吻合！怎么样？"

步重华哗啦把纸往王主任怀里一拍："抓人！"

呜哩呜哩呜哩——

四辆警车红蓝光芒骤闪，警笛刺破夜空，齐刷刷掉头冲出南城区分局大门，汇入了主城区深夜的车流中。

"高宝康，高中肄业，父母都是下边县城开麻将摊的，对这个独子万千宠爱于一身，成功养出了一个干啥啥不行吃啥啥不够的废物，从小因为打架闹事进了不知道多少回派出所。高中终于念不下去了，就在家混着，父母费尽口舌把他送来津海亲戚家'找工作'，结果又是赌博又搞传销，好容易折腾到十八九岁负完全刑事责任了，得！马不停蹄进监狱，瞧人家这效率！"

"他那个亲戚是什么人？"步重华一边开车一边问。

"亲姑姑，嫁了个老公在开发区开个小公司，从案卷上看是个教科书式标准的'扶弟魔'，为贴弟弟贴侄子挖心挖肺恨不能掏空婆家的那种，高宝康入狱不久老公就带着孩子跟她离婚了。"车载蓝牙那边传来另一辆车上蔡麟哗啦啦翻笔录的声音，突然"哎哟"一声，"等等——得，去年又复婚了！好嘛，包子配狗天长地久，古人诚不我欺！"

坐在副驾驶座上低头吃包子的吴雩动作一顿。

步重华目视前方，顺手从车门边抽出保温杯，扔进他怀里："他现在住的房子是他姑姑的？"

"对，已经跟平海的派出所确认过了，这人出狱之后没啥改造表现，仍然是个偷鸡摸狗的主儿，'五〇二'案发前一天还因为往楼下扔酒瓶子被带回去一次。"只听对面蔡麟啪地把案卷一收，说，"老板甭担心，已经跟派出所打好招呼派人守着了，进去直接抓！"

吴雩拿着保温杯，迟疑许久后终于将盖打开一条缝，"进口奶粉"热腾腾的腥气扑面而来。

高宝康住在半开放式的老旧小区，大门外紧挨主干道，车辆来回传来一阵阵清晰的轰鸣。警笛在下高速后就关了，漆成蓝白色的警车呼啸驶入小区，齐刷刷停在居民楼下，步重华利落地下了车，随便点了几个人头："你们几个包围单元楼，张小栎守住小区大门别让人随便进出，剩下的人跟我上去。破门器带了吗？"

张小栎难得有眼色一次，立马从后备厢拖出工具："带了带了！"

步重华眼角余光一瞥，见周围没人，便从张小栎手里接过破门器，略微俯身靠近，从牙缝里低声道："要是你这次再把无关人员放进行动现场……"

张小栎汗毛倒竖："是……是！是！"

张小栎脱缰的野兔般溜了,步重华一转身,当场撞上了从警车另一侧绕过来的吴雯,他正把刚吃完包子的手往警服裤子上蹭:"你上次骂的不是我吗?"

"……"

周围警察迅速散去,行动现场各就各位,只有他俩站在树荫下面面相觑。

步重华面沉如水问:"牛奶喝完了吗?"

吴雯动作一僵,步重华昂着头擦肩而过。

老式居民楼楼道低矮狭窄,堆满了各家各户的杂物。蔡麟一马当先冲上三楼,猫腰听了听动静,向后打了个"没有"的手势,意思是听不出里面有没有人在家。

这也是很正常的,毕竟已经后半夜了,就算凶手在家大概率也是在睡觉。几名刑警围住了上下层楼道口,步重华把破门器交给蔡麟,吴雯在他耳边低声问:"你不亲自踢啊?"

步重华双手握枪,用同样音量轻轻道:"电视剧看多了吧,这防盗门你踢一个试试?"

蔡麟熟练地掏出撬锁器,几下就把外铁门打开了,然后把破门器卡在木制门框上,加满泵,示意其他同事退后,按下了阀门。下一刻木门"嘭"应声而飞,重重撞上墙壁又反弹回来,被步重华一脚蹬开:"不许动!警察!"

啪!外间客厅灯亮,训练有素的刑警闪电般扑进各个房间,卧室、卫生间、阳台门被依次踹开,蔡麟纵身飞扑上床一枪抵住被窝:"不许动!"

"别动!"

"警察!"

呼的一声蔡麟掀开被子,里面空空荡荡:"床上没人!"

"阳台没人!"

"卫生间没人!"

公寓内外灯光大亮,窗户、阳台、门闩完好无损,然而连嫌疑人的影子都不见。步重华用枪口挑开衣柜门缝隙往里望了一眼,转身摇摇头,沉声道:"跑了。"

蔡麟忍不住骂了一句。

这是一套老式二居室,客厅摆着的木头方桌上用玻璃压着旧报纸,旁边两把椅子,靠墙是五斗橱、电话机、掉了漆的淡绿色单开门旧冰箱。厨房垃圾桶里堆着满满的薯片方便面袋子和空酒瓶,几个破洗菜篮垒在墙角,不知哪里传来一股菜叶腐烂之后难闻的味道。

"港口、码头、机场、车站,几条主要交通干道和高速公路上下口,各安全监控网点务必到位,同时向交警治安各单位统一发出协查通告……高宝康这辈子除了传销网点没去过比津海更远的地方,就算他跑路也跑不远,立刻去查他姑姑一家,另外对嫌疑人的社会关系进行严密筛查!……"

步重华冷静严厉的打电话声从外间传来,卧室里蔡麟龇牙咧嘴,趴在地上从床下往外掏东西,掏出来无数团干结的卫生纸、发霉的水果皮、难闻的零食袋、叮叮当当好几个空啤酒空罐头……然后用扫把费劲巴拉钩出几个沉甸甸的大可乐瓶,只看了一眼,"嗷"的一声差点吐出来。

吴雩正戴着手套在翻抽屉,闻言立刻退开半步:"姐?"

"咳!咳!咳咳!"蔡麟干呕得直翻白眼,一手强行扶着吴雩肩膀不准他跑,另一手向后指了指——吴雩一眼望去,只见地上那几个大可乐瓶里赫然灌满了混浊的黄色液体,在昏黄床头灯下,闪烁着迷离的光。

"你上次不是说你这辈子唯一怕的是蛆吗?"

蔡麟怒道:"我不怕并不代表我不恶心啊!"

吴雩说:"别恶心,这是泡烟丝的水。"

蔡麟用疑惑的小眼神瞅瞅地下那几大瓶谜之黄色液体,又瞅瞅吴雩,后者淡定的面容八百年不变,回之以平静而鼓励的目光。

"你怎么知道的?"蔡麟终于犹犹豫豫地问。

吴雩说:"你打开闻闻不就知道了吗?"

"嗷——"蔡麟白眼一翻捂着嘴,火冒三丈地冲进了卫生间。

吴雩哑然失笑,走过去用脚尖分开地上那堆各色各样的垃圾,见没什么特别的线索,便把窝成一团的被子掀开扔在地上,顺手拎起床单抖了两下。

啪嗒!

床单将一本小册子从床架夹角里带出来,掉在地上哗然打开,露出了黑体加粗的章节标题——《听神声音,看神显现》。

吴雩:"……"

吴雩俯身捡起那个翻开的小册子,触手便感觉纸张薄而粗糙,印刷质量跟他平时熟悉的专业书籍有着明显的区别,纸质似乎更惨白一些,仿佛打印机里直接拿出来的 A4 纸。页面透光性相当高,他把床头灯挪近一看,只见那行加粗章节标题下印着几句话:"献祭是上帝的旨意,信徒理应向上帝献上他所喜悦的祭物……"

"你们在意念当中从此再没有婚姻,信从'全能神'的人,不再有男女之别,可以同床共枕,可以互通灵体……"

"全能神"是什么鬼东西?

吴雩一翻封皮,只见深蓝底色上印着闪电与黄色十字架,标题赫然是《你听见神的声音了吗》。

"你听见我的声音了吗?"步重华冷冷地道。

吴雩头都没回,刚要叫步重华别吵,步重华不由分说地从他身后伸手拿过那本书,随便翻了两页,脸色轻微地变了:"从哪儿找到的?"

吴雩指指床架角:"这什么玩意儿?"

步重华罕见地没顾上回答,仔细摩挲小册子所用的印刷纸张,又对光看了看透字程度,心里便差不多对纸品种类有了数:"七十克或八十克轻型纸,透字度高,DPI①低,应该来自快印店。——你没听说过那个案子?"

吴雩双手一摊。

"二〇一四年,招市,'五二八'麦当劳故意杀人案。"步重华啪地合上宣传册,"果然杀死年小萍和郜灵的人跟邪教组织脱不开关系。等这个案子破了给你放一星期假,让你在家回顾十三年来的所有热点新闻,不过现在,你应该是立功了。"

吴雩:"?"

步重华向他一挑眉:"前提是……学院派领导的猜测没有错。"

步重华不愧是当年的系草,在这么近的距离下,当挑起眉角看着什么人的时候,那双平日犀利冰冷的眼睛闪烁着一丝戏谑的光,确实能给人一种怦然心动的感觉。

吴雩仰头退后半步,不信任地上下打量他,却被步重华用书一拍肩膀:"等着别动,领导给你变个魔术。"

步重华走出卧室,少顷拎着勘查手电回来,关了床头灯。整个卧室陷入黑暗,只有门缝透出外间一线昏黄的灯光,他们两人头挨头站在一起,步重华把小册子随便翻开一页,轻轻打开了 LED 灯。

幽幽蓝光辉映书页,少顷,黑暗中的页面渐渐浮现出几排无序分布的明黄

---

① DPI:指图像每英寸长度内的像素点数。

色亮点。

"看见了吗？"步重华轻声问，眼角余光看向吴雩，薄唇轻微一勾。

吴雩："……"

墙上挂钟发出清晰的嘀嗒声，隐约谈话声和脚步声从客厅传来，更显得卧室里一片安静，只有他们彼此的呼吸萦绕在阴影中。

半晌吴雩迟疑道："这不追踪矩阵吗？"

步重华的表情突然凝固。

"用蓝光二极管照射激光打印纸，就能看到纸上有黄点组成的矩阵，这是因为大部分激光打印机制造商在机器出厂前会植入一个TDM[①]，用这台打印机打出的每张纸上都会带黄色的微点。再用程序解析这些黄微点，出来的就是这台机器的串码、序列号和内置时间，通过查询序列号可以追踪这台机器的买家是谁——所以我当年看特情组张博明他们都尽量用国产激光打印机，或者会另外添加一个自定义TDM，这样即便文件流出也能追溯打印人。"吴雩顿了顿，望着步重华，狐疑问，"你要开始给我变魔术了吗？"

步重华收起手电，啪地拧亮床头灯，冷冷道："什么魔术，干活去。"

---

① TDM：一般指时分复用技术。

第 28 章

"我最后一次听到宝康的消息是五月一号，那天派出所给我打电话，说他又往楼下扔啤酒瓶，差点砸到人。我说以后这种事不要找我了，你们要抓直接抓吧，进去再关几年，正好我顺便收回那个小房子，省得老公心里还对我有意见。"

孟昭眉宇微拧，目光关切，满是认真倾听的神情。坐在她对面的女人微微苦笑起来，低头擦了擦眼角："很可笑是不是，警官？我以前多疼他啊，女儿中考都舍不得给她买的黄羊肉，整片整片地买了炖好给他送去，心里只想着他是我们老高家唯一的正根，我弟弟唯一的儿子，姐姐帮弟弟不是天经地义的吗？"

高霞不比孟昭大几岁，看着却比孟昭老很多，肩头总是微微佝偻着，仿佛时时刻刻都得咬牙扛起与生俱来的卑微和懦弱似的——如果光从外表看，她跟小平头、八字眉，几乎要把"蛮壮"两个字写在脸上的高宝康差别太大了，简直不像是姑侄俩。

孟昭一声长叹，问："那他现在是不是还老问你要钱？"

那理解的叹息不轻不重撞在高霞肺腑间，让这个憔悴的中年女人平时憋着不敢向人倾诉的一肚子委屈油然而起："要钱？你知道当年宝康刚被抓进去、我老公终于受不了要跟我离婚那阵子，他们是怎么对我的吗？我爸把我叫回老家去骂得半死！还说都是我没照顾好宝康，没早早拿钱给他买房娶亲，才害他犯罪进监狱，是存心要害老高家断香火！那两年我过的什么日子啊？老公不要我了，女儿不认我了，我在老家给他们当牛做马，还嫌我是离过婚的女人不吉利……"

高霞明显地哽咽一声，连忙克制住了。

"后来还是我老公心软，说女儿不能没有妈妈，带着女儿跟我复婚了，才算把我救出了那火坑。谁知道复婚没过一年，宝康出狱了，竟然又开始打电话问我要钱要房子，不给就骂！光他骂也就罢了，我爸妈也整天从老家打电话来叫我把女儿出国的钱给他，不给就是不顾念亲情、不孝顺父母的白眼狼！搞到后来我电话都不敢接了,我还有自己的日子要过、自己的老公女儿要照顾,难道再离一次婚回去给他们当牛做马吗?"

高霞用手掌重重抹眼睛,孟昭安抚地抓住她满是皱纹的手拍了拍:"后来你怎么办的?"

"我把他跟我弟弟的号码都拉黑了,"高霞用力吸了吸鼻子,说,"但我没拉黑我爸妈,毕竟也不能真的不孝顺……唉!"

孟昭不置可否:"最近他们联系你没有?"

"五月二号出事以后就没有了……等等,"高霞突然想起了什么,"这么说来的话,上个月底我爸打电话来要钱,说的几句话倒蛮奇怪的。"

"什么话?"

"他说,宝康现在没钱花,你这个做亲姑姑的就这样看不起他,等他赚大钱的时候你想舔还舔不着呢。我说他能赚什么大钱,别是又去搞传销了吧。我爸就得意扬扬地说,宝康现在可有大本事了,别人都要把钱送来家里求他帮忙'平事儿'呢!"

——平事儿。

询问室角落里的书记员,假装进来倒水的廖刚,外面戴着耳麦监听的好几位刑警……甚至连孟昭脸色都变了。

长久以来看人眼色练就的敏感让高霞立刻发现了气氛的不对劲:"怎、怎了?我、我……"

"高姐,"孟昭抓着高霞的手紧了紧,恳切地望着她满是皱纹疲惫的眼睛,"能把你父母的地址写给我吗?"

"然后我们就联系了H省公安厅,去高宝康他老家兴阳县葫芦村第五生产大队,当地派出所没费什么功夫就从门前田埂里刨出了塑料袋包着的十万块钱。那一对老的也被提溜去县公安局,稍微吓唬两下就交代了……"

正午阳光灿烂,县城街道熙熙攘攘,人行道被摆摊卖衣服的、算命的、卖水果的挤得越发狭窄。一辆吉普车在街边停下,驾驶座车窗正对着马路对面一家叫"开泰图文"的快印店招牌,隐约可以透过前门玻璃望见店里的人。

步重华收回目光,随便扒了几口盒饭:"怎么样?"

"上个月底高宝康带一个'朋友'回了趟老家,给了他爷爷奶奶十万块钱现金要他们帮忙保管,说是那个'朋友'给的,让他帮忙'平事儿',等过一两个月风声过去再回来拿这笔钱。"蔡麟在电话那头大口吃他爹妈巴巴订了送来公安局的比萨,一边翻刚传真过来的笔录一边含混不清地说,"两人大概待三四天就

212

走了，说是要回津海准备些东西，从此再没联系过家里人，俩老的就一直跟外面吹嘘说宝贝孙子在忙着干大事。直到两天前老太太想孙子想得不行，忍不住打了个电话去问，结果高宝康关机，技术那边三角定位也没定上，估计已经机卡分离了。"

高宝康失联只代表两种可能，第一是他已经死在了暴雨之夜的四里河里，意味着警方将要花费更多精力去查清两名被害少女之间的联系；第二是他已经跑了，宁愿丢掉到手的十万块钱，说明他清楚知道自己进入了警方的视野，换言之警方内部漏出了不该漏的风声。

不论哪一种，对目前的案情而言，都是非常不利的消息。

"那个'朋友'长什么样？"步重华问。

"当地派出所走访了高家的左邻右舍，说是吊梢眼、肉鼻头、矮胖矮胖、大概二三十岁的男人，眉毛上有个痦子还挺明显的。我们把李洪曦的照片扫描给当地人确认了，都说没见过。"

郜灵的父母没见过李洪曦，花十万块钱买高宝康行凶的人也不是李洪曦，但郜灵肚子里的胎儿又确确实实跟李洪曦存在亲子关系。

更巧合的是，根据技术队从那本邪教宣传小册子里解析出的追踪代码，能确定打印这本小册子的打印机的品牌；再根据品牌方提供的销售记录，警方追溯到了宁河县这家叫"开泰图文"的快印店——宁河县正巧也是李洪曦的老家！

那么李洪曦在这个凶险吊诡的案子里，到底扮演着什么角色呢？

"想个办法画出高宝康那个朋友的特征速写，另外加紧对李洪曦父母妻子的询问。"步重华用筷子挑出鱼刺，沉声道，"姓李的跟这案子有这么大关联，枕边人绝不可能一丝风声不闻。"

"是！"

步重华摁断车载蓝牙，筷子还没把那块鱼肚肉送进嘴里，突然副驾驶座门咔嗒打开。

那瞬间步重华展现出了绝佳的反应力和妙到巅峰的准头——只见他面沉如水，手腕不动，筷头一抛，鱼肚肉在半空中画出一道灵巧绝妙的弧线，"啪嗒！"准确落进了副驾驶座上吴雪的饭盒里，连半滴汤汁都没溅出来。

"回来了？"步重华淡淡道，"我碗里有块鱼肉不错，专门帮你把刺挑了，快吃饭吧。"

吴雩拎着"开泰图文"的文件袋钻进车里，闻言不由得一呆："谢……谢谢队长。"

步重华波澜不惊："没什么，应该的。"

吴雩含混地道了声谢，端起盒饭开始狼吞虎咽，步重华则从文件袋里抽出几张尚带温度的打印纸——孟姐刚从她儿子班里家长群下载的《人教版数学第六单元梳理题答案》——掏出笔记本电脑和便携式扫描仪，把那几张纸扫成了 PDF 格式。

"这家店情况怎么样？"

"就一个店主，五十来岁，商铺里没有窗户后门，待会儿从前门进去可以直接把人堵在里面。打印机有两台，其中一台是我们的目标。"吴雩顿了顿，疑惑地问，"这鱼为什么不如上次潮汕砂锅粥那家好吃？"

技术队追查出打印机之后，步重华第一时间发出协查通告，要求地方公安局对开泰图文实施监控，并决定亲自带人赶来宁河县，坐镇抓捕工作和后续审问。然而原本要跟他一起出差的蔡麟在临行时出了意外，半夜三更嘴馋吃麻辣烫，成功吃拉了肚子，步重华只得临阵换人，换成了偶然从蔡麟口中得知宁河县有一样特色菜叫作豆腐鱼的、主动请缨要求出差的吴雩。

吴雩夹着半块鱼肉："烧得有点糙。"

步重华瞅了他一眼，没有立刻回答，而是把 PDF 用邮件发给正等在数百里之外办公桌前的王主任，合上电脑，关上扫描仪，然后才看向吴雩，平静地道："它糙是因为它只是一条普通草鱼，而你上次点名现杀的那条，学名叫作东星斑。"

吴雩："……"

车内安静片刻，吴雩咽了口唾沫："刚才打印的十块三不用给我报销了。"

车载蓝牙响起铃声，是技术队王主任："喂，姓步的？你们还在那图文店门口吗？"

"怎么样？"

姓步的驴脸不在局里，连空气都香甜了几分，王主任的工作效率陡然上升了起码三十个百分点，神清气爽地道："解析结果出来了，打印机的序列号跟高宝康那本小册子的追踪序列号一样，确定是同一台机器打出来的，抓人吧！"

步重华一言不发，挂了电话拿起步话机，干净利落吐出两个字："行动！"

街头巷尾、马路对面、停车场前，四辆不起眼的私家车突然同时启动，排成一行缓缓停在"开泰图文"门前，隐约形成包围之势。几名便衣下车推开店门，少顷店里响起一阵喧哗，似乎有人惊慌失措地想冲出来，却被立刻按住了。

几秒钟后店门再度被拉开，当地便衣前后押着五六十岁、身形圆胖的打印店老板，一边呵斥一边拉拉扯扯地把他推上了车。

"行，知道了……你们先安排讯问，待会儿公安局见。"

步重华简短回答了频道那头的汇报，摁断步话机，这时只见吴雩望着车载蓝牙显示屏，眼神有些古怪："你给王主任的备注是王二秃？"

步重华反手把步话机扔去后座，淡淡道："怎么，你要出卖我？"

步支队不愧是大学时曾经引发隔壁艺校女生翻墙围观、毕业后曾经让无数犯罪分子闻风丧胆的顶级警界帅哥，只见那目光刀锋犀利，亮若寒星，脸上清清楚楚写着三个字——东星斑。

吴雩说："哪儿能呢？我是那种出卖上级的人？"

步重华微微一笑，刹那间如云开雪霁："对。上季度津贴补助还没发，我也觉得你不应该是。"

吴雩："……"

步重华似乎有点儿愉悦，一踩油门，吉普车打灯、转向，驶上繁忙的县城马路，向宁河县公安局驶去。

咔嚓！

快门一声轻响，渐行渐远的吉普车尾随之凝固在了手机屏幕上。

"开泰图文"店门前，紧挨人行道边，一个卖水果的小贩低头压住遮阳帽，按下了发送键。

嗡——仅仅几秒钟后手机显示来电，铃声还没响起，"小贩"就立刻按了接通，紧接着手机那边传来一个年轻的女声，没有半个字寒暄啰唆，直截了当就说："没有更清楚的了？"

"拍不到，姐，那小子看见我了。"小贩用眼角余光环顾周围，在马路喧嚣中压低声音，"他迎面过马路的时候，隔着那么多车那么多人，我手机刚一举，他就一眼盯过来了，幸亏我反应快，立刻掉转镜头去拍了个路过的妞。过了会儿他出那家快印店，我想着背后总看不见了吧，结果他一出店门就先往周围望，那眼神跟X光似的，我硬是挨到他快走到车门边上了才赶紧偷偷摸摸拍了一张……这小子是干什么吃的？警惕性真是邪乎！……"

女声打断了他："那个等他的是什么人？"

"应该是个警察，中途从车里下来买了个饭，个头挺高，模样还挺好，但感觉不太好惹。"小贩顿了顿，声音更低了，"现在怎么办？"

喇叭声、吆喝声、不耐烦的叫骂声和喋喋不休的讨价还价声……没人注意到卖水果的板车后，一个小贩隐蔽在树荫里，一边将手机紧挨在耳边，一边用诡谲的目光不断打量四周。良久后不知手机那边说了什么，他低下头，面上闪过一丝狠意："我明白了银姐……是、是，没问题。……放心，你就等着我的好消息吧。"

涂着鲜红指甲油的纤纤素指摁断通话，将手机啪嗒丢在桌上，屏幕映出了一张妆容完美却毫无表情的脸。

周遭没有动静，没人敢出声，那双被描画精致的眼睛一眨不眨盯着已经黑了的手机屏，半晌她突然再次一把抓起手机，手指用力到青筋凸起，又打开了刚收到的短信。

两张偷拍来的图片横陈在她的眼前，一张是驶向岔路口的吉普车，隐约可以分辨出车牌；另一张则更清晰些，是个年轻男子背对镜头，中等身量、肩背劲瘦，正穿过车流向马路对面走去。

他穿着洗旧发黄了的T恤和大短裤，只顾闷头走路，姿态懒散松垮，看上去就好像刚从街边大排档出来，正准备游手好闲地晃一个下午，或找几个无所事事的朋友去网吧彻夜开黑。

"那眼神跟X光一样……这小子是干什么吃的？警惕性真是邪乎！……"
银姐嫣红唇角拉出一丝讽刺的弧度。
"你当然得小心点儿，是不是？"她耳语般对着那背影轻轻笑道，"这一次再犯错的话，可没人能替你去死了哦。"
"我就说我没认错，确定是老朋友吧？"边上一个戴棒球帽和防霾口罩的男人笑嘻嘻问。
屋里几个手下你看看我、我看看你，银姐也没吭声。那男子悠悠叹了口气，半真半假地劝："要我说，这事差不多就算了。人都死了那么多年，尘归尘土归土，还有什么仇怨是过不去的呢？看看银姐现在的排场体面，跟过去相比……"
一弧光影迎面刺下，男子触电般向后仰去——
咣！
刀锋紧贴他鼻尖划过，瞬间没入木桌三寸！

一截明晃晃的刀尖穿透桌底而出，噼啪几声脆响，油漆裂纹无声无息爬满了整张桌面。

满室死寂，鸦雀无声。银姐缓缓松开刀柄，居高临下盯着男子，挑染的卷发从颈侧垂到胸前。

"东西呢？"她一字一顿地问。

第 29 章

"他们给我东西让我印，我就印，我真不知道这是犯法的呀！嗜哟警察同志，我可真冤枉，我下次不敢了行吗？"

县公安局讯问室里三个刑警、两个书记员，录音录像设备齐全，白墙上左边一行"坦白从宽"，右边一行"抗拒从严"。圆头大耳的打印店老板大概这辈子都没见过这么大阵势，缩在木椅上瑟瑟发抖，一把鼻涕一把泪地哭诉："你说我们这做小本生意的，没知识没文化没技术还是法盲，赚两个钱多不容易啊！老婆要做美容，孩子要读高价学校，老人要请护工，孕检月嫂奶粉早教幼儿园，看病择校保姆家教补习班……"

吴雩清瘦的背靠在讯问室外的单面玻璃上，一手插在裤袋里，一手揉着眉心："早知道他这么容易审，我们还专门开过来一趟干吗？"

步重华淡淡道："不是你主动要跟过来的吗？"

吴雩瞟了他一眼，面上似乎有些悻悻，步重华不用看就知道这小子心里在想什么——"可我怎么知道蔡麟说的那个宁河特产豆腐鱼其实并不好吃呢？"

"步支队，笔录差不多都出来了。"县公安局民警推门而出，把匆忙打印出的一沓材料递给步重华，"根据嫌疑人交代，他只印过一次这种书籍，印量差不多一百八九十本，对方说因为数量不够印厂开模所以才过来找他印，时间差不多是去年十月底。后来对方再想找他印的时候，因为印量大、费用高，所以没谈拢就放弃了，他也忘了具体到底是什么时候……"

"对方曾经带小姑娘来他店里？"步重华正翻看笔录，突然动作一顿。

"是，嫌疑人的意思是，对方曾经暗示过让女孩陪他睡觉来抵这个印刷的费用。"民警一脸复杂的表情，"然而……被他严词拒绝了。"

"我说他们几个龟儿子是不是当我傻！……是、是，我知道丫头好，可我不喜欢那样的啊！我就喜欢隔壁涂脂抹粉擦香水，胸脯一晃一晃，大腿一抖一抖的老娘儿们！而且我只是法盲又不是真傻，那丫头豆芽菜似的，要是出什么事我下半辈子岂不是就在大牢里度过了？！……"

步重华调出手机相册里年小萍和郜灵的照片递给民警，民警会意地转交给书记员，示意进去让嫌疑人辨认，但少顷只见讯问室里的打印店老板一个劲儿摇起了头："不是，这两个都不是——哎说真的警察同志，我完全不能理解他们，祸害小姑娘真作孽啊！哎警察同志你们相信我，我不好那一口，我愿意当污点证人，检举揭发这帮祸害花朵的害虫！"

美剧警匪片让广大基层人民形成了非常多的错误认知，至少中国法律是没有污点证人这一说的。几个民警哭笑不得，连忙喝止住他，步重华在单面玻璃外收回了目光。

"所以对方一共来拜访过他两次，一次印了不到二百本宣传册，一次因为费用没谈妥放弃了？"

"对，嫌疑人是这么交代的。"民警肯定地说，"去年招市那案子出来后上面对非法印厂集中打击了一拨，那帮人不敢再去找大印厂了，小印厂又未必敢冒险接相关的活儿，所以只能找快印店化零为整。第一次找'开泰图文'可能只是试水，觉得印出来效果不错，才会有第二次。"

"他真不记得那几个人长什么样了？"

"这……"民警为难地摇摇头，"已经半年多了，就记得是三四个男的，其中有一个看上去是头儿，别人管他叫'巴老师'，因为这个姓比较少见所以才记到现在。"

步重华和吴雱对视了一眼，彼此眼中都隐隐有一丝狐疑。

巴老师？

"嗐哟我真的不记得了，这都三四五六七……七个月了！我老婆说她七分钟前交代的话我都不记得，何况是七个月前的顾客呢？再说我这闹市区的店……什么？！你说影响量刑？！"打印店老板声音陡然拔高，几乎尖叫起来，"警察同志我求求你们，我跟他们真不是一路人！我上有八十老母下有八岁幼儿中间还有个天天逼我交公粮的老婆！我进去了他们怎么办！我老婆会带着孩子改嫁的！！"

审讯员嘭地一拍桌子，横眉立目："那你还不说？！"

"我说说说说说……"打印店老板愁眉苦脸，那三百来斤肉可怜巴巴地缩在小木椅上，令审讯椅发出了不堪重负的咯吱声，"那些人的口音……就是普通北方口音，也不像是东北那块儿的。高矮胖瘦大概都有吧，一帮普通人，也没有走马路上让人一眼忘不掉的特征。就是那个带头的巴老师可能比旁人都矮些，年纪倒不大，小眼睛，挺白净，斯斯文文的……对了，眉毛！"

打印店老板一拍掌，仿佛看到了免予刑事处罚的曙光："那家伙眉毛上有个痦子！"

——当地派出所走访了高家的左邻右舍，说是吊梢眼、肉鼻头、矮胖矮胖、大概二三十岁的男人，眉毛上有个痦子还挺明显的……

跟高宝康回老家的那个"朋友"，花十万块钱买下年小萍、郗灵两条命的男子，跟找"开泰图文"打印邪教宣传册的"巴老师"是同一个人！

讯问室门被一把推开，步重华快步走进来，举着手机往打印店老板眼前一放："这个人你见过吗？"

手机上是高宝康穿着蓝白囚衣的入狱照，胖老板又小又圆的眼睛斗鸡状打量片刻，用力摇头："没、没印象了，应该没见过。"

步重华手指一滑："这个呢？"

打印店老板明显很怕他，两腮肥肉都在哆嗦，圆脸几乎要贴在手机屏幕上，所有人都能看出他那生锈的小脑瓜正咯吱咯吱地拼命转动，半晌他才小心抬起眼睛偷觑步重华的脸色，结结巴巴问："报——报告，我要是认对了，能——能免予起诉吗？"

步重华说："我帮你试试。"

老板立马指着屏幕上的李洪曦，一脸悲喜交加："我见过！这孙子我见过！就是他领那小豆芽菜来我店里的！"

"喂，廖刚。"步重华拨出去一个号码，简洁迅速地道，"嫌疑人高宝康的'朋友'和李洪曦是同一拨人，应该姓巴，是邪教组织的头目之一，立刻跟技术队说加紧做画像，安排高宝康家人和李洪曦妻子做辨认，动作快！"

"是！"

步重华快步走出讯问室，身后打印店老板一个劲儿抻脖子，恨不能扑上去抱住他的裤腿："警官！这位警官！——您保证我的免予起诉能下来吗？什么时候下啊？我能给我老婆打个电话吗？"

220

步重华转身倒着往外走，望着他冷冷道："我保证去劝你老婆改嫁后不给你孩子改姓！"

"……"

晴天霹雳轰隆而下，胖老板被劈蒙了。

宁河县离津海市中心车程三个多小时，等忙完手续从县公安局出来已经晚上八点多了，再开夜车回市局并不现实。当地刑警大队便执意做东留饭，饭后在公安局边上招待所开了房，让城里来的"领导"休息一晚，好歹等第二天天亮后再回去投入如火如荼的工作。

晚上十点，招待所浴室里洗漱水声一停，步重华推门而出。

他已经换好了睡衣，穿着柔软的短袖白T恤和深灰色棉质长裤，脚上穿着酒店拖鞋。这随意的模样让他整个人显得文气了很多，加之眼睛、发色都偏浅，看上去甚至有点儿像个二十出头、年轻俊朗的警院学生。

"你那书还没看完啊？"步重华迎面见吴雩还保持着刚才那个姿势靠在床头，便随口问。

吴雩聚精会神地"唔"了一声。

这小子挺爱学习，步重华心里想。

他本来以为吴雩这样的人，晚上下班回家后最多看看球赛，或者打个单机游戏发泄一下情绪；更大的可能性是一个人索然无味地吃完外卖，孤零零地坐着面对四面白墙，直到夜深人静，关灯睡觉。

所以当地内勤订房的时候，他让人只订了一个双人间，原本已经做好了心理准备，却没想到吴雩进门洗完澡后的第一件事，便是从包里掏出了一本写满笔记的《公安信息学》，戴上眼镜看了起来，看得还挺认真，完全一副沉迷学习无心抑郁的模样。

步重华心里有种自作多情的荒谬感。他用力咳了一声，压下这个念头，打开电视找到NBA篮球赛转播，正准备就着这个背景音看会儿案情材料，突然又想起什么："哎，你介意吗？"

"唔？"

"你介意这声音吗？"

吴雩眼都不抬："唔。"

步重华感觉颇不对劲,回头定睛一看,终于发现了哪里不对劲——这小子的眼镜已经摘下来了,此刻正塞着耳机,捧着的书不知道什么时候已经变成了他那个老式滑盖机,荧光幽幽映在脸上,表情淡定,眼神乏味。

"吴雯?"步重华试探问,"你看什么呢?"

"……"

"吴雯!我问你看什么呢!"

吴雯终于抬起头来,幽幽叹了口气:"看我女神。你要看吗?"

步重华快步走到他床边,一把抽出手机,耳机插头应声滑落,下一秒激烈的声音响彻了招待所房间——

吴雯把耳机递给他:"要看吗?"

"……"

两人久久瞪视彼此,半晌步重华指了指手机,又指指吴雯的大短裤,挤出一个字:"你……"

吴雯说:"你要是像我一样,在过去几年间把同一部片子翻来覆去看了二百遍的话,你也不会再有任何反应了。"

步重华知道自己作为领导应该说点儿什么,但他听见自己实际说出来的却是:"那你干吗不看点儿别的?!"

"内存不够,我又不想删掉这一部。"

"……为什么?"

"这是我最喜欢的片子。"吴雯说,"剧情很感人。"

两人一站一躺,彼此对视,步重华手指紧攥越来越激烈的画面,白皙修长的手臂肌肉绷得发抖;而吴雯则在一声更比一声高的影片中无动于衷,满脸兴味索然。

"你真的不看啊?他俩马上就要分手了,然后有一段雨中重逢拍得不错哦。"

步重华眼睛一眨不眨盯着吴雯的脸,嘴唇抿得几乎成了一条直线,良久才控制着自己,尽量把手机轻轻抛还给他,被他一把捞住。

"你看吧,注意身体。"

"你上哪儿去?"吴雯坐起身奇怪地问。

步重华走到门边换了鞋,头也不回,冷冷蹦出两个字:"散步!"

第30章

深夜十点多，宁河县城中心的夜市一条街却还人头攒动，烧烤、凉粉、钵钵鸡、小龙虾的味道飘满大街小巷，KTV夜总会的霓虹争相斗艳。

瓶盖被起子撬飞，叮一声稳稳落进柜台下的垃圾篓里，步重华摆手示意不用找零，走出了便利店。

"帅哥！""帅哥来玩呀！""KTV包厢九折，酒水消费满千返五百！"

……………

满大街莺歌燕舞香风阵阵，红男绿女成双结对。步重华一手插在口袋里，冷着脸推开那几个穿旗袍的酒水推销小姐，沿人行道走到十字路口，看满街露天大排档的塑料棚下热热闹闹坐满了人，索性随便找了家坐下。

"两筒钵钵鸡，一碗凉粉少辣，一份红油素三丝儿——"老板娘一边点单一边老到地抛了个媚眼，"帅哥一个人，没女朋友呀？"

步重华懒得啰唆："凉粉跟三丝打包带走。"

老板娘立刻给了个心领神会的眼神："女朋友在家里等——好嘞！"说着裹挟满身烤串香气，一阵风似的走了。

虽然是县城，但夜生活开放程度一点不比津海逊色，步重华才坐了没一会儿，就接二连三有好几拨路过的女生回头瞧他，上下打量这个旁若无人坐在街边的年轻人，然后嘻嘻哈哈地互相打闹着走了。

如果坐在这里的是吴零，应该会有小姑娘主动过来搭话——他确实有那种看似松松垮垮却随时随地都能和背景融为一体，永远都不会让人感觉突兀的独特气质。

步重华心里不知道是什么滋味，硬生生咽了下去，望着远处交错点亮的霓虹灯，许久后又有另一种更凄凉厚重的感觉涌上心头：即便再多人愿意主动，也不会有任何一个能把他搭讪成功。

　　对吴雩来说，这些青春活泼光鲜亮丽，既不砍人运毒混社会，也不卖笑风尘抽大麻，甚至都不曾吞云吐雾出现在边境某个黑赌场里的女孩，都是生长在另一个名为"现实社会"的世界里的花朵。那柔软的触感让他生畏，清新的芬芳让他抵触，只要按照"现实社会"的思维模式稍微往深里聊两句，他就有可能绷不住被刀枪血火淬炼出的表皮，迫不及待想站起来告辞，缩回自己阴暗冰冷但习以为常的壳里，甚至连缩在壳里看片，看的都是好几年来一成不变、已经再激不起丝毫刺激的影片，如一潭死水般可怕的心理惯性。

　　——他其实不该是这样的，步重华想。他应该是个载誉归来，万众瞩目，被鲜花和掌声包围、被很多人爱慕追求的英雄。他还是很年轻、爱出风头的年纪，理当很快得到提拔晋升，也许没几年就能升到跟自己平级或者更高一些的位置上，获得很多人家的青睐，顺利娶到一位有来头有背景或许还很漂亮的妻子，过上平稳幸福的生活。

　　如果那些耗尽了青春热血，挣扎着从地狱里爬回来的人，最终只能"活"成这个样子，那么那些为保护他们而去死的人——他们的牺牲又算什么呢？

　　步重华闭上眼睛，用力捏了把眉心，借由一丝刺痛强行压下了心里说不清楚从何而起的烦躁。就在这时隔着数米远的另一家露天大排档里，哗啦啦一盆塑料碗碟突然摔在了地上，紧接着是桌椅挪动的刺耳摩擦声："给脸不要脸……""你干什么！""啊！啊——"

　　"叫！叫什么叫！"几个彪形大汉明显喝多了，抓着两个啤酒小妹不让走，"拿了钱就给老子喝！"

　　"我们没拿你钱！救命！"

　　"按住！按住！"

　　"放开我啊啊啊救命！"

　　一个大金链叠戴玉坠子的跨栏背心男夺下了啤酒小妹放钱的腰包，劈手就往外扔，被他另一个牛仔裤破破烂烂、全身上下叮叮当当的兄弟接住："喝不喝！喝不喝！喝不喝！！"

　　"救命啊！抢劫啦！抢劫啦——"

　　邻近几桌有人迟疑着站起来，但紧接着"哗啦"一声巨响，金链男在众目睽睽之下狠狠敲碎了几个啤酒瓶！

步重华喝道："住手！"

金链男醉醺醺一瞪，隐约见是个毛都没长齐的小子，抄着尖锐的酒瓶底就吼："谁多管闲事看看？啊？！谁多管闲事看看？！"紧接着就把塑料凳往邻桌方向狠命一蹬！

"啊！"霎时整张桌子连带碗筷汤汁翻了一地，邻桌几个男女学生都跳了起来尖叫着往后退。步重华一手按着大排档之间相隔的铁栏杆，凌空侧翻落地，抢步上前一把攥住金链男手臂："不许动，警察！"

几个醉汉一愣，紧接着嬉皮笑脸起来："警察？"

"警察都是我兄弟，我去你个傻……"醉汉拽着这个"毛都没长齐"的小子衣领往后推搡，步重华眉梢一跳——下一秒，金链男只觉得脚下一轻，整个人腾飞而起，被步重华一个过肩摔，倒栽葱式砸进了塌掉的桌案里！

哗啦啦——

金链男瞬间被桌板碗筷啤酒箱淹没，周遭刹那安静，紧接着几个混混儿同时怒吼："干什么？！""打死他！"

步重华没带警察证，也就是出于礼节和职业习惯顺口报一下家门而已，其实早打好了电话也做好了动手的准备，一把拽那个吓傻了的啤酒小妹推出人群，紧接着拎起一个没开的酒瓶，"哐当"敲碎在椅背上，泛着泡沫的啤酒哗啦流了满地。

步重华眼角余光冲周遭一瞟："警察执勤，都闪开！"

人群尖叫退后，放眼望去好几个人在发着抖打110，但那几个混混儿也不知是真喝高了还是有恃无恐，抄着家伙就往上扑。步重华一偏头闪过横飞过来的塑料椅，将率先扑过来的黄毛一脚踹飞，余光瞥见有人抄砍刀劈来，二话不说用酒瓶横扫，"哗啦！"尖锐瓶底在对方手肘上打得粉碎！

玻璃片绞着血肉迸溅开来，砍刀铿锵落地，小混混儿放声惨叫，抱着手臂在地上打滚，被步重华拽着后领一把拎起，毫不留情猛掼出去，顿时撞翻了旁边满满一桌刚上的烧烤，铁扦叮叮当当撒了满地。

"大爷，"金链男好不容易从啤酒箱里满头满脸血地爬起，"老子今天非弄死你不可！"

步重华一回头，手上拎着半截染血的碎酒瓶，头发凌乱，眼底森寒，慢慢闪烁出再也无须按捺的暴戾。

"来啊，"他轻声嘲讽道，"看谁是谁大爷！"

金链男纵身就去抓地上那把砍刀，步重华扬手一甩，那染血的碎酒瓶在半空中呼呼打旋，"当"一声重响将金链男头打得一歪，口鼻冒血地倒了下去。之前被踹飞出去的黄毛捂着胸口怒叫一声，发了疯似的撞过来冲步重华后背狠砸，板凳应声散架，步重华眼都没眨，反身抓住黄毛领子，拖行几步来到电线杆边，哐！哐！哐！毫不手软地把他头往水泥柱上猛撞！

"啊啊啊！"

黄毛惨叫不止，却根本挣不开他铁钳般的手，只能口水血沫齐喷地狂喊同伙。边上几个没成年的小混混儿都吓蒙了，有两三个犹豫着就想往后退，却听黄毛发狂尖叫他们的名字："看谁敢跑！小心以后走着瞧！"

小混混儿一惊又一激，炸了锅喊起来："不、不能跑！去救大哥！""去叫人，快！""快！"

步重华瞳孔缩紧，内心隐秘而压抑的暴怒瞬间找到了决口，拽着黄毛后脑，屈膝狠狠一顶他胸。

"弄死那小子！上啊！"那个破洞牛仔裤男血流满面抱头嘶吼，"你们小！弄死人没事！"

小混混儿们在狂叫声中不要命地一拥而上，刹那间步重华一低头，躲过横扫过来的风，钢管"咣"一声重响在电线杆上生生撞弯了。这一击要是打在人脑袋上那人肯定就是当场暴毙，但小混混儿杀红了眼，握着弯曲的钢管还要砸，被步重华空手夺过钢管，劈手就敲断了腕骨！

"啊——"小混混儿号叫着跪倒在地，瞬间两个人又冲上来。步重华一手拎起黄毛，当沙袋似的扔出去咣当砸翻了一个，随着咣当闷响一钢管把另一个打得踉跄跪倒，这时突然街角警笛长鸣，警察来了！

步重华用眼角余光一瞥，就在那百分之一秒间，有个混混儿竟抄起之前地下那把砍刀，嘶吼着狂奔了过来！

步重华感觉到脑后劲风，多少年亲身一线的经验让他知道躲不过去，一股邪火蹿上心头，抬起手肘就去硬顶对方胳膊——

就在刀锋落下的刹那，小混混儿胳膊一麻，手一松。

当啷！

砍刀落地、弹起，被一只脚接住挑高，旋转飞弹的刀柄被吴雾啪一声握在手中，一刀背狠狠剁在他颈间！

小混混儿眼前一黑，连哼都没哼出来，就扑通倒在了地上。

步重华微微喘息，放下胳膊，看着他。

远处不断闪烁的警灯疾驰靠近，从吴雩身后映来，勾勒出他的轮廓。那瞬间周遭的警笛声、咆哮声、纷乱推搡的脚步声和歇斯底里的惨叫声，都像是潮水飞快退去，化作一片安静和虚无；步重华听见自己的心跳一下一下，由重转轻，由疾转缓，被一股奇异而无形的力量抚平了，所有难以名状的烦躁和焦虑都消失得无影无踪。

"你散步的方式太激烈了吧，队长？"

步重华眼底浮起一丝不易察觉的笑意："你在边上看戏看了多久？"

叮的一声吴雩把砍刀扔在地上，揶揄道："我以为能欣赏您一人单挑全场的英姿呢。"

"都不许动！不许动！""举起手来！"

派出所民警从警车上奔下来，一边疏散人群一边往里走，把哼哼唧唧的金链男从满地狼藉中拉起来定睛一看，吓了一跳，赶紧问了几句，让辅警拉车上去了。

"那小子先动的手，就是他！"破洞牛仔裤男捂着头不干不净地大骂，"还装条子，回头老子非要……"

民警训了几句，拿警棍指着步重华："你！过来！"

"你……"

"别废话，哪个地头混的？哪边手下教的？给我过来！"

民警上来就要拉扯，手还没碰到步重华，就在这时吴雩拦住了他："等等、等等。"吴雩说着从口袋里摸出一物，展开一亮，认真道："队长，我把你忘在酒店的证带来了。"

步重华："……"

证件皮夹内有高清头像，上书"步重华"三个大字，下面是"津海市公安局南城区分局"。民警一看便愣了一下，面上不由自主带出了惊疑："呦，这……还真是同行的兄弟？这事儿……"

步重华不耐烦打断："谁跟你是兄弟。"

吴雩是个尽职尽责的"小马仔"，立刻把证件从皮夹里抽出来，背面一翻——姓名步重华，性别男，职务刑事犯罪侦查支队正处级主任，警衔三级警督。

步重华把证一扔，民警手忙脚乱接住，只听他冷冷道："拍个照发给你们县公安局那姓王的，叫他亲自押送那几个嫌疑人去津海市公安局。四十八个小时内人不到，就让他准备好在这个职位上干到退休吧。"

"您您您、我、这——"

步重华一拍吴雩的肩,说:"走,吃夜宵去。"

连隔壁大排档的人都跑得七七八八了,老板娘战战兢兢躲在塑料棚后,探头探脑地向这边望。塑料桌上放着刚上还没来得及动的钵钵鸡、打包好的凉粉和素三丝,吴雩拣了一双干净筷子,说:"怎么这么辣啊,领导再点两瓶啤酒呗。"

"这么晚了喝什么酒?明天还办案呢,别喝了。"

吴雩筷头一指:"那你喝的是什么,养生茶?"

步重华把面前深绿色的玻璃瓶一转,露出硕大的七喜商标:"喝吗?分你一半?"

吴雩:"……"

吴雩笑起来,真的拿了个纸杯来倒了一半,也不嫌弃没汽儿了,就着一次性饭盒吃素三丝,又叫了几串海带素鸡豆腐干。步重华坐在他对面夹了筷凉粉,抬起眼角看他,只见这姓吴的小子还穿着他那宽松不合身的老头汗衫,低头吃东西的时候脖颈弯折出一道弧度,在远处大排档厨房昏黄灯光的映照下,连耳郭细微的茸毛都清晰可见;他一条腿屈膝垫在另一条大腿下,那是个特别放松的坐姿,仿佛心性未泯的少年,脚还趿拉着酒店拖鞋,随着吃东西的频率,在夜风中一晃一晃的。

他看上去其实很惬意,步重华突然无来由地冒出这么个念头。

他隐藏在这芸芸众生中,隐藏在昏黄的灯光,夜市的烤炉,拥挤的车流,热闹的人海里,不用跟林烶那帮人虚与委蛇,不用在刺探的目光中接受监视保护;他既不用压抑自己做个唯唯诺诺的背景板,也不用在镁光灯下成为暴露的目光焦点,低着头颅无所适从。

远处人群已经散了,小混混儿们被押进车,民警不知道正躲在哪辆车里着急打电话找领导。吴雩一边从碟子里挑花生米吃,一边频频回头望,似乎感到很有趣。

"吴雩?"

"唔?"

步重华看着他,心里有种冲动,想问:你是不是偶然也会对现在的生活感到一丝满意,哪怕只是一丝而已?但他张了张口,听见自己的声音响起来,问的却是:"你……有没有想过要争取晋衔,或者考虑一下以后提拔的事?"

"当领导啊？"吴雩诧异地瞅了他一眼。

步重华盯着他，点点头。

"算了吧，我又不是那块料，而且当领导岂不是要跟很多人打交道？"吴雩顿了顿，又瞅一眼步重华，自嘲地笑起来，"我光应付你一个领导就已经够烦的啦。"

步重华久久看着他，安静地不出声。

这样也很好。

他可以暂时先缩在保护壳里，偶然探出头换口气，看一看外面那个光怪陆离的陌生世界；他不会永远都感觉到孤独而无联系，只要有人足够耐心，能一直坚守在他随时可能冒出头来的洞口。

"你笑什么？"

步重华淡淡道："我没有笑。"

吴雩有点狐疑："你那是嘲笑对吧？"

"你看错了。"

"……"

吴雩挑眉打量他，良久才用筷头向他一指，点头决定："那片子我不给你看了。"

步重华呵斥："我本来就不想看！"

…………

夜市渐渐恢复热闹，打翻的桌椅被扶起来，新一炉羊肉串在烤架上嗞嗞冒油，腾起白色的雾气，笼罩了远处繁华的夜景和变换的红绿灯。

步重华的手机突然响了起来，是廖刚。

"喂，步队？李洪曦他老婆左秋刚从香港赶回来，在我们局里接受询问，提供了一条突破性线索！"

步重华和吴雩对视一眼。

"她认出了'巴老师'，也就是嫌疑人高宝康那个朋友的速写画像。"廖刚的声音从手机那头传来，强行压抑着激动，"她说，她见过这个人。"

第 31 章

"差不多大半年前,我开始隐隐感觉他有异常,但始终抓不到任何蛛丝马迹。直到四个月前我准备去香港,他那表面假装依依不舍,私下却难掩庆幸雀跃的态度,才终于给我正式敲响了警钟。"

左秋跟孟昭最近接待的家属都不一样。她受过高等教育,言行中能看出良好的教养,穿着纯色真丝衬衫搭配阔腿裤,脖颈上系着一条垂坠感很好的丝巾,虽然是连夜赶来,但脸上仍然保留着白天的妆容。

孟昭将一杯热水轻轻放在她面前,温和地问:"你是什么时候发现的?"

"有一次我从香港请假回家过周末,那是一次临时决定的突击行动。"左秋捂住通红的眼睛,少顷抹了把眼角,说,"家里没有任何异状,我老公看上去也很正常,惊讶中不失激动和喜悦。我们出去吃了饭,看了电影,手拉手回家,小别重逢尤胜新婚;我在内心暗暗嘲笑自己的多心和敏感,直到深夜时突然惊醒,就那么无来由地,发现床另一侧是空的,客厅里隐约透出灯光和说话声。"

"这事可大可小,你要做好心理准备……"

左秋披上睡衣,轻轻打开卧室门,只见有人坐在沙发上背对着她,身形略矮胖,声音却十分沉稳,隐隐有种上级对下级说话,既平和又不容拒绝的感觉。

李洪曦垂着两手站在客厅茶几边,隔着这么远的距离看不清表情,但夫妻间超乎一般的感知还是让她察觉到,自己的丈夫此刻正罕见地心烦意乱:"怎么可能?她怎么就突然不见了?现在怎么办?万一查到我们该怎么处理?这风口浪尖上……"

"这种事多了,没那么容易查过来,更不会查到你。"那人顿了顿,话锋一转,"我担心的是另一件事。"

"什么?"

"她带走了我们的'大生意'。"

李洪曦神情迷茫，一时没反应过来对方指的是什么，但紧接着脸色剧变："什么？！你说的是——怎么会——"

他的声音戛然而止，客厅陷入了不祥的安静。

"人无所谓，'大生意'不能丢。"许久后来人终于再度开口道，声音中有种寒冷的低沉，"我已经安排了人手去处理这件事，尽量处理得越干净越好，但你也要做好心理准备，万一……明白了吗？"

左秋屏住呼吸，她从没见过李洪曦露出这种奇怪的脸色，似乎在恐惧中又夹杂着一丝嫌恶、愤恨和不甘，幅度轻微但用力地咬牙点了点头："我明白了。"

来人这才似乎有些满意，点了点头，起身离开。

他转身那一刻，恰好正对上卧室虚掩的门缝，那瞬间左秋看清了他的脸——出乎意料年纪并不大，可能二十多或三十出头，面白微胖，个头儿不高，眉毛上有个痣子。面相是标准斯文和善的那种，只不知为什么，和善中又隐隐透出一丝让她心惊胆寒的气息。

冥冥中对危险的直觉让左秋向后一侧身，紧紧握住了门把。

深夜昏暗中没人能看清卧室这条虚掩的门缝，她隐蔽在黑暗中，感觉到自己的心脏怦怦跳动，耳朵却下意识紧紧捕捉着外间的动静，听见那人告辞出去了，李洪曦送出家门到电梯门口，楼道里传来模糊不清的脚步声和送别声；过了不知多久，她颤抖着手指将门轻微拉开一些，看见客厅窗外夜深人静，而墙上时钟钟摆尚在摇摆，秒针正嘀嗒一声与分针重合。

那是凌晨三点整。

"第二天我旁敲侧击地问李洪曦，说夜里迷迷糊糊似乎听见了他在说话，是不是来客人了，李洪曦的表情一瞬间非常慌张，但紧接着镇定下来，告诉我他们公司一个知道很多内幕的会计突然离职了，如果应聘到竞争对手家，就可能会连累到他和其他几位领导，所以公司才会深夜来人跟他商量办法，但应该能顺利解决，让我不要担心。"左秋深吸一口气，压下哽咽的尾音，"但我心里那种奇怪的恐惧始终挥之不去，我甚至没敢在家里待到周日晚……第二天下午，我就心烦意乱登上了去香港的飞机。"

"这个人说，他会安排人手去'处理'这件让他们丢失了'大生意'的事？"孟昭问。

左秋点点头。

孟昭脑海中浮现出讯问室里癫狂的刘俐——"也就郜灵那贱骨头认不清现实，还做梦说她有'大生意'，只要做完了大生意就能发财……"

孟昭微微前倾，紧盯着左秋的眼睛，口气严肃起来："你还记得这番对话发生在哪一天晚上吗？"

"三月十八号。"左秋捂着嘴防止自己再度哽咽起来，声音沙哑而坚定地说，"我来回香港有机票记录，是三月十八号。"

三月十八号，正是郜灵离家出走的第三天！

如果从这一点上推算，几乎可以断定这帮丧尽天良之徒要处理干净的，就是郜灵！

"非常感谢您配合我们提供线索，在这段时间内请尽量保持联系畅通，如果还能想起任何细节，请随时联系警方。"孟昭紧紧握了握左秋的手，"如果需要任何帮助，也可以随时找我，不要害怕，我们一定保证你的安全！"

左秋眼睛还是红的，她抬头让眼泪顺着鼻腔倒流回咽喉，片刻后望向孟昭："谢谢你，孟警官，我只是太出乎意料了，我……我跟我老公是大学同学，他家观念封建，条件也不好，刚恋爱时他穷得连花都买不起，上我家登门时差点被我妈打出去。我们冲破了重重阻力才一路走到现在，这么多年的感情，这么多年的感情……"

孟昭安抚地拍拍她的手。

"我曾经想过，如果他真在外面有人了，是不是因为我忙于工作冷落了家庭？是不是因为我过于强硬忽略了他的感受？我恨不得拿显微镜把自己从里到外的纰漏和错处都找个遍，却忘记了一点，渣滓是不会因为你温柔贤淑体贴完美就感动得稍微像个人的，人渣之所以成为人渣完全是因为他们自己。"

她顿了顿，眼里含着泪水，露出一丝平静的微笑："如果不麻烦的话，我可能现在就需要您帮我个小忙——您知道哪位厉害的离婚律师，能介绍我认识吗——能让那个人渣空手净身滚出家门的那种？"

警察跟律师大多不陌生，孟昭眨了眨眼睛，略微靠近在她耳边，狡黠地微笑起来："我还真认识几个。"

询问室门被拉开了，廖刚在外间办公桌后摘下耳机："你这样是违反规定的哦。"

孟昭一手插在裤袋里，一扬下巴："告去？"

廖刚哭笑不得，孟昭扬眉笑着走了。

"我知道了，待会儿把笔录总结一下用邮件发给我……跟内勤说注意被害人父母的情绪，郜伟跟熊金枝夫妻俩第一次来津海，人生地不熟，多关照一些，不要随便跟媒体接触……"

水流中传来步重华在外间打电话的声音，吴雩对着镜子刷完牙，就着水龙头漱干净满嘴泡沫，随便扯了条毛巾，一边擦脸一边走出了浴室。

步重华是个不论头天睡得多晚，第二天都能严格按照上班时间作息的人，清早七点半他睁眼起床淋浴洗漱晨跑完毕，已经换上了衬衣警裤，站在落地玻璃窗前挂断电话，刚一回头，就见吴雩光着上半身走进屋，耷拉着眼皮，打着哈欠，啪嗒一声把毛巾丢在了狼藉的招待所床上。

他肯定已经把步重华划进了安全无害的白名单上，全身上下就穿一条牛仔裤，松松挂在腰胯上，肩颈、腰背、削薄的腹肌线条一览无余，光脚湿着踩在地毯上，随着步伐留下了一个个模糊的脚印。

"你冲好了？"步重华挪开视线，淡淡地问。

"没冲。"

"早上起来不冲个澡？"

吴雩开了瓶矿泉水边喝边说："麻烦。你当谁都跟你们文化人儿似的，早一遍晚一遍，也不知道关起门来在浴室里干吗。"

"……"

步重华额角微微抽跳，转过身去，突然听吴雩"哎"了一声："等等，你脖子后面给人抓了？"

步重华伸手在后颈一抹，果然靠右那一侧微微刺痛，但出于角度的原因，扭头对镜却看不到，凭手感似乎是蹭破了块皮，应该是昨晚一人单挑全场时不知道被哪个小混混儿剐蹭了，但剧烈运动时肾上腺素分泌高，一时半刻不会感觉到痛，清晨冲澡时也没注意到。

"肿了，"吴雩说，"我给你上个红药水吧。"

步重华第一反应是不用上了，但话到嘴边又咽了回去，微妙地默许了这个提议。吴雩便打电话问招待所前台要来红药水和棉花，步重华坐在床边，后领稍微拉下来一些，吴雩一条腿半跪在他身后的床沿上，用蘸水的毛巾在伤口周围抹了两把权当消毒，然后用棉花浸了药，仔细涂抹在略微红肿的破皮上。

步重华属于天生色素浅淡那一挂的，眼睛偏琥珀色，皮肤也比较白皙——是健康、结实、均匀的白皙，跟吴雩那种常年作息颠倒疲于奔命导致的苍白是两种色调。他头发也很浓密，在晨光中微微发亮，带着洗发露好闻的气息，跟吴雪经常自己对着镜子瞎剪两下的凌乱黑发非常不同。

"这细皮嫩肉的，"吴雪心里有点泛酸，嘲道，"有点儿小伤就这么明显。"

步重华说："我倒更羡慕你这样的。"

"羡慕什么？"

吴雪背部、腹部乃至手臂上，细碎的瘢痕伤疤和创面愈合后留下的痕迹比比皆是，穿着衣服或在昏暗处时不会觉得，但如果白天对光仔细打量，便颇有种触目惊心之感。步重华略微一动，似乎想回头又按捺住了，望着面前洁白的酒店床单说："伤疤是男子汉的勋章，你不觉得吗？"

吴雪忍俊不禁："勋章个屁，没本事的人才受伤，有本事的人连根汗毛都掉不了。"

"什么意思？"

步重华一回头，只见吴雪把棉花团一团扔了，也懒得多解释："行了，注意点儿别发炎。"

他起身去拿那瓶没喝完的矿泉水，冷不防水瓶却被步重华眼疾手快抽走了："回来，领导问你话呢。"

他们两人一个坐在床边，一个跪在床垫上，视线上下僵持几秒，吴雪有点厌，低头在自己身上扫视一圈，随便指指左手肘一小块伤疤愈合后暗色的增生。

"这个，水泥地上拖拽出来的。俩大佬酒后余兴，要看各自的小弟争强斗狠，两边分别派出一个手下，结果对方那哥们是泰国拳王级的，从头到尾连根头发都碰不着。你说这能叫勋章吗？分明是耻辱的印记吧。"

步重华看着他，一时发不出声音。

"有本事的人勋章是金子做的，没本事的人'勋章'才是血肉做的。"吴雪说，"得了，赶紧破案吧，也许'五〇二'破案以后咱们也能有个集体功勋章戴戴。"

他抽回矿泉水瓶，步重华的手在半空中顿了顿，慢慢才垂了下去，就在这时手机叮当一声，提示有新邮件——是廖刚发来的询问笔录。

吴雪一边喝水一边靠近了看，还以为是昨天晚上李洪曦他老婆左秋的询问材料，谁知打开却是孟昭前后几次去医院询问刘俐的记录："你看这个做什么？"

步重华一偏头，近距离看着吴雪的眼睛："我昨晚看了左秋的笔录，始终觉得有些疑问。"

吴雪眼底有疑惑之色，稍微后仰拉开了点儿距离，示意他说。

"我们现在已经知道'五〇二'案的凶手不是一个人，而是一个有组织、有规模的团体，打印店老板见到的'巴老师'在这个团体中占据很高的地位，甚至有可能是领袖。郜灵离家出走第三天，'巴老师'连夜赶到李洪曦家告诉了他这个消息，同时说郜灵带走了一笔'大生意'，他要安排人手去解决这件事。这个所谓的人手应该就是高宝康，他收了'巴老师'十万块钱，跟踪郜灵伺机动手，但其间因为暴露行踪，导致四月底郜灵报过一次警。"

吴雩点点头。

"'巴老师'之所以安排高宝康而不是李洪曦去解决郜灵，可能是因为李洪曦有文化、有资本，在这个组织中的地位也比较高，并不是高宝康这一类的底层打手，也就不需要亲自出马去做脏活儿。"步重华话锋一转，"但我想不通的是，郜灵是五月二号被杀的，不论李洪曦潜入郜灵和刘俐家是出于什么目的，为什么他要等到五月九号警方发现尸体以后，才摸到郜灵家去呢？"

吴雩想了想，迟疑道："因为上了热搜？"

"对，"步重华沉声道，"因为在上热搜之前，这帮人没法确定郜灵是不是还活着。"

——也就是说在没上热搜之前，他们不知道这个杀手有没有完成任务，高宝康跟组织是失联的！

"他是不是已经死在了四里河里？"吴雩意外道。

"从五月二号那天四里河流速及水位情况来看，溺毙的概率相当大，但高霞反映她侄子经常夏天跟人游野泳，水性极其娴熟，所以也不能排除另一种可能，就是他跑了。"步重华顿了顿，缓缓道，"如果这个假设成立，那么警方现在搜寻的目标就不仅仅是他，还有他带走的那个……骷髅头盔。"

骷髅头盔。

郜灵失踪后，"巴老师"告诉李洪曦人不重要，但"大生意"不能丢，"大生意"到底是指什么？

郜灵在那个阴雨的午后跋涉数公里来到河堤下，她鼓鼓囊囊的书包里装着什么，让她坚信自己可以一夜暴富？

那天深夜潜入刘俐卧室的李洪曦，明明已经买了电线、胶布、黑塑料袋和大量的洗涤剂，却在刘俐进家门之后就一直躲在衣柜里，直到被发现才动手——那么刘俐回家前，他在找什么东西？

步重华坐在床边回过头，吴雩盘腿坐在他身后，一只手还拿着矿泉水瓶；两人对视，彼此都从对方眼底看到了那个呼之欲出的答案。

"那个骷髅头盔，"步重华轻轻道，"也许就是郜灵带走的'大生意'。"

房间里安静得可怕，许久吴雩终于慢慢拧上瓶盖，用力揉了揉眉心："郜灵跟那帮人到底是什么关系？"

"你记得我说过什么？大凡组织起邪教的人，都跟几个目的脱不开关系：金钱，女色，控制欲。'全能神'教也不例外。让被洗脑控制的年轻女性跟人发生关系，是他们拉拢新成员的一种手段，假说这样能传达神的旨意，达到灵体合一的效果；而那些女性大多来自组织内部成员的妻女亲属，基本没受过什么教育，以乡村地区背景居多。"

步重华打开邮件里的笔录，前几页是刘俐第一次接受询问，也就是在南城区分局毒瘾发作的那次。"从最早开始接触刘俐时我就隐隐有所怀疑，为什么郜灵总在她面前骂自己的父母'吸血''没文化''要害她'？如果说吸血能勉强理解成叫她以后打工赚钱养弟弟，没文化和要害她又是什么意思？这跟一般女孩子对原生家庭重男轻女的控诉似乎不太相同。随后孟昭几次去医院找刘俐谈话，发现只要她提起郜灵，反反复复都是这几句话，其中对父母'没文化'的控诉是出现最多的，甚至远远超过了不让她上学的怨恨。

"郜伟和熊金枝做了什么，让她咬牙切齿痛恨他们没文化？一个远在县城的小姑娘，怀孕前到底跟居住在津海市的李洪曦发生了多少次关系？一家人同住在一个屋檐下，女儿这么长时间的异样，她父母当真一点儿也不知情？"

步重华扬手把手机丢在床上，冷冷道："我从第一次见到那对夫妻在公安局走廊上哭得撕心裂肺起，就开始怀疑他们不对劲了。"

吴雩无声地点点头，似乎也有些头疼，问："那……现在怎么办，回去审郜灵的父母？"

这是不可能的，首先警方没有真凭实据，不能用强制手段审讯被害人父母；其次郜伟和熊金枝明显是有备而来，旁敲侧击的询问不会有任何效果。

更棘手的是，这对夫妻是在高宝康失联、李洪曦被捕后才出现认尸的，这意味着其背后的邪教组织已经意识到自己进入了警方的视野。现在针对郜伟、熊金枝采取的任何调查，甚至一丝一毫的态度转变，都会直接导致打草惊蛇的后果！

步重华嘘了口气，说："得回津海继续挖，挖李洪曦的财务状况，高宝康的社会关系，以及骷髅头盔的来源背景。那么值钱的一件东西，不可能突然无缘无故出现在津海市，不管'巴老师'等人是想把它卖掉还是带走，背后都必定还有一连串犯罪行为没被警方挖掘出来。"

吴雩若有所思地活动了一下僵硬的肩颈，步重华看着他，少顷只见他停下来，坐在床上摇了摇头。

"我跟你们想问题的方式不太一样。"

"……"

"郜灵老家嘉瑞县离宁河不远，从这里开车过去，单程最多半天。"他向步重华挑了一下眉角，细长浓密的眼睫末梢掀起一弯弧度，有点鼓动的意思，"过去看看？"

第 32 章

"那拳王后来怎么样了?"

吉普在山路上疾驰,一路掀起砂石尘土。吴雩一手夹烟一手开车,没反应过来,从嘴角里吐出一个音:"啊?"

步重华在副驾驶座上,食指关节敲敲他肘关节上那块暗色的增生:"这个。"

"哦,"吴雩想了想,说,"好像是死了。"

"死了?"

"能打啊,太能打了。他老板觉得有面子,就老让他出去斗狠,其实都只是为了炫耀,结果终于有天撞上了硬茬子。"吴雩说,"所以人不能表现太好,不能老让上级领导太满意,出头的椽子先烂。"

他扭头瞟一眼步重华,眼神调侃,似乎还觉得挺有意思。

步重华看见他那要勾不勾的嘴角,开口想说什么,却又没说出来,少顷才低低呼了口气,说:"人死起来还真挺容易的。"

"容易啊,都是买来的命,明码标价几千块一条呢。当然他那样的贵点儿,死后肯定会给老婆孩子不少抚恤金,不然以后没人愿意卖了。"

"才几千块啊?"

吴雩没有回答。

"哎,"步重华从副驾驶座上靠过来,"那有人不愿意卖吗?"

汽车轰轰驶过山路,铁路线渐渐远去,取而代之的是平原和山峦,在灰蓝的天穹下一望无际。吴雩把烟头伸到窗外去一弹,漫不经心道:"肯定有吧,哪儿都有异类。你要是去刘俐她老家问有没有女孩子不想卖,肯定也是有的,少就是了……当年的几千块,对那地方的人不便宜了,四号海洛因在国境线外也才三百多块呢。"

238

步重华沉思着没说话。

吴雩两三口抽完了烟，顺手往车外山路上一丢，又从烟盒里倒出来一支叼在嘴角，一手把方向盘，一手从杂物匣里摸索着找打火机，半天才摸着。

"你这条命值多少？"步重华拍拍他的背问。

吴雩一扬眉角："我呀？千金不换。"

步重华点点头，紧接着一把抽走打火机："那你就为了你那千金不换的肺少抽两根，或者抽好点儿的，啊。"

吴雩一张嘴烟就掉了出来："喂！"

吉普颠簸下了山路，在年久失修的自建水泥路上磕磕绊绊，不知道开了多久才见到前面错落的建筑——那是农村地区的自建小楼房，葛城山丰源村终于到了。

天色已经渐渐暗了下来，远处炊烟四起，这座散落在半山腰的村落正亮起零星的灯光。步重华跳下车，嘭一声关上车门："我以后再不相信你的怂恿了，说好最多半天，现在这是怎么回事？"

吴雩悻悻地说："我怎么知道这山路那么绕呢？"

一般城里的警察下乡村去公干，都要先拿着手续和文件，通报当地政府和公安机关，再由辖区派出所民警陪同出发，否则第一不熟悉民情，第二不熟悉地形，在执行任务过程中会增加很多麻烦。但丰源村情况特殊，这里的管辖派出所在几十里路以外，如果走流程的话务必要在这里耽搁一晚；步重华是个工作起来一分一秒钟都要节省的人，便电话打了个招呼，让派出所通知当地治安主任在村头等着他们。

"郜伟夫妻俩啊？"治安主任四十来岁，据说是村里为数不多的高学历——正经大专生，家里开了个鞭炮厂，普通话说得很好，"他们早不住在这里咧，基本就搬到县里去咧。"

步重华在越来越暗的天幕下打着手电："不回来了？"

"也回来，农忙和寒暑假的时候回来。"治安主任说，"他们俩娃在县里上学，大娃上初中，二娃上小学；住学校里太贵，他们就去学校边上开了个小店。开小店比土地里刨食强，县里的钱好赚，早两年他们还经常回来，去年就回来了几个月……"

"那他们家大女儿呢？"

"大丫啊？大丫也在店里帮忙吧！"治安主任终于找到由头打听这桩事儿，急忙鬼鬼祟祟地压低声音，"我听说他家大丫在城里死了？村子里都在传，是不是真的呀？怎么死的呀？是谁害死的呀？"

步重华没回答，问："你们村好拜神吗？"

"啥？土地公？"

"除土地公以外呢？"

治安主任讪笑搓手，露出"领导你是不是脑子有毛病"的表情："这位警官您听您说的，我们都是无神论者，平时也就拜拜菩萨财神之类的。"

步重华不置可否，沿着崎岖的小路向前走去。

乡村地区很多人家平时在外务工，农忙或年节时才回来，但仍然会倾其所有在老家修楼——楼是村里人的脸面，不管住不住都是要的，否则便是在乡里乡亲间矮人一头。

郜伟家也一样，走到村尾再往外十几分钟，在偏远的岔路尽头平地起了一座三层自建水泥小楼，铝合金门窗加防盗网，从外观看倒比村子里大多数住家都新一些。

"他家看着比别人家大？"步重华绕着小楼转了一圈，问。

治安主任一个劲摇头："平时倒没注意，应该是外头赚了钱——嗐，都是村里人，大也大不了多少。"

步重华点点头，沉思片刻，说："进去看看。"

"哎？"治安主任愣住了，面露难色，"还——还要进去啊？可是我们这儿没他的钥匙，要不我叫人砸了那个锁……"

步重华向大门走去："不用。"

跟城里的防盗门不同，水泥楼下"铁将军"把守，还牢牢缠绕了几圈铁链。步重华一手拿着那沉甸甸的黄铜锁打量，吴雩站在他身侧端详了一会儿，似乎也感到有些棘手："现在这种直开式弹子锁不太好开，里面都有防盗拨片了……喂！"

吴雩手还没碰到步重华的裤袋，就被步支队长一把抓住了腕骨。

"……"

两人对视五秒，吴雩莫名其妙地问："你干吗？"

步重华用冷淡的浅色眼珠打量他片刻，缓缓放开手，吴雩立刻把手背在身后直起腰，浑然若无其事，盯着铁锁扬了扬下巴："早知道带个破门泵来了，现在怎么办？"

"……"

"没事，领导身先士卒，您亲自踢，保管——"

咔嗒一声锁舌弹跳，吴雩的声音戛然而止，只见步重华熟练地把两根发夹从锁眼里拔出来，冲他挑了挑眉，神情中隐含着一丝揶揄："电视剧看多了吧，现在谁还踹门啊。"

吴雩："……"

大门应声而开，借着窗外最后一丝暗淡的天光，典型的老式北方乡村自建房格局展现在他们面前。

一楼客厅瓷砖只铺了一半，另一半堆放着木箱、竹篓等杂物，靠东是老式八仙桌、电冰箱和砖砌的灶台，地上还停着一辆电动车；楼梯铺着锃亮的地砖，转角处堆着拖地水桶，再上去便是二楼的卧室、客厅和厕所，厕所是蹲坑，外面还铺着一方脏兮兮的红色化纤地毯。

三楼没装修完，还是水泥毛坯，因为长久不开窗泛着空气发霉的味道。步重华打着手电转了一圈，治安主任不好意思地跟在他身后，搓着手笑道："咱们这儿都这样，一边住一边装修，有钱了就装一点，没钱就先搁着。唉！其实也就穷讲究个面子，都是驴粪蛋蛋外头光……"

"他们上一次回来住是什么时候？"步重华问。

"大概是春节，住到开工就回去了，再没回来过。"

"没回来过？"

"他们要做生意嘛，说是我们村的人，其实早跟这儿没什么关系了，我上一次见到他们家大丫还是好几年前的事儿呢。"治安主任偷觑步重华的脸色，赔笑问，"您们上级公安机关大概不知道我们这儿的情况，其实您到村里来没什么用，已经找不到他夫妻俩了。如果是为了调查他们家大丫的案子，要不我帮您打个电话，帮您去县里找找？"

步重华一言不发，在毛坯楼层转了一圈，便顺着楼梯下去。

治安主任亦步亦趋跟在他身后，想了想又提议："哎警官，要不我把他们在县里的地址写给您？还有他家大娃二娃的学校，现在正是上课的时候，您要是去他们学校保管堵得着人……"

"队长！"一楼厨房传来吴雩的声音。

步重华客气地摆摆手打断了热心的治安主任："麻烦您等我一会儿。"随即快速下了楼，只见吴雩站在厨房灶台后的窗前，就着手电筒光，正眯眼打量什么——是一袋酱油。

"怎么？"步重华低声问。

吴邪没吱声，大拇指在酱油袋边角轻轻一划，只见那几个黑体数字是打印出来的生产日期。

时间是两个月前。

——他们上一次回来住是什么时候？
——大概是春节，住到开工就回去了，再没回来过。

窗外天幕暗沉，黑夜已然降临。

远处村落间只有零星灯光，伴随着幽长尖锐的风声掠过山野，半人高的荒草在黑暗里齐齐摆动，犹如无数魍魉鬼魅潜伏在四面八方。

步重华和吴邪距离寸许，两人都没说话，只听见彼此鼻端轻而压抑的呼吸声。

"警官！哎，警官？"二楼传来治安主任的声音，似乎是从楼梯拐角探出了头，"咱们能开个灯吗？这黑灯瞎火的，啥也看不见。"

步重华举起一根食指竖在唇上，示意吴邪不要出声，同时从裤袋摸出手机，迅速打开短信发了个定位，口中沉声道："你说什么？"

"咱们能开个灯吗？这摸着黑，什么都瞧不见……"

"别开，我们过来是没有搜查令的，要是惊动了人回去得挨处分了。"步重华随口道，"你先待着别动，我去个洗手间，出来我们就走了，也没什么好看的。"

治安主任在二楼抻着脖子："哦、哦——那行。我要不要把他们县里的地址写给您啊？"

"要！待会儿你跟我们去车上写！"

治安主任这才放下心来，缩回了头。

步重华把手机放回口袋，刚要低声吩咐什么，突然身体一僵，只见对面吴邪也同时僵住了，两人面面相觑。

"……"

步重华攥着吴邪的手腕，力道坚定不容挣脱，就这么一点点把他的手从自己裤袋里拽了出来，提到面前。

两人对视五秒，步重华劈手把已经被吴邪偷到手的打火机夺下来，低声呵斥："都什么时候了，你还在想着抽烟？！"

吴雩咬牙切齿："都什么时候了，你还霸着我的打火机不放？"

二楼有动静，步重华立刻住口，二话不说拽着吴雩闪进洗手间，嘭一声关上门，随即打开了水龙头，在哗哗声响中压低声音吩咐："待会儿我们出去的时候你先走，我跟那治安主任在后面，我想办法制住他。万一闹出什么动静，我在前面顶着，你赶紧往停车的方向跑……"

吴雩脊背紧贴着墙，不耐烦打断了他："连治安主任都给他们打掩护，那这村子里不知道多少人是邪教信徒，万一闹起来怎么办，你行吗？"

步重华冷冷道："你最好祈祷自己不要有机会看我行不行！"

吴雩当机立断："你还是先把打火机还我吧。"

"都什么时候了还记得打火机？！"

"万一你光荣了来不及给我怎么办？！"

吴雩伸手去步重华裤袋硬掏，步重华推他又往外搡，就在这短短半秒间，吴雩胳膊肘往后一撞，咚一声闷响，墙上的无把手式柜门被按住、弹开，吱呀露出了一条小缝。

吴雩："……"

步重华："……"

自建房的厨房或洗手间里，大多有个内置式的空间来安放燃气热水器，三层水泥小楼用 24 升的大罐很正常，但在手电光的映照下，门缝中隐约露出的却不是热水器，而是一道直直通向地下的水泥台阶。

步重华脸部微微绷紧，一手握着电筒，刚伸手去拉那道小门，吴雩却按住了他，从后腰皮带里拔出一把很窄的匕首示意他拿着，匕身在手电光束中闪着寒光。

步重华点点头，无声地把他推向自己身后，然后用刀尖轻轻挑开门缝，迅速用手电筒往里一照。

——那是个地窖。

北方农村地区以前家家户户都有菜窖，但郜家这个地窖里放的不是菜，而是一排排书架。这些书架呈扇形靠墙摆放，中间留出十来平方米的空地，凌乱放着两把椅子和几排坐垫，像是在集会中专门给人坐或跪使用的。

步重华用手电在那几排书架上一晃，满满当当塞的全是手抄本、光盘、移动 U 盘和录像带，还有几台放映机和胡乱扎起的电线；他随机抽了几盘录像带出来一看，只见外盒上分别贴着手写的标签，大多是具有浓重迷信色彩的标题。

吴雩在他身后轻轻吸气。

步重华回头一看，只见吴雩从书架下层掏出一本厚厚的相册，刚打开便哗啦散出大摞照片，全是不堪入目的男女交叠在一起，张张背景全是他们身处的这个地窖！

两人一个对视，步重华低声喝道："把那治安主任抓起来！"

不用他再多说一个字，吴雩闪身冲上水泥台阶，步重华迅速挑拣了几张照片塞在怀里，风一样紧随其后；两人几乎同时钻出墙上那扇暗门，就在这瞬间，只听洗手间门外"咔嗒"一响，紧接着咚咚咚的脚步声，有人慌乱向外奔去。

——是那治安主任，他要跑！

吴雩箭步上前一推，门纹丝不动，竟然从外面锁住了！

吴雩心中暗骂一声，后退半步刚要发力，下一秒被步重华重重拉开，步重华二话不说，抬脚轰然一记猛踹。

嘎嘣！

外门框上的铁闩挣脱螺丝，子弹般飞出去，整个门板在咣当巨响中四分五裂！

治安主任还没跑到大门前，只觉脑后劲风呼来，紧接着被手电筒当啷砸得头破血流，连发声都来不及便瘫软下去，被步重华反拧手肘摁倒在地，三下五除二制住了。

"救——呜！"

吴雩紧跟而来，一把精确卸掉了治安主任的下巴，惨叫顿时戛然而止。

他们两人一个按着抽搐的治安主任，一个半跪在地，对视三秒，同时回头望向身后满地碎裂的门板。

"不是说只有电视剧里才踹门吗？"吴雩嘶哑着嗓子问。

步重华止住喘息，咽了口唾沫："这叫文艺创作来源于生活。"

第33章

咔！

吴雯动作干净利落，单手把治安主任下巴扳正，剧痛让这人满地打滚，差点挣脱了步重华的钳制。

他口水流了一地，半晌才勉强凑成音节，被步重华严厉的声音打断了："你们村多少人信这个？"

"呣、呣、呣落扫……"

吴雯："他说没多少。"

步重华手一用力："说清楚点儿！"

治安主任被勒得两眼翻白："妹、妹多少，增的！增的妹多少！"

吴雯："他说相当多。"

步重华说："这个不用翻译我知道。"紧接着他厉声问，"郜伟、熊金枝夫妇是不是你们这儿的头儿？"

"四四四……四滴，他们四介里滴组长，就四我们介个小组的头头……"

"'巴老师'是什么人？！"

"不资道，增滴不资道，我紫四个小排长……"

步重华对吴雯轻声道："邪教传播跟瘟疫似的，一家进去半个村沦陷，他们这儿估计差不多了。"

吴雯问："现在怎么办？"

"先回车上，开出去再说，晚上村子里不安全。"

吴雯点点头，步重华勒着治安主任的脖子把他从地上拽起来，低声道："我现在带你从这儿出去，你敢出声我就当场弄死你，不信你试试！"

治安主任瞟见他手里明晃晃的匕首，登时吓尿了，慌忙一个劲点头。

步重华把他一推:"走!"

治安主任颤巍巍去开门,就在这时步重华手臂一紧,被吴霁蓦然按住了:"等等。"

夜幕初降,星月未起,乡村地区的黑夜没有霓虹灯光,那是真正的伸手不见五指。黑暗中只有那一束手电斜斜打在屋角,在微弱的光影中,只见吴霁直勾勾盯着步重华,眼珠幽黑得可怕。

步重华眉心一跳:"怎么?"

"你没闻到?"

"闻到什么?"

吴霁嘴唇似乎在微微发颤,倏而转向屋子四周,目光瞬间扫过南墙、洗手间、楼梯转角等几处装了防盗网的铝合金窗,终于吐出了两个字:"汽油。"

汽油?

步重华吸了两口气,乡间夜晚的空气混合草木泥土,分明没有丝毫异状。他还没来得及仔细分辨,这时治安主任从大门前回过头,结结巴巴地道:"警——警官,这门打——打不开……"

这门没有装防盗锁,外面挂着最原始也最安全的铁链和弹子锁,但刚才明明已经被撬开了。步重华推开治安主任,伸手把门一拉,果然纹丝不动。他意识到不对,当即一脚重重踹在门上,厚重的实木大门咚地一撞,传来金属绷紧的哗啦声——是被人用铁链从外面缠死了!

怎么可能?

嘀——嘀——嘀——

就在这时窗外突然炸起了尖厉的哨声,外面有人!

"还有多少人知道我们过来?!"

治安主任真吓尿了:"没人!没人!我都没来得及说出去!"

没人知道他们过来,那反锁大门在外面吹哨的人是谁,又想干什么?!

嘀——嘀——嘀——

哨子犹如黑夜中的催命符,一声响过一声,一声急过一声,声声重击在最恐惧的神经上。远处村庄里灯光接二连三亮起,人叫狗吠响成一片,就在这混乱中,步重华终于听见了那最不祥的、他最不愿意听见的动静——

哗啦!

哗啦!

浓浓汽油味从每块窗棂、每寸砖缝中飘进鼻端,紧接着哨音一停,两秒后,一道火光从窗外划破夜幕,映在步重华难以置信的眼里——

轰!

熊熊烈焰由四面墙壁冲天而起!

九岁那年的血色深夜从虚空中扑面砸下,枪声、叫骂、鲜血、哭号,混杂成千上万种歇斯底里的声音撕裂耳膜,又像无数双血淋淋的手从土里伸出来,抓住他的脚,缠住他的腿,把他血肉淋漓的身体拖向地底。

步重华剧烈喘息,勉强走了两步,手一松——叮当!

匕首掉落在地,而他却仿佛没有发现。

他仿佛在一瞬间变小,被无形的囚笼困回那间衣橱,透过柜门缝隙看见惨剧重演在咫尺之距,听见孩童尖厉到极致的嘶喊声:"爸爸!妈妈!"

那枪口已经顶住了他妈妈的头颅。

"求求你们快说吧……"

一根手指按住扳机。

"求求你们快说啊!……"

当年没有机会出口的惨叫,痛苦的咆哮,凄厉的哭号,化作无数钢爪在胸腔中血淋淋抓挠,但他无法发出任何声音,只能眼睁睁看那手指扣动扳机——

砰!

砰!

木椅在门板上撞得四分五裂,厚门板却只危险地晃了几下。吴雩又抄起另一把椅子狠狠摔碎在门上,哗啦啦几声脆响,大块木屑混合着墙灰,下雨般撒了满地。

"啊啊啊啊!"治安主任在满室黑烟中抱头狂叫,条件反射要来抱吴雩的腿,被他一手推到尚未开始燃烧的南墙边,吴雩对着刚才门板被砸出裂纹的地方就是重重几脚。哐!哐!门板在压力下不断塌陷、弯曲,终于又哗啦一声,被踹穿了一个洞!

吴雩从洞里拔出自己半只脚,又带出一拨木屑,转身冲进洗手间,随便拽了条毛巾浇上水,往瘦削有力的左手上利落一裹,回到门边把手从那洞口伸出去摸索，试图把一圈圈绕住外门闩的铁链解开。

但这时候已经来不及了，汽油助燃下的火苗很快蔓延到整个外墙，虽然还没烧到大门，但金属铁链温度已经升得非常高，吴霁只来得及解开第一圈铁链，手指就被烫得刺啦一声！

吴霁抽回手，迅速解开毛巾，一看掌心，无声地骂了句脏话。

这时火已经完全烧起来了，室内温度急剧升高，烤得人皮肤刺痛，黑烟滚滚充斥了一楼，几乎什么都看不清。吴霁向周围扫视一圈，锐利的视线闪电般锁定几个方位，拽起不住疯狂呛咳的治安主任往楼梯上一推，喝道："跑！"

治安主任根本站不起来，四周火光映照，他的脸被恐惧和绝望扭曲："救命、救命，我跑不了……"

"上楼！快！"

"我要死了我要死了，喀喀喀……"

"快！！"

"救命啊、救命啊——"

明明四周高温缺氧，步重华却仿佛被冻住了似的，眼耳口鼻浸于冰海，只能听见脚下深渊中传来孩童一声声哭号，那撕心裂肺的怨恨如此熟悉——我跑不了。

我跑不了。

因为我的爸爸妈妈还在这里，我跑不了——

紧接着下一秒，他瞳孔中映出满身狼狈的吴霁，拎起治安主任衣领劈手就是一记耳光！

啪！

那一巴掌破空而来，重重抽在那个蜷缩在火光和鲜血中哭泣的孩童脸上。

"你不会死！"二十多年后吴霁的怒吼和二十年多年前深夜里的少年彼此重叠，甚至连撕裂的尾音都如出一辙，"跑，快跑！！"

"我们是不是要被追上了？我们是不是要死了？"

"不，要活下去……"

"怎么办？我们要死了、我们要死了！怎么办？！"

"快跑，要活下去……"

不管发生什么都要活下去，活下去才有一切，活下去才能报仇！

火舌舔舐在身侧，步重华脸颊再次感觉到那滚烫的刺痛——那是虚空中少年鲜血淋漓的手掌用力抹去他的眼泪，从此穿透骨髓，在灵魂深处烙下永不磨灭的印记。

"跟我来，"步重华喘息着抓住吴雩的手，"跟我来，过来……快！"

吴雩仓促抬头，只见步重华像是刚从某个噩梦中惊醒一般，拽着他跟跄奔上二楼。墙壁已经烧着了，致命浓烟中根本分不清东南西北，步重华仅凭着刚才在二楼摸黑一圈的记忆，用肩膀撞开主卧门，玻璃窗外扭曲的火光把他脸映得浑不似人。

玻璃窗！

只有连通主卧的那个洗手间里，有一扇窗户没装防盗网！

生的希望近在眼前，治安主任膝盖一软，险些脱力跪倒，被步重华单手拎起来就往主卧里推。但就在这千钧一发之时，突然轰隆几声巨响，主卧北角熊熊燃烧的木梁整段坍塌，瞬间黑烟暴起，火星乱溅，炙热的气流一下把他们都推了出去！

"啊啊啊——"

治安主任撞上身后的吴雩，两人齐齐砸在龟裂的墙上，吴雩别无选择当了肉垫，霎时痛得说不出话来。

"你没事吧？！"步重华冲上来喝道。

吴雩苍白的脸被火光映红，摇头把尖叫的治安主任一推："快！"

可怜治安主任活了大半辈子都没见过这场面，是真的已经连站都站不起来了，步重华就像拖口袋似的顺地面拖着他，疾步冲进燃烧的主卧，一脚蹬碎玻璃："跳！"

"救命啊妈妈啊我不敢我不敢……"

治安主任两手乱舞，下一秒身体腾空，被步重华活生生从窗口抛了出去！

"啊——"扑通一声重响，这倒霉鬼摔在前院漫天黑烟里，惨叫声顿时中止，换成了狼狈不堪的"哎哟"，大概是扭到脚脖子了。

"吴雩！"步重华回头吼道。

火光跳跃中的主卧里却不见人影。

"吴雩！"

步重华捂嘴呛咳，踩着火苗乱蹿的地板冲出屋，刹那间瞥见前方墙根下的侧影，心脏仿佛被无形的手紧紧攥住了。

吴雩弓身坐在墙边，一手用湿毛巾捂着嘴，一手无力地摊在身侧。他鲜血淋漓的掌心向上，血从指甲中沔出来，在细长指缝间留下纵横交错的痕迹。

明明不是那样的，步重华却突然产生了某种荒诞的错觉。仿佛他只是地狱火海中的一道幻影，从未真正存在过，随时可能在顷刻间消失。

"你怎么样？受伤了？"

步重华半跪在他身侧，却见吴雩摇摇头，把自己的湿毛巾塞给了他："我没事，你快跳，待会儿可能要爆燃了。"

"什么？快起来！"

"我就休息一会儿，过两分钟我就……"

"别废话！跟我过来！"步重华几乎是怒吼了，"快！"

"……"

吴雩脸色苍白，一言不发。步重华强行扳过他的脸，发现他视线竟然有些涣散，似乎在这生死瞬间的关口，被某个突如其来的闪念打动了，正在犹豫不决。

他为什么犹豫？

刚才那短短十多秒间，当一个人靠在这火场中慢慢坐下的时候，他想起了什么？

一丝无来由的冰凉骤然从脊椎升起，步重华面色剧变，夺过湿毛巾捂住他口鼻，拽起他手臂强行搭在自己肩上，劈头盖脸呵斥："跟我过来！快！"

"嘶……痛痛痛，"吴雩掩饰般低头吸气，"我刚崴到脚了，轻点轻点……"

主卧门框已经烧了起来，步重华疾步来到窗边，哗啦把另一侧窗框上的玻璃踹碎，抓着吴雩的肩喝道："我喊三二一！跟我一起用力跳！明白吗？！"

吴雩咽了口唾沫。

"死了就什么都没有了！我们得活下去，活下去才能抓住那些人渣！活下去才能给被害人报仇！"步重华拇指把他前额的碎发向后捋，强迫他盯着自己的眼睛，"明白吗？！"

吴雩喘息着，终于点点头："我明白。"

"跳！"

新鲜空气涌入火场,烈焰瞬间爆燃,轰一声冲上夜空。就在那耀眼的火海中,步重华把吴雩裹在自己臂膀中,助跑两步发力跃下了窗台!

扑通!

两人同时落地、翻滚,跟跄冲出灰烟,连滚带爬十多米,凉风迎面而来,终于一头栽倒在地。

"咳咳咳!咳咳咳……"

步重华吃了满嘴黑烟,差点把肺从喉咙里呛出来,不知道咳了多久才终于勉强止住,眼前发黑地坐在地上,重重呼了口气。

身后咔嚓轻响,一簇火苗燃起。他回头一看,只见吴雩仰面朝天平躺在草地上,嘴里叼着根烟,点起了打火机。

步重华往裤袋里一摸:"你什么时候拿走的?"

远处的三层水泥楼已经完全被烈火笼罩了,火光中勾勒出吴雩轮廓深刻的侧脸,从额头,到眉骨,到挺拔的鼻梁、狭窄的下颌,以及脖颈以下深深凹陷的颈窝,那光影清晰得惊心动魄。步重华看见他嘴角似乎疲惫地勾了勾,点起烟,长长呼了口淡蓝色的烟气:"把那倒霉鬼推给你的时候。"

他顿了顿,说:"我还是想再好好抽一支。"

他自嘲地笑起来,步重华盯着他不知该说什么,许久也只能摇头作罢,两人都有些虚脱之后的放松和无可奈何。

"我这辈子,除了天塌下来,否则再不会拿你的打火机了。"步重华无奈道,"你的手怎么样了?"

吴雩把手掌一摊,示意没事,步重华却勉强站起身坐近了些,拉着他手臂仔细看了半晌,只见那血肉模糊的掌心已经被烤干了,创面却并不太大,应该是湿毛巾裹住了大半手掌的原因。

"回去上市一院消个毒,天热别感染了。"

"唔,行。"

火场中走一遭的体力消耗极其惊人,他们胸肺呛足了灰烟,连呼吸都火辣辣剧痛,一时都起不来。步重华坐在吴雩身侧,看着他乌黑修长的眉毛和鸦翅般垂落下去的眼睫,突然无来由地说:"你知道吗?很多年前,也曾经有一个人这么拉着我跑出火场。"

"啊?"

"他跟我说只有活下去才能报仇,如果人死了,就什么也没有了。后来我一直记着这句话，活着才能记住很多事，感受各种快乐和痛苦，体会人生在世的各种意义。"步重华顿了顿，低声说，"死了就什么也没有了，是很可怕的一件事。"

吴雩弹烟灰的动作顿住了，瞳孔霎时紧缩，满是鲜血的手指在阴影中微微发颤。

他一动不动地躺在地上，有那么片刻工夫，似乎连呼吸都发不出一点声音来，良久才在远处噼啪作响的燃烧声中张了张口，轻轻问："那你现在报仇了吗？"

步重华站起身跺了跺满裤腿草根，说："暂时还没。"

他不欲多言，向吴雩伸出手，示意他拉着自己起来："我们得赶紧走，救火的村民要来了。那个放火的肯定还潜伏在周围，我们赶紧回车上等后援过来。"

吴雩攒了口气，拉住他的手，摇摇晃晃从地上站起来，突然整个人一激灵。

"怎么？"

吴雩没有出声，也没动作，少顷突然回头望向远处浓墨似的黑夜，目光森寒警惕，神情大异寻常："好像有动静。"

动静？

大火燃烧房屋的爆裂声，夜风呜呜作响，山林窸窣晃动的荒野……

"走，"吴雩倒退一步，突然喝道，"快走！"

不用他再提醒第二遍，两人同时拔腿就跑，但没跑几步又同时急停！

远处山林间半人高的荒草左右摇摆，它们发出的沙沙声由远而近，由杂乱变得整齐有规律，终于从夜幕中显出了轮廓——

那不是草，那是人。

上百名村民呈扇形缓缓上前，人群中木棍菜刀森然林立，每张脸上都闪动着冷漠和警惕，四面八方的目光充满敌意，牢牢盯住了包围圈中心的吴雩和步重华。

第 34 章

步重华和吴雩对视一眼，脸色都不太好看。

"他们不是来救火的。"吴雩低声道。

步重华微不可察地点点头："他们知道姓郜的夫妻俩家里藏着什么，可能更想灭我们的口。"

人群交头接耳，终于有人率先喝问："你们什么人？是来干什么的？"

"我们，"步重华顿了顿，急中生智，"我们来探亲！"

前排几个男的同时吼起来："探谁？""火是怎么回事？"

"我们是熊金枝的娘家亲戚……"

"他们骗人！"人群后一个声音突兀地喊道，"教长被公安局的接走了，他们是上面派来查我们的！"

仿佛一滴水滴进油锅里，人群霎时哗然："是官皮？"

"条子？"

"他们是来抓人的？！"

气氛一触即发，步重华脸色微变，大脑迅速转动，还没准备好说辞，突然听身后有人踉踉跄跄奔来："等等！等等！"

是那个治安主任！

治安主任被熏得满头满脸发黑，崴着脚一瘸一拐地冲上前，看都没看吴雩、步重华一眼，径直奔向领头那几个男性村民，操着浓重的当地口音叽哩哇啦就是一通吼："你们懂不懂？哈，你们懂不懂？人家是县里扶贫办……"

"他说什么？"吴雩轻声问。

步重华能听懂一些津海方言："他说我们是县上派来确认郜灵死亡，给郜家发放慰问金的。那个点火的'魔鬼'还潜伏在周围没跑远，让人赶紧散开去搜索，别把'魔鬼'放跑了。"

几个年长的男性村民被治安主任一通连吼带骂，明显有些动摇，你看我我看你地退了两步——包围圈随着他们的脚步往后散开些许，但就在这此消彼长的关键时刻，只听先前那突兀的声音又尖尖细细地叫了起来："他们是上面的！招市上面判了我们兄弟死刑！

"他们才是迫害我们的魔鬼！"

——这个声音到底是谁？！

步重华心念电转，脱口吼道："是你！——就是你点的火！"

然而话音刚落就来不及了。"招市"二字如同点燃炸药的引线，简直是轰隆一下直接引爆了剑拔弩张的情绪。几个带头的同时哇啦哇啦狂叫起来，把徒劳阻拦的治安主任一推，抄着木棍、菜刀，一边口中念念有词一边冲了上来！

步重华挡在吴雩身前，扭头避开当头而下的劲风，抓住木棍远远甩开："你先走！快！"

吴雩似有一丝犹豫。

步重华厉声道："等什么！快走！"

周遭实在太黑太混乱了，就那短短半秒间，几个人同时越过步重华冲向吴雩。那夹杂着木棒砖块的攻击杂乱、毫无章法，但奈何人多，吴雩仓促闪过几下，瞅准空隙一把攥住拿刀砍到自己眼前的手，飞起一脚踹开那村民，顺势夺过砍刀："我一个人跑得掉，别管我！我挡着你快走！"

"你——"

吴雩一刀背剁在偷袭者背上，那人应声倒下，他向步重华瞥了一眼："快点！"

那瞬间步重华从眼神中看懂了他试图隐藏的真正意思。

刀枪林立的战场，疯狂嗜血的人群，残酷血腥的争杀……这些对吴雩来说都不陌生，他本来就是被无数个生死关头淬炼出的、孤身一人绝域突围的单刀，步重华在这里反而会成为他的掣肘。

步重华呼出一口带血锈的气，一咬后槽牙，单臂发力擒拿，扭倒抄着铁棍正面扑向自己的村民，屈膝顶中对方胸口，夺过铁棍，咣咣两下砸得左右众人惨叫后退，紧接着他迅速倒退两步贴上吴雩的背："把刀给我！"

吴雩眼皮一跳。

"把刀给我！"步重华不容置疑喝道。

明明是瞬息万变的关头，吴雪脑海中却同时闪过很多念头：把刀给你，然后我呢？

就因为他们还没被审判定罪，手下便注定要为恪守你们这些领导的原则而任人鱼肉？

张博明当初是不是也这么想的？张博明是不是也说过类似的话？

步重华回手一拍吴雪肩膀："快！"

吴雪偏头一瞥，眼角寒光锋利，刹那间似乎在心里掷下了某种筹码，把砍刀向他轻轻一抛——

刀锋呼呼打旋落下，被步重华啪一声准确握住刀柄，旋即不由分说，劈手夺下！

随即步重华一砍刀抵住那小青年的脖子，硬生生把人质拎了起来，吼声冷厉严峻："退后！

"放下武器，给我退开！否则我宰了他！"

疯狗般的人群一静，突然响起衰老嘶哑的哭叫声："我、我……我大宝啊！"

小青年哆哆嗦嗦发出混合着恐惧的惨号，紧接着就尿了一裤子，血混合着尿稀里哗啦洒了满地，在远处肆虐的火光中，清清楚楚映在所有人眼里，好几个人当场就打了个寒战，不由自主向后退散。

"放开我大宝，快放开我大宝呀！……"老妇的哭叫声几乎盖过了大火燃烧声，听得人心头发寒，几个胆怯点儿的不由得手一松，刀枪棍棒叮当落地，场面顿时僵持住了。

步重华向后一使眼色："快走！"

吴雪和步重华互为犄角，一个扫视周围警戒提防，一个拿刀勒着人质退后，终于慢慢倒退出郜伟家所处的那条岔道，踏上了来时的土渣路。这时天早已全黑下来了，周围可见度最多三米，出了这个距离是人是鬼都看不清；树梢在道路两边的土坡上摇曳，仿佛隐蔽在黑暗中的鬼爪，发出错杂尖锐的摩擦声。

邪教信徒们从前方熊熊燃烧的房屋前聚拢过来，始终紧紧围在他们正前方，人群中不断响起诡异的声音："我们要坚信末日即将来临，迫害我们的都是魔鬼，是邪灵……"

"你们都是魔鬼，是邪灵，是没有信仰的愚民……"小青年拖着伤腿，哆哆嗦嗦念叨，"我们需抛弃肉身，供奉圣灵，不惧怕压迫拷打，死后一定能升入天堂……"

吴雪把从地上捡来的铁棍从左手换到右手，用犬齿咬着烟头，轻声说："这辈子已经活成这样了，还不想着赶紧上个学读个书，信神能管用吗？"

小青年扭曲着脸怒吼："我们读的是神的思想！神的言论！你们这些没有信仰的恶魔怎么能懂？！"

"神的思想言论就光教会你们杀人放火了？"

"我们那是灵体合一！是全心奉献！是我们姐妹的本分！我们……"

"这些都是姓巴的教你们的？"步重华打断了他。

小青年被吴雪刺激得口不择言，情绪癫狂已至极点："住口！你们不配提老师的名字！"

巴老师。

步重华偏过头，和被他挡在身后的吴雪对视一眼，两人眼底神情都发沉——这个阴魂不散的名字，再次从血腥的幕后显出了端倪。

他到底是做什么的？他是否就隐藏在这个村子里？

步重华大脑转得飞快，突然哼笑一声："那个姓巴的已经被我们抓住了，你还不知道吧？"

小青年整个人一愣："什么？"

"就是巴老师告诉我们到这里来的，否则警察怎么能找到你们？"

"不可能，你骗我……"小青年颤抖着呢喃，就像是被电打了似的，疯狂吼叫起来，"不可能，巴老师绝不可能被抓！你骗我——"

远处山路红蓝光芒乍亮，警笛划破夜空。

后援来了！

"什么声音？""是警察？"

人群纷纷觅声回头，恐慌的议论越来越大，渐渐嗡响成一片："警察来抓我们了？""是公安局！""是魔鬼！"……

"我们要被判死刑了！"有人惊慌失措地叫起来，"只要被魔鬼抓住就是个死！"

"只要抓住就会判死刑"仿佛从天而降的斧头，一斧斩断了人群的退路，极度的恐惧立刻化作了极度的绝望和狂热。直到这时步重华的脸色才真正变了，当机立断厉喝："放下武器快跑！警察不会伤害你们！快跑！"

"救命！救命！"小青年就像脱水的鱼疯狂弹跳，甚至没顾上注意刀锋已经在皮肉上划出了血口，几次险险划过颈动脉左右，"他们来迫害我们了！救命——"

步重华一掌死死按住他："不准动！"

步重华多年一线实战加体能锻炼，那掌力非同小可，当时就把小青年牢牢摁住。小青年凸着眼睛发不出声来，只手脚一个劲乱蹬。

"队长！"吴雩喘息道。

那短短两个字让步重华立刻意识到什么，把小青年往外一推："你赶紧滚！"

步重华绝不可能有吴雩这样面对暴乱人群的经验，他的反应已经堪称神速，却还是晚了。黑灯瞎火中没人能看清他刚才对人质干了什么，就在小青年被迫失声的两秒间，不远处那道尖尖细细、不怀好意的叫喊又平地炸起："他杀了大宝！不好啦！"

"警察把大宝杀啦——"

混乱霎时安静半秒，紧接着又响起叫喊声："警察杀人了警察杀人了！""我的大宝啊啊啊！我跟你们拼了！！""绝不坐以待毙！跟魔鬼决一死战、决一死战——"

如果说那人第一次发声就像是水滴掉进油锅的话，那么现在就是整个油锅都炸了起来，每个人都在尖叫，每个人都在嘶吼，千万油星冲天乱迸，小青年恐慌的嚷嚷根本传不到别人的耳朵里。

"回警车上，"步重华倒退半步，心知大势已去，突然甩手把砍刀抛给吴雩，"接着！回警车上！快！！"

话音刚落，暴怒的人群蜂拥而上，潮水般淹没了他们！

红蓝警灯飞驰而近，警笛震动整个村庄，咣咣咣接二连三轰响，所有警车都打开了远光灯，霎时将整条渣土路照得如同白昼。

"这边这边！这边这边！！"治安主任连滚带爬从警车里摔下来，一边语无伦次指路，一边朝这边大吼，"快住手！警察都来了！还不快住手！！"

"不许动！""举起手来！"

"警察！"

吴雩飞身踹倒一个状若疯狂的老头，整个人凌空下坠，双膝结结实实压在了另一名男子肩上，后腰仰弯如倒"U"，撬棍贴着他鼻尖呼啸扫过。他简直像无声无息的厉鬼,所到之处无人可挡,下一秒从男子肩头翻身而下,落地雷霆重扫!

"弄死他!弄死他!"混乱中一双苍老的手抓住了吴雩衣角,老妇瞪着两只通红的眼睛,"他们杀了我大宝!弄死他——"

步重华扑上来揪住那老妇,也管不了那么多,抓起来横甩了出去。就在这顷刻间,他们的退路已经被完全阻绝,杀红了眼的村民蜂拥而上,如蝗虫般层层叠叠罩住了他们。

数不清多少木棒铁棍当头而下,同时映在吴雩瞳底。

下一刻,他被步重华重重按倒在地,头脸全身尽皆埋住,丝毫不露在外。

——嘭!

步重华一手捂住吴雩眼睛,另一手垫在他后脑和地面之间,头紧紧伏在他颈窝中,耳朵里只听见自己的骨骼内脏齐齐发出闷响。

剧痛让他甚至来不及感觉自己哪里受了伤,五脏六腑在同时收紧,紧接着从咽喉喷出了一口血!

时间仿佛被凝固静止,无限拉长;那口热血顺着吴雩鬓发流到后颈,刹那间化作岩浆,熔化皮肉,刺啦烧遍了每一寸冰冷的骨缝和黑暗中静默的灵魂。

"步队,"吴雩呼吸一顿,随即失声怒道,"步重华!"

枪声穿透夜空,响得可怕,所有爆沸同时一寂!

"不准动!不然开枪了!"当地公安局局长食指扣在扳机上,怒吼撕裂所有人耳膜,"所有人退后!警察!!"

第 35 章

"心跳 120 次每分,血压 165……"
"这警察情况还行,小刘带他去拍个片子!"
"让开!让开!急诊通道别堵着人!"
…………

　　县医院灯火通明,从急诊到前院挤得满满当当,犹如三更半夜开了个集市。津海市公安局南城区分局几个领导都赶到了,廖刚作为业务部门代表简直是连滚带爬下车的,在院子里抓着县公安局防暴大队的吼了半天,粗暴地推开几个作势来劝的手下人,裹着夜风呼一声钻进门。
　　"小吴呢?谁看见我们小吴了?"廖刚随便揪了个小护士比画,"我们队的警察,个头这么高,看着挺年轻,三棍子打不出一个闷屁……"
　　小护士回头一指。
　　吴雪坐在靠墙的长椅上,低着头闷声不吭,大腿分得很开,左右手肘搭在双膝上,向地面垂落的左手从小臂开始便一圈圈裹上了医用纱布。医生正站在他身边苦口婆心劝说,他却毫无反应,间或一摇头,是拒绝的意思。
　　"小吴!"廖刚推开蜂拥而上的各路人马,硬是从急诊室外走廊上挤了过去,"怎么回事?你哪儿受伤了?"
　　"你是他的领导吧?"医生眼前一亮,立刻拉住廖刚,"你赶紧劝劝他,火场里走了一遭出来,也不赶紧去拍个片子做检查,年轻人一点也不知道爱惜自己,嘿呀真气人……"
　　吴雪抬起头来,带着血丝的眼睛与廖刚对视,后者心里突地一跳。
　　——明明还是那张神情平淡的脸,从不打理的头发,散漫窝囊的打扮,他周身却仿佛挟着和平时截然相反的气势,尖锐、寒冷而沉凝,从全身上下每个毛孔中流露出来。

廖刚下意识放轻了声音："小吴你……"

"步队呢？"

"步队，"廖刚一愣，"已经做完检查从后门推去观察室了，内脏没受大伤，肋骨裂了两三根，观察一晚没事的话明天再送回津海，市一院那边我们有人——你在这门口守着干吗？"

吴雩收回目光，"啊"了一声。

"听见没，你队长已经没事了！还不快去做检查！"医生怒斥，"这位领导你也别愣着，赶紧说他两句！"

廖刚醒悟过来，只见吴雩这才"嗐"了一声，一手扶着膝盖站起身，自哂般摆了摆手："太平盛世，不用那么娇气，算了吧。"

直到这时他身上那压人的东西才突然散去了，仿佛在一低头间，又变回了那个沉默温顺、毫无存在感的年轻人。

这极其隐蔽的变化，换作是别人可能都不会注意，或纳罕两三秒也就抛之脑后了，但不知怎么廖刚突然有种奇怪的感觉，他想起不久以前步重华私下吩咐的话，那是年大兴被抓不久之后，有一次突然提起的——

"提醒新来那几个研究生，对姓吴的放尊重一点儿，别没事呼来喝去的。"

"啊——啊？！发生什么事啦？"

步重华没有回答，只不耐烦地指指手上："人家从警的年头都不知道比他们久多少，你看胳膊腿上那伤。"

吴雩越过医生，走向门外，刹那间廖刚一眼瞥去，只见他全身唯一裸露在外的双臂上，青紫已肿成了泛着黑点的瘀紫，擦刮出的长长血痕还在渗血，顺着满是灰尘的手肘，洇进抹着厚厚烫伤药的纱布边缘，凝固成了触目惊心的褐色。

"小吴！"

吴雩回过头。

廖刚沉吟片刻，揽着他的肩拍了拍："你也去做个检查，医生让你干吗就干吗，回头……"

吴雩刚开口要拒，廖刚说："步队今晚一个人不行，你也去拍个片子，回头拍完跟他住同一间病房，好有个照应。啊？听廖哥的话。"

吴雩迟疑少顷，张了张口，也不知道是想拒绝找不出理由还是其他什么，终于点点头。

凌晨三点半,黎明到来前夜最深的时候。病房关了灯,门下缝隙中透出走廊上惨白的光,间或有脚步踩下的影子经过,是护士推着给药的小铁车啪嗒啪嗒走远,咣当咣当的回响越来越不清晰,渐渐消失在了医院大楼的尽头。

吴雩平躺在病床上,睁着眼睛,瞳孔深处隐约映出窗外远方缥缈的灯光,他扭头向邻床望去。

铁架上的输液袋还剩下大半,药液正顺着软管一滴滴往下掉落。昏暗中传来悠长平稳的呼吸声,那个人的胸膛也随之有规律地一起一伏,应该已经睡熟了。

那是步重华。

吴雩轻轻起身下床,没有穿鞋,光脚踩在地上毫无声息,走到那病床边,望着那张熟悉的脸。

步重华轮廓是真的很深,尤其脸颊到下颌骨那块,在这样的黑夜中都能显出明暗区间来。可能因为还年轻,脸上缺少岁月留下的痕迹,睡着时眉宇一放松,那冷峻的积威感就散了,倒有一点清朗和锐气。

那个瘫软倒在血泊中号啕大哭的孩子,那些沾满灰尘泥土的惊恐眼泪,已经被隐藏在冷漠的精英面孔之下,包裹在二十年如一日变态的严苛自律中,凝固成了尖锐的、冷酷的冰刺。

吴雩望着他,似乎想从那眉眼鬓角中找出记忆里的一点影子,但很快就放弃了。

"你这个精英,当得也挺不容易的。"他耳语似的小声道。

过了会儿他又像对自己作总结陈词,轻轻地说:"我现在同意姓步的跟张博明是两种人了。"

他仿佛感觉很有意思,摇头无声一笑,把步重华的被角往上披了披,转身走回自己病床,顺手从床头柜上的烟盒里倒出一根烟,用两根手指夹在鼻端嗅味道,就在这时身后传来冷冰冰的声音:"就算这样也不是你可以在病房里抽烟的理由。"

吴雩:"……"

步重华每个字都仿佛让室内温度平白下降了一度:"我都这样了,你还在我病床前抽烟?"

吴雩镇定地转过身:"队长您感觉怎么样?什么时候醒的?"

"姓步的也不容易的时候。"

"什么姓步的？队长您做梦了吧？"

"是，我还梦见有人说他现在相信我跟张博明是不同的两种人。"步重华咬牙用手肘支撑起身体，喘息道，"看来的确是我在做梦。"

吴雩摸摸鼻子，奥斯卡小金人等级的演技还是没挂住，他快步上前扶起步重华，塞了两个枕头在步重华腰后，结果冷不防压迫到了开裂的后肋骨，当场两个人都"嘶"了一声，步重华条件反射向后倒，被吴雩赶紧双手撑住了，当场第一反应是——竟然这么沉！

步重华不是健硕的体形，穿上衣服甚至还挺显瘦，但肌肉密度出乎意料地高，吴雩半边身体都靠上去才勉强稳住他的平衡："你没事吧？要不叫个医生来看看？"

步重华不住抽气，摇了摇头，在不牵扯伤口的情况下慢慢靠在了枕头上。

"真没事？"

"没事。"从口型看步重华可能无声地骂了一句，咬牙说，"那个放火的孙子只要被抓到，二十年跑不了了。"

"姓步的"很少有这么狼狈的时候，可能他自己也知道自己现在是什么样，索性破罐子破摔，把冷峻严厉的精英架子全给扔了。吴雩看着微微觉得有些好笑，想了想说："没关系，医生说你没有伤到肾，别担心了。"

"跟我的肾有什么……"步重华突然顿住。

春末深夜湿润温暖，病床又昏暗而狭窄，吴雩一个膝盖抵在床边，这姿势让两人几乎是紧挨着的，一个正着一个侧着地同靠在床头，连对方说话时带起的轻微气流都清晰可感。

步重华张了张口，却又止住了，紧接着向另一边偏过头，低声呵斥："跟你说过别搭理他们的低级玩笑，还不赶紧把枕头拿走，压着伤口了！"

吴雩心说给你枕头你还挑，这人一受伤事儿还挺多，便把枕头抽走扔在自己病床上，又把步重华的被子往上掖了掖："行行，你还有什么事？廖副说了，今晚我伺候你，要什么赶紧吩咐。"

步重华想了片刻："我有点……"

他刚要试探说"我有点渴"，吴雩问："你放水不？我给你拿个可乐瓶？"

步重华吸了口气，从枕头上侧过头，幽幽地看着他："你当我是高宝康对吧？"

吴雩若有所悟："我给你拿瓶脉动？"

步重华抚着额角："我不想放水！睡你的吧！"

吴雩哑然失笑，窸窸窣窣地上了床，随便把毯子往腰上一搭。窗外阑珊灯光映出他屈起的小腿，从膝盖到小腿、从脚踝到趾尖呈现出极其瘦削精悍的线条；一手搭在眼皮上，另一只缠满绷带的手却从床边垂下来，掌心向上，血迹已经干涸了。

房间里只听两人轻微的呼吸起伏，足足过了半支烟工夫，步重华还是没忍住，轻声问："吴雩？"

果不其然邻床丝毫没有睡意的声音响了起来："怎么？"

"你烫伤的手怎么样了？"

"还行，没感觉了。"

那是假话，烫伤是最疼最难熬的，更别提还伤在掌心，稍微一动便会牵扯伤处皮肉，好起来也慢。

吴雩却像是当真没感觉似的，活动了一下僵硬的手指："我在急诊室听防暴大队跟廖刚汇报，说今晚闹事的村民一股脑全被抓起来了。这黑灯瞎火的，那放火的孙子未必能跑掉，说不定已经蹲在县公安局暖气片儿边上了，明天挨个儿审，肯定能审出来，别担心了。"

步重华却摇了摇头："未必那么容易。"

"怎么？"

"你有没有想过，他为什么要放火？"

吴雩偏头来望着他："想弄死咱们？"

"他想弄死咱们，但放火只是第一步，因为火烧起来是需要时间的，而且他显然也并不是本地人，并不知道这栋三层水泥楼是否存在可以轻易逃出的后门或通道。所以他放火吹哨，其实更想把经常在部家聚会的邪教信徒吸引过来，然后以恶魔纵火为由煽动村民情绪，到时候乱棒打死我们，连真正的凶手是谁都不一定能尸检出来。"步重华沉吟良久，皱起了眉头，"这个人对我们的杀心太重了，而且心思缜密，手段果决，但我怎么也琢磨不出他可能是谁。"

吴雩想了想问："高宝康？"

话一出口他自己也觉得不像，步重华说："不会。如果我是高宝康，现在已经带着值钱的骷髅头盔逃到天涯海角了，犯不着跟警察过不去。况且我们只是主办警察之一，即便冒险弄死了我们，专案组也不会停止侦查'五〇二'案，反而会投入更多资源增加更多警力，对他来说得不偿失。所以我倾向于认为纵火事件跟'五〇二'案有关系，但关系并不很深，对方的目标仿佛更像是寻……"

步重华仓促停住。

——寻仇。

空气仿佛被冻结住了，安静得一根针掉在地上都听得见。远处夜幕中呜呜咽咽，不知道哪间病房里正传来濒死的呻吟和哀哀的哭泣声，仿佛寒风从远处席卷而来，灌入曲折的长廊。

"……看来我这几年抓的人太多了。"过了会儿步重华若无其事地解释。

顿了顿他又轻描淡写地道："下次咱俩出去，各自都小心点儿。"

吴雩静静平躺在长河般的黑暗中，仿佛随波逐流的游鱼，远处公路上有车疾驰而过，天花板上的光影便随之移动，渐渐远去直到消失。

半晌他轻轻唤了一声："哎。"

"嗯？"

"下次别帮我挡刀了。"

步重华侧过头。

"你这个肉盾一点也不值当。"吴雩望着天花板说，"你们学院派，挨打都不会挨，直愣愣地杵在那儿，要害一个都避不开。你这样保不准哪天就被人打死了，多亏啊，女朋友都没交过。"

步重华没吭声。

"想想你爹妈，正常到这时候都该抱孙子了，忍心看你这样吗？整天东一榔头西一棒子地挨打。"

吴雩翻过身，露出清瘦的脊背："我不会劝人，你将就着听，啊？别让关心你的人操心。睡吧。"

墙上挂钟闪着微不可见的荧荧夜光，秒针嘀嘀嗒嗒，单调作响。

不知过了多久，步重华淡淡地道："我父母当年是为了保护一个卧底而死的。"

"……"

"我不仅是为了保护你，也是为了我自己。"他闭上眼睛，说，"睡不着就把灯打开，别熬着。你该休息了。"

翌日清晨。

早点摊锅盖一掀，热气腾腾而起，揭开了县城一天繁忙的序幕。大街小巷穿梭的自行车的铃声，红绿灯下不耐烦的喇叭声喝骂声，沿街商铺卷帘门接二连三拉起，学校早读铃丁零零作响……交汇成洪流般充满生气的音浪，将深夜医院的冷清疲惫洗刷得一干二净。

病床雪白的枕头上，吴雩睁开眼睛。

下一秒他翻身坐起，望向门口——

津海市公安局南城区分局局长许祖新刚推开门，脚没踏进屋，手还搭在门把上，动作尴尬地一僵。紧接着他表情缓和下来，招手示意身后几位领导模样的人鱼贯而入，同时向病床上的吴雩颔首示意："来小吴，来认一认几位领导——这是咱们津海市委的陈主任，这是督察部的施处长，这是政治部武副主任……"

"步重华呢？"吴雩声音嘶哑地打断了他。

——屋子里的另一张病床上被褥凌乱，空空荡荡，步重华一夜躺下来的凹陷尚在，但床单上已经全然没有了温度。

几位领导不阴不阳地看着吴雩，没有人回答他。

许局咳了一声，面上神情有些不自然："小吴你先躺下，不要着急。几位领导主要是想了解一下昨天晚上你们在葛城山丰源村发生的事情经过，尤其是跟村民起冲突的那部分——没有什么好急躁的，来，你喝口水，仔细想想，慢慢从头说。"

吴雩没有接那杯水。他整个人在病床上弓起来，腰背、大腿肌肉绷紧发僵，瞳孔急剧收缩，目光从那几位领导脸上一一扫过，只要稍微定睛观察，就会发现他眼底深处因为过度紧张而掩饰不住的抵触和警惕。

那异常真的太明显了，不像是一名刑警面对上级，倒像是一头倍受折磨的困兽，抵在铁笼一角，饱含敌意面对着渐渐逼近的猎人。

几位领导交换了个眼色，许局转身对他们隐蔽地摇摇头，意思是你们现在看到了，一路上我给你们打的预防针可不是虚张声势对吧。

"咳咳！"陈主任清了清嗓子，大概是比较年轻不信邪，率先不轻不重地开口道，"吴警官是吧？"

"……"

"许局跟我们说了，你是一个有功勋的老刑警，那么对组织上的调查和询问，应该是非常熟悉、非常配合的了。我们今天来呢也不是为了别的，主要因为……"

"步重华呢？"吴雩迅速地重复问了一遍。

他眼睛黑白分明，因为皮肤苍白，青黑眼圈格外明显，嘴唇又毫无血色，这样直勾勾瞪着什么人的时候，便有一丝神经质的怪异感。

许局调整了一下语气："小吴……"

"我还有句话想跟他说。"吴雩嘴唇似乎在发颤，"步重华呢？"

病房一下陷入了僵持，众人你看我我看你，都有些错愕，不明白只是一个纯走流程的私下询问，被询问者却唰地竖起一身尖刺的警惕从何而来。

气氛在安静中变得非常吊诡，只有病床上吴雯手指紧紧掐着床单，因为过度用力而发出的布料咯吱声响。

他这样子实在太奇怪了，半晌许局终于叹了口气，欲言又止："步重华他……他暂时被……隔离了。"

陈主任想开口，仿佛想阻止，但又犹豫着没出声。

"丰源村有个叫郜家宝的青年，就是昨晚被你们持刀挟持的那个，他姥姥叫他大宝。"

"……"

"因为腿部受伤不能移动，在暴乱中被人群踩踏，导致受伤严重。"许局摇摇头，说，"他死了。"

第36章

吴雯眼珠像是被冻住了，嘴唇微微张着，仿佛没听清许局的话。

"小吴？"许局不得不提醒。

"……谁死了？"

"郜家宝，就是昨晚被你们拿刀挟持的那个，腿上有刀伤的小青年。"许局往自己腿上比画了一下，"被人群踩踏，受伤严重没抢救过来，就死了。"

室内一片安静，人人疑窦丛生。

"小吴？"许局现在是真有点担心了，"你没事吧？要不你……你再歇会儿？"

吴雯如梦初醒，伸直腿，又屈起来，用绑着绷带的手按了按额头，像是想把自己从某种状态中缓解出来似的："郜家宝，对。"

"我知道，就是那个。"他喃喃道，然后用力搓了把脸清醒过来，"对，那个人，他死了。你们想问什么？"

领导们面面相觑，少见地心有灵犀——这功臣之所以没评上英模，该不会是因为脑子出问题了吧。

但就算面对一个脑子可能不太清楚的刑警，该问的话也还是要问，许局犹豫着上下打量他："郜家宝的腿为什么受伤，你能跟我们说说吗？"

吴雯说："他拒捕，袭警，我已经亮明身份让他放下武器了，他还拿着钢管继续攻击，我手臂、胸前、关节多处都有打击造成的软组织挫伤，昨天晚上县公安局的刑事摄像已经给我拍照留证了。当时情况非常紧急，村民吼叫要打死我们这些恶魔来献祭给'全能神'，我有理由相信他们跟招市'五二八'案的主犯是同一类人，所以不得不采取行动，这是符合《警察法》第十条规定和武器使用条例的。"

许局："……"

陈主任："……"

所有人破天荒地再次达成了心有灵犀：敢情这功臣脑子犯病是一阵一阵的啊？！

"你的伤情鉴定我们已经看到了，但你们在那种情况下，确实有必要对村民采取暴力行动吗？"陈主任没忍住问。

"我才是一线下地面对情况的人，我的判断是有必要。"吴雯语气突然毫无预兆生硬起来，挨个打量他们，"怎么？我的伤情鉴定不够说明当时采取行动的必要性？"

陈主任宣传口出身，才刚被转来公安系统，接触工作满打满算不超过一个月。其实他心里倒不是这个意思，但嘴巴上的本能比脑子快："伤情鉴定不要提了，我不管那个。你应该知道在行动中流血牺牲，每个公安干警都有义务……"

"都什么？自己人的血不值钱？"吴雯瞬间一星血气直上喉头，"杀人的凶手还没抓全，邰家纵火的人还没找到，是不是要先等案子破了再算其他账？"

这话说得其实非常过分，几位领导一时都没反应过来，紧接着齐齐瞪大了眼睛。

这人脑子突然抽了？所有人不约而同地想。

有点眼色的人都能看出来，这场问话纯粹只是雷声大雨点小，表面上又是这个主任又是那位处长，实际上连被询问的直属领导许祖新都来了，而且问话地点还在医院病房里，既没录音又没设备，简直能算是一个非常温馨的开场了。

面对这样一种柔和的问话方式，只要稍微懂一点的人，都能明白领导们的真正意思——你好好配合我们走完流程，口头承认错误，其他事都可以再说。毕竟"五〇二"案还没破，现今又蹦出了一个纵火的案中案，社会舆论和上级压力巨大，难道真能为一个袭警现行犯，先二话不说把精锐的一线干警都哐哐投大牢里去？

所有人都是这么想的，所以当许局这一路上忧心忡忡，不停给其他几个人打预防针，只差没直接说出"我们这位小吴同志据说心理有点问题，要不我们别去刺激他了，我们去问步重华吧"的时候，陈主任他们真的以为许局只是惺惺作态，要么就是嫌路远晕车不愿意来。

没想到许局根本没有一个字虚言，这功臣有问题的不是心理，根本就是脑子！

"你不要有气对着上级领导发，这是我们正常的调查程序，有什么算账不算账？"陈主任忍不住呵斥，"步支队和你去丰源村进行取证却没有备案，严格来说算擅自行动！你倒是告诉我，是谁砍伤死者的腿，造成他行动不便的？"

吴雾硬邦邦说："我不记得了。"

"这么大的事你不记得了？！"

"我就是不记得了。"

"行，你不记得我就告诉你！"陈主任一下憋不住了，指着吴雾的鼻子喝道，"刀柄上有你和步重华两个人的指纹，所以理论上，你们俩都有滥用职权和过当防卫的嫌疑！你知道暴力执法导致民众死亡是什么样的过失吗？！"

"老陈！"许局见势不对，想打断他的话。

"你俩要是恪守原则，整个行动就不该出错，出错了就应该接受合理的质疑和询问！不要跟我来无组织无纪律的那一套！不要仗着以前的功劳就跟我犯横，你今天必须把问题给我老实交代清楚，听见没有，吴雾！"

——听见没有，吴雾！

吴雾胸膛急促起伏，想说什么又像是被堵住了似的，头一阵阵剧痛，脊背抵着冰冷的铁床架，一侧膝盖屈起，五指紧紧攥着床单。

吴雾是谁？他在拉锯似的头痛中想。

"一线人员只要恪守上级制订的行动计划，就不该出现任何错误，所有变数和意外都是因为一线人员犯错而造成的……"

"就算卧底也照样要遵守一名公安干警的原则和纪律，否则跟那些真正的犯罪分子还有什么不同，打击犯罪还有什么意义？！"

"总要面对牺牲和取舍，或重于泰山，或轻如鸿毛……"

"从今以后你叫解千山，明白吗？用你的性命记住，解千山——"

陈主任怒火冲天，许局慌张喝止，众人七手八脚劝阻……但那些语句仿佛都失却了意义，变成单调刺耳的杂音，搅成冰冷的漩涡，一股脑铺天盖地，将他卷回了那间阴暗潮湿的地底囚室，陈年累月凝固的血气瞬间激荡而起。

"没想到条子的走狗还能在老子这儿潜伏这么久，解千山？这名字八成也是假的对吧？！"

"你有没有把求救信号发出去？！发给谁了？！说不说？！"

"………"

求救信号。

纷纷扬扬无数现实和虚拟交织的噩梦中，只有这个信息鲜明滚烫地凸显出来，像烙铁一样刺啦贴进肺腑里，爆出焦黑淋漓的血肉——

他发出去了，他求救了。

但那一刻他不知道，他要等上整整十年，才能等来一双把自己拉出地狱火海的手；而在得救之后，他们还要来告诉他这是不对的，是违反规定的！

吴雩大口喘息，现在是真的发不出声音来了，铁锈味的海水灌满了整个胸腔，缺氧让五脏六腑紧绞成一团。奇怪的是即便在这样的情况下他还能分辨出来自周遭的愤懑，他知道那是熟悉的指责，仿佛隔着深水朦胧不清——
"作为警察没有义务向组织汇报实话？"
"哎呀我求求你了老陈少说两句吧，现在还能怎么样……"
"如果连半句实话都不肯向组织坦白、透露，能相信当时的情况没有鬼吗？"
"嘿呀你搞什么？我要是知道你这么能小事化大大事化不可收拾，我当初就不该带你来……"
"持刀胁迫死者往包围圈外走的人是谁，他还是步重华？我看这件事必须处理！从严处理！从重处理！"

"你来处理啊，"吴雩耳膜轰轰震响，喉头肌肉痉挛，几乎听不见自己嘶哑变调的嗓音，"是我砍伤他腿的，是我挟持他往外走的，怎么着？"
"小吴！"许局大声喝止。
"人是冲我来的，也是我弄死的，一人做事一人当，跟步重华没关系，你们凭什么处理他？"
陈主任七窍生烟："你看他！你看他！一点认错的态度都没有？！"
"我错在哪儿了？我错在没有站在那儿赤手空拳等着被犯罪分子打死？错在没有光荣牺牲好让你们的肩章集体加颗星？还是错在我就不该回来？！"

吴雩耳朵里像蒙了层水，眼前景物不断晃荡，地面像打摆子似的左摇右倾。他没有意识到那是自己已经走下了病床的缘故。

"我就不该相信你们，我就不该相信你们这些虚伪的混账。"吴雩喘着粗气，用力闭上眼睛，再睁开时他看见脚下是灰黑色的水泥地面，铁窗中透出惨白的光；不远处的讯问桌后影影绰绰，依稀可见桌上的名牌写着市局、省厅、常委、公安部……但他怎么也听不清他们在说什么，怎么也看不清那些人的脸。
"我就不该回来，你们一个个满嘴只知道讲那些原则纪律，信念忠诚……"
"吴雩！放手！"许局跟施处长几个拼命想把吴雩的手指从陈主任衣领上掰开，但那可怕的力道纹丝不动，陈主任满脸已经涨得通红，只能睁着眼睛死死瞪着他。

"忠诚，"吴雩视线涣散无法对焦，恍惚着一笑，只是那笑容中充满了愤恨，"你知道忠诚两个字怎么写？你知道人在什么情况下才能考验出忠诚？！你也配提忠诚？！"

门咣当被打开了，政治部那个姓武的副主任冲出去，面沉如水吩咐走廊外的便衣："老陈不会说话，这人有点不对了。赶紧给我带回去看住，今晚先待一晚上禁闭室，千万看着他不要出任何问题……"

"吴雩！"许局怒吼。

"来处理我啊，不是要从严从重吗？来啊。"吴雩几乎顶着陈主任的鼻子，剧痛让他视线模糊，无数血丝从急剧充血的大脑中满溢出来。几个便衣同时冲进来把他往相反方向勒，有人抱着他的腰，有人抓着他双手，混乱中他烫伤的左手渗出血液，绷带大片透湿，手指连同全身都在剧烈痉挛发抖。

"咳咳咳——"陈主任终于勉强挣脱，咳得满脸口水，指着被拉开的吴雩说不出话来。

许局叫得破了音："轻一点！你们几个轻一点！"

"按床上按床上先按床上……"

"老陈不行了给老陈拿杯水来快快快！……"

"我等着看你们怎么处理我，"吴雩被几个人架着，大脑强烈抽痛令他根本站不起来，"我等着看你们怎么处理我……你们最好往死里处理我。"

"吴警官！"施处长怒道，转头冲门外吼，"医生医生！护士去叫医生！快！"

混乱中吴雩不住粗喘，胸腹大幅度起伏，但只有吸进的气没有呼出的气。值班医生带着几个护士匆匆冲进来，人声脚步声一片喧杂，许局和施处长不知所措，惊疑交加地望向对方。

"我根本不该回来。"吴雩闭上眼睛想。

他仿佛从悬崖边缘落向海面，心跳一声重过一声，狂风将脑海里唯一的念头呼啸刮向天际：我根本就不该回来——

虚空中的咸腥水汽萦绕而上，失重感从身后袭来，紧接着耳膜嘭一声闷响。

他缓缓沉入了意识黑暗的深海。

第 37 章

公路两侧的荒原起伏不定，救护车一路鸣笛，疾速驶向前方。

这是要去哪里？步重华想。

他看见脚下这条路突然变得很长，尽头充斥着黑暗、寂寥和虚无；远方传来打火机咔嗒轻响，一小簇火苗幽幽亮了起来，然后在半空划出一条火弧，啪嗒落在地面。

紧接着，那火苗迅速卷成火舌，舔舐楼梯，顺扶手攀爬而上，呼一声点燃了地面，随即燃起千里莲池般无穷无尽的大火！

步重华瞳孔扩张——着火了！

吴雩还在里面，他人呢？

"吴雩！"

烈焰噼啪卷上木梁。

"快出来！"

墙壁窗缝中卷入滚滚黑烟。

"你在哪儿！出来！"

——烈焰仿佛摩西分海，唰一声向左右两侧分开。步重华疾奔的脚步踉跄停下，只见一道熟悉侧影靠墙根坐在被熏黑的空地边，右侧脸颊被火光映得通红，静静地望着他。

"吴雩……"步重华喃喃道。

他们彼此对视，辽阔渺远的空间变得非常安静，只有烈火炙烤房屋发出噼啪声响。吴雩仿佛突然变得非常年轻，发梢随风扬起，眼角比现在更平滑些；他有一点留恋似的望着步重华，终于站起身，露出了左侧半边已经被烈火烧得支离破碎的身体。

"你要做什么？"步重华仿佛有种预感，声音奇怪地颤抖起来。

"……"

"你要做什么？过来！"

吴雩没有回答，目光伤感平静，向后退了半步。无边无际的火焰莲花随着这个动作同时怒放开来，千万朵映在他眼底。下一秒他举手轻轻挥了挥，那是个告别的手势——

紧接着火焰冲天而起，顷刻间将他另外半侧身体也吞没了！

"吴雩！"

步重华失声喝道，拔腿就追，旋即一脚踏空——

扑通！

明明是没有声音的，廖刚却下意识察觉到什么，猛地从病床边抬起头："步队！"

步重华翻身坐起，动作幅度大得呼啦带起风声，输液铁架哗啦翻倒，险些砸在地上，被廖刚眼疾手快扶住："你没事吧？快躺下！"

……这是在哪里？

雪白灯光映在四面墙壁上，病房里干净明亮，设施齐全。窗外夜色已经很深了，马路上车辆经过的声响却仍然十分频繁，墙上挂钟嘀嗒作响，时针刚刚走过十点。

步重华肋骨刺痛，昏沉晕眩，心脏兀自在扑通扑通地跳。过了好几秒，他终于意识到这病房的布置并不陌生，正是南城区分局边上的津海市第一人民医院。

他刚才只是做了个梦。

"你真的没事吧？有没有感觉好一点？"廖刚从病床边椅子上站起身，仍然非常担心。

步重华喘息道："我怎么会在这里？"

"你发高烧了，早上体温 40.5 摄氏度，县医院说他们那边水平有限，怕你一路烧下去引起感染，到时候没法处理。宋局就说让我们赶紧把你转来津海市一院，顺道把昨晚抓的丰源村邪教信徒带回来——还是这儿医疗条件好，那药一用针一打，下午烧就退了，体温 38 摄氏度以下。话说你刚才怎么回事？做噩梦了啊？"

步重华下意识点点头，喃喃地道："我梦见吴……"

他蓦然顿住。

廖刚不解："梦见啥？"

"梦见起火。"步重华喉结上下一滑，好似本能地咽回了什么，说，"我们在部灵家探查的时候外面有人点火，吴雩陷在火场里，怎么都出不来……看上去不是很开心。"

"哈？！"廖刚心说：这不废话吗？换我陷在火场里我也开心不起来啊，不仅开心不起来我还要哭了好吗！

步重华却明显不欲多提："吴雩呢？他也回来了？"

"没呢。"廖刚向窗外扬了扬下巴，"许局他们去处理丰源村搞邪教的事，需要有人带路辨认昨晚的现场。我本来想留在那儿帮忙，许局说小吴没有大碍了，叫我麻溜地带你回津海，他们最迟明天下午就能处理完回来。"

步重华本能中感觉有一丝不妥，但他被烧得昏昏沉沉，一时也没有想到是哪里不妥："吴雩跟许局在一起？"

廖刚点点头。

"吴雩还算听许局的话，但许局身边肯定有市局其他领导，那些人的面子吴雩未必肯卖，万一起冲突不好收拾。"步重华撑着额角想了想，吩咐，"你跟楼上烧伤科赵主任打个电话，让他找两个实习生，明天一早开车去丰源村接吴雩，就说他手烫伤严重，可能要回去植皮，这样许局肯定放行。如果那边还有其他领导再问，就让他们直接来找我。"

"哎！行！"

廖刚比了个OK的手势，拿着手机往窗边打电话去了。步重华呼出一口气，靠在病床头，面色沉郁不惊，没人看得出他眼底不动声色的晦暗。

他又想起了那道隔着火海的侧影。

那一幕场景清晰得不像做梦，甚至火光中吴雩年轻的面孔都历历在目——他的侧颊不像现在这么瘦削，眼窝也没有现在这么深，明暗光影更加柔和；困兽般伤痕累累却又尖锐凶狠的气质从他身上退去了，他垂手站在那里，看起来非常平静，还有一点忧郁。

那火舌仿佛从梦境中舔到了步重华心里，灼得他心头微微发烫。

十三年前档案照片里的那个年轻人玉树临风、神采飞扬，让人见之自然生出欣羡；他梦中的吴雩却形容失落、意气萧索，仿佛一株生长在地底不为世人所知的植物，令他在偶然得以目睹的同时，爆发出一股破闸般的、混合着酸楚与苦涩的欣喜。

廖刚打完了电话，从窗口转回身。步重华强行打消了脑子里所有念头，一眼瞥见廖刚顺手放在地上的案情材料，随便翻了几页。

"这是昨晚连夜审讯的那帮搞邪教的村民，按你说的一定要先找出那个放火的外地人，但根据几十份口供对比，被抓捕的上百个村民全都各有亲属联系，没有符合条件的嫌疑人。我们正扩大调查范围，最迟明天县公安局就该把调查结果送上来给我了。"

步重华点头不语，半晌把材料往地上一扔，说："跑了。"

"啊？"

"防暴大队活儿糙，昨天夜里赶来那阵势，傻子才不知道跑，换我我也跑。何况纵火者本意是杀人灭口，未必是邪教信徒，犯不着跟那些村民一起留下来。"步重华呼了口气，说，"从点火源、助燃物入手吧，再联系交通管制局查一查监控录像。这个人纵火吹哨的时间拿捏得非常精准，可能一直在盯着我和吴雩，说不定在我们离开宁河县的时候就已经跟上来了。"

廖刚一一记下，思索半天，忍不住骂了一声："好容易查到郜家这条线索，又被一把火烧没了！姓巴的到底是什么人？明儿一大早我就亲自带人去审郜伟熊金枝那俩玩意儿，一定要把这条线索再撬出来！"

"你忘了我们拘留室里还关着一个人了吗？"步重华突然扬眉道。

廖刚迟疑："李……李洪曦？"

姓李的现在是全支队仇恨榜上第一名，那孙子完全就是个走投无路的瘪三，嘴就跟上了拉链的铁蚌似的，拿千斤顶都撬不开，怎么能成为警方的切入点？

步重华说："你把我的钱夹拿来。"

廖刚觉得莫名其妙，起身从挂在衣架上的制服长裤口袋里掏出钱夹，不好意思中又夹杂着一丝期待："队长您看，这多不合适啊，虽然知道您有资本随便花，但这一言不合就给钱……"

步重华面无表情地从钱夹内侧摸出几张照片，扔在他面前。

"传出去指不定让人对咱俩的关系产生什么误会呢……这啥？！"

拍立得拍出来的相片已经发白了，接连被烟熏、火烤、跳楼、搏斗，个别几张已经变得皱皱巴巴，但在病房灯光照射下，还是能清晰辨别出那一幕幕赤条条交叠纠缠的画面，其中赫然有李洪曦！

"哎呀！"廖刚眼前放光，说，"这赘肉！真恶心！真辣眼睛！"

"吴雩在郜家地窖里翻出来一大本相册，可惜我当时急着冲出去抓人，只来得及抢出几张,里面恰好就有他。如果不是因为他的次数特别多,那就应该是天意了。"步重华说,"带回去送到物证室,着手安排对李洪曦的第三次审讯吧。"

"我看是部灵在天有灵特意安排的,嘿!"廖刚兴冲冲把那几张照片往怀里一揣,"那我先回去了!您这儿没其他事了吧?不用点哪位警花过来盯输液瓶了?"

南城区分局女性警员数量甚少,因此内勤四十岁以下的统称警花,外勤条件更加放宽,退休年龄以内的都可以算。

步重华想了想:"你先让小桂……"

廖刚说:"小桂法医不行,小桂法医是技术队千顷荒地一枝花,王主任一般不外借给咱们。"

"把年小萍的尸检结果再发给我一份。"步重华冷冷道,"这个案子我至今想不出跟年小萍有什么关联,趁现在没事,再看尸检报告琢磨琢磨。"

廖刚张着嘴无声地指了指手机,比了个 OK 的手势,灰溜溜夹着尾巴去打电话。步重华坐在床头闭目养神,听见少顷对面接通,却是法医室其他值班员接的,说:"什么?小桂法医今晚不在,出差往丰源村去啦,要不廖哥找王主任拿个复印件?"

"等等。"步重华蓦然发觉不对。

廖刚回过头,只见他从病床上坐起身,狐疑道:"法医去丰源村干什么?现勘不够用?"

"哦,这倒不是。小桂法医是今天凌晨走的,因为丰源村那边死了人,许局说县公安局法医不够用,让他赶紧去主刀,现在还没回来呢。"

步重华接过手机:"死了谁?"

电话那边的值班员还以为对面仍然是廖刚,漫不经心说:"是一个叫郜家宝的村民,据说昨晚邪教信徒暴动时独领风骚,不知怎么就受了伤,又被人群踩踏,送到医院没救过来——嗐,你说这事儿,是不是自己浪催的?……"

受了伤又被人群踩踏,那边需要有人辨认丰源村现场……

许局说小吴没有大碍了……

步重华闪电般意识到什么,声音一下变了:"许局还在丰源村吗?你们见到许局没有?"

"哎哟,步队?"值班员一个激灵,险些条件反射起身立正,"许局半小时前刚从县里回来,不知道现在在哪儿,您要跟许局说话?我找局长办公室接一声儿去?"

"……"

廖刚只见步重华脸色不对，有点儿担心："步队？"

步重华没回答，突然一言不发把电话挂了，然后抓起床头柜上他自己的手机就开始打吴零的电话，然而连续拨了三次，次次自动挂断，全都没人接！

"你有吴零微信吗？"

廖刚莫名其妙："这个还真没有，那小子根本没微信……"

步重华心脏止不住地向下沉，没等他说完，手上直接一通电话打给了许局的私人手机。这次响铃半天后终于接通了，许局悠悠道："喂——"

"吴零人呢？"

许局一下哽住，半晌叹了口气："你先冷静一下听我说，是这么回事……"

廖刚凑在病床边，隐约感觉到许局低声压着嗓子，但听不清具体说了什么。他也不敢贴耳上去听，只看见步重华的脸色越来越不好，最终简直能用难看来形容了，半分多钟后冷冷吐出"知道了"三个字，随即把电话挂断。

"步队你……哎？！"

步重华用枕巾压着手背把针头一拔，起身迅速换上衣服，抓起钱夹、钥匙，拔脚就往外走。

廖刚大惊失色："你这是上哪儿去！快回来你水还没吊完呢！"

"回分局。"步重华一把拉开病房门，头也不回道，"他们把吴零关起来了。"

第 38 章

"你明明已经活着回来了,为什么还要指责你的上级张博明?"

"公安人员总要面对牺牲和取舍,或重于泰山,或轻如鸿毛……"

"我们确信张博明的判断没有任何失误,为什么你对上级的命令耿耿于怀这么多年!"

…………

四面八方传来无数喧杂噪声,喋喋不休,近而又远。吴雯坐在一张扶手椅上,铁窗外一方苍白天光被栏杆切割成几条长方块,映出影影绰绰的人群在不远处交头接耳,每一个音符都写满了忧虑、畏惧和重重怀疑,监控设备在墙角闪烁着绿光。

"你跟张博明说了什么?"有人严肃地问。

"我什么也没说。"

"那他怎么可能会突然自杀?"

"我也不知道为什么。"

"他有什么理由突然自杀?"

"我真的不……"

"张博明没有任何理由自杀。""他怎么会在见过你之后突然自杀?""你们最后一次见面到底说了什么?""张博明的死跟你有没有关系?""到底有没有关系?!"

…………

这些问题已经被重复过无数次,后来他甚至忘了自己说过什么,只感觉像是泅游在没有尽头的漆黑海面上,惊雷闪电当头而下,海啸怒涛扑面而来,所有令人心胆俱寒的轰鸣最终都渐渐化为两句话,从耳膜直刺进脑髓里,再从脑髓贯穿全身上下每一寸骨骼——

为什么你能活着回来？

凭什么你能活着回来？

十二年悬崖走钢丝，四千个惊魂日夜，这巨大的功勋换成是谁都应该欣喜若狂，但张博明却最终只留给世人一摊淋漓鲜血，你们之间到底有多少讳莫如深的事情？

他的死亡是为了隐瞒什么？

"我不干了，我不干了还不行吗？"吴雪抱住头，只想把自己缩进黑暗深处的墙角，一遍遍神经质地重复，"我不想再当警察了，我不干了……"

求求你们让我从这里离开吧——

吴雪身躯痉挛，竭力仰起头，咚！

后脑重重撞上墙壁，下一刻他骤然惊醒。

这是一间封闭的小办公室，没有窗户也没开灯，屋里只有一张单人床、一张写字桌，靠墙挂着的电视机处于静音状态，不知道在播放哪条晚间新闻，变换的荧光幽幽投射在四面墙壁上，是深夜唯一的光源。

吴雪坐起身，头痛得仿佛在拉锯，勉强把左手举到眼前，发现已经重新换药包扎过了，绷带下掌心传来一阵阵麻痹的闷痛。

纱布包得很精心，但有点紧，他尝试动了动五指，关节伸展并不是很灵活。

"有人吗？"他声音嘶哑道。

门外安静无声。

吴雪爬起来走到门边，压了压纹丝不动的门把手："有人吗？能开个灯吗？"

还是没人应答。

主持人平板的脸闪现在电视上，妆发一丝不苟，嘴巴一张一合。晚间新闻快结束了，屏幕上出现了字幕，荧光把禁闭室映得更加昏暗压抑，仿佛漂流在另一个时空中的孤舟。

吴雪两手空空，茫然转身，突然瞥见床边的写字桌上摆着外卖饭盒跟纸巾筷子。他颤抖着手打开盒盖，猝不及防一股肉味迎面而来，里面是炒饭、蔬菜、红烧排骨和蘑菇烧鸡，竟然还很丰富，垒得整整齐齐。

吴雪仰头呼出一大口气，紧接着用力把饭盒飞起一摔，扑通！

汤汁飞溅满墙，肉块骨碌碌滚了一地。吴雪整个食道牵扯着咽喉抽搐发疼，转身咣咣咣拍门，忍着想吐的欲望吼道："有人吗？能不能给开个灯？！"

咚！咚！咚！

"都死了吗？！开个灯到底能不能、能不能？！"吴雪狂躁的情绪简直压制不住，左手一拳砸在门上，登时留下四道湿漉漉的指印，他精疲力尽骂了一句。

他倒退着回到床边坐下，发泄似的咬着左食指关节处的绷带，鼻端一股血腥混合着药味，但无法完全掩盖住密闭空间内挥之不去的食物油腥。

红烧排骨一段段散落在脚边上，有的滚上了尘土，尘土下可见红的是肉，白的是骨头，被烧熟的一丝丝肉质纤维被摔得张开，仿佛无数空洞的小嘴巴对着他。

"你为什么不吃我们？"他听见那些小嘴巴问。

吴雪一手掐着额角不吭声。

"你为什么不吃我们？"

"……"

"你这么饿，饿得都快要死了，你为什么不吃我们？"

他仿佛突然变得很小，站在村外那片荒地上，前后左右挤着的全是憧憧人影。从干枯林立的腿脚向外望去，可以看见人群中心是一口黑色的大锅，沸水蒸腾出滚滚白汽，发出咕噜咕噜的声音。

远处成排燃烧的房屋尚未熄灭，卡车在笼罩着黑烟的田埂上轰轰来回疾驰，间或夹杂着零星枪声。风声掠过人群，吹来一阵阵哨子般的尖锐呜咽，不知道是呼吸还是抽泣。

"人是谁藏起来的，说不说？！"

砰一声对天枪响，人群悚然战栗，压抑的嗡响越发清晰。

"胆子大了你们！东家眼皮底下都敢藏人，是不是都想死？！"

砰砰又是两声空枪响起，呜咽声急剧转大，又立刻被恐惧压住。

"给我吃！把这些贱种都押过来吃！"有人拉扯嗓子尖声骂道，"一个都不准跑！过来吃！"

吴雪像是被装进了不符合身量的低矮瘦弱的外壳里，视线也变得非常低，从这个角度抬头望去，空地边缘那几棵树嶙峋斑驳，就像土地里伸出枯手竭力刺向铁灰色的天空，树梢上挂着一大团东西，猩红的液体正滴滴答答往下掉。

他拼命伸手想把那东西够下来抱在怀里，但不论如何竭尽全力，都无法够着分毫。

他花了那么多年拼命踮脚去够它，却从来没有够着它过。

尽管那不过只是一套破破烂烂的衣服。

"放我出去……"吴雩双手刺进后脑头发里，每个字音都像是从胸腔里挤出来的，"求求你们，放我出去……"

他像头困兽般站起身，却无路可走，在禁闭室里梭巡了两圈，肺腑咽喉都在往外冒滚热的血气，他忍无可忍飞踹一脚。

哗啦！电视屏幕被生生踹穿，电线刺啦作响，屋里顿时漆黑一片。

哐当！门板应声剧弹，墙灰混合着水泥簌簌而下。

轰隆——

写字桌被踹翻，吴雩强行提起最后一口气，用尽全力怒吼："放我出去！有人吗？老子不干了！"

门把手咔嗒一旋，随即被呼地推开，海津市公安局局长宋平带着几个人出现在门口："你干什么！"

吴雩粗喘着一回头，双眼赤红满是血丝，被汗水浸透的鬓发贴在额角，更显得脸色青白。

"看看你现在像什么样！"宋平疾步走进屋，指着满地饭菜狼藉和刺啦作响的屏幕，劈头盖脸训斥，"看看、看看你在这里发什么疯？你是神经病吗？还有没有一点作为警察的样子？！"

吴雩瞪着宋平，干涩的喉结上下一滚："我本来也不想当什么警察。"

宋平身后的许局、陈主任等人同时一愣。

"我不干了，"吴雩犹如无可奈何地败退，摇摇晃晃退后半步，说，"我辞职。"

——我辞职。

禁闭室一时鸦雀无声，许局是第一个反应过来的："胡闹！"

"你们看看他，你们看看他这个脾气，"陈主任语无伦次，手指抽风似的在半空中不停点来点去，"就因为这个，啊，就因为这个，你们看看他这个狗脾气？！必须严肃批评、必须严肃批评……"

"老陈先出去一下。"宋平不由分说把陈主任推出屋门，顺带把其他几名随从也撵了出去，然后转身走向吴雩，一张脸严肃铁青："你刚才说什么？再重复一遍？"

吴雩喘息着笑起来，嘲讽道："重复什么？这不就是你们希望的吗？"

"你做梦！"宋平一字一顿道。

"……"

"嫌疑人死了，老许带人去正常问话，问你的哪一句有毛病？禁闭室关一晚上，有吃有喝有电视还给换了药，哪一点值得你委屈？从云滇到华北跨越大半个中国把你弄来，档案要做，信息要改，一层层人员手续要调动，一道道安全保护要布置，你以为很容易？多少人曾经为保护你而付出代价，你有没有看进眼里？！"

"谁能活在这世上都不容易！别以为只有你最委屈！"宋平几乎冲着吴雩的脸怒道，"你说不干就不干了，转头明天横死在街上，你以为就成功报复了谁？只有保护过你的人才会记得你！"

其他人都挤在走廊外，没人敢靠近。

这其实是非常荒谬的场景，满地狼藉的禁闭室里，年过半百、津海市警号〇〇一的公安局局长，跟一个普通的年轻刑警互相瞪视，彼此之间针锋相对，谁都丝毫不让。

"你懂个屁，"吴雩眼底里血丝纵横交错，冷笑着说，"没有人会记得我。"

宋平一口气哽在胸腔里："你！"

吴雩的视线越过宋平，望向门外。深夜走廊空旷明亮，远处是一道铁门，再出去上楼便是刑侦支队。仅仅两个月前这里对他来说还是非常陌生的地方，但奇异的是，现在再向那楼望去，每一寸扶手的油漆、每一块地砖的花纹，甚至每一扇办公室门，以及门后一张张办公桌前或认真伏案或疲惫偷懒的身影，都给他一种莫名其妙的熟悉感。

他们相处的时间太短了，没有人会记得他。但也许那个姓步的精英，会记得曾有一个叫吴雩的人。

"步重华呢？"吴雩颤抖着吸了口气，问。

宋平怒意勃发又不明所以："怎么？！"

"步重华呢？"

"你给我待在这儿哪里也不准去。"宋平当机立断，"谁都不准找，其他话也不准提，你给我老实待着冷静两天，想明白了再出来。他们让你躲在津海是有原因的，但我现在没时间跟你这个小崽子疏通。老许！"

许局颠颠儿进来："哎！"

"门锁上，派两个看守。谁都不准来看他！"

许局张了张嘴，似乎想劝，但面对宋平千载难遇的勃然大火，又不太好开口。

吴雯神情狂躁压抑到极点，就像走投无路的囚徒，仰头长吐一口气，紧接着闪身越过宋平就想往外走。

"你等等！"宋平伸手去拽他，"你上哪儿去？！"

"放开我。"

"我问你上哪儿去！"

"放开我！"

吴雯不管不顾往外走，宋平用力抓住他手肘："我叫你站住！"

一瞬间强硬的语调点爆了吴雯，他啪一声抓住宋平手腕撇开，吼道："我叫你放开我！"

吴雯一掌推在宋平咽喉上，劈手把他推得退后数步，咣当撞上了翻倒的写字台。许局大惊失色，还没来得及叫出声，宋平起身二话不说，握拳狠狠敲中吴雯手肘麻筋，在吴雯左侧身体软倒的同时反拧他左臂就往墙面上一摁，咚！

没人能想到宋平身手竟然如此矫健灵活，吴雯右脸颊砸在墙上，霎时眼前一黑。

"你是不是以为这里没人敢对你动手？"宋平怒道。

吴雯半边脸在巨大的钳制力下紧贴着墙，宋平近距离逼视着他，咬牙切齿："我告诉你姓解的，这里谁都没资格揍你，唯独我有！"

"来、来人，快来人！"陈主任魂飞魄散，一路向外冲去，"快来人啊！打起来了！"

"多大点儿事！你乱喊什么！"宋局扭头呵斥。

这时他手被硬生生推开，回头只见吴雯喘着粗气别过头来，眼底血丝密布，一字一句道："你又算老几？！"

他那神情与其说还是一名卧底刑警，倒不如说就是一个混迹在边境线上的亡命毒贩，霎时宋平心头一寒——同时轰隆一下巨力当头，他被吴雯一记后蹬，猝不及防倒退数步！

稀里哗啦几声裂响，摔在地上的电视屏幕被宋平一脚踩穿，冒着刺啦电光碎成了几块！

嘀嘀嘀——

吉普车在刑侦支队大楼门前唰地一停，廖刚还没来得及拉上手刹，就见步重华已经推开车门，大步流星走上台阶。

"哎步队等等我！"

廖刚手忙脚乱跳下车，刚要追上去，突然步重华停住了脚步："欧秘书？"

一个胖墩墩的中年人正站在值班室前，闻言转过身，果真是宋平的秘书老欧，一看步重华登时大惊："嘿哟步支队，你怎么跑这儿来了？你伤怎么样了？赶紧进来找个凳子坐下……"

步重华一抬手止住了他，直截了当问："宋局在上面？"

欧秘书说："啊那倒不是，宋局早就到了，他跟我是分开来的，我刚刚才接上人赶到这儿呢。"

步重华眉心微微一跳，不知怎么，心里突然有了某种预感："接谁？"

"接我。"

——霎时步重华听出了这声音是谁。

一名身穿银灰色西装，内搭白衬衣，脚上穿着软底鞋的年轻男子站在不远处，把刚在耳边通话的手机摁断，抬头微笑望向步重华，主动伸手与他用力握了握。

"又和步支队见面了。"林烃仍然十分干练，但带笑的眼底里似乎有一丝忧虑和歉意，说，"竟然是在这种情况下碰见的，真是不巧。"

第 39 章

"林警官是什么时候来津海的?"

电梯徐徐上行,林烶双手交叠自然下垂在身前,叹了口气:"听说发生了纵火案,一大早打电话过来没人接,于是订了中午的机票下午到。谁知到了以后也联系不上人,我还以为发生了什么事,辗转通过欧秘书才了解到情况,刚刚才急急忙忙赶来的。"

步重华颔首不语,少顷才说:"林警官消息还挺灵通。"

"见笑、见笑。"

两人都没说话,电梯叮的一声到达三楼,门徐徐打开,步重华做了个"你先请"的手势。

"吴雩在南城区分局的工作表现属于你们津海公安内务,其实我不该过来。"林烶走出电梯,回头向步重华微微颔首表示谢意,"不过在很长一段时间内,对吴雩的关注和研究都是我日常工作中非常重要的一环,久而久之便成为了我的习惯,或者说一种责任。因此得知纵火案发生后我决定还是尽快亲自过来一趟,只是为了确认安全,没有其他意思。"

步重华淡淡道:"你是指哪方面的安全?"

林烶脚步一顿,两人在电梯门口对视。

"哪方面都包含。人身、心理、周围环境,以及是否愿意继续留在津海的意愿。"林烶笑起来说,"您是一线上的专家,应该懂的。"

步重华眯起眼睛,上下打量林烶,就在这时走廊尽头的楼梯口传来噔噔噔一阵脚步声,紧接着铁门哗啦,像是有什么人急匆匆从禁闭室那边冲了出来:"快、快点来人!不好了!打起来了!"

打起来了?

两人脸色微变，同时拔脚冲上前，刚拐过弯就见走廊尽头禁闭室门开着，许局他们几个一边吼叫喝止一边忙不迭散开，紧接着轰的一声，报废的电视机零件被人踹得贴地滑出来，丁零当啷撞上了墙脚。

"那些刀砍不到你身上，火烧不到你身上，职务防卫死个袭警的倒有一堆人跳出来了，你揍我？！"吴雩拎着宋平前襟，"你揍我的资格哪儿来的，就凭你官大？！"

宋平二话不说，勾手打偏吴雩的手腕，同时一脚雷霆横扫，在对方失去重心的同时一把揪住他挥拳就揍。那简直是教科书级利落凶狠的反制攻击，吴雩哗啦撞翻了拐角盆栽，额角鲜血霍然而下！

"老子官不大也能揍你！老子下地九死一生的时候你在哪儿？你还在吃奶呢！"

许祖新当场心脏病发："老宋啊——"

紧接着他的尖叫像被掐住脖子般戛然而止，嘭！一声重重闷响，踉跄站稳的吴雩抬脚就把宋平蹬到了墙上，半边森白脸颊被血染红，四指并拢一记手刀，当空刺了下去！

"吴雩！"步重华的吼声平地炸起。

吴雩手一顿，步重华纵身而来，几乎是在闪电间一把揽住他后腰就向后拖，如梦初醒的林烶这才箭步而上，帮着拉开直喘粗气的宋平。

"好了吴雩！是我！"步重华把他强行拖开，有力的手臂从身后交叉抱着他的头，"好了吴雩，冷静点、冷静点……"

林烶的第一个念头是：好个屁，你马上就要被打死了。

这世上没有谁比他更了解吴雩一旦犯病是什么样，但紧接着，他的所有感想都化作了意外和错愕——因为吴雩在步重华的钳制中条件反射猛挣了两下，剧烈喘气，胸腔起伏，挣扎的幅度竟然慢慢放缓了下来！

"是我，吴雩，是我。"步重华沉稳的声调一遍遍重复，"冷静一下、冷静一下……是我。"

"你怎么在这儿！"宋平七窍生烟，"你放开他，不是要辞职吗？我今天非要把他教训服了！"

步重华扭头就是一句更响的："你也冷静点儿！"

宋平："……"

"没事了、没事了。"步重华放开吴雩一点，扳着他的脸令他望向自己，"你没事了对不对？我放开你了？"

众目睽睽之下，吴雩一口接着一口捯气，那神经质的狂躁一点点被压抑住，

| 286

终于他用力闭上眼睛，继而睁开盯盯着步重华，像是确认他的存在一般，半晌喘息着点点头。

步重华大拇指用力抹掉他额角的血，终于完全放开钳制，吴雩踉跄了两步勉强站住。

"去……去拿碘酒棉球来，"许局半天才找回自己的声音，"赶紧去，愣着干什么！"

三更半夜这一层没人值班，否则刚才半条走廊就要被堵得水泄不通了。南城区分局的秘书这才反应过来，立刻跳起来就往外跑，惊慌得差点自己把自己绊一跤。

许局心惊胆战问宋平："老宋你没事吧？"

宋平怒意稍歇，他不仅没事还精神得仿佛刚喝了两吨红牛，抬脚向刚才陈主任奔下去的楼梯方向望了一眼，压低声音叱问："是谁把那憨货带去县里的？！"

许局脸颊肉立马一抖："反正不是我！"

吴雩歪歪斜斜靠窗台站着，状态非常差，眼下青黑憔悴，被冷汗浸透的黑发贴在苍白的脸上，额角的血已经干涸了，左手绷带一圈圈散乱开。林烃从头发丝到脚后跟把他打量了一个来回，柔和地拉起他左手臂看了看，问："这是丰源村纵火烧伤的？"

"……"

"你想辞职？"

吴雩没吭声。

林烃面对面看着他，轻声说："你已经不安全了，要是辞职我们就回云滇，你知道规矩。"

现在最能刺激吴雩的两个字可能就是"规矩"了，但出乎意料的是，林烃说出这句话后吴雩竟然没有太过激的反应，他乌黑的眼珠蓦然往林烃脸上一转，随即慢慢垂下了眼帘，明眼人都能看出那分明是不置可否的意思。

许局狐疑地打量林烃，问欧秘书："这位是——？"

"吴雩？"林烃加强语气问。

吴雩咽了口唾沫，喉结上下一动。

他因为瘦削，锁骨颈窝十分清晰，这个动作带起的颈骨突起异常明显。然后他望着脚下的地面，头却突然向步重华那边偏了一下，但这个动作刚到一半就突兀中止了，显得有点不自然。

步重华没有错过这瞬间的不自然,那一刻他意识到了什么——吴零仿佛是想再看他一眼。

这细节就像个引子,将梦境中熊熊燃烧的大火一路引进了他心里,烧灼得心底霎时缩紧。

"吴零?"步重华声音沙哑道,"你要是现在辞职走了,你就抓不到'五〇二'案的凶手了。"

"……"

"而且你也抓不到那个泼汽油纵火的人了。你还记得他的声音吧?你记得他是怎么想弄死咱们的对吧?"

——咱们。

这个词一出来,林烓飞快而诧异地向步重华瞟了一眼,但没说什么。

吴零沉默良久,干裂的嘴角终于动了动,吐出来两个字:"记得。"

他就像是被某种更强大、更不可抗拒的力量压平了的海面,汹涌狂躁退潮般下去,露出了嶙峋空旷、伤痕累累的石滩;那个沉默克制又温驯的影子,终于回到他身上,渐渐笼罩成了一层保护壳。

步重华抬起左臂向他招了招,吴零踌躇似的,许久才上前小半步,被他环肩勾在臂弯中,用力拍拍一侧肩膀:"跟宋局道个歉。"

宋平一挑浓密的眉毛。

几道视线落向这边,过去好几分钟才听吴零含混不清地说:"对不起。"

这三个字就像某种信号,空气中某种剑拔弩张的东西唰地松懈。步重华抬眼望向宋平,又向破破烂烂的禁闭室瞥了一眼,征询地扬了扬下巴。

宋平面上有点发狠又有点迟疑不定,众人都眼睁睁地不敢吱声。只有许局张了张口,似乎犹豫着要不要递个台阶,但又怕宋平不肯就坡下驴,正僵持间,突然丁零零一阵突兀的手机铃声打破了寂静。

所有人同时觅声回头一望,只见林烓从裤袋里摸出手机看了一眼,快步走向宋平,恭敬地唤了一句:"宋局,这个电话是打给您的。"

屏幕上一亮,来电显示两个字——冯厅。

宋平:"……"

宋平脸色变了又变,用力向步重华一摆手,低声道:"把这小子带走看住!"

连步重华都微微一怔,但宋平明显没工夫跟他们解释,快步走向远处接起电话,少顷只听走廊尽头传来他不清晰的声音:"喂,老冯?什么风把你给吹来了……"

"走吧。"步重华低声示意吴雩。

吴雩低垂着头,抬起那只绷带散落的左手摸了摸鼻子,似乎想问去哪儿,但又没吭声。

步重华拍了他一下,那力道引着他随自己走向楼梯口。

林炡站在边上看看步重华又看看吴雩,似乎有一点儿担忧,但终究还是没说什么,只在擦肩而过时与步重华对视点了点头,谦逊地让开了半步,目送他们一前一后消失在了楼道口。

这时已经是后半夜了,南城区分局门前繁忙的中心主干道空空荡荡,沿街商铺门帘紧闭,半天才有一两辆车呼啸而过。廖刚正焦灼地等在刑侦支队大楼门口,突然瞧见两道熟悉的身影出现在大门厅那头,顿时眼前一亮:"步队!小吴!——小吴这是怎么了?!"

步重华摆摆手:"这里不是说话的地方,你去把车开来。"

廖刚顿时醒悟,立刻跑了。

大楼门前的停车场平坦空旷,夜色被照明灯铺上了一层灰黄的滤镜。台阶上只剩下了他们两人相对而立,吴雩抬眼把步重华上下打量了一圈,不知道在思量什么,半响突然问了一句:"他们没为难你吧?"

步重华刚要给隔壁市一院急诊打电话,动作蓦然顿住了,无数种滋味同时从咽喉泛上舌底,久久没有回答。吴雩从这静默中得到了答案,点点头说:"那就好。"

他侧对着大厅里明亮的灯光,疲惫地闭上眼睛,仿佛飞鸟长途跋涉后终于得以收拢翅膀。神经濒临绷断的焦躁感终于从他身上退去了,那个必须用全身尖刺来掩饰恐惧、惊怕和绝望的解千山终于慢慢变回人们所认识的吴雩,肩膀自然垂落,黑发凌乱搭在耳梢,额角细细的血丝由眉骨延伸至眼眶,凝固在线条优美、苍白沉默的脸上。

步重华长长吸了口气,用指腹用力抹掉那凝固的血迹:"我来晚了。"

"我就有点儿担心。"吴雩简洁地道,"也没有很晚。"

吉普车刺啦停在他们面前,廖刚降下车窗,示意他们上来:"步队,去哪儿?"

初夏夜风拂过树梢草丛,偶尔有虫鸣传来,一声声短短长长。步重华沉吟两秒,把手机放回裤兜,说:"回我家。"

第 40 章

　　翌日，津海市公安局南城区分局。
　　孟昭望着空空荡荡的副支队长办公室，抱着比砖头还沉的口供材料，一脸难以置信："廖刚这小子胆子肥了？我跟老钱辛辛苦苦一大早审完郜伟、熊金枝，他竟然放我们鸽子？"
　　蔡麟上下抛着车钥匙，一阵风似的从讯问室出来："孟姐找廖副啥事，我帮你带口信？"
　　"廖刚出外勤了？"
　　"嘿，这要看你怎么定义'外'字跟'勤'字。"蔡麟掩着半边嘴凑近，神神秘秘地说，"据可靠消息，步支队昨晚半夜出院，廖哥登门陪夜，今早双双没来上班。孟姐说廖哥这算是出了外勤还是出了内勤呢？"
　　孟昭张着嘴点点头。
　　"嘿嘿嘿——"蔡麟露出"你懂"的表情，又一阵风似的刮走了。

　　叮咚！
　　津海市某高档小区内，蔡麟按下门铃，等待两秒，房门咔嗒一声自己开了，紧接着廖刚穿着拖鞋噼里啪啦奔出来："蔡儿啊我的个亲儿——"
　　蔡麟："廖副啊我的个亲娘——"
　　蔡麟换了鞋，左手抱着案情材料，右手拎着外卖，被廖刚满怀欣喜接过去，随即犹如被当头泼了盆冷水："你不说你妈昨晚给咱们包了粽子吗？"
　　"粽子被小桂拎回法医室'辟邪'去了。"蔡麟指指外卖盒，满脸诚恳的遗憾，"看你这俩黑眼圈，昨晚跟爸爸彻夜鏖战辛苦了吧？来，这爆炒猪腰子、煎韭菜合子，给你俩好好补补。"
　　廖刚怒道："我这是照顾病人熬出来的！"

蔡麟拍拍他的肩："不重要、不重要。"

蔡麟一转身，正撞上身后步重华琥珀色毫无情绪的眼睛。

"廖副昨晚照顾病人辛苦了。"蔡麟咽了口唾沫说，"队长坐，您坐，这道爆炒腰花是专门点给您补血的。"

"一大早上孟姐赶着审了被害者郜灵的父母，另外丰源村那些村民的口供材料也传过来了，刨除那些'我有超能力我不怕死刑'和'信神上天堂天堂有妹子'等乱七八糟的东西，其他都在这儿。"

蔡麟在宽敞客厅的沙发上正襟危坐，将案情材料在茶几上一份份铺开："'全能神'邪教在不少乡村地区传播，嘉瑞县下属的丰源村属于受灾比较严重的一片。其中郜伟跟熊金枝夫妻因为入教早，地位比较高，属于在丰源村内的'接待家'，也就是定期集会、举办'仪式'、收取献金上缴上线，以及为住家信徒提供一些基本饮食的地方。这对夫妻连自己俩儿子都带入教了，但郜灵不信。"

辛苦了一夜的廖刚坐在沙发那头稀里呼噜吃饭，步重华翻看口供记录，问："巴老师是什么人？"

"巴老师，"蔡麟伸出食指晃了晃，深沉道，"就是巴老师。"

廖刚险些被米粒呛着。

"我没说错啊。"蔡麟还有点儿委屈，"根据那治安主任交代，高层都是用教名来彼此称呼的，相比'闪电女神'跟'洪水先驱'，'巴老师'这个称呼已经很正常接地气了，质朴中还有那么一丝纯真和亲切呢。"

"他们不知道巴老师的真实姓名和背景？"

"这些村民都是最底层的韭菜苗，能提供的信息比高宝康他爹娘多不了多少，只知道巴老师是津海市下属各县城的'总联络人'，我的理解是相当于地区总代理。如果郜灵家没发生火灾，也许我们还能拿到几张真人照片，可惜现在一把火全烧没了，唯一的收获就是根据村民口供我们又完善了犯罪嫌疑人素描，已经发出协查通知了。"

步重华突然从案卷中抬起头："李洪曦是不是经常去丰源村？"

蔡麟摇摇头，哗啦啦给他翻了几页纸，指着其中一页："这倒不是。您看这儿，根据郜伟交代，李洪曦是去年下半年才被巴老师介绍来的，开始是作为巴老师私人的'贵客'，后来估计是看能睡女孩子，就摇身一变声称自己也要入教。他大概每个月开车去丰源村两三次，目的很明确，是个心理变态的色中饿鬼。"

但这个色中饿鬼为什么最开始能成为巴老师的"私人贵客"呢？

步重华翻阅案卷，久久不语，偌大的客厅里只有廖刚在赶紧吃饭。桌上几盒外卖都正热乎着，蔡麟看步重华也不动筷子，便殷勤地夹了个韭菜合子给他："步队先吃，待会儿看吧。这个新鲜刚出锅，正脆着呢，待会儿就该凉了。"

步重华那玻璃似的眼珠向他一瞥："不用，我有饭。"

蔡麟不明就里。

步重华起身走进厨房，少顷传来了微波炉的嗡嗡声。蔡麟的筷子莫名其妙顿在半空，少顷只得夹给廖刚："廖哥，吃、吃。"

"不，儿子，我不吃，而且我建议你最好也不要吃。"廖刚把那个韭菜合子推开，充满遗憾地说，"看看这周围的环境吧，你知道步支队每个月要在清洁家政上花多少钱吗？你敢在他分分钟拉出去当样板房似的顶层大复式里吃韭菜？"

蔡麟："……"

开放式客厅足有普通家庭客厅两个大，吊顶落地窗，内外双厨房，一楼是主卧、次卧和书房，旋转楼梯通向楼上的健身室和客卧。装修风格走黑白灰现代设计风，家具摆设多用精钢玻璃陶瓷元素，光洁如新一尘不染，连沙发上的靠枕和羊绒毯子都整整齐齐地叠放在它们该在的位置。

空气中飘浮着一股淡淡的香氛气息，这味道蔡麟闻过，市中心和韵路林立的奢侈品店门口都是这味道，通常只代表一个字：贵。

"我第一次来他家是在刚升上副支队长那年，我妈叫我带点儿东西感谢领导，下班以后我就来了。第一次在私人空间里跟步队面对面，我特别紧张，嘴巴一秃噜，顺口问：'领导，我给您带的这个榴莲可甜可好吃了，要不我这就切一个吧？'

"那是我离事业沦丧最近的一次。"廖刚唏嘘着叹了口气，"当时步队用一种'我就静静地看着你作死'的目光注视着我，说：'不用麻烦，廖副支队。切完这个榴莲你就要变回小廖警官了。'"

蔡麟放下那盒韭菜合子："我突然感觉这是我离季度奖金最远的一次。"

步重华端着一盒健身房午餐从厨房里出来，皱眉道："你们在说什么？"

廖刚蔡麟同时回答："没什么没什么……"

步重华不置可否，眼角余光往茶几下一瞟，那微妙的眼神如钢针两下扎进蔡麟只穿袜子踩在手工地毯上的脚上。下一秒蔡麟清清嗓子，正襟危坐，不引人注意地把脚塞回了一次性拖鞋里。

咔嗒！

就在这时他们身后的楼上客卧门一开，紧接着脚步声咚咚咚，有人走了下来，蔡麟回头一看，眼珠差点瞪出眼眶："小吴？！"

吴雩睡眼惺忪，头发乱糟糟的，额角贴着一块要掉不掉的医用纱布。他上身是步重华衣柜里新的棉白短袖T恤，肩线耷拉下来，显得人非常瘦削，下身却是那条从丰源村穿到县医院、县医院穿回津海，经历了火场、暴乱、病房、禁闭室，早已千疮百孔伤痕累累的牛仔裤，他含糊不清地说："早。"

蔡麟："早……"

蔡麟满脸呆滞，眼睁睁看着吴雩一路下楼，光脚踩在地毯上，游魂似的绕过茶几，一屁股坐上他们对面的真皮大沙发，然后被浓郁的食物香气唤醒似的，睁开眼睛准确捕捉到了韭菜合子。

阻止已经来不及了。在三道目光注视中，吴雩用两根手指拎起一个饱满的韭菜合子，嘎吱一口半个，绿色汁水四溢，空气仿佛咔嚓开裂。

吴雩嚼了嚼咽下去，自言自语说："还挺香。"

廖刚和蔡麟的眼珠同时战栗起来，心惊胆战瞟向沙发另一侧。

步重华一动不动地捧着他那个装着糙米饭、煮南瓜、白水鸡胸肉和蔬菜沙拉的午餐盒，目光落在吴雩身上，只见吴雩吃得嘴上手上都沾了油，一边脸颊微鼓出来，看着脸上仿佛有了点肉也更精神了似的，然后他向步重华扬了扬下巴。

"看我干吗？"他问，"你吃吗？"

"我不吃，你吃。"步重华缓缓道，"这是专门给你买的，慢点儿别噎着。"

蔡麟："……"

廖刚："……"

吴雩绝不能理解有人会不愿意在家里吃韭菜合子这么好吃的东西，他三下五除二吃了一整盒，起身去洗了手，步重华从内室里找了条灰色的运动裤，进厨房递给他："喏，换上，在家再睡一会儿。"

"你去哪儿？"

吴雩随便把湿漉漉的手在裤子上正反蹭了两把，脱下那条脏兮兮的牛仔裤，换上舒服柔软的运动裤。他天生的身材比例是真的很好，这样宽松没型的一套衣服，上衣下摆在裤腰随便一塞，都显出些劲瘦精悍的影子来，步重华收回目光淡淡道："回局里，审李洪曦。"

"你的伤没事了？"

"廖刚跟孟昭主审，我就去讯问室旁听，晚上就回来。"

"那我跟你一起吧。"

吴雪左手还绑着绷带，眉角有一点血迹没擦干净，眼下有些轻微不明显的青黑。情绪爆发后的虚脱没有那么容易过去，他说话反应比昨晚略慢半拍，注意力似乎非常散漫，但看上去已经和平时没有太大差别了。

步重华思忖片刻，没有答应："你还在禁闭期，过两天再去吧，万一碰上宋局你俩又打起来怎么办？"

——宋局，一个每天早上需要在镜子前仔细打发蜡挡住头顶那块微秃，拍照时深吸一口气凹进啤酒肚，为了不输给边上的小年轻而在健身房里咬牙负重一百公斤深蹲，回家后默默腰疼了半个月的老男人。

吴雪条件反射般摸摸额角纱布，刹那间脸色似乎有一丝扭曲。

"那行。"他捡起自己的脏衣服说，"你晚上早点儿回家休息，我回去了。"

"你上哪儿去？"

"回家啊。"

步重华反问："你不等我回来告诉你审讯结果？"

吴雪动作一顿，半响才不确定地道："那我等你回来？"

"你等我回来吧。"步重华说，"书房路由器底下有 Wi-Fi 密码，冰箱里有吃的，脏衣服丢洗衣机就行。"

吴雪犹豫着点点头："行。"

吴雪就像是误入了别人领地的野生动物，全身上下每个毛孔都充满了不协调感，悻悻地把步重华和廖刚蔡麟送去门口。蔡麟连打量他好几眼，脸上写满了掩饰不住的忧虑和关心，终于趁步重华换鞋的工夫一扭头，鬼鬼祟祟召唤："吴、小吴……"

吴雪小声问："你干吗？"

"你要是被绑架了你就眨眨眼。"

"我要是眨眼了你打算怎么样？"

两人对视五秒，蔡麟也不是很确定。

吴雪靠近他耳边，轻轻说："下次我出现场看见蛆，一定帮你带两条回来。"

蔡麟忙不迭跑了。

步重华家的阳台是全封闭花园式的，摆满了郁郁葱葱的观赏盆栽。吴雪站在半圆形玻璃栏杆前，只见南城区分局的吉普车沿着小区车道缓缓驶向前方，少顷便消失在了远处。

他转过身，望着巨大整洁的客厅，一时不知道该做什么。少顷他光着脚无声无息地走到书房门前，迟疑片刻，试探性地轻轻一推。

书房装修风格和步重华的个性一模一样，黑白灰大吊顶，精钢立地照明灯，嵌入式保险柜，靠墙四个文件柜全部上了锁，书桌上放着台式电脑和整齐排放的文件夹。三排玻璃大柜吸引了吴雩的注意力，只见那柜子里的书被排得满而整齐，放眼望去内容却非常杂：本专业类的包括侦查、痕检、解剖学、毒理分析、电子信息、应用化学，其他还有建筑设计、化工化验、心理分析、行为研究，更杂的甚至还有民俗文化、考古地理、食品科学、哲学书籍……

精英花钱的地方还挺多——吴雩摸了摸玻璃柜门，在心里想。

然后他转过身，突然瞥见书房墙上还嵌着一道贴了隔音胶条的门，此刻微微虚掩着，隐约露出屋里白天也没关的灯的光。

好奇心让吴雩走过去往里一看，愣住了。

那是一间家用练琴室。

步重华应该是个很讲究不打扰四邻的人，练琴室做成了房中房隔音结构，四面贴了吸音材料，天花板上贴着扩散板，室内还有控制温度和湿度的装置。房间正中是一架三角钢琴，密密实实盖着黑色天鹅绒琴罩，底下垫着厚厚的织毯，吴雩没认出那钢琴是什么牌子，但光从布置上就能体会出价格不菲。

吴雩蹲下，小心摸了摸乌黑锃亮、光洁温润的钢琴腿。

"精英还挺骚包。"他呢喃道。

第 41 章

啪！几张照片被丢在讯问室的铁桌上，孟昭拉开椅子坐下，调侃道："怎么样李经理？有没有感觉自己应该多去去健身房？"

公安局讯问室不比检察院的，室内唯一的光源是被固定在铁桌上的那盏台灯，惨白亮光映照在照片上，将赤条条纠缠的肉体照得越发惨白，沉浸在陶醉疯狂中的人脸和此刻李洪曦骤然惨青的脸形成了鲜明对比。

孟昭几乎是饶有兴味地欣赏着他的表情，然后略微凑近，神秘而缓慢地一字一句问："或者你更习惯被人尊称自己那个中二的教名，是不是，'洪水先驱'？"

这四个字仿佛当头砸下的判决书，李洪曦向椅背倒去，嘴巴像触电般不断颤抖，半响才挤出一句："我是……我是被诱惑的！我不是主犯，我是被诱惑的！"

"扑哧，"廖刚坐在孟昭身侧翻开笔记本，从鼻腔中哼出一声笑，"进了我们这间房的十个有九个都说自己不是主犯，但是不是主犯最后可轮不到你自己说了算。来吧'洪水先驱'，告诉我们你是怎么认识'巴老师'的？"

这是步重华事先教给他的审问方式，先一步把巴老师进入警方视线的事实抛出来，以更主动的方式抢占先机，让李洪曦下意识觉得自己并不是警方唯一的消息来源。

这对加速瓦解他的最后防线是有一定积极作用的。

果然李洪曦听到"巴老师"三个字的时候整个人一颤："你们！你们是怎么——"

廖刚面无表情注视着他，没有要开口的意思。

压力在安静的空气中加速集聚，形成难以想象的恐怖负荷，李洪曦不堪重负地垮塌下去，终于语无伦次地开了口："我是在一个洗……洗浴城认识这个人的。"

结合这帮人的德行来看，这倒一点也不奇怪。

"大概是去年五一后，最开始他只是个点、点小姐的。我们圈内会保持一定联系，哪里进了新人，互相之间会拍视频交流，这样才能在第一时间得到资讯，有时也会私下组团一块出去。这个姓巴的不仅视频多，看着人也很热心，所以我后来跟他组团出去过几次，慢慢就熟悉起来了。"

李洪曦急促喘气，干涩的咽喉用力吞咽了一下，声音沙哑道："我不知道他叫什么，只知道他姓巴——这也很正常，我们之间基本都不用真实姓名，所以我就没多问。他大概看我经济优裕、出手也挺大方，渐渐就挺愿意把我当朋友了，介绍我信这个……这个教，说里面姑娘干净。"

廖刚一个男人都有点想呕的感觉，这时蓝牙耳机里传来步重华平稳简短的提醒："注意你的表情。"

"咳咳！"廖刚清了清嗓子，冷淡地道，"你不仅只去丰源村吧？"

"对、对，开始他们有好几个集会地点，津海市区的对我来说更方便一点。但去年年底上面集中打击这个教，好多'接待家'都给抓起来了，慢慢就只剩下丰源村一个固定据点了，姓巴的说那里人老实，隐蔽，警察也想不到要去那么偏僻的乡下抓……我就是在那时碰到了郜琳琳，她父母是丰源村的'排长'，她家是那块儿的'接待家'。"

李洪曦混浊的眼睛里射出一丝期待的光，似乎想从廖刚和孟昭脸上找出对这条线索的兴奋或重视之情——但他失望了。

讯问室单面玻璃外，步重华对蓝牙耳麦沉声道："赌一把，直接问他骷髅头盔。"

孟昭抬起眼睛盯着李洪曦："郜灵是什么时候带着那个头盔逃跑的？"

所有人几乎立刻就知道他们赌对了，只见李洪曦瞳孔紧缩，脸色剧变，手铐哗啦响彻讯问室，他难以置信地望着孟昭："你们怎么连这都知道，你们是怎么知道的？"

孟昭挑眉向他露出遗憾的表情。

"那个头盔跟我没关系，那个头盔跟我根本就没有关系。"李洪曦方寸大乱，颠三倒四地说，"那是姓巴的东西，是他带那小丫头出去，让小丫头见着了……跟我没有关系！"

尽管知道不应该，孟昭、廖刚还是忍不住对视了一眼，彼此眼底都有些难以掩饰的惊愕。

"所以那个头盔，"孟昭率先反应过来，问，"姓巴的有没有说过它大概值多少钱？"

"我不知道、我不知道，我甚至不知道那是不是假的。"李洪曦颤抖地搓着手，声音嘶哑道，"姓巴的说那个头盔很有来历，早年流传出来，我也不知道怎么落到了他手上。他给我看了另一个相似的骷髅头盔流传到欧洲之后的拍卖记录，说那个头盔里面垫的是软布，外面镶嵌连接才用一点青铜，而他手里这个头盔里面支撑的框架和外面镶嵌的装饰，用的都是银子和绿松石，应该更加值钱。他平时藏得非常紧，都舍不得拿出来给人看，只有一次喝醉了吹嘘才拿给我看过。"

"姓巴的来找你说邰灵带走了'大生意'，是不是指他打算把这个头盔拿出去卖？"孟昭问。

李洪曦咽了口唾沫，摇摇头："他总是说打算卖，还老觉得我认识的老板多，让我帮忙打听买家，但我感觉他其实并不真正想把这个东西出手，就是那么一说而已。"

"为什么？"

"他觉得能升值。"李洪曦露出一丝无可奈何的嘲讽，"而且要卖根本没有那么容易，虽然说国内现在收藏这些东西的人越来越多，但都是小玩意儿，'大东西'的需求市场相当有限，还不如留着等以后再说。"

步重华透过单面玻璃盯着他灰败的侧脸，表情凝重，一言不发。

廖刚翻了几张案情材料，狐疑道："他把这个东西收得那么紧，邰灵能偷走？"

"警官，你也是男人，你还不了解男人那点儿事？"李洪曦惨笑一声，"这么说吧，我拿自己打个比方，你们能知道姓巴的来找我，一定是我老婆那个贱人听见了什么，跑来主动告诉你们的，这还不是一个活生生血淋淋的例子？色字头上一把刀，为什么自古以来都说女人耽误事儿，不就是这个道理吗？"

廖刚一声冷笑，但没说什么，孟昭顺口嘲道："你老婆当年就不该倒贴嫁给你这么个一穷二白连婚戒都买不起只会甜言蜜语'对她好'的凤凰男，不过现在这个话不用提了。"她话锋一转，问，"姓巴的发现邰灵跑了，骷髅头盔也不见了，打算怎么解决这件事？"

李洪曦明显对孟昭更加抵触，但没有反驳，只冷笑了一声："你连高宝康的存在都知道了，还想不到他打算怎么解决这件事？当然是彻底'解决'了。姓巴的能在那个教里干到那个位置，没几分血性可做不到，你看最后那小丫头不就给弄死了吗？"

廖刚甩出一张协查通告照片，用指关节叩了叩："高宝康跟你是什么关系？"

"没关系，我怎么可能跟那种低级教徒有关系。"李洪曦嗤笑得更明显了，"这人没钱没本事，也没什么利用价值，就是个旁观架火起哄的。也就是那样的人才会为一点儿钱杀人，不然谁还愿意？"

——李洪曦这人的劣根性真是骨子里的，都穷途末路到这种地步了，还竭力对"低级教徒"维持着高人一等的优越感。

不过这优越感没有维持多久，孟昭挑起眉梢，略微倾身靠近了，似乎感到有点好笑："既然没关系，为什么你要在邰灵死后去被害人家里，灭她室友的口呢？"

这是李洪曦被捕的原因，也是他无可避免的死穴。几乎在孟昭话音落地的同时，李洪曦双手连同胳膊都哆嗦起来，颤抖迅速延伸全身，紧接着他像是连最后一寸脊梁骨都被压断了似的，陡然一口气出去瘫软倒在椅子上，绝望地望着天花板。

"我不是想灭口，我只是害怕那个女人知道点儿什么，但姓巴的已经打算收手不再管这事了。"

顿了顿他又无力地道："因为五月二号之后，高宝康就再也没回来。"

步重华轻轻呼出一口气，在玻璃上留下了转瞬即逝的轻雾。

——果然跟他预料到的一模一样，五月二号后跟高宝康失联的不仅仅是他爹妈，同时还有买凶的巴老师、李洪曦等人。

"没回来？"廖刚加重语气问。

"对，高宝康动手前跟姓巴的一直有联系。他跟了邰琳琳一段时间，摸清了她上班的地方和现在的住址，但我听姓巴的话里意思，大概是一直没找到机会，我也没什么办法。直到四月底那几天姓巴的说最近时机可能来了，此后高宝康一直没有传回来消息，直到五月三号那个骷髅杀人的新闻在网上流传开，姓巴的吓了一跳，就开始坐立不安。"

"为什么？"

"警官，你觉得为什么？"李洪曦有气无力冷笑道，"满世界人都说看见了骷髅，万一警方受到启发开始查骷髅头盔怎么办？再说公布出来的被害人细节跟姓邰那小丫头的完全不同，谁知道高宝康是怎么回事。"

——他提到被害人细节跟郜琳琳的不一致,孟昭立刻敏锐地意识到什么,翻出年小萍的照片亮到李洪曦面前:"你不知道她是谁?"

"我不知道,至少我没见过。"李洪曦观察了一会儿,摇摇头,"不过看这个样子,像是那帮人喜欢的。"

不可能,尸检结果显示年小萍处女膜完整,她不是那种牺牲品。

那她到底为什么会被杀?

孟昭和廖刚两个人都十分意外,但谁也没有表露出来。孟昭问:"然后呢?姓巴的认为高宝康有可能带着骷髅头盔跑了?"

"他确实是这么猜测的,但又不敢确定,既怕郜琳琳没有死,又怕这时候寻找骷髅头盔会引起警方的注意,于是一连几天都不敢再有任何动作。直到五月九号网上爆出第二具尸体的图片,他才确认郜琳琳已经死了,觉得高宝康肯定是带着骷髅头盔跑了。"

"如果骷髅杀人的事没有满城风雨,姓巴的也不至于被吓成那样,但现在骷髅头盔很可能已经进入了警方的视野,他就不敢再对郜琳琳那个室友下手了,甚至希望高宝康带着骷髅头盔跑得越远越好,一辈子不被警方抓到最好。"李洪曦颓然望着讯问室昏暗凝滞的空气,说,"但问题是他这时候收手,就等于把我放到了非常危险的境地里,毕竟谁也不知道郜琳琳有没有对室友说过什么——她可是知道我姓名、公司的,要是秘密泄露出去,我不就完了?我没有其他办法,只能……只能冒险亲自出马……"

"仅仅因为这个?"孟昭眯起眼睛,"郜琳琳已经死了,而你暂时还没有进入警方的视野,只是因为担心这个你就敢杀人灭口?"

"我没有想杀人!"李洪曦像被针刺了似的,条件反射尖声否认。

廖刚和孟昭都盯着他没说话,讯问室内一片死寂。

半晌李洪曦才紧紧闭上眼睛,崩溃地垂下头,呜咽声渐渐渗出来:"我只是觉得那种女人……就算发生什么事,也没人会关心,没人能发现……"

他的身躯佝偻着,肩头不断耸动,一米八几的男人看上去仿佛比孟昭还要矮一截。然而没人能感到丝毫怜悯,孟昭翻了页案卷,淡淡道:"你能提供多少关于'巴老师'的个人信息?照片、住址、银行账号、社交网名都算,可以考虑立功表现。"

"我……我不知道,他们那种有经验的人把个人信息都捂得非常紧。"李洪曦用力抽了一下鼻子,含混不清地说,"我之前有跟他在一起的合影,但那天之后……就是郜琳琳尸体被发现之后,我怕引火烧身,就全都给烧掉了。"

全都烧掉了？

孟昭和廖刚同时眉心紧皱。

"我也想争取立功表现，但我知道的只有这么多了，剩下的你们自己去查吧。你们警察不是什么都查得出来吗？"李洪曦瞅着他们，胸腔中震出一声声冷笑，每笑一声全身一抖，手铐便随之发出震动的哗啦声，有种穷途末路的疯狂，"我最大的错误就是不该沉不住气，不该去找那个女人，不该被你们那个三更半夜送那种女人回家的警察发现……我没有案底，没留下过DNA，即便你们验出那丫头肚子里的种也不可能跟我比对上。如果不是我自己太害怕了，你们是根本抓不到我的。"

他低下头，用拳头用力抵住自己短短几天就老出了皱纹的眉心，像是宣誓又像是催眠自己似的，牙关咬得脸都有些扭曲："我没有输给警察、我没有输给警察……我只是输给了我自己。"

讯问室安静得仿佛坟墓，虚空中黑暗愈来愈沉，渐渐吞噬了他僵硬的身影。

咚咚，蓝牙耳机中传来步重华两声轻轻的敲击声，随即他吩咐："你们出来吧。"

廖刚向孟昭微不可察地点点头，用眼神示意她先走，自己来处理剩下的文件工作。

孟昭会意起身离开，反手关上门。廖刚则坐在原位把笔录整理好，拿了支笔给李洪曦，盯着他一页页签上字。

"我不懂你说的'男人那点儿事'。"廖刚突然淡淡地道。

李洪曦正机械地签字，闻言过了数秒，混沌的大脑才迟钝地意识到他在说什么。

"我即便喜欢一个女人，也会发乎情，止乎礼义，光风霁月，堂堂正正，既不欺骗自己本心，也绝不给人造成困扰。你说色字头上一把刀，不如说欲字边上常带欠，欲壑难填，常欠不满，迟早要把自己的性命葬送进去，跟那些被你祸害的女人没有关系。"

廖刚盯着李洪曦满是血丝的眼睛，微微笑了一下："放心，我觉得你余生都不会再有祸害女人的机会了。"

孟昭推开外面监控室的门："步队！"

步重华坐在单面玻璃外的监听室里,白衬衣袖口卷在手肘上,露出肌肉结实白皙的手臂,因为受伤,肩上搭了件深蓝色薄外套。他向后靠在椅背上,两条长腿伸展交叠,十指交叉在鼻端思考了片刻,不知道脑子里在想什么,突然问:"你怎么看?"

"他的作案动机太扯了。"孟昭没有隐瞒,直截了当地道,"就算郜灵生前曾经对刘俐说过什么,一个有毒瘾的失足少女跑去揭发他这么个衣冠楚楚有社会地位的人,没凭没据也是没用的。我不相信他是因为怕刘俐乱说才去找她灭口,背后肯定还有其他动机。"

"对。"步重华长长出了口气,缓缓道,"五月九号早上郜灵尸体被发现,晚上他就潜入了刘俐家,中间他烧掉了自己跟'巴老师'的所有合影照片……他不是怕引火烧身,他是在保护'巴老师',这帮人身后还有更深的联系。"

孟昭面色微沉。

"让技术队尝试恢复李洪曦的电脑、手机相册,筛查三月十八号凌晨三点他家小区附近的监控录像,看有没有符合特征素描的人出现。"步重华站起身,想了想又吩咐,"出几个探组去李洪曦经常光顾的洗浴城,看能不能找到洗脚妹,辨认'巴老师'的素描。"

"是!"

"忙完早点回去休息,我先回家了。"

孟昭沉浸在对案情的思索中,心不在焉地"嗯"了一声,五秒钟后陡然一激灵——谁先回家了?

咔嗒门被关上,步重华高挑笔直的身影消失在了门板背后。

孟昭目瞪口呆,半晌喃喃道:"他这是……"

晚上九点,夜幕初降,都市天穹下的华灯一片片点亮。

距离津海市和韵路半站路的天禄小区,3A栋大楼明亮宽敞的楼道内,电梯门缓缓打开,步重华走到家门前停下脚步,掏出钥匙,不知为何停顿了几秒。

他盯着防盗门,少顷终于清了清嗓子,开锁推门而入:"我回来了!"

偌大客厅空空荡荡,一楼二楼都没有开灯,整个家淹没在落地窗外一拥而入的夜色中。

睡着了?步重华心想。

他脱了鞋,披着外套,顺手把外卖盒放在客厅茶几上,径直上楼来到客卧门前,刚要轻轻推开门,突然手又一顿。

——门缝里并没有透出灯光。

步重华不知道在想什么，就那样在客卧门前一动不动地站了一会儿，慢慢转过身。

装修精良的巨大复式公寓没有开灯，远处市中心的流光溢彩穿过夜幕，遥遥映在他瞳孔中，不明显地闪动着。步重华眼底一丝表情也没有，搭着楼梯的玻璃扶手一级级下来，踏上客厅地砖，刚要去玄关挂上外套，一扭头瞥见书房，突然愣住了。

书房门半开着，笼罩在昏暗中，屋里却隐约透出不明显的亮光。

刹那间某种预感呼啸翻涌而来，步重华神色微微发生了变化。他快步推开书房门，来到练琴室门口一看，脚步陡然顿住——

暖黄壁灯倾泻在三角钢琴细腻的天鹅绒罩上，吴雩盘腿坐在琴凳上，一边侧脸枕着按键盖，已经睡着了，手边的《网络犯罪导论与电子取证研究》才刚翻到三分之一。

步重华久久看着他，眼底浮现出不清晰的神情，许久才不作声地走进屋，将外套轻轻盖在他肩头。

"唔？"吴雩几乎立刻就醒了，蒙眬抬眼一瞅，随即又紧紧闭上，含混不清道，"你回来啦？"

步重华沉默片刻，扭过脸望着地毯上细腻的织纹："嗯。回来了。"

第 42 章

步重华问:"你怎么不去卧室,睡在这儿?"

吴雩明显是怀着想学习的心,奈何内容太难没学进去,看着看着就趴倒睡着了。但以姓吴这小子的演技绝不会让精英瞧出端倪来,他像某种野生猫科动物般伸了个长长的懒腰,含混道:"这儿通风、暖和,给领导省点儿电。"

步重华无声地点点头,心说确实令人无可辩驳,只有琴房是有恒温恒湿控制的。

吴雩看了看时间,岔开话题问:"你回来这么迟啊?"

"审李洪曦耗时间。"

"天晴了雨停了你又觉得你行了。"吴雩向步重华衬衣下受伤的部位瞅了一眼,起身把书塞回外间书柜,扬声问,"审讯结果怎么样?"

"一般吧,"步重华站在钢琴边,把李洪曦的口供内容拣重点简短叙述了一遍,说,"我总觉得他在保护那个'巴老师',但根据他的交代,他之所以铤而走险对刘俐下手,是因为姓巴的吓破了胆不敢再出头收拾烂摊子,所以他应该很恨'巴老师'才对,不该如此掩护同案犯,除非他们之间还有比参与组织邪教更严重的事。"

吴雩转回来,靠在门框边思索了片刻,问:"李洪曦现在会判多少年?"

"他的情况不好说,看法院怎么认定,十年到无期都有可能。"

"那会不会如果姓巴的落网,他们背后的事一旦被揭发,他就有可能被判死刑?"

步重华思忖片刻,摇摇头:"按李洪曦的学历、见识来推断,他应该知道现在不至于判死刑……除非郜灵、年小萍都是他出钱买凶杀的,邪教内部犯罪活动都是他干的,而且还得引发严重后果和社会舆论。不过几条因素全都占上我觉得可能性不大。"

在找到"巴老师"之前所有人都只能一筹莫展，可见李洪曦确实是南城区分局当之无愧的仇恨榜第一名，甚至已经超越隔壁禁毒支队悬赏两年都没抓到的麻古仔了。

步重华呼了口气，起身说："算了，先不提这个，吃饭吧。"

"哎。"吴雩一眼瞥见他起身时带皱了按键盖上的天鹅绒罩，立刻伸手抚平。

步重华看着他的动作，有点儿意外："你喜欢这个？"

"喜欢啊。"

"那你怎么不……"

吴雩说："它看着那么贵，谁能不喜欢贵东西？"

"……"

"人类对金钱的喜欢永远是最纯真发自内心的喜欢。"吴雩揶揄道，"不过没想到你竟然会弹钢琴，还挺了不起的。"

步重华看了他一眼，说："我弹得不好。"

姓步的肯定什么都会，精英自谦还挺像那么回事儿，吴雩一时兴起问："你试试？"

其实他只是顺口那么一说，没想到步重华犹豫片刻，把天鹅绒琴罩揭开一半，拉开琴凳坐下，问："你想听哪首？"

吴雩面对他认真的目光，感觉有点意外，愣了几秒才试探道："我也……不懂这个，要不您自己看着挑一段吧。"

三角钢琴乌黑锃亮，每一寸线条都充满了艺术韵律之美，在这精心装修的琴房中静静散发着难以名状的气息。步重华侧脸被暖黄光晕映照着，就像个高贵冷峻的演奏者，闭上眼睛沉吟片刻，郑重按出了第一个音符。

当！

吴雩不由自主退后半步，双手交叠在身前，面容严肃望向这一幕。

当当！

吴雩下意识又退了半步，后背贴在墙上。

当当当！

吴雩："……"

步重华双眼微闭，十指细长，在黑白键上流畅飞舞，一连串音符迸发而出：初始如清晨小鹿从林间跳跃而来，腿一崴摔进了沟里，又如小溪淙淙流过青苔鹅卵石，突然被挖掘机连河床一块儿挖断；再弹奏如场景变换转瞬间来到沙场，御驾亲征的皇帝被战马一脚踢死,又如千军万马于阵前挥斥方遒,突然天上掉下了一颗名为小男孩的原子弹。高潮旋律激转昂扬,千万音符银瓶乍破水浆迸,只见步重华手臂一挥——下一刻金刀裂帛,曲调全收;世界四下无声,苍穹中万籁俱寂。少顷才听尾调如破冰般渐渐渗出,叮叮叮叮钻透耳膜,将混杂着冰碴子的双氧水一股脑灌进人耳道里,四肢五感皆尽消失;半晌只觉最后一个音符都渐渐远去,裹挟百万恶鬼哭号,徐徐消失在了虚空中。

步重华放下手,缓缓抬头,看向吴零,眼底带着一丝极其含蓄的神情。

吴零:"……"

步重华:"……"

啪、啪、啪,吴零一下下用力鼓掌,镇定地道:"真厉害。"

"好长时间没练习了,不值一提。"步重华淡淡道,"你要是喜欢的话以后有时间我教你吧,很简单的,上手就会。"

"不不、不不不。"吴零正色道,"这么贵的东西不能糟蹋了,我们去吃饭吧。"

步重华没再说什么,但看表情似乎有些微妙的小愉悦,点点头合上钢琴盖,去外面厨房热他带回来的外卖了。吴零落后一步,看他出了书房门,才倒回去摸了摸钢琴盖上的软罩,眼底神情复杂感慨,小声说:"是他对不起你……"

叮的一声微波炉停下,步重华打开盒盖,炒鱼柳和炒饭嘭的一下冒出热气。

"吃饭了!"

吴零在内里的小厨房里看了半天,扬声问:"碗筷在哪儿?"

"消毒柜第三层!"

吴零拿了碗筷,穿着拖鞋,啪嗒啪嗒地走回外间开放式厨房,跟步重华一人一边,顶着头对坐在吧台边的高脚凳上,一边从外卖盒里扒饭一边问:"我从昨天晚上就开始好奇,在津海买这么大房子要多少钱?"

"看地段吧。你要买房子吗?"

吴零摇摇头:"我主要比较好奇你的还贷情况……毕竟你不太像那种收钱给人办事的人。"

"怎么不像了?"步重华说。

吴零动作一顿,半晌喃喃道:"我后悔了,我也应该去争取立功当个领导……"

步重华哑然失笑。

"其实都是我外公留下的。"片刻后他主动解释道,"我建宁那个表兄家里比较有钱,我父母走后,他家怕我不懂事被人算计,本来是想带我回建宁上学,出于各种原因没能成行。后来过了几年宋叔叔被提拔调任，带我一起北上，母家的长辈还不是很高兴，一度觉得他有点自己的算盘……不过宋叔叔是个靠谱的人。"

吴雩若有所思地点点头，步重华抬手去触碰他额角那块纱布，但被他条件反射一偏头避开了。

"还出血吗？"

"没有，就皮肉上有点剐蹭。"

"小心别沾水，"步重华顿了顿说，"发炎会留下……勋章。"

吴雩扑哧一乐，两人对视，都笑了起来。

就在这时，步重华放在边上的手机响了，是孟昭。

"喂？"步重华接起电话，听上去心情不错，尾调甚至有一丁点扬起的感觉。但手机那边隐约传来孟昭几句话之后，下一秒步重华眼底的神情立刻凝了下去："确定吗？"

"确定。"孟昭也是刚刚到家，正站在自家阳台上，沉声道，"辖区派出所派人集中搜查洗浴城、KTV等可能存在色情交易的地方，去的第三家洗浴城里抓住了个洗脚妹，是他们几进宫的老熟人，彼此也没什么好隐瞒的，那洗脚妹看了'巴老师'的素描侧写和李洪曦的照片后说见过这两人，她手机里还有跟这帮人出去喝酒唱歌时拍的照片，里面有一张，疑似拍到了'巴老师'。"

步重华把扬声器打开，吴雩不自觉挨近了些。

"让人排查那家洗浴中心的收款记录，以及他们去的那家KTV的监控录像。另外你让现场民警把照片要来，现在就发给我看一眼。"

"行是行，不过……"

孟昭迟疑，步重华皱眉问："怎么？"

"那洗脚妹说，帮助警方辨认的交换条件是下次扫黄被抓不罚款，问给照片的话能不能以后抓到她都别罚款了。"孟昭哭笑不得，"她说她也不会干久，不给警察添很多麻烦，最多再过两年就回老家去开服装店。"

吴雩哑然失笑，步重华长吸一口气，撑住了额头。

"不行。"他冷冷道，"最多宽限到三次——还有过两天记得把这个洗浴城扫了。"

孟昭笑着挂了电话，少顷步重华手机嗡地一振，果然收到一张照片。

步重华打开图片，正中间是两个浓妆艳抹的小妹勾肩搭背唱歌，背景沙发上倒着三四个醉醺醺的男子，其中一人只拍到小半边背影，在昏暗的彩光中看着有点像李洪曦，但不能确定；另外一名身材微胖的男子坐在照片左下角，在按下快门的瞬间正巧面对点唱机屏幕，白净圆胖的脸被照得通明，吊梢眼、肉鼻头，放大隐约可见眉毛上有个明显的痦子。

——宁河县那个打印店老板没有说错，单看这人面相确实挺斯文，看不出是个奸淫妇女、买凶杀人的混账。

步重华轻轻"咦"了一声。

"怎么了？"吴雩问。

"我好像见过这个人……"

吴雩意外地望向步重华，只见他久久盯着放大的图片，浅色眼珠一动不动，眉峰在灯光下微微拧起。他白衬衣松开了两个扣，露出的脖颈线条因为屏息而微微绷起，手指拿着筷子僵在半空，许久突然啪地轻轻将筷子一放。

"两个月以内我见过的人都不会忘，"他喃喃道，"我见过这个人，而且……而且就是这个角度。"

——这是个自上而下的角度。

可他为什么会从上往下地看人，在什么情况下才会站在高处往下看？

"巴老师绝不可能被抓！你骗我——"

这个人是否跟警方有某种联系，或具有提前探知某些政策和动向的社会关系？

李洪曦不同寻常的掩护，被称作"大生意"的骷髅头盔，最开始警方对献祭杀人的错误判断，"五〇二"侦办过程中可能向外界透露消息的任何纰漏……

步重华闭上眼睛，照片上昏暗靡乱的KTV背景仿佛印在他脑海中，随即距离拉远，背景切换。"巴老师"仿佛活了过来，他疾步向前，穿过百叶窗……

百叶窗。

仿佛乱麻中一闪而出的线头，步重华的记忆顺着它抽丝剥茧，闪电般再现出那一刻的情景——他站在分局二楼会客室的百叶窗前，挑开缝隙往下望去：一辆轿车停在大楼门前台阶下，阳光反射在金属车顶上；一个苍老蹒跚的身影险些滑倒，车门边有个青年抢上前扶……

记忆的镜头钉在那青年身上，随即旋转、放大，清清楚楚映出他白圆斯文的脸，以及随时随地都像是眯着的吊梢眼。

步重华看向吴雩，脸色有些说不出的古怪："喂。"

"怎么样？"吴雯有点儿紧张。

"你的立顿红茶包……可能是白泡了。"

吴雯与步重华对视，脑门上仿佛缓缓冒出一个问号。

数辆警车唰啦停在居民楼下，廖刚跃出车门，一边打手势指挥现场刑警，一边匆匆对手机回答："是步队，是我知道了……探组已经分散到目标研究所、他儿子家、公司和几个经常去的地点，我们现在到了目标家楼下……是，一旦发现随时向您汇报！"

廖刚挂断通话，断然一挥手："走！"

咚咚咚！咚咚咚！

"谁呀？"

咚咚咚！！

一名老太太推开防盗门，还没反应过来，几个刑警已经按住她迅速挤了进去，她忙叫道："哎你们！"

廖刚举步走进屋，背手站在客厅门口。

整个家装修古色古香，花梨木多宝阁上摆放着各色玉器，墙上电视播放着晚间新闻。一名老人坐在红木沙发上，面前茶几上还摊着报纸，老花镜后射出严厉的目光："你们这是干什么？来抄家吗？"

廖刚没有回答，这时只见一名刑警从书房里匆匆走来，将手里的相框递给他："廖副！您看！"

照片上七八个学生簇拥着眼前沙发上这名老人，离他最近的那个青年略微白胖，笑容可掬，眉毛上有一颗鲜明的黑痣，赫然是年轻了几岁的"巴老师"。

照片下方一排烫金字样：××社科研究所实习结业惠存。

"陈老，"廖刚把照片向陈元量面前轻轻一丢，居高临下道，"跟我们走一趟吧。"

第 43 章

凌晨两点半。

正是酒吧临近打烊的时候,卡座杯盘狼藉,舞池人影阑珊,DJ 也换上了 *Emergencia De Amor*①这类慢摇乐曲。领班点出今晚开的酒类清单,旺季以来生意不错,老板心情却仿佛不是很好,他只随便看了两眼便点点头,吩咐:"今晚我还睡这楼上,你让值班的机灵着点儿,一旦发现可疑的人或车辆靠近店门就马上通知我,别耽误。"

——老板已经连续夜宿办公室半个月了。领班不明所以,但也不敢问,连声应承:"哎!您放心,我明白!"

老板心不在焉地点点头,招手示意两个人高马大的保安跟着自己,穿过舞池向后堂走去,微白圆胖的身影在金属玻璃墙上一晃而过。

就在这时——哗啦!

舞池中还有零星身影随旋律晃来晃去,一名身穿红丝裙的女子大概是喝醉了,踩着高跟鞋踉跄撞上来,半杯残酒猝不及防泼在老板身上,随即整个人歪倒了下去。

保安立刻上前:"怎么回事!""让开点儿!"

老板心烦意乱地看了一眼,只是个女的而已。

这女子三四十来岁,披发红唇,身材紧实有致,虽然已经不是青春少女了,但在迷离灯光下更显出一股成熟干练的风情——并不是他特别偏好的小姑娘,但也很少有男子不喜欢这个类型的。

老板近来风声鹤唳的神经稍微放松了一下,顺手扶起女子彬彬有礼地问:

---

① 《爱情急症》。

310

"女士是累了吗？我扶您去吧台那边休息？"

女子醉眼蒙眬地看了他一眼，大概见老板面相文质彬彬的不像个坏人，红唇一勾笑了起来，慵懒地拖长了尾调："我要你扶我去那边——吹吹风——"说着腰身一扭向后退了半步，那一字细带的高跟鞋如同踩着舞步，就把老板一步步勾出舞池，引向了酒吧的玻璃门口。

"哎女士，"老板嘴上还在拒绝，手却抽不回来，脚下也不由自主似的跟着出去了好几步，"您有伴儿吗？要不我叫您的朋友过来？"

保安只见两人暧昧拉扯，一时拿不准是紧跟过去还是稍微拉开两步距离。就犹豫间，老板快靠近大门，那根警惕的神经终于又绷了起来，笑着不由分说推开那女子："女士我还是叫侍应生过来扶您吧，哎——你们两个过来——"

女子眼梢一扬，恰好灯光随 DJ 舞曲明灭变换，瞬间映照出她弧度锋利的唇角。

老板瞳孔紧缩，警铃尖响，瞬间只觉眼前红裙翻飞——他条件反射探手入怀，但已经来不及了，女子一记凶狠擒拿反向锁喉，同时闪电般握拳重击，正中他手肘麻筋，他当场半身酸软，一个黑色物体啪嗒落地，被女子飞起一脚踹开！

保安大惊："老板！""住手！"

咣当！咣当！两扇大门同时撞开，十几个便衣刑警一拥而入！

满酒吧尖叫顿起，但警方显然已经对一楼布局了如指掌，两个人冲上去左右摁住老板，其他人连看都没看惊慌失措的客人们半眼，二话不说直奔吧台后堂，哐哐几下就把领班保安侍应生等人统统摁倒，紧接着室内灯光啪啪大亮："不许动！警察！"

"所有人手举起来！不准动！你、你！还有你手举起来！"廖刚一脚把拼命挣扎的保安踹翻，吼道，"无关人员散开！别废话！"

"不准拍照！放下手机给我站好！"刑警一把抽走小网红正准备偷偷打开直播的手机，删照片删视频删 App 一气呵成，毫不留情斥道，"警察执勤呢，拍什么拍！"

"孟姐！""孟姐你没事吧？"

廖刚一回头，只见俩实习生满脸紧张，一左一右扶着一袭红裙的孟昭，后者披头散发满脸痛苦，正把脚跷在椅子上，脚尖晃悠悠吊着一只八厘米细高跟鞋，不停地嘶嘶吸气。

要不是时间不对、场景也不对，廖刚险些笑出声来，上前一把薅下了孟昭伤脚上那只鞋，只见崴伤的脚踝已经肉眼可见肿了起来："我就跟你说穿个平底的吧，你死活非要穿这双，现在感觉如何？"

"你懂什么！"孟昭咬牙切齿地说，"老娘自从生了孩子就再没穿过高跟鞋，我梦想这一刻已经很久了，我不会放过这个机会的……"

"廖哥！孟姐！"张小栎举着一物飞奔而来，"快看！"

两人同时回头，神色齐齐一变。

——那是刚才酒吧老板从怀里掏出来掉在地上、瞬间被孟昭飞脚踹开的东西，赫然是把土制手枪！

"真可以啊刁建发，你连这玩意儿都敢碰，是知道自己一旦被抓下辈子就别想出来了吧。"廖刚哗啦啦退出子弹，拎着空枪，往大脸朝下紧贴桌面的酒吧老板眼前一晃，扬眉道，"或者我该叫你——'巴老师'？"

酒吧老板脸部五官剧烈痉挛，随即心知大势已去，整个人就像泄了气的皮球般，颓然软了下去。

"我就知道有这一天，但没想到竟然这么快。"他半边脸挤在桌上，眉眼面孔间笼罩了一层灰败的死气，"你们……你们是怎么发现我的？丰源村那些人根本说不出我是谁，难道你们找到了高宝康？！怎么会，怎么可能……"

廖刚靠近他，轻轻地、一字一顿道："因为死人会说话。"

"巴老师"刁建发猝然重重闭上了眼睛。

"是我出十万块钱给高宝康叫他去找那个郜琳琳的，她知道得太多了，我怕她说出去坏事。"少顷他有气无力地开了口，声音嘶哑道，"是我一个人的主意，跟别人无关。既然已经被你们抓住了，要杀要剐都随便你们吧。"

廖刚眼皮意外地一跳，起身与孟昭对视，两人都浮起了相同的疑惑。

——李洪曦百般隐瞒"巴老师"的个人信息，不希望他被警方抓到；"巴老师"被抓后的第一句话却是把所有罪责都大包大揽到自己身上，仿佛生怕他们再往后查出什么似的。

虽然"五〇二"案不论从哪个角度来说，都确确实实完完全全是"巴老师"主使的，但一个恶贯满盈的邪教组织者这么痛快就认罪，也未免太顺利了。

"要杀要剐轮不到你决定，回去后我们自然用证据说话。"廖刚回了刁建发一句，起身给步重华拨了个电话，在等待接通时冲左右一使眼色："带走！"

"走！""起来！"

训练有素的刑警立刻给刁建发戴上黑头套，押着他向外走。这位"导师"全身发软，走路跌跌撞撞，全然没有了平日里斯文儒雅又高高在上的气势，在呵斥声中被推上了酒吧外的警车。

手机那边接通了："喂？"

"喂步队。"廖刚打手势示意实习警扶好一瘸一拐的孟昭，对手机沉声道，"我们在目标酒吧，抓捕任务圆满完成，已经抓住了绰号'巴老师'的'五〇二'案嫌疑人刁建发。现场搜查及手续工作正在进行，我刚让人先行一步把嫌疑人带回南城区分局了，很快就能到！"

——讯问室昏暗安静，挂钟在墙上发出单调的嘀嗒声响。法制科的老钱、公证员和书记员等人坐在长桌后，个个屏气敛息，半丝声音没有，只有电脑屏幕荧光幽幽映着他们紧绷的脸。

"我知道了。"步重华简洁道。

步重华挂断手机，抬起眼睛，铁桌对面的陈元量木着老脸一声不吭。

"您没有任何想要主动交代的了，是吗？"

陈元量耷拉着松弛的眼皮，仿佛一尊粗糙的石像端坐在那儿。也不知道是不是心理作用，退去古板迂腐的学究表象后，老迈阴鸷的气质从他重重皱纹中散发出来，隔着这么远距离，都让人感觉到一丝阴冷。

"当初你步支队问骷髅头盔的来历，我主动提供了专业所长的信息和线索，现在你们说我的学生牵扯到命案，我又主动把他的名字和地址告诉了你们。我不知道你还想让我主动交代什么，或者你有任何证据，能证明我跟那两个小姑娘的死有关系？"陈元量嗤笑一声，说，"如果你有，我倒真期待你拿出来给我看看。"

步重华直望着他混浊的老眼："你不觉得晚上睡觉时那两个小姑娘就站在床头盯着你吗？"

"这跟我有什么——"

"你是退休返聘人员，不需要每天坐班，实际上你平时半个月都未必去一趟办公室。但五月三号骷髅杀人案满城风雨后，你预感到警方迟早会向社会征集线索，便开始天天去研究所守株待兔，功夫不负有心人，终于等到了第一次带人上门请教的我——如果那天你不在研究所里，接待员是会安排我联系其他专家的，你也就错失了接近警方套取信息的机会。

"五月九号郜琳琳的遗体被发现闹上热搜后，刁建发急欲打探消息，于是和你一起来到分局找我'提供线索'。你给我灌输了一大通所谓天授唱诗人、轮回转世的说法，再度试图将侦查思路引到活祭上，并尝试说服我相信高宝康有可能因为被骷髅头盔控制，才在杀死郜琳琳之后又发疯随机杀害了年小萍。现在想来，你当初那番话真正想掩盖的，与其说是郜琳琳的被害原因，倒不如说是年小萍的被害原因。"

步重华微微向前倾身，锋利的眼角略微抬起："关于年小萍为什么死，其实你根本就心里有数，对吧？"

陈元量嘴角一撇，层叠法令纹中流露出嘲讽："你太异想天开了，步支队长。这只是你毫无根据的猜测而已，请问有任何证据能支撑这一项项的指控吗？"

步重华说："五月九号那天监控录像可以清楚看见你带着刁建发一同来到分局门口，可以解释一下吗？"

"是，我带他来了又怎么样？来之前我就在电话里说过，关于骷髅头盔新发现的资料是'我学生'找到的，我怎么知道他别有用心呢？"

——原来当初埋下的引子是在这儿等着。

这是要把所有赃都栽到刁建发头上的意思了。

"那我们来聊点儿有证据的。"步重华毫不意外，吸了口气，翻开面前的一大摞案情材料，抽出几张打印材料轻轻扔在陈元量面前。

——那竟然是经侦连夜抽调出来的银行流水单。

"前年年中，一个开户地是佛山的私人账户往你账上打了人民币二十五万整，备注是还款；同年年底，一个开户地是福清的私人账户在同一天内分两次往你账上打了人民币三十万元，第二天又补打九万元，备注全都是资金往来。四笔大额交易总计六十四万元，隔壁经侦连夜对比发现，这两个汇款账户都属于沿海一带某个洗钱猖獗的地下钱庄，去年集中打击洗钱交易时，这批违法账户已经全都被查封了。

"你所收到的六十四万元汇款，来源方式都是一致的：境内外对敲。"步重华盯着陈元量，语气微微加重，"躲在境外给你打钱的人是谁？"

"……"

"你做了什么，或者说卖出了什么，才会收到这六十四万？"

"……"

讯问室里一片死寂，陈元量像老僧入定了似的，闭嘴不言。

"暂时编不出理由的话我们来看更近一些的。"步重华将流水单翻过两页，指着被红笔圈出的一笔交易，"去年六月二十八号，一笔一百二十万元的大额资金被一次性打入你的账户，备注是还款，汇款人是刁建发，后台显示柜面操作地点就在你家楼下的那个招商银行——刁建发为什么要'还'你的款，难道你借过他钱？"

陈元量表情似乎动了动："我怎么就不能借他——"

步重华没有给他任何狡辩的机会："但在此之前你跟刁建发没有任何拆借往来，你、你夫人、你儿子儿媳连带全家亲戚的银行账户也从未在三年内发生过超出二十万元的预约取现，因此这笔'还款'必定是无中生有的。你给了刁建发什么东西来换这一百二十万？"

"……"

"那个骷髅头盔，"步重华缓慢而轻声地问，"就是从你手上出去的吧？"

长久的静默后陈元量撩起眼皮，哼笑了一声："我不知道你在说什么，步支队长。刁建发实习时蒙受我帮助甚多，以示孝敬，赠送我一笔资金养老，有何不可？"

这个说法实在太扯了，连书记员都匪夷所思地抬头瞅了他一眼。

"再说那六十四万，我并不知道对方是什么地下钱庄，我们普通老百姓也不具备分辨汇款账户是否涉及洗钱的能力，因此你只能说我被人汇了几笔款，却不能说我因此犯了法。至于汇款用途是什么，我已经忘记了，你们尽管自己去调查；如果你执意要追究的话，我只能说巨额财产来源不明罪的主体可并不包括我，是不是？"

屋里没人吱声。

陈元量环顾众人，脸上露出了一丝要笑不笑的神情："请问我说的哪一点错了吗？步支队长？"

步重华点头不语，向后靠在椅背上，半晌才吐出两个字："没错。"

确实没错。

外汇对敲令资金来源变得难以追踪，汇来百万元巨款的刁建发又没进入审讯环节。目前针对陈元量的所有指控都缺乏证据，甚至没有间接旁证，全都建立在猜测上。

而猜测是没用的，刁建发、李洪曦、邰伟熊金枝夫妇，甚至在逃的高宝康等人中，必须有人能供出陈元量参与犯罪的铁证。

咚咚咚，讯问室门被敲了几下，随即吴雩探身进来，手里还端着一个马克杯："步队，嫌疑人刁建发已经押送到了。"

他向铁桌后的陈元量瞥了一眼，陈元量毫无情绪起伏，面无表情地挪开了视线。

"看来陈老是不打算主动配合了。"步重华站起身,居高临下望着陈元量,"既然这样,我们警方只能自己动手,把您给送进去了。"

陈元量用鼻腔一哂:"我期待着。不过我必须提醒你——既然无法证明我有犯罪嫌疑,就只能拘传,不能拘留。也就是说你们只能扣押我十二小时,重大案件特殊情况,最多也只有二十四小时。"

"至于现在,"他向墙上的挂钟望了一眼,意味深长道,"只有二十个小时了。"

挂钟在墙上机械性地嘀嗒,秒针每一声移动,都化作了虚空中无声的当头重击。

"二十个小时够了。"步重华淡淡道。

他合上案情材料,转身头也不回地走出了讯问室。

"他交代了吗?"

步重华神情沉郁,摇了摇头。

他们两人并肩穿过走廊,吴雩不知道在琢磨什么,半晌叹了口气:"早知道他那么有钱,上次就让他付我们茶水费了,白瞎了一个精选的红茶包……"

"学识丰富的人并不一定是好人,相反一旦被金钱和贪欲诱惑,便有可能比普通坏人加倍作恶。"步重华用眼角的余光打量他手里那杯热气腾腾晃悠悠的立顿红茶,不动声色问,"这个点了你还喝茶,不去值班室补一觉?"

吴雩悻悻道:"本来是想睡的,现在气得睡不着了……"说着他举起马克杯喝了一口。

步重华吃了一惊。

吴雩满心感慨,往前好几步才突然发现身边没了人,回头一看只见步重华站在原地,他问:"你怎么了?"

步重华盯着他一言不发。

冷白灯光当头而下,把步重华的身形勾勒得挺拔如剑,他天生就冷淡的脸色此刻越发森白,薄唇抿得死紧,眼珠子像两颗无机宝石似的,幽幽盯着吴雩。

吴雩:"……"

两人一动不动对视半晌,步重华终于冷冰冰开口道:"睡不着别睡了,喝了茶还睡什么?上楼找经侦支队排查地下钱庄账户去。"

吴雩一脸空白,眼睁睁望着步重华昂头擦肩而过,走进关着刁建发的讯问室,"嘭"地关上了门。

第 44 章

"是，我认识鄢琳琳，我睡过她。"刁建发坐在审讯椅上，无可奈何笑了一声，说，"是她父母同意的，怎么着？算强奸吗？"

步重华隔着单面玻璃坐在监听室里，外套搭在肩上，一手撑着额角。只见刁建发话一落地，讯问室里几个刑警明显都有点想揍他的意思，但勉强压制下去了。

"你在'全能神'中的具体职务是什么，直接上线和下线分别是哪些人？"主审刑警严肃地问。

主审刑警姜文国年纪比较大，过两年就该退休了，为人古板得有点儿过，是那种看见蔡麟蹲椅子上吃饭都会批评两句的人，平生最讨厌就是刁建发这种死猪不怕开水烫的罪犯——要不是步重华现在就坐在外面盯着，刁建发说完第一句话之后，被铐的姿势就一定不会像现在这么规整了。

"你们想让我提供教里的情报和更多犯罪人员对吧，"刁建发无所谓地道，"行，我是八九年前经朋友介绍入教的，因为开酒吧人脉广，路子比较活，所以晋升得快。既然被抓了也没什么好瞒的，你们给我纸笔，我现在就能把津海下属县城的教会分布和主要组织图画给你们。"

老姜愣了几秒，示意书记员给他找了纸笔，解开刁建发右手的手铐。刁建发也不含糊，直接拿笔就在纸上唰唰画起来，许久后真的画出了一张简略的网状分布图，主要人员及职位，除了丰源村外的其他几个城镇"接待家"地点都清清楚楚列在上面。

"我这样算主动配合，戴罪立功了对吧？"

老姜一迟疑，耳机里步重华沉声道："算。"

"算。"老姜心里一定，将那张纸递给同事示意送出去，又转向刁建发，"你是怎么认识李洪曦的?"

"李洪曦那小子八成有性瘾。"刁建发摇头哼笑起来,一派轻蔑之意,"大概去年五一小长假前后,我无聊跟一个圈里的朋友出去聚会,在洗浴城里碰见了他。这小子老家说是县城,其实就是农村,穷得要命又爱生,不知道丢出去几个才生了他,砸锅卖铁才供到研究生毕业。大概因为心里还是自卑,又不敢不奉承学历高能赚钱的老婆,久而久之心理就扭曲了,一边标榜自己是凭真本事奋斗上来的孝顺节俭老实人,跟靠啃老靠拆迁的津海本地人不一样;一边又暗暗地忌讳人家说他出身低,不是城市户口。他唯一的长处大概就是皮相还能看,又会对女人甜言蜜语,哄得他老婆以为是真爱,他倒觉得自己这是在忍气吞声,蛰伏以谋大业……"

"什么大业?"老姜敏感地打断了他。

"还能是什么?你说他费尽心机套住一个城市独生女是为了什么?"刁建发嗤笑道,"他私下都不管他老婆娘家叫岳父岳母,管他们叫'绝户'。"

老姜家也是独生女,闻言翻了个巨大且毫不掩饰的白眼。

"不过他这样的人是我们最爱吸收的,跟肥羊没什么两样。因为怕人说他小气,所以他格外充大款肯花钱;又恨不得报复天下女人,恨她们嫌贫爱富物质虚荣。其实他哪敢去'报复'城里女人?分分钟闹独立给他看,他还不是憋着一股气去找郜琳琳这样的乡下女孩子。"

老姜冷冷道:"是你牵线他认识被害人郜琳琳的?"

"是,最开始信这个的是熊金枝,然后姓郜的一家人都信了,在他们村是信得最早的一批。"刁建发说起邪教经营发展来驾轻就熟,甚至还调整了一下坐姿,"这个教在城镇农村发展的第一目标就是当地中老年妇女,因为大部分文化程度低,日子过得又不顺,微信上那些'微波炉能致癌''全世界都震惊了'信的都是她们。她们一旦入教,就会自发对家里人宣传,绝大多数能把一家人都拖下水;全家下水以后就会自发对左邻右舍亲戚朋友宣传,滚雪球似的越滚越大,越偏僻的地方越是整个村庄整个村庄地沦陷。

"熊金枝把她男人孩子都带进教里,唯独郜琳琳不太信。她不信我也不管,教徒那么多我也没工夫一一都管到,直到三月中旬我去丰源村收献金,郜伟才告诉我他姑娘几天前离家出走跑了,找遍了亲戚家都没找到,我一听就觉得不好。"

"为什么?"老姜问,心里已经隐约有了答案。

出乎意料的是刁建发的回答非常简单:"因为她知道得太多了。她知道丰源村,知道我,知道郜伟作为'接待家'集中收取过多少献金。而且熊金枝说她姑娘是个吃里爬外的白眼狼,完全不顾念父母亲情,是能干出报警上访这档子事的。"

刑警面面相觑，连单面玻璃外的步重华都坐起身，眉宇间浮现出一丝狐疑。

——他怎么没提"骷髅头盔"这四个字？

"于是我请人吃饭花钱，找了些关系，没费太多工夫就查到了邰琳琳跑到津海市，藏在了老昌平区。"说到这儿刁建发笑着瞅了瞅老姜他们几个警察，笑容中似乎闪动着几分讥诮，但随即又恢复了平直的叙述，"知道地址就方便了很多，我给高宝康十万块钱让他去'解决'一下，他答应了。"

"他答应了什么？"老姜眯起眼睛重复问。

刁建发回答得理所当然："答应去解决邰琳琳啊。"

"那年小萍呢？"

刁建发反问："谁是年小萍？"

讯问室陡然陷入安静，乱麻般的怀疑从每个人脑海中同时生出。

咔嗒一声响，门被推开了，几名刑警同时回头："队长！"

步重华右手一压示意不用起身，随即直盯刁建发，半句废话没有："不用隐瞒我们，李洪曦已经招了。

"陈元量一百二十万卖给你的骷髅头盔现在在哪里？"

霎时刁建发全身一震！

"陈元量"三个字仿佛触动了某个开关，难以置信、果然如此、挣扎犹豫……种种情绪同时闪现在那张脸上，随即因为强行掩饰，他脸上肌肉奇怪地扭曲了起来："李洪曦招了什么？我不知道，骷髅头盔跟我有什么关系？"

老姜脱口怒道："你——"

"我是给了陈老一百二十万，但你们有证据证明那一百二十万是为了买骷髅头盔吗？"

周遭一片死寂，刁建发直勾勾回视着步重华，嘴唇不住战栗，就这么发着抖冷笑了一声："或者说，你们有证据，证明那个骷髅头盔真实存在过吗？"

"没有证据。"步重华疾步下楼，沉声道，"骷髅头盔从头到尾都只存在于何星星跟李洪曦的供述里，这种卷宗呈上去会被检察院退侦。"

刑侦支队气压低得可怕，数名面色不善的刑警紧跟在步重华身后穿过走廊，廖刚浓眉紧锁出一个"川"字："根据经文保处对陈元量早年经历的调查，他在二十世纪九十年代曾经进行相关研究工作。这几年此类文物被炒得很热，他把藏品私下出售是有可能的，否则以正常收入绝对支撑不起那一屋子家具玉器收藏的花销。"

"但现在没证据。"步重华脚步不停，招手叫来蔡麟，"你立刻去找经侦曹支队，请他今天务必抽时间开案情会，排查跟陈元量交易的非法账户、地下钱庄、外汇对敲资金来源，想办法摸出买家的线索。如果陈元量涉及文物倒卖，骷髅头盔应该是他最后也是最珍贵的藏品，在这之前他肯定完成过不止一笔交易。"

"明白！"

蔡麟一溜烟应声而去，廖刚忧心忡忡问："但即便找到陈元量之前的交易记录，在他咬死不认的情况下，我们怎么证明骷髅头盔这件东西曾经流出过他的手呢？"

"你忘了证据链上最关键的那个人了吗？"步重华沉沉道。

廖刚下意识问："谁？"

"高宝康。"

步重华推开刑侦支队大办公室门，所有人纷纷起身："队长！"

"通知内河搜救中心和110报警平台，征调五月二号案发至今四里河流域的所有溺水警情，同时配合水上派出所扩大搜索区域，四里河往下直到环城河、南运河、津海港，中途能调的所有监控录像都征集过来广泛筛查。另外，为防止嫌疑人高宝康逃出津海，立刻将协查通报发给各地铁站、机场、码头、火车站、汽车站、高速公路监控站，十二个小时内再没有结果，联系市局向全社会签发通缉令！"

"是！"

步重华疾步穿过大办公室，所到之处人仰马翻，所有人迅速起来收拾东西，几乎立刻就在各自探组编制下开始了行动。廖刚叫住队里几名老刑警叮嘱好各项细节，突然步重华过来一拍他肩："廖刚。"

"是！"

"带人去市局法医所，"步重华低声吩咐，"排查五月二号以来河里打捞出的所有无名尸体包括零碎尸块，如果有无法分辨面目的腐尸，就去找咱们上次请吃饭的那个耿主任，立刻插队进行DNA比对。"

廖刚心头一凉："难道……"

"是，高宝康活着逃出津海的可能性非常小。"

步重华的声音轻而阴郁，他扭头望向玻璃窗，越过楼下熙熙攘攘的马路和远处繁华巨大的都市，只见阴灰天穹之下，四里河河水滔滔，向着远方浩瀚的大海奔流而去。

"我们必须准备面对最坏的情况，就是他和郜灵、年小萍一样，都死在了五月二号那一天。"

步重华不祥的预感一语成谶。

水文局、交管局、打捞队、法医所、水上派出所……能调动的所有资源都调动起来了，从分局支队到各派出所、刑侦治安大队，无数警力在这茫茫天幕下辛苦奔波，然而高宝康却如泥牛入海，踪迹全无。

几百通电话接进打出，十多批警车呼啸来去，然而雪片般纷沓而至的消息中，没有一个是好消息。

"五月二号至今报到市局的十四起溺亡中十二具尸体已被认领，还剩两具不符合嫌疑人年龄特征，已被排除！"

"打捞队再次确认没发现任何可疑物体，110报警平台的溺水警情也被彻底清查，没有符合嫌疑人特征的案例！"

"市局已签发面向全社会的通缉令，目前接到各种线索上百条，但大部分跟'五〇二'案扯不上关系，剩下的暂时还在排查！"

…………

"高宝康生不见人死不见尸，我看这个案子现在谁敢结？！"步重华站在窗台边，背对着敞开的支队长办公室门，一手拿手机贴着耳朵，另一手扶在后腰上，冷静强势的语气中夹杂着一丝焦躁，"刁建发等人落网只代表郜琳琳沉冤得雪，年小萍的被害原因却根本没头绪，骷髅头盔怎么可能就这样人间蒸发了？李洪曦在保护刁建发，刁建发在保护陈元量，这帮人背后的一连串犯罪事实刚浮出水面，我不可能再眼睁睁看着它们沉下去！"

最后几句话响得近乎呵斥，吴雳皱着眉头从自己座位上起身，走到他办公室门口，又迟疑着站住了。

"你听着，只要拘传期没到，就轮不到我以外的人说话！"手机那边不知道说了什么，步重华一字一句道，"我不管年小萍是什么人，家里还有没有半个亲戚为她奔走，只要她死在我的辖区里！我就要一查到底！"

嘭的一声闷响，他把手机重重摔在沙发上，结束了通话。

步重华还穿着两天没换的白衬衣，隐约可见肌肉轮廓和肋骨上的束缚带。

因为动气牵扯到伤口,他咬牙拉伸结实顾长的后背,刚从窗前转身,就猝然瞥见了门外的吴雩。

"你杵在那儿干什么?"

步支队长直直站着,眼神生冷,黑发凌乱,薄唇抿紧,看上去有点儿狼狈,语气也不是太好,似乎还出于什么莫名其妙的原因而微妙地有点儿生气。

吴雩试探问:"你不回去休息休息啊?"

"我回去干吗?"

精英脾气还挺大。吴雩想了想又问:"那……你是不是还没吃饭啊?"

步重华挪开目光硬邦邦地回道:"不用管,我忍一两顿就行。"

吴雩:"……"

吴雩嘴角微微抽搐,似乎想转身离开,犹豫了一下又没动。步重华冷冰冰瞅着他,就等着看他是走还是不走,少顷终于听他犹豫着咳了一声,说:"那我给你订的黑鱼蒸蛋,你要不要勉强吃两口?"

刹那间步重华的表情似乎有点儿空白。

吴雩从自己座位上拎来一个外卖袋,里面是两盒一模一样的黑鱼蒸蛋配白饭,碧绿葱花撒在嫩黄蒸蛋上,剔刺后雪白肥嫩的黑鱼柳浸在蒸蛋中,刚打开就热气扑鼻,在灯光下反射出颤巍巍的光泽。

"吃吗?"吴雩试探问。

步重华喉结滑动了一下,坐下来淡淡道:"吃点儿也行。"

一冰箱全是有机食品、大脑里有个区域专门计算每口食物热量、家里健身房配备体脂秤的精英竟然还挺随和。

吴雩放下心来,拆开筷子递给他,步重华嘴里随意似的"唔"了一声,说:"你别走了,跟这儿一起吃吧。"

"你吃香菜吗?"

"不吃。"

吴雩刚打开店家附赠的一小盒香菜碎:"你这个拿香菜汁洗澡的人竟然不吃香菜?"

"我只有在一种情况下才会拿香菜洗澡,就是遇到高腐的时候。久而久之养成了条件反射,香菜的味道意味着要出现场,意味着会遇到高腐。"步重华说,"所以我建议你也不要吃,兆头实在不吉利……算了。"

吴雯已经把香菜碎撒在了自己的蒸蛋上，闻言揶揄地瞅了他一眼："你这当领导的竟然还挺迷信。"

他们两人隔着办公桌，一人面前一盒热气腾腾的晚饭，雾气让视线变得不太清晰。蒸蛋鲜美软嫩，鱼柳肥白爽滑，连拌着的米饭都一粒粒鲜美适口。吴雯斜欠身体坐在对面，屋内安静得只能听见彼此呼吸和咀嚼时细碎的声响。

难以明言的焦躁和抑郁都像被一块洁白软布轻轻擦去，淡化成不明显的痕迹。

"刚才你跟谁打电话发那么大火啊？"吴雯吃着饭随口问。

"市局。"

"啊？"

"催结案。"

吴雯嘴里一口鱼肉，挑眉做了个不出所料的表情。

"刁建发买凶雇用高宝康杀害郜灵的犯罪事实已经很清晰了，口供物证俱在，这个没有问题。但年小萍为什么在同一天被害，被害后凶手为何放过了何星星，以及李洪曦为什么要潜入郜灵家对她的室友下手，这些谜团却还没解开。如果迫于需要维稳的压力而匆匆结案，只会帮陈元量他们掩盖背后真正的犯罪动机。"步重华深吸了口气，声音沙哑道，"我总有种感觉，陈元量笃定刁建发不敢供出自己，他们对年小萍的死一定知道些内情。"

吴雯无声地点点头，气氛有些凝重，两人都陷入了沉默。少顷他三两下扒了最后一口饭，用纸巾抹抹嘴，拿起饭盒说："我吃好了，出去抽根烟，你慢慢吃。"

"干吗呢？"步重华立刻挡住了他还包着医用绷带的左手，"拿开，我来收。"

步重华起身收好两人的空饭盒、脏筷子和沾着油的餐巾纸，又抽出纸巾擦掉了吴雯落在桌面上的饭粒，动作利落毫不忌讳。他把所有垃圾都放进空塑料袋里扎好，才抓起办公室门钥匙，头也不抬说："我跟你一起下去。"

吴雯正掏出一根烟叼在嘴里没点，闻言含糊地"啊"了一声："你也抽？"

"不抽。"步重华眼睛没看他，拎起搭在椅背上的外套，再次把手伸进内袋摸到那两个盒子，才率先走出办公室，背对着吴雯淡淡道，"给你看个东西，走。"

第 45 章

　　风稍有凉意，但停车场边的树丛中已经隐约响起了蝉鸣。吴雩站在大楼门前台阶下，摸出打火机凑到嘴边，一边要点一边笑道："你要给我看什么大宝……喂！"

　　他齿间蓦然一空，只见是步重华抽走了烟，随手丢进垃圾箱里，然后从外套内袋里拿出两盒烟，扬手扔进他怀里。

　　"这是……"吴雩接住一看，愣了一下，"富春山居？"

　　步重华说："抽吧，比你的好点儿。"

　　"不行，这也太贵重了，"吴雩断然回绝，"你赶紧收回去。"

　　"拿着抽吧，没花钱。"

　　"不行，我不能要这个，不是钱不钱的问题……"

　　步重华坚持要给，吴雩咬紧牙关不敢收，两人来回几次，步重华终于不耐烦了："我从宋局那儿摸的，没花钱，让你拿就拿着！"

　　吴雩愕然良久，终于点点头冒出来一句："我听说抽这烟的最后都进去了，宋局可以啊……"

　　"宋局进去不了，他不抽烟。"步重华哭笑不得，"人家只分了他一条，里面就五包，他还以为这是五十块钱一包的利群，来我家的时候顺手塞给楼下小区门卫了，好容易被我抢下来——我堂堂一个支队长跟门卫抢烟抽也是丢大人了，闭上嘴抽你的吧。"

　　吴雩扑哧一乐，终于一手拢着火点上烟，呼了口气笑道："谢谢你啊。"

　　"谢我干吗？还有三包送了市局法医所，你就是个顺带的。"

　　"顺带的也谢谢你。"

　　步重华挪开视线，脸上没什么表情，少顷问："抽得惯吗？"

吴雪说:"这要再抽不惯,就没有惯的了。"

吴雪烟瘾不是支队里最大的,至少不如一天两包烟的廖刚烟瘾那么大。但他的烟便宜,焦油含量高,而且一根烟三四口就没了,几乎没有太多烟圈吐出来,是个习惯非常不好的老烟枪。步重华点了点他,说:"你也少抽点儿吧,对健康真的不好。"

"习惯了,难戒。"吴雪问,"你平时真的完全不抽啊?"

"不抽。"

"被宋局影响的?"

步重华从小被宋局拉扯大,一般家庭里父亲烟酒不沾的,儿子成为烟鬼酒鬼的可能性也非常小。"倒也不是。"步重华顿了顿,说,"我只是对能上瘾的东西都尽量不碰。"

吴雪顺口问:"为什么?"

大楼门厅里的亮光,顺着一级级台阶延伸出了一片扇形光带,扇形两侧则笼罩在夜色里,形成了鲜明的对比。步重华站在明暗交错的地方,一动不动望着空气中某片不定的浮尘,瞳底微微倒映着亮光,半晌才低声说:"因为上瘾会导致软弱,使人沉溺,会动摇本来一定要完成某个使命的决心。人一生能专注去做的事有限,很多时候不能两全,我不想到最终不得不做选择的时候,才让自己后悔。"

吴雪望向他在阴影中轮廓深邃的侧面,心里突然轻轻一动,有些朦胧又茫然的情绪随着烟丝醇香泛上舌底,随即一点点化开,最终消弭于肺腑之间。

远处马路车来车往,值班室亮着灯光,飞蛾簌簌扑撞在灯泡上。他们就这样彼此并肩站了良久,吴雪两根手指夹着烟头,望向都市夜空微亮的天穹,轻轻说:"但人这一辈子,怎么可能什么瘾都没有呢?那也对自己太狠了吧。就算你父母还在世……"

"所以我只是说说。"步重华打断了他,笑着拍拍他的肩,说,"走吧。"

吴雪没再说什么,点点头,烟头红光在夜幕中划出一道弧线,准确落进了垃圾箱。

除了彻夜忙碌的刑侦支队,其他部门都已经下班了,每一层办公区都沉浸在黑暗中,只有走廊上映着雪亮孤寂的光。他们两人不约而同都没坐电梯,顺着楼梯一层层向上走,彼此的脚步声在楼梯间里单调回响,仿佛上头利益纠葛的结案压力、外界纷纷扬扬的社会舆论、雨夜血腥诡谲的命案罪行,都在他们两人交错的呼吸中渐渐远去,化作了身后天际遥远的阴云。

"哎。"吴雪突然瞥见什么,手肘抵了一下步重华,示意他从楼道扶手间隙向楼下望。

——技术队一整排办公室差不多都没人了,唯独尽头的解剖室灯火通明,好像里面还有人。

"法医还没走?"

两人对视一眼,步重华想了想说:"咱们去看看。"

解剖室充斥着净化系统轻微的气流声,一具胸腹部完全打开的尸体呈在不锈钢台面上,水槽里放着巴掌大的一个蛋糕盒和几枝百合花。王主任穿着淡蓝手术袍,正用齿镊提起心包前壁的切口,略微偏头对小桂法医叙述什么;小桂法医脖子上挂着数码照相机,一边点头一边记录,时而皱眉仔细观察无影灯下的心包腔。

咚咚,门被敲了两下。

"你们跟这儿聚餐呢?"步重华推门进来扬声问。

王九龄一哆嗦,没好气道:"你不去四里河游泳,跑太平间吓唬人干吗!"

步重华看看水槽里的蛋糕盒,又看了一眼墙上的挂钟,似乎意识到什么,但没回王九龄。他招手示意吴雪也进来,然后走到解剖台边站着观察了片刻,突然问:"我记得这胸腹腔是老余开的,他怎么突然给人开Y字刀了?"

王九龄没理他。

小桂法医瞅瞅王九龄,小声说:"王主任说被害人年纪小,开一字刀喉头那块太明显,开Y字刀可以用衣领挡一下缝合线,送去火化的时候遗容比较干净。"

——那解剖台上静静平躺着的,正是"五〇二"案的被害人年小萍。

王九龄没吱声也没反驳,自顾自把胸腹腔合上缝线,半晌才叹了口气说:"其实死了还有什么好不好看的,都是一块冻肉罢了。"

步重华一扬下巴:"你给冻肉过生日啊?"

"过、过什么生日?老子带回家自己吃的!"王九龄还挺嘴硬,"你这个驴脸过来干吗,活儿都干完了你才想起来慰问?迟了!不值钱了!"

"本来也没想慰问你,我跟吴雪刚上外头吃完清蒸东星斑回来。你们四检结果如何?有新发现吗?"

326

王九龄："……"

"算不上四检，就拉出来随便做个切片，看能不能出奇迹。"小桂法医赶紧给了王主任一个台阶下，对步重华说，"还是跟现场初步尸检结果差不多，一个创口，一个创管，深度 7.5 厘米，长 3.5 厘米左右。两创角均呈锐角，凶器应该是把双刃刺器，外伤性心脏破裂引发急性心包填塞死亡。"

这何止是差不多，简直是一模一样。

步重华长吁了口气，回头问吴雯："你还能再灵光闪现一下吗？"

上次就是在这座解剖台边，吴雯一个"感觉不对"，发现了郜灵齿缝间高宝康的 DNA。三个人六道视线齐刷刷投来，吴雯沉默片刻，缓缓道："我的灵感都跟着清蒸东星斑一道消化了……"

"嗤。"王主任哭笑不得，摆摆手示意小桂法医帮忙把尸体搬回推床，说，"算了吧，本来这案子就已经过了从尸体上寻找线索的阶段了……我看你们不如去四里河上三炷香，拜祭一下河神，努把力争取早点儿找到生不见人死不见尸的高宝康。要是再找不到呢，到时候你们就该恭恭敬敬道歉把陈元量请出门了，他儿子花钱找了个大律师，你敢迟一分钟放人都得小心人家跟你要赔偿。"

步重华脸色不是很好看。

"你们都在找高宝康，倒让我又想起那个笑话了。"小桂法医勉强笑了一声，"'南城支队南城支队，请问你们掉的是这个金高宝康，那个银高宝康，或者是那个铜高宝康啊？''不，河神，我们掉的是那个'五〇二'案杀人跳水的高宝康。''你们竟然这么诚实，那我把金银铜三个高宝康都奖给你们，那个不值钱的杀人犯高宝康就留在河底吧！'……"

步重华一脸面无表情望着他，只有吴雯捧场地"哈！哈"笑了两声，尽管谁都能听出因为根本没懂笑点在哪儿，他每一个竭力发出的哈字中都充满了疑惑。

小桂法医冷冷道："你不笑我会感觉更好点儿。"

王主任亲手把尸体推回停尸间，出来关上灯，冰冷寂静的空间再度陷入黑暗，只有窗帘缝隙中隐约透进街道上的霓虹灯，勾勒出白布下起伏的阴影。

那是年小萍。

她本来就很瘦，被白布蒙上便更单薄了，像纸片一样贴在那儿没什么分量。推床下躺着一束有气无力的花，那是花店临关门时才被匆匆买走的最后几枝百合，花瓣下覆盖着一个小小的、孤零零的粉色蛋糕盒。

刑警和法医沉默地站在太平间门口，不知过了多久，步重华轻轻地说："年小萍，生日快乐。"

我们四处碰壁，精疲力尽，却始终无法走出这重重绝境。如果冥冥中真有神灵满足这世上每个人的生日愿望，只求你魂魄不散，天上有灵，帮我们找出一条为你沉冤得雪的路。

"回家了、回家了……"王主任用力吸了口气，转身挥手驱赶吴雯跟小桂法医，"年轻人不要这样熬，睡觉去。走走、走！"

小桂法医没精打采地脱下手套和手术袍，吴雯也揉了揉酸痛的颈椎和肩膀，正走向楼梯口，突然身后手机铃声响彻了停尸间外的走廊。

"是我的。"步重华一看来电，接起来，"喂？"

吴雯、王主任、小桂法医都回头看他，只见步重华蓦然停下脚步："他们是怎么确定的？！"

手机那边不知道说了什么，隐约听见声调非常激动，少顷只见步重华抬起头望向吴雯，瞳孔微微扩张，神色发生了明显的变化。

"我知道了。"他喉结上下一滚，像是竭力按捺住了所有情绪，沙哑道，"这就让人去做 DNA 比对，在结果出来之前，不论是不是都立刻送来南城区分局，快！"

步重华摁断电话，所有人都仿佛预感到什么，眼底不由自主透出亮光，王主任甚至着急地往前迈了半步："这是——"

"他们找到高宝康了。"

走廊登时陷入巨大的错愕、震惊和难以置信，紧接着统统转变成惊喜，从虚空中轰然迎面砸中每一个人，小桂法医瞬间脱力趔趄半步，靠在墙上说不出话来。

王主任激动得一手捂心："怎么找到的？情况怎么样？现在人在哪儿……"

"河里捞起来发现的。"

步重华顿了顿，沉声说："准确计算的话，是二分之一个高宝康。"

第 46 章

上午。

南城区分局解剖室外。

蔡麟啃着他爸亲手烙了送来单位的千层饼，刚三步并作两步转过走廊，突然一个趔趄倒退三步，难以置信道："我吴？我桂儿？你俩跟这儿干吗呢？补作业？"

小桂法医和吴雯一人一张纸，肩并着肩，面墙罚站，正把纸贴在墙上用笔唰唰写着什么，闻言脸色都有点儿黑。

"你知道高宝康被送来分局了吗？"小桂法医冷冷道。

蔡麟说："知、知道啊。"

"那你知道他是以什么形式来的吗？"

蔡麟沉思片刻，试探问："气态？"

罚站双人组同时从鼻腔中发出"呵"一声冷笑，只见吴雯手速比较快，已经写完签好名，迅速把纸一卷。紧接着小桂法医也写好了，一边"去、去"地把试图伸头偷看的蔡麟赶走，一边不屈地梗着脖子，推门走进了解剖室。

步重华不在解剖室里，只有王九龄、廖刚站在解剖台左右，孟昭蓬头垢面，穿着棉拖鞋，坐在椅子上跷着一只脚，脚踝还肿得老高。王主任怀里正抱着一条人的大腿用水管哗哗冲，一边冲一边对廖刚比画："肢体腐败程度已经非常严重，髋骨、大腿处共有十二道斜行创口，其中十一道有一侧创角尾状拖擦痕，一道双侧创角拖擦痕，均呈弧形创底且小于创口。内脏已经丢失，切面看上去还比较平整，但边缘有大片条状、片状擦伤及严重皮瓣创，符合钝器切割的特征，也符合我们对肢体破碎成因的判断……"

门开了，吴雯和小桂法医一前一后悻悻走进解剖室——

"廖副。"

"廖副。"

廖刚抬眼望向他俩，神情威严："写完了？"

"写完了。"

"写完了。"

廖刚左右手一伸，吴雩和小桂法医板着脸把各自的作业交上去，只见两张纸上都写着一模一样的标题——检讨书。

"我检讨不该在案件办理过程中不听步支队指挥，自由主义，我行我素，擅自往蒸鸡蛋上加香菜碎，导致嫌疑人尸体果然呈现出高腐状态。我保证下次案件未破时不吃香菜。检讨人：吴雩。"

"我检讨不该在搜索嫌疑人过程中忘记法医界前辈教导，不说好话，专立目标，擅自开河神把不值钱的嫌疑人留在河底的玩笑，导致嫌疑人果然在河底。我保证下次案件未破时只说吉利话。检讨人：小桂。"

廖刚板着脸问："下次还敢吗？"

"不敢了。"

"不敢了。"

"小年轻！不信邪！"廖刚一指头点吴雩脑门，又一指头点小桂法医脑门，恨恨道，"我就说为什么姓高的找起来这么邪乎，河神！吃香菜！警校师兄没教过你们这些禁忌吗？实习前辈没告诉过你们药可以乱吃话不能乱说吗？你们以为咱分局每台座机底下贴一个平安无事符是为了什么？"

吴雩和小桂法医两人被训得一脸不服气，王主任不忍心地把他俩拉开："好了好了，不要老说人家孩子嘛，他们哪里懂这些江湖规矩？上次新来那理化员把我们支队的金鱼喂死了四条，导致特大投毒案四个人死亡、十八个住院，我带着法医室加班加了一星期，你看我不都没说什么？教育要慢慢来，不能太心急，你俩下次别这样了啊。"

廖刚叉着腰哼哼："他们这个年龄还是孩子，那我们步支队是什么，小学生吗？"

王主任说："他不算。我没有见过成天吊着一张驴脸的小学生。"

"你俩过来，"孟昭看不下去了，一手一个把吴雩和小桂法医拨到自己身后，向不锈钢台面上的尸块努了努嘴，"来认识一下——海事局跟港口公安分局开车送来的，'五〇二'案最后二分之一个嫌疑人，'骷髅杀手'高宝康同志。"

"骷髅杀手"高宝康最后呈现给世人的是两条腿——一条左腿连着四分之

一个腹腔，但内脏已经完全脱落，男性生殖器残缺不全；一条右腿从根部切开，断面已经被现场法医清洗过了，刚才又被王主任拿水管冲了一遍，肌肉组织在室内光线中清晰可见。

尸块腐败程度极高，黑色表面浮现出青色的血管网，双足皮肤已呈手套状脱落，看样子已经在水里泡了不短的时间。

"这一块，"孟昭指指那条右腿，"是前两天渔民从港口附近打捞上来的。法医检验尸块股动脉没有明显收缩及生活反应，结合离断面切割特征，判断是死后遭到船只螺旋桨切割造成的。他们那边入夏以后这种尸块不少见，那些溺毙的跳河的从船上摔下去的，很容易就会被螺旋桨的吸力吸过去切碎，所以当时也没有太当回事，就走常规流程发布了一个认尸公告。没想到过了两天，渔民又打出来另一条左腿，送去派出所以后竟然奇迹般跟右腿辗转相会了——刚要更新认尸公告，突然接到我们对高宝康的协查通报，于是顺手一对比尸块上残留的鞋子和裤腰，发现颜色特征完全一致。得，快马加鞭做 DNA 对比，就是高宝康没跑了。"

吴雩从来没在尸块上见过这样独特的创口："所以他是因为暴雨河面上涨，被四里河水冲进南运河，又随着南运河流到近海，被船舶螺旋桨切成碎块的？"

"对，这些斜行的尾状拖擦，以及独特的创口皮瓣，都是船舶螺旋桨快速切割尸体形成的特征。"王主任鼻腔中哼了一声，毫不掩饰嘲讽，"根据尸表腐败程度判断，在被切碎之前，这小子也一样巨人观化了。"

被高宝康杀害的郜灵在泄洪洞中形成巨人观，随后他自己也逃逸溺死在河里，不仅形成巨人观，还被字面意义上五马分尸了。

可见人不能做亏心事，冥冥之中似乎有某种未知的力量，令天理昭昭，报应不爽。

小桂法医摸着下巴说："那现在岂不是……"

"陈元量全家账上没有大笔流出资金，那些东西不可能是收购来的，如果他早年得到这些东西，其他同事、学生、研究人员不可能完全没耳闻——找当年那些人一个个上门谈话！"解剖室外的呵斥由远而近，随即门被呼地推开，步重华一边疾步而入一边对着手机厉声道，"我不信他能把这么大一个骷髅头盔收藏几十年半点风声不露，他就没尝试过寻找买家？没有拍照发给文物贩子打听过价格？没有上网搜索过文物拍卖的关键词？一丝一毫线索都别放过，给我去找！离二十四小时拘传期还剩最后半天，找到最后一秒！"

整个解剖室没人敢出声，只见他把电话重重一搁，脸上余怒未消："其余尸块打捞得怎么样了？"

步重华发火时，那俊美五官的每一寸线条都仿佛是刀锋在坚冰上刻出来的，眼神里的老辣和锐利让人难以正视。廖刚咽了口唾沫，说："已经安排人在打捞地点展开搜索，但目前没什么消息，毕竟近海那边……"

沉重的金属螺旋桨转动起来力量是惊人的，船舶能将高宝康的肢体切下来，就能把头颅割断，甚至打碎。即便骷髅头盔没有随着高宝康的颅骨一起四分五裂，也有可能已经随着水流，漂去了人力根本难以打捞的海里。

解剖室里静寂无声，廖刚他们都盯着解剖台上浮着青色蛛网的黑紫尸块，没有人吱声。

他们长途奔波，抽丝剥茧，在难以想象的高压下紧张侦查"五〇二"案，抓住了李洪曦，抓住了刁建发，抓住了以郜伟、熊金枝夫妇为首的丰源村"全能神"教成员，甚至根据刁建发的供述，又拔出萝卜带出泥地揪出了一连串相关组织。

现在他们连最后一名嫌疑犯高宝康的尸块都找到了，杀人凶手自取灭亡，为五月二号那个血腥深夜画上了完美的句点。

但为什么找不到骷髅头盔？

年小萍到底为什么会死？

"不，"步重华沙哑道，"还没完。"

他双手撑在解剖台上，深深埋着头，少顷抬起脸注视着尸块，一夜只和衣小憩过片刻的眼睛布满血丝，但闪烁着寒亮的光："一定还有其他线索，高宝康这根线还没完。"

王主任双手抱臂瞅着他，忍不住叹了口气："认命吧，步支队。高宝康已经在这儿了，死亡时间、死亡原因都很确定，这个案子现在真的已经走死了。除非打捞队能创造奇迹，在今天晚上陈元量拘传到期之前，从茫茫海面上找到嫌疑人的头……"

"高宝康的死亡原因不确定。"

"啊？"

"你怎么知道高宝康是溺死的？"步重华一指尸块，"离断面上股动脉直径没有收缩只能证明是死后遭到切割，但如何证明他是生前入水？"

王主任说："你这不是在跟我找碴儿吗？目击者眼睁睁看着他杀死年小萍、跳进四里河，难道他还能是被抛尸入水的？"

这时他身后突然传来一道含糊的声音："那个……"

王主任一回头，只见吴雯正用食指关节揉鼻尖，似乎有点儿尴尬："有没有可能目击者看到的不是高宝康呢？"

这实在非常新奇，因为吴雯从调来分局以后，就从没在全支队的案情讨论会上发过言，更别说主动对别人的发言提出反对意见了。

吴雯一手捂着嘴咳了一声，瞅瞅步重华，那意思是"领导您杵那儿干啥赶紧请啊"。但步重华反而不说了，站起身直直看着他的眼睛，低声鼓励："别怕，你说。说错了也不要紧。"

吴雯犹豫了一下，才讪讪道："万一有人杀了高宝康，再抛尸入水，然后杀死年小萍，故意留下何星星报案，最后跳河栽赃高宝康呢？"

那瞬间所有人都同一个看法：看不出这小子挺有当变态杀人犯的潜质！

这犯罪思路已经不能用迂回曲折来形容了，杀人天赋没那么高的罪犯估计都想不到。王主任扑哧一乐，问："哦，你的依据在哪儿？"

吴雯独自面对堂堂技术队主任的诘问，不由得更讪讪了："高宝康杀郜灵的时候没用凶器。"

王主任不同意："他也有可能是在杀死郜灵以后，随便去哪里找了把双刃弹簧刀，或者纯粹只是因为第一次杀人紧张没想起来掏刀啊。"

"他杀死郜灵的手法生疏粗暴，跟杀年小萍的熟练程度相比差别非常大……"

"那只是办案人员的主观推断，不能作为实证被检察院采纳。"

"但郜灵是下午四五点被害的，年小萍是晚上十点半被害的，中间有六个小时空白期，完全没法解释凶手这段时间在做什么……"

"那他也可能是杀人之后心态发生了变化，去大吃大喝或嫖娼赌博，然后应激成了'末日'无差别杀人犯啊。"

这下不只吴雯，所有人都一脸表情空白望向王主任，心说：这也行？

王主任一摊手："你们别这么看我，开车撞死了人然后一路逃逸疯狂撞人的，争吵中激情捅死人然后夺门而出一路见谁都捅的……这种案例也是有的。"

吴雯沉默半晌，终于犹豫着提出了最后的反对意见："可如果年小萍真是随机被害，为什么高宝康没有杀目击者呢？"

——确实，步重华一直不考虑"末日"杀人的原因就在于这一点：如果高宝康真是无差别作案，那他为什么要放过目击者何星星？

王九龄一脸为难看着吴雯，半晌叹了口气："唉，我就这么跟你说吧：我们现在的技术没法判断高宝康是生前还是死后入水的。"

吴雩一怔。

"判断这个的主要依据一般是胃部溺液、肺部溺死斑、呼吸道蕈样泡沫，以及左右心腔血液浓度对比。另外如果高宝康是溺死的，水中硅藻会经呼吸道进入肺泡壁毛细血管，再进入全身血液循环，进入肝、肾、脑、骨髓，但现在高宝康所有内脏都丢失了，骨髓里的硅藻可能是从离断面进入的，即便含量上有细微差别，也很难作为生前入水的铁证。"

王九龄看着吴雩，神情惋惜但语气不容置疑，说："以我们目前的技术手段，不足以从这两条腿上鉴定出高宝康的死亡原因。"

解剖室里安静得吓人，孟昭一声不吭垂下视线，廖刚轻轻呼了口气。

步重华双手插在裤兜里，面色沉郁，一言不发。

"这种既被螺旋桨切割，上身及内脏又全部缺失的水中尸块，一万个案例中都未必有一个，遇到了是天意，是命。"王九龄叹了口气，把器材叮叮当当放回勘验箱，幽幽地说，"刑事技术就是这样，在没发展到一定地步的时候很多案子解不开就是解不开——像泰晤士河女尸，黑色大丽花，开膛手杰克，如果放到今天根本不会成为悬案，但在当时穷尽人力也不可能破案；也许随着技术的发展，锶离子测定会更加普及准确，但那肯定不会是这两年的事。"

"步啊，"王九龄合上勘验箱，低下头，视线自下而上地扫过步重华，说，"这不是你的错，认命吧。"

王九龄的叹息仿佛在冥冥中昭示着某种天意。

分针一圈圈转动，天色渐渐由亮转暗，从港口分局传回来的消息一个比一个不好。打捞队没有在目标水面发现高宝康的任何其他肢体，经侦支队对地下钱庄境外交易的排查也无甚进展，对陈元量几十年前同事学生的走访调查还没开始就碰了壁……

晚上九点，夜幕黑沉，羁押室外的走廊空空荡荡。

吴雩一手夹着烟，顺着楼梯走下来。

走廊不远处，长椅上坐着那道熟悉的侧影，脊背还是像有把剑似的撑得笔直，只有后脑略往后枕着墙，露出了线条硬朗好看的下巴和喉结。

吴雩走到长椅另一侧坐下，摸出打火机点上烟，深深呼了口气。

"你还没回家？"步重华终于开口沙哑问。

"他们说你不知道上哪儿去了,我猜应该是在这里。"吴雩随手把烟灰弹在窗台上,问,"你在这儿等什么?"

"局领导。"

吴雩瞥了他一眼。

"到时间没放人,他们会来催我。"步重华平淡道,"我在等那最后一刻。"

吴雩点点头,没吱声。少顷步重华偏头看向他:"你又在等什么?"

"等你。"

"等我干什么?"

烟头红光明灭,吴雩没有立刻回答,沉默片刻才说:"等你送我的这根烟抽完吧。"

他们分坐在长椅两端,靠着窗台,远处是津海市繁华到炫目的夜色,巨大的 LED 屏在中央商圈彻夜闪烁,街道上人流如织,车马不绝;夜空中那交相辉映的彩灯越过玻璃窗,映在他们面前空空荡荡的走廊上,白天里一间间忙乱的办公室此刻屋门紧锁,羁押室外铁栏杆泛着冰冷的暗光。

吴雩重重吐出最后一口烟,摁熄烟头,不远处电梯门叮一声徐徐打开了。

步重华抬头望去——出现在他眼前的竟然是宋平。

"我就知道你这小子没那么爽快把陈元量放走!"宋平哼了一声。

宋大老板率先背着手走出电梯,身后跟着许祖新,两人神情都完全不出意料。宋平上下打量了一圈步重华,又弯腰瞅瞅坐在长椅另一头的吴雩,嘶地吸了口气,伸手去拽他额角那块纱布:"你怎么还没好啊?"

吴雩蓦地把头向后一撇,不吭声。

宋平鼻腔里"哼"了一声,起身宣布:"我的都好了!"

吴雩:"……"

吴雩屁股在椅子上一扭,又一扭,扭了九十度绕开宋平,起身闷声闷气唤了声"许局",许祖新连忙示意他坐下,不用让座。

"还死撑着干什么呢?放人吧。"宋平冲步重华一扬下巴,说,"你拘着陈元量也没用,根本没证据证明他涉案,甚至没证据指向他知道年小萍这个被害人。地下钱庄的事最多只能说明他有疑点,但有疑点跟能定罪是两码事,有本事你就去撬开刁建发的嘴让他承认那一百二十万跟命案有关,否则没辙啊。"

步重华抬头望向明晃晃的灯,然后低下头吐了口气:"五月九号那天陈元量来市局找我，他的话从头到尾都在试图掩盖年小萍而不是郜灵的死因，我当时就隐约感觉到哪里不对，出于直觉目送他走出刑侦支队大门，果然看见了当时跟他一起过来的刁建发……"

"直觉，"宋平打断他，"直觉能破案吗？"

步重华低声说："我能。"

宋平没反驳："那直觉能当证据吗？"

步重华沉默了。

"这个案子的疑点不仅仅有这些。"宋平直起身，背着手，沉声道，"郜灵为什么要离家出走到那个泄洪洞里？她为什么要带上室友刘俐的笔记本电脑？李洪曦为什么要潜入郜灵家试图对刘俐灭口？他觉得刘俐到底有可能知道什么？刁建发左右逢源人脉广阔，为什么却偏偏把初次见面的李洪曦视为知己，还以私人贵客的名义介绍给郜伟、熊金枝夫妇？"

"……"

"这些都是疑点，都可能成为突破口，但你们却死揪着陈元量不放。"宋平似有感慨，摇头顿了顿，然后说，"这个案子不能等了，尽快结案吧。"

步重华断然反对："不，能结的只有郜灵那个案子，年小萍的命案还没破，不能结！"

"那你就给我两起命案不能并案的证据！"宋平斥道，"只要你证明杀死年小萍的不是高宝康，只要你给我一丁点儿证据，我都能顶着一层层压力给你更多时间让你去调查！"

走廊上四下俱寂。

"放走的人可以再抓回来，结掉的案卷可以再重启调查，甚至封卷的审判都能再开卷重审。只要一线挖出证据，后方就不会没有我们这样的老头一层层争取。"宋平嗤道，"没有证据就不要撒娇，没用。"

走廊那边响起人声和脚步声，是陈元量请的律师办完手续，跟局里其他科室的人过来领陈元量了。

步重华一声不吭，只见他们彼此客套寒暄，大律师恭敬奉承掏烟散发，宋平当没看见似的挡回去了。许局比较圆滑会应付，打官腔推太极，三句话里搭一句，少顷铁门铿锵打开，陈元量被人从羁押室里领了出来。

步重华神情生冷，盯着陈元量那双老眼。后者回以似笑非笑的注视，跟警察、律师、家人应付过一圈后，径直走来，弯腰双手递向步重华，和他握了握手："看来步支队长最后还是没有找到能把我送进去的证据？"

步重华直视着他，没有回答。

"放弃吧，"陈元量近乎耳语地低声说，"你们找不到的。"

他直起身，掉头向律师那边走去，这时却听身后传来步重华平稳的声音："你知道上一个这么说的人是谁吗？"

"……"

"是李洪曦。他的正式批捕已经下来了。"

陈元量哈哈一笑，似乎想反驳，但最终又没出口，扬起头在家人的搀扶下颤巍巍地走出了刑侦支队。

步重华站在原处没有动，眯起眼睛盯着他走出去，眉尖和眼眶在光影中显出锋利的轮廓，这时突然屁股被人"啪"地重重一拍。

步重华一扭头，只见摸老虎尾巴的是吴雾，这小子正自顾自从口袋里摸出车钥匙："走吧。"

"你上哪儿？"

吴雾说："还能上哪儿？这个季度津贴还没发，我殷勤地护送领导回家啊。"

步重华久久看着他，眼底蓦然浮现出难以察觉的笑意，然后伸手往他后脖子一捏，吴雾条件反射地一下仰起了脖颈。

"走吧。"步重华笑道。

满街华灯，一栋栋居民楼窗口中透出橙黄色的微光，从走廊窗口向下望去，可以遥遥望见步重华和吴雾并肩走出刑侦支队大楼，迎着都市的晚风，向远处走去。

"嘿，这俩孩子。"许局又把前几天对吴雾的头疼忘了，心中倍觉满意，笑呵呵说，"还挺登对。"

宋平正从饮水机那儿接水喝，闻言险些呛着："什么？"

"什么什么？"

"登对是什么意思？"

"就是登对啊，"许局莫名其妙，指了指宋平又指了指自己，"就像咱俩也很登对啊。"

宋平差点翻出个白眼，发出"哈"的一声冷笑："谁要跟你登对？你这个负重四十公斤深蹲都起不来的胖子！"说着他背手踱步走了。

"喂，你有什么看不起人的！"许局疾步追上去，怒道，"你再老五岁试试！你不胖吗？你看你那肚子！你看你那腰！……"

第 47 章

早上八点整,手机闹铃蓦然响起,吴雩就像上了弹簧似的,噌的一下坐起身。

客卧宽敞明亮,落地窗帘外是初夏清朗的阳光。双人床上雪白蓬松的被子枕头散发出干净的气息,吴雩坐在床上迷糊了几秒,长长打了个哈欠,意识到这是在哪里——步重华家。

昨晚他护送领导回家时已经很晚了,于是领导经过慎重考虑,拍板决定今早调休半天,得到了下属的热烈拥护及支持。

吴雩懒洋洋地去客卧配套的洗浴间刷完牙洗完脸,换上他上次丢在步重华家换洗的T恤牛仔裤,啪叽啪叽地从楼上下来,还没走到一楼,只听楼下玄关处有人进了屋,反手关上大门,随即步重华拎着早餐的身影出现在了客厅里。

"醒了?下来吃早饭。"

步重华明显刚晨跑回来,脖子上套着一副蓝牙耳机,穿着兜帽运动衫和短裤,一双虽然有点儿旧也认不出牌子,但不知怎么就很好看的运动鞋。他有一米八六或一米八七,这个身高把腿线拉得很长,大概因为对健身很有研究,腿部肌肉锻炼得很好,整体感觉仿佛一名刚参加完运动会的警院大学生。

吴雩睡眼惺忪,拉开厨房吧台边的高脚凳爬上去坐好:"你每天起这么早去跑步不困啊?"

"习惯了。"

吴雩点点头,无声地嘟哝了两个字,看口型好像是:牛啊!

"我觉得比较奇怪的是你。"步重华把包子豆浆从塑料袋里拿出来摆好,说,"你看着那么能打,天天不训练也不运动,怎么保持的?"

"不保持啊。"

"……"

"我现在也就勉强算以前的二分之一。"吴雩说,"算了,让过去的光辉历史都跟着时光随风而逝吧。我决定服从岁月的安排,该吃吃,该喝喝,该发胖发胖,争取做一个每天下班回家后就长在沙发上,沉默安详慢慢变圆的大叔。"

他拿起一个香菇竹笋包子,一口一半,两口一个,步重华久久看着他:"你也挺牛的。"

有钱的精英买早饭也很丰盛,有各种口味的小包子、小饺子、豆浆、卤蛋和皮蛋粥。他们这个小区的早点店跟吴雩家附近完全不在一个水平线上,不论口味还是精致程度都高出一大截,吴雩对上面有蒸贝的小虾饺明显很感兴趣,吃了五六个才停下,汇报:"饱了,谢谢领导。"

"你不吃这个吗?"步重华一边喝粥一边用筷子推了推,"这几个奶黄包?"

"这什么?我不吃甜包子。"

"那扔了吧。"

"怎么能扔了啊,这多少钱一个?"吴雩听说要扔,又不行了,赶紧把那满满一碟包子按住,想想后问,"要不我带去给蔡麟吧?"

"这一热皮就破了,你让他吃冷的?"

吴雩挣扎片刻,步重华看着挺有意思,说:"要不你尝一口?"

吴雩平生没吃过甜包子,就像蔡麟没吃过咸豆花,廖刚没吃过甜粽子,步重华没正经谈过恋爱一样。人在第一次背弃自己信仰的时候都是满怀挣扎犹豫的,吴雩眼底写满了清清楚楚的"这什么玩意""包子怎么能吃甜的""这跟丰源村那帮邪教教徒有什么不同",半晌之后,他才伸筷子夹起一个,忍耐地打量几秒,用门牙试探着咬破了包子皮——

步重华喝完粥,收拾好碗筷,起身去厨房清洗干净;他从衣橱里拿出下午上班要穿的衬衣长裤,准备去浴室快速冲个澡,路过客厅时突然听见一阵鼓点般的噔噔噔噔噔噔噔,于是探头一看,只见楼梯上吴雩正光着脚不停奔上、奔下,转圈又奔上,又奔下……

"你在干吗?"

吴雩气喘吁吁一扭头,嘴角边清清楚楚粘着一粒儿奶黄馅,他只从牙缝间迸出了一个字:"撑!"

步重华愕然一看，只见厨房台面上那满满一碟奶黄包竟然已经被吃得精光，别说包子了，连包子屑都没剩下，干净得能照出人影。

步重华忍俊不禁，悠然问："你的梦想不是做个长在沙发上慢慢变圆的大叔吗？"

"梦想是梦想，现实是现实，你还梦想干掉刑侦局老大自己当一把手呢，你成功了吗？！"

步重华："……"

吴霁痛苦地捂着咽喉，继续风一般噔噔噔噔。

步重华冲完澡，换上衬衣出来，吴霁那几乎要从喉咙里喷薄而出的撑劲终于过去了，瘫在沙发上呼呼地喘气。

"下次上楼去健身房就行了，噔什么啊。"步重华哑然失笑，从冰箱里丢给他一瓶运动饮料。吴霁接过来喝了两口，望着天花板说："我不能在领导家继续蹭下去了。"

"怎么？"

吴霁一时没说话，少顷拿眼角余光瞟向步重华。

步重华拿着手机坐在沙发另一头，不知道在聚精会神地浏览什么，可能在查阅市局发来的邮件。他头发还没擦干，鼻梁挺直嘴唇削薄，水珠顺着结实颀长的脖颈流淌下来；衬衣硬挺干净质地考究，衣底隐约显出肌肉轮廓，那是花钱花时间、科学锻炼和极度自律的综合结果。

他们两人都静静待着的时候，互相之间距离仿佛变得非常近，甚至连步重华身上那温热坚实的气息都清晰可感。

吴霁无声地收回目光，抬起一手蒙住眼睛，笑了起来："白吃白喝太舒服了，待会儿回自己家适应不了怎么办？"

仿佛有某种不轻不重的力道在喉头陡然一撞，步重华看向他，那句话几乎要脱口而出。

"人不能过得太舒服，不然会丧失奋斗的动力。"吴霁手掌揉按眉心，闭着眼睛笑道，"我们这样的无产阶级不奋斗怎么办？上哪儿攒钱……"

"你攒钱做什么，买房？"

吴霁"唔"了两秒，随口说："买房啊。"

步重华突然停下动作："他们没给你分房子？"

像吴雾这样虽然没有评下功勋，但确实立过汗马功劳的卧底，回来后都会有生活上的保障和安排，越是一线大城市越是要落实到位。如果让人风雨漂泊十多年，回来后却连安身立命的地方都没有，还要花钱去租房住，那这个地方就得有麻烦了。

步重华知道津海市不至于办出这种事，但同时也疑心吴雾是不是什么都不懂被人算计了，问这话的时候口气就隐隐有点儿不对。谁知下一刻他听见吴雾若无其事地"嗐"了一声："那……攒钱再买个好点儿的呗。"

"怎么样叫好点儿的？"

"大点儿的。"吴雾就跟指着菜单随手点菜似的，说，"三室一厅。"

以津海现在的房价来看，三室一厅大概是建立三口之家最底线最基本的配置了。

其实他有这个想法很正常，分配的住房未必有全产权，也不一定卖得了。像他这种外貌条件，如果自己有个房，再有一份正式稳定的编制内工作，那应该是本地很多丈母娘心中的热门人选了。

步重华无声地点点头，神情淡薄沉郁，心里似乎有个地方渐渐凉了下去。

我刚才想说什么？他想。

我到底想让他怎么样？

他几乎是以一种冰冷苛刻的态度把自己心脏瓣膜都一层层掀开，一层层挑剔审视过去，连最隐秘最细微处都无所遁形。刚才那不知从何而起的滚烫冲动，就在这无情的审判中被撕得灰飞烟灭，硬生生沉回了灵魂最底层。

他们就这么分坐在沙发两头，步重华拇指在手机屏幕上漫无目的地滑，似乎在搜索网页但实际又什么都没看进去，只有无意义的文字、色彩和闪烁的广告映在视网膜里。少顷他眼睛的余光瞥见对面，只见吴雾一脚踩在地毯上、一脚跷在沙发上，沙发上那只清瘦的光脚冲他晃了一下："领导。"

"怎么？"

"你书柜里那些书能不能送我几本？"

步重华胸腔里仿佛有一丝丝说不上来的感觉，但他没有表现出来，面无表情盯着手机："不能。"

吴雾愣了一下。

"但能借你。一次借一本，看完了要送回来，还了才能再借。"

精英不能这么小气。吴雩想了想问："那借什么都行吗？"

——他这么问是有理由的，因为步重华书柜里有些珍贵的藏本，以其价格绝非能随意送人，但如果出借的话就不存在这个问题了。

"可以。"步重华顿了顿，盯着手机屏幕问，"你今晚是不是就要回家了？"

说这话的口气仔细听来其实有点儿不同寻常，换成任何其他人，吴雩都会本能地感觉到一丝怪异。但因为对方是步重华，他只平摊着望向天花板，随口说："回啊，不然呢？"

"那你现在就去挑一本吧。"

吴雩从平瘫状态九十度一抬头："真的挑哪本都行？"

步重华终于从手机屏幕上抬起视线，那双棱角分明的深邃的眼睛看着他，半晌轻轻向书房那边扬了扬下巴："还不去挑？"

吴雩灵活地一起身，连拖鞋都没穿，光着脚就噔噔噔进了书房，紧接着传来玻璃柜打开的声音，步重华知道他开始兴致勃勃地挑书了。

他没作声，起身走到书房门前，靠在门框边。

这是吴雩很少见的一种状态。他穿着很旧的T恤、灰蓝色发白的牛仔裤，踮起脚伸长手去够书架顶层，凌乱的黑发拂在耳梢上，有种不符合年龄的单纯的满足。

仿佛那个忍耐、懦弱、木讷、呆板，那个在禁闭室如困兽般一脚踹碎电视机、声声索问着步重华在哪里，那个一处于众人视线焦点就不习惯开口说话，还偶尔本能竖起一身警惕尖刺的吴雩，都被跟下这纯粹而单一的快乐所融化了，恍惚竟折射出十三年前那年少气盛、风华正茂的影子。

仿佛有种辛辣、火烫而麻痹的堵塞感一下下撞击步重华的喉头，但他脸上没有任何表情。

他严厉冷淡的面孔已经保持了太久，不论是吴雩还是其他人，甚至他自己都已经太习惯了。

步重华双手插在裤袋里，一声不吭地转身离开了书房。他默默地在客厅中站了一会儿，回自己的主卧打开衣橱门，取出一沓整整齐齐没拆吊牌的棉白短袖T恤，又回到厨房打开冰箱看了看，从保鲜柜里一股脑翻出宋局夫人旅游带回来的点心、零食、巧克力，顿了顿之后不知道想起什么，又从冰冻柜找出超市买的几大袋速冻虾饺和扇贝饺，用报纸和塑料袋扎好。

他把这些东西一样样仔细叠放进自己的双肩背包里，拎着回到书房："你挑好了吗？"

"哎。"吴雩嘴上答应着，实际却没挪窝。步重华便走到他身边，刚坐到地毯上，果然紧接着只见吴雩合上手里的书，一拍封面问，"这本可以吗？"

《电子取证研究要点》。

"可以。"步重华把书放进背包里，简短道，"给你的。"

吴雩愣了一下："呦，你提前送我新年礼物啊？"

"许局说再看见你穿那洗透明了的汗衫在办公室里晃来晃去，就要通知隔壁扫黄大队把你扫走。"步重华站起身一声哼笑，"这么大人了，便服穿得跟刚抓进来的犯罪嫌疑人似的。"

"哎，扫黄大队怎么了？扫黄大队是蔡麟的梦想之地你不知道吗？"

精英根本懒得搭理这种低级笑话，甩甩手径直去了外间。

吴雩笑起来，翻了翻背包，想从底下掏那一大盒进口巧克力吃。但步重华给他翻出来的虾饺着实不少，恨不得把他这辈子吃的虾饺都一次性备足了，全都层层垒在上面。吴雩掏了半天没能把巧克力盒掏出来，只得先把其他东西一样样拿出来放在地毯上。

"这书包看着挺大，开口却……"

吴雩一边剥巧克力球糖纸，一边打量精英貌似很贵的双肩背包，却突然毫无来由地怔住了。

——这个背包的样式，竟然跟部灵的黑色书包很相似。

不论形状、大小，还是顶盖开口软硬度，都没有太大区别。

明明是没有关联的两件事，却仿佛虚空中一槌轰然重击，雾时醍醐灌顶，吴雩瞳孔无声缩紧，突然丢下巧克力球，把书包里所有东西全倒出来稀里哗啦摊在地上，把手伸进空背包比画片刻，意识到了什么——

某个被所有人不约而同忽视了的疑点，在那瞬间哗然浮出了水面。

"是、是我知道。"

步重华站在书房窗前打电话，只听手机对面许局满意地"唔"了一声，又语重心长说："下午你亲自上检察院，去找那××部门的×××，刁建发供出来的那一批邪教组织要联合××部门一道清查……"

"步队！"门外有人大步走近，"步重华！"

步重华一回头，只见吴雩推门而入，手机里许局诧异道："怎么小吴也在你家？"

其实根本没什么，步重华却下意识打了个磕巴："他……来找我有事。"

"噢、噢，行。"许局没明白是什么事，但想了想之后严肃叮嘱，"你俩要好好相处，不要闹矛盾，更不准再吵嘴打架了啊，明白吗？"

步重华嘴角微微抽搐，应付了几句"明白"之后才挂断电话："你怎么了？"

"刘俐丢失的笔记本是什么型号的？"吴雱劈头盖脸问。

步重华对案件笔录细节熟悉得连停顿都没有："戴尔灵越14R，两年前的款，原价三千多吧。"

"型号带R的都是厚本吧？"

"应该有两三公斤，怎么？"

吴雱站在书房门口，拎着那个双肩包背向步重华一晃，只见大敞的包里空无一物："邰灵带走的那个骷髅头盔分上下两段，中间用三块骨片连接，增加了内部容积，也就是说光头盔本身就比人头还大三圈。

"那她怎么可能用这种大小的书包放下头盔、两件衣服、一堆杂物，再加一台两三公斤的笔记本电脑？！"

步重华猝然意识到什么，眼神霎时剧变！

没错，确实是这样！

骷髅头盔内部有银子和绿松石作为框架，如果邰灵把一件毛衣塞进头盔内部作为保护，另一件包在外面作为缓冲，然后再塞进书包，那么基本不可能再塞进一台两三公斤重的厚笔记本电脑，强塞会造成对头盔的挤压损坏，也极有可能让拉链无法拉上。

但在监控录像里，那个书包拉链分明是拉到底的！

"那台电脑……那台电脑不是邰灵带走的。"

无数疑点在那瞬间穿成一线，步重华喃喃道："邰灵和年小萍的被害时间最多相差六个小时，有人在这六个小时内杀死高宝康，潜入邰灵家，偷走刘俐的电脑，最后再去河堤上杀了路过的年小萍，留下何星星向警方报案……骷髅杀人的新闻是被故意传出去的。"

"'五〇二'案的犯罪嫌疑人不只丰源村那帮邪教教徒，"步重华蓦然看向吴雱，声音嘶哑道，"这个案子背后还有一拨凶手！"

第 48 章

初夏变天极快,早上还阳光灿烂,到中午就阴云密布,蜻蜓在城市公园低空处盘旋,空气中隐约飘浮着泥土味的潮湿,仿佛正孕育着一场暴风雨的来临。

"杀死高宝康并潜回邰灵家偷电脑的十有八九是'买家'。"步重华把着方向盘,一边在周遭愤怒的哔哔声中疾速超车,一边对车载蓝牙沉声道,"邰灵从刁建发手里偷走骷髅头盔,跟买家约在泄洪洞里做交易,谁知从一个月前开始跟踪她的高宝康也来到泄洪洞,趁机杀死她,夺走了头盔。螳螂捕蝉黄雀在后,夺走头盔的高宝康又被尾随邰灵来到泄洪洞的'买家'杀死,尸体被扔进四里河;以当天的降雨量和流速而言,凶手确定河水足够把尸体冲进南运河甚至入海口……"

"但凶手为什么要回邰灵家偷刘俐的电脑呢?"车载蓝牙传出廖刚的声音。

廖刚明显也在马路上丧心病狂地超车,背景一片哔哔哔声,跟步重华这辆牧马人车外的哔哔哔声相映成趣。

"因为邰灵是从网上找到这个买家的。你有没有注意到我们至今没找到邰灵的手机?"

廖刚心说:还真是这样。

"凶手带走邰灵的手机还不够,他怕邰灵曾经用电脑跟自己联系留下记录,于是又上她家去带走了刘俐的电脑;同时,为了伪造出邰灵偷窃潜逃的迹象,他还匆匆带走了刘俐的五百块钱。所以邰灵的金戒指等其他财物都没有丢,因为凶手不会有时间仔细翻找那些零碎,而床头柜里的现金最容易发现。"

电话那边一片吸气声,廖刚佩服得五体投地:"老板,这些都是你想到的?"

"哦,不。"步重华压着黄灯呼啸冲过路口,说,"是早上吴零发现告诉我的。"

他看向副驾驶座,这纯粹是个下意识的动作,谁料副驾驶座上的吴零正巧也望过来，两人的目光猝不及防撞上了。

"我们小吴现在可以啊！"廖刚震惊了，"他还是那个因为泼了你一裤子豆浆，被你当着所有人的面一路拎去茶水间暴打的小吴吗？"

吴雯不动声色收回目光，一手撑着额角望向车前窗，唇角似乎勾了勾。

步重华镇定呵斥："我什么时候打他了？！"

对面一片呜哩呜哩警笛声，仿佛夹杂着廖刚一声自言自语："我梦里……"

"你赶紧带人去第三次勘验刘俐的屋子，重点提取她笔记本电脑电源线周围的指纹，跟王九龄说把五月九号当天她家附近的监控录像翻出来再筛一次。"步重华一打方向盘，牧马人九十度陡转，一路沿高架桥向老昌平区风驰电掣而去，"我在去刘俐家的路上，不说了，待会儿现场会合。"

"是！"

廖刚摁断车载蓝牙，一边开车一边啧啧有声："你说这男人翻起脸哪，就跟翻书似的，怎么能打完就不认账了呢？"

蔡麟坐在副驾驶座上，头也不抬地把"五○二"的案卷翻过去一页："你们竟然没听出来小吴昨晚又是在咱老板家住的？"

后座上张小栎猛然一弹，满脸"我错过了什么"的震惊："噫——"

"妈，怎么办？"蔡麟望向廖刚，一脸泫然欲泣，"以后你还能从爸爸那儿偷偷摸钱来给咱们买烧饼、买油条、买臭豆腐吃吗？"

廖刚爱怜地摸了摸他的头："这不是正打算把你卖给隔壁法医室，跟小桂法医换点儿钱补贴家用呢吗？"

警车飞驰下了高架桥，载着蔡麟撕心裂肺的控诉渐渐远去："你们要卖也至少把我卖去扫黄大队吧，就不能尊重一下我的个人意愿吗？法医室连蚊子都是公的！……"

哔哔——

牧马人停在人行道边，隔着一条马路，对面是津海市第二模具厂的招牌。吴雯刚推门下车，只听身后步重华喊道："喂！"

他一回头，只见从车窗里飞来一物，接住只见那赫然是一只火柴盒似的小银匣子。

——他见过这玩意儿，是步重华家的大门遥控器。只要用这个把门解锁，就能输入指纹，下次去他家都不用钥匙，直接摁指纹就能开了。

"你把市局批文给磨具厂的人看，他们知道怎么配合。"步重华从驾驶座倾过身，看着吴雩，"骷髅头盔的模型做出来以后你把它带去市局，往郜灵那个书包里塞一下试试，如果证明我们的猜测是对的，的确没法再塞进一台笔记本电脑，就让刑摄拍个照发给我，这个以后要作为证据放进卷宗里去。"

吴雩点点头，只见步重华又指了指那个遥控器："搞定以后晚上下班，拿着这钥匙上我家去。你那一书包东西还丢在我家没拿走呢。"

午后大街上车来车往，喧哗车鸣与蝉声不绝。吴雩望着步重华那张俊美而漫不经心的脸，迟疑了数秒，犹豫地"嗐"了一声："算了吧，钥匙就不拿了……要不我晚上去接你，上你家拿了再走？"

"我要去刘俐家盯着他们重勘现场，然后去高宝康家重新搜查，今晚不到十二点完不了事。钥匙你自己拿着吧。"

吴雩摸摸鼻子："那我什么时候还你啊？"

"我明天可能不在分局。"步重华思忖片刻，吩咐道，"这样，你明天下班后上我家，点个外卖等着，我回去正好能吃现成的热饭。"

吴雩目光微微闪烁，一开口却又没说什么。

良久后他咽喉轻轻一动，似乎咽下了什么，点头笑起来："行。"

步重华随意地一摆手，缓缓升上车窗，吉普车消失在了长街尽头。

吴雩站在人行道的树荫下，低头望着手心里那把家门钥匙，重重心事压上眉头，神情渐渐阴郁下来。许久他难以察觉地呼了口气，转身走向磨具厂。

刘俐那间出租屋进过凶手，死过房客，容留过吸毒人员，如今迎来了第四拨警察。房东也算是倒血霉了，哀叹大骂声从胡同口一路转着圈传到胡同尾，端着痰盂提着垃圾袋的左邻右舍偶尔经过，个个都见过大世面，向进进出出的刑警投来麻木的注视。

"收获特别多。"廖刚一根食指在记录本上啪啪地戳，"已经粗略提取到好几枚不同的指纹，这还没勘查完，待会儿估计更多，照这个情况来看分辨凶手残留痕迹的难度实在挺大的。"

步重华问："为什么？"

廖刚叹了口气："刚派人去了戒毒所，刘俐承认了她有时候会带人回来过夜。"

"……"

步重华拍拍他的肩，转身走向屋外："先勘验着再说。另外分几个人去李洪曦的单位、刁建发那查封了的酒吧，看看能不能找到什么证据，你跟我再去高宝康家重点搜查一次。"

"是！"

廖刚飞快收起勘查本往腋下一夹，突然一个薄薄的白信封从纸页中滑落在地，露出一角写满了字的纸。他赶紧弯腰捡起来，起身正撞上了步重华疑惑的注视，便神神秘秘地一晃那信封："你猜？"

步重华冷淡道："你爸寄给你的催婚信。"

"你不知道我爸已经接受我是个不孕不育症患者的最新设定了吗？"

"你抄下来的减肥秘方。"

"胡说，宝宝不胖！宝宝只是腹直肌锻炼得比较强壮！"

步重华掉头走向警车，廖刚亦步亦趋跟在他身后，一边把信封夹回勘查本一边摇头晃脑："告诉你吧，是刘俐托人从戒毒所带出来的，写给小吴的信。"

步重华脚步一顿。

"戒毒所定期组织他们给家人写信，她写了一封给她妈，写了一封给吴雯，跟他说戒毒很痛苦，后悔当初沾了毒，又谢谢他从李洪曦刀下救了她。教官说回信可以鼓励犯人重拾对未来生活的信心，问小吴有没有时间给回几句话，随便什么都——"

廖刚手里一空，话音戛然而止，只见步重华一把抽走了信，那双冷冰冰玻璃珠似的眼睛瞅着他。

"知道了。"步重华一字一顿道，"小廖警官。"

廖刚："……"

步重华细长弹钢琴的手指把信纸一折，又一折，动作优雅不带丝毫烟火气，然后低头钻进车后座，淡淡道："开车去。"

廖刚："……"

成千上万个问号轰隆隆奔腾而过，紧接着嘭的一声巨响，劲风擦过，步重华重重关上车后门，险些夹着廖刚的鼻子。

郜灵的书包里不能同时装下骷髅头盔和笔记本电脑，但这只能算案情重大疑点，不能证明杀死年小萍的凶手并非高宝康。如果想要说服市局和检察院，他们必须找到铁板钉钉的东西，作为两起命案不能并案调查的铁证。

"一边搜查酒吧一边加紧提审刁建发，完事以后来平海开发新区高宝康家，步支队跟我正开车去他家的路上……行，我知道了，你们赶紧啊。"

廖刚挂了电话，一边开车上高速，一边偷偷瞄向后视镜。

后座传来纸张轻微的窸窸窣窣声，只见步重华从裤袋里摸出那封信展开，一目十行看完，眯起了线条锋利的眼睛。

廖刚睁大了好奇的小眼睛，突然后视镜里的步重华眉宇一抬，直勾勾撞上了他的目光。

廖刚虎躯一震，警车险些走出一个漂亮的"S"。

步重华不动声色地收回目光，再次望向那封笔迹歪扭、错字连篇的信，斟酌再三后从笔记本后撕下一张纸，摸出笔来用牙拔了盖，凝神思忖片刻。

"刘俐：你也好！"

警车呼啸穿过高速，其余车辆和路灯飞快向后掠去，步重华在微微颠簸的车厢中用平板电脑垫住了笔记本。

"听说你改造较好，我感到非常欣慰。

"在脱毒第一阶段交替采用'冷火鸡'法及'替代递减'法可使戒断症状在七到十天内迅速缓解，因此虽然痛苦，却是戒毒必须经历的，望你坚持。

"进入康复期后强戒所会安排你去学习刺绣、缝纫等，望你将来出狱时掌握合法谋生技能，以新面目迎接新生活，牢记违法可耻、劳动光荣。

"P.S.——"

步重华面无表情，笔锋一转——

"感谢关心询问，那位'电视剧里专门演反派的小白脸领导'最近给我涨了津贴，我非常感动，决定好好工作报答他。因此最近工作很忙，没有时间写信了。

"此致敬礼，吴雩。"

步重华收起纸笔，向前座专心开车的廖刚瞟了一眼，镇定如常将回信折了两折，放进口袋。

警车如海舰逆浪前行，前方阴灰天幕下，隐约现出连绵不绝的港口建筑，那是津海市平海开发新区。

津海市公安局南城区分局。

"在这儿写上时间日期，这儿签个名……行！好嘞！"

吴雩签好表格，从物证室窗口底下递回去，只见值班民警把部灵的黑色书包重新装进透明袋，放回了"五〇二"案专用的物证纸箱。

"吴警官，您看这几张拍得还行吗？"

新来的刑事摄像实习生把刚拍的照片一张张翻过去，吴雩看了几眼，"唔"了一声："行，谢谢你。回头发给步支队看看。"

"哎！您客气！"

实习生挥挥手走了，吴雩慢慢踱出物证室，看了一眼窗外铅灰的天色。

快下班了，不用加班的都在赶紧收拾东西准备走人，就怕待会儿撞上倾盆暴雨。吴雩站在窗缝前点了根烟，深深呼了口气，从口袋里摸出那个因为被摩挲了无数遍，此刻还带着体温的遥控器钥匙。

他低头的时候，玻璃窗隐约映出烟头一点红星，以及鼻翼两侧鸦翅般垂落的眼睫。他唇角天生向下，仿佛总带着一丝沉默的阴影，但随即被袅袅上升的烟雾湮没了。

这时楼梯上传来脚步声，吴雩五指一收，握住钥匙，抬头见有人从楼道上层探出头，是秘书处的："吴警官！许局那儿来了人让你过去，正找你呢！"

咚咚咚，门被敲了几下。

"进来！"

吴雩动作一顿——虽然隔着门板相当模糊，但听声音不是许祖新，是宋平。

他推开门，抬眼果然见许祖新并不在办公室，宋平正在陈列柜前专心致志观察地球仪，而沙发上坐着的赫然是林炷，见他进来立刻站起身，双手垂落交叠在身前，利落地点了点头："吴雩。"

吴雩半只脚定在门外，上下打量他："怎么了这是？"

林炷一个字的废话都没说："云滇那边出了件事。"

林炷与吴雩互相对视，彼此都一动不动，僵持得空气几乎凝固。半晌吴雩目光转向宋平，宋平背手而立，沉着地看着他。

长久的静默后，办公室内终于响起吴雩沙哑而平静的声音："可以……我先跟步支队请个假再走，稍等。"

他摸出手机，刚掉头向外，却突然听林炷在身后喊："等等！"

"……"

"你可以和步支队请假，但你先听我说发生了什么事。听完之后你自己决定，想跟谁打招呼都没问题。"

津海上空，乌云翻滚，倏而一道闪电划破层云，重重闷雷由远及近。

少顷，豆大的雨滴终于噼里啪啦掉了下来。

350

"还记得十年前你卧底时向张博明传递消息,让我们抓住的那个毒贩亚瑟·霍奇森吗?这个人的死刑判决被外交抗议数年,最近终于被最高院核准了,将于下个月执行。

"两天前,他向云滇省公安厅提出了一个请求,为此愿意以'马里亚纳海沟'的机密情报来作为交换——

"他想在死前亲眼见'画师'一面,想亲眼见证那个单刀赴会、深渊屠龙的传奇。

"如果你不愿意,我们也可以用其他人冒名顶替你去见霍奇森,但我想你至今都没有见过自己抓到的毒贩长什么样。如果有机会,我不知道你是否愿意去看一眼,或许能够感受一下那逝去的十三年并没有虚掷,所有的付出都值得……"

暴雨倾盆而下,千万道水箭贯穿世界,将天地变为白茫茫一片。

如果从高处向下俯览,能看见几道身影匆匆离开南城区分局大楼,钻进停在台阶下的一辆黑色轿车。随即轿车缓缓发动,在前后两辆警车护卫下,急速驶向津海市机场。

与此同时,越过暴雨冲刷下鳞次栉比的高楼和熙熙攘攘的街道,城市另一端,津海市平海开发新区,几辆警车冲破雨幕,戛然停下,随即只见戴上防雨服帽子的刑警们纷纷冲下了车。

刺啦——

步重华亲手撕下封条,推开了大门。窗外暗淡天光映在阴暗的楼道里,满地狼藉的五○二杀人案凶手高宝康家,再次出现在了刑警面前。

第 49 章

狭小的一室一厅里挤满了警察。窗台边，墙根下，门缝间，到处有人在提指纹找血迹；碗柜里，架子上，床底下，每张纸、每团垃圾都被翻出来仔细甄别。步重华从阳台踩着勘查板走进屋，每一步都要跨过三三两两凑在一处的现勘员，此时如果有人经过，绝不会看出这只是重复搜查，肯定以为是在勘验连环杀人案现场。

窗外一道雪亮闪电划破天空，滚滚闷雷轰隆震响。

"步重华——"卧室里传出王主任的叫唤。

步重华侧身从两名痕检员中间挤进屋："有发现了？"

王九龄半个屁股悬空坐在脏乱不堪的床边，跟他临时打报告申请来的网警两人头凑着头，四只眼睛对着高宝康那台旧款外星人电脑，目不转睛说："有。"

步重华动作一顿。

"去，给我们每人买瓶脉动上来。"

"……"

步重华面无表情，掏出十块钱塞给极有眼色的实习生，少顷实习生一路小跑从楼下小卖部买来两瓶脉动，被王九龄跷着脚接了过去。

"现在能告诉我有什么发现了吧？"

王九龄认真说："高宝康最经常看的视频是游戏讲解，但从没在游戏直播间打赏过，黄色小游戏倒一共充过两万块钱，给四个主播送过礼物——三个做过胸部填充，一个做过鼻子。硬盘里有 4TB[①]的日本动作片，另外他还曾经是一家盗版小说网站的管理员。"

---

① 太字节。一种数据存储单位。

步重华问:"跟'五○二'案有关的呢?"

王九龄沉思片刻,郑重地问:"在过去一个月内多次搜索肢解、尸体处理、匿名潜逃等算吗?"

网警默默用水瓶挡住了自己半边脸。

步重华居高临下,一动不动盯着王九龄,屋里稀薄的空气渐渐凝固增压。

"那个……步啊,你别这样。"王主任缩着脖子真心诚意地说,"我跟你这儿大半夜的忙半天,不值当你一瓶脉动吗?有时候心急反而吃不成热豆腐,你得让案件背后的真相随时间慢慢展露,让时光带走你此刻的焦虑与忧愁……"

步重华冷冷道:"就像带走你的头发那样?"

王九龄震惊。

步重华用五指把自己浓密的头发向后一捋,沐浴着周围瞬间满点的仇恨值,徐徐转身出了卧室。

"老子以后再也不出刑侦支队的外勤了。"王九龄咬牙切齿道。

网警委屈地说:"我也是。"

"走了走了!"晚上十二点半,地毯式搜索终于基本完成,王九龄一边扶墙挪动着酸麻的腿,一边挥手驱赶自己麾下各部门可怜的崽,有气无力吩咐,"检材都收好,分析结果等明儿回局里再说,半夜回家都小心!外面雨下得这么大!哎,慢着,叫两个人开车先把网警送回家!"

步重华侧身站在窗前,手机贴在耳边,少顷听见对面传来:"您好,您所拨打的用户忙……"

没接。

"你还跟这儿干吗呢?"王九龄从玄关探出个脑袋,阴森森说,"你答应超过十二点没完工就送我回家的,还不赶紧走?"

步重华摁断电话,显示着"吴雯"两个字的屏幕熄灭,他若无其事起身:"走吧。"

王九龄站在楼道口抽烟散气,步重华最后在每个屋里扫视一圈,回到大门口蹲下身脱鞋套,但动作又慢慢顿住了。

人声脚步声散去,刚刚还无处落脚的一居室陡然冷清起来。黑暗中隐约显出室内家具矗立的阴影，暴雨噼啪击打玻璃窗，留下一道道湿漉漉的水痕。

几道闪电一现即过，刹那间映亮了这屋里的满地狼藉。

所有人都知道高宝康的死有疑点，但没有人拿得出证据证明这个凶手死于他杀。

几个小时以前，刘俐那间出租屋被第四次地毯式勘验，刁建发的酒吧被查封之后又被扫了个遍，郜灵遇害那个泄洪洞方圆百米被警犬来回啃得连草都不剩一根……现在连高宝康家都被扫得精光，如果过两天检验结果出来后再没有异常，那他们还能怎么办？

监控不是万能的。天眼系统在建设、在发展，但不可能覆盖人类社会行踪所至的每个角落、每一厘米。

仿佛被某种力量驱使着，步重华梦游般起身，再度走向屋内。

——杀死郜灵后，高宝康有可能回过家吗？

——他跟踪了郜灵一个多月，这一个多月内，黄雀有没有可能也正窥探着螳螂，以至于留下蛛丝马迹？

步重华从屋里每个角落走过，随着他的脚步，杀人凶手的生平一幕幕浮现在虚空中——

坐在方桌前吃外卖的高宝康一边狼吞虎咽，一边目不转睛盯着游戏直播视频。他把手机放在纸巾盒上，向周围扫了一圈，随手抓了个东西撑在手机壳后，支撑着屏幕斜斜立起——桌面杂乱无章，半空的纸巾盒上有个圆滚滚的东西，那是个干瘪了的橘子。

坐在电脑前打游戏的高宝康时而破口大骂，时而用力狂摁鼠标敲击键盘，激动时顾不得弹烟灰，老长的烟蒂掉在桌沿周围的地上，良久后不耐烦的高宝康顺手把烟头往桌上一摁——外星人电脑左侧，桌面上油漆斑驳，被经年累月烫出了数个黑圆点。

床底下的无数纸团，墙壁上的点点污渍，墙角边的空零食袋，垃圾桶里的外卖小票……无一不在诉说着主人生前空虚重复的日常。另一个时空中那无数个打游戏、看视频、抽烟骂人的高宝康，在步重华眼前无声演绎着自己苍白无望的短暂人生，事无巨细点点滴滴，旋即随着光影灰飞烟灭。

步重华打开衣橱，掀开被子，打开床头柜的每一个抽屉。

高宝康在二手交易网站上买过一些女性内衣，至于那些劣质口红、粉扑、塑料梳子，以及姨妈红、西瓜绿、芒果黄等几瓶地摊指甲油，可能是他带女人回家时趁机留下的。这些东西数量不多，都堆在床头柜最下面那个抽屉里，内衣带纠缠打结，因为长久没洗过而隐约发黄。中间那个抽屉塞着各种充电器和数据线、换下来的电脑零件，以及报废了的鼠标和一个键盘。最上面的抽屉放着烟盒、耳塞、感冒药、指甲钳、抽纸盒、酒店打火机等零碎物品，塞得非常满，步重华伸手掏了掏，也没发现任何异样的东西。

他直起身，这时一道闪电映亮房间，抽屉里那堆零碎中的某个东西跃入视线——半瓶透明指甲油。

其实并不奇怪，高宝康还收集了好几瓶指甲油，赤橙黄绿什么颜色都有。
但那瞬间，一丝难以言喻的狐疑却骤然擒住了步重华的动作。
女性物品不是放在最下面那个抽屉的吗？

他迟疑片刻，拧亮床头灯挪近，再次伸手进去仔细翻了翻那堆乱七八糟的杂物。不多时他从抽屉最里面的角落又翻出了好几瓶指甲油，全都是透明的，但大多已经空了。
如果说大红指甲油尚带有强烈的女性色彩，这几瓶透明指甲油又代表什么？它们为什么和平时最常用的打火机抽纸盒放在一起？
突然间一个匪夷所思的念头掠过步重华的脑海。
高宝康不是在收集它们，他是在……在使用它们。
但一个男人，为什么要用到透明指甲油？
"步重华！"大门口传来王九龄的怒吼，与瓢泼大雨声混杂在一起，"你人呢！拉稀去了吗？你再不出来天都要亮啦！"

步重华置若罔闻，紧紧盯着桌上那几个透明的瓶子，无数疑点千头万绪，犹如亿万个闪亮光点在深海中沉浮，渐渐归寂于深长的黑暗。
紧接着，深渊中骤然闪现出一道游丝般的微光——
惊雷震裂苍穹，轰隆！

步重华霍然转身，一手伸进衣橱，将成排铁丝衣架重重一掀。窗外暴雨映出他毫无表情的脸，嘴唇却因极度紧张而死死抿紧，几秒钟后他摸到了自己想找的东西，毫不留情从衣架上用力一抽——唰啦！
唰啦！

几条牛仔裤被甩在床上，步重华手指战栗，逐一摸过裤腰内侧，随即在那瞬间心脏猛缩，一股强劲的血液被疯狂挤向四肢百骸——

噔噔噔脚步声由远而近，王九龄气冲冲进屋："你这又是魔怔了吧，我求求你还不赶紧……"

"我找到证据了。"

"赶紧收拾收拾……你说什么？！"

步重华满眼血丝，踉跄半步，靠在墙上站住，从床头柜上抓起两瓶指甲油举到他面前，剧烈喘息着，声音沙哑地笑了起来："看到这是什么了吗？"

王九龄一愣。

"高宝康是个免疫失调病患者，具体表现为金属过敏，严重到必须用透明指甲油涂满所有接触人体的金属制品，包括皮带头内侧、牛仔裤金属扣，甚至不直接接触皮肤的外裤金属拉链。而李洪曦交代骷髅头盔内部框架由银制成，其实主要成分不是银，是白铜，也就是最容易引发强烈金属过敏的镍铜合金；高宝康只要戴上它，暴雨闷湿环境会加剧金属镍释放，迅速引发整个头部加面部的瘙痒、肿胀和溃烂，严重时甚至会引发窒息，所以他基本不可能戴着头盔完成跟踪杀人再逃逸，他不具备杀死年小萍的能力！"

王九龄是真正惊呆了，鸡皮疙瘩顺着脊背一层层爬上来，悚然不知如何言语。

"何星星看到的'骷髅杀手'另有其人，'五〇二'案背后还藏着一名凶手。"步重华止住喘息，戴着勘查手套抓起透明指甲油装好，用物证袋一封，疾步向外走去，"立刻回分局给高宝康的残余肢体做尸检，连夜出免疫失调的证明报告。两起命案不能合并结案，从明天开始分离卷宗，重启调查！"

第 50 章

翌日清晨,云滇。

轮胎猝然摩擦地面,在招待所门口戛然停下。两名训练有素的年轻人从前排下车,左右守在车门边,双手背在身后站姿笔直,望向空荡荡的旋转前门。

约定的时间还没有到,远处街道上隐约传来早高峰的车流声与人声。

许久,开车的终于忍不住捣捣副驾驶座小伙伴的背,小声问:"哎,你紧张吗?"

"废话,你摸我一背的冷汗摸不出来?"副驾视线向四周飞快一瞟,"你呢?"

开车的压低声音说:"实不相瞒,我为了这个机会跟他们抢着表现了一星期,今早激动得五点就醒了,上车之前放了三次水,到现在还有点儿想上厕所……"

"你也太没用了吧!"

"你有用你别一个劲儿哆嗦!"

两人同时陷入了沉默。

"我从选拔期就听说他的事迹了。"足足过了半根烟工夫,开车的终于轻轻唏嘘道,"单枪匹马,深入绝境,十二年功成身退,一夜之间成为传奇,据说还曾经被暗网爆出真实照片悬赏几百万……哎,你说英雄到底长什么样啊?"

副驾沉思许久,认真说:"英雄也是人,肯定也是一个鼻子两只眼……"

"你这不废话吗?谁不是一个鼻子两只眼?"

"你才废话,人家一个鼻子也肯定比你的鼻子高,两只眼睛也肯定比你的眼睛大,人家光站那儿气势就顶你俩!"

"闭嘴,来了!来了!"

招待所大堂内突然出现隐约身影,两名年轻人蓦然站直,眼观鼻鼻观心,双手紧贴裤缝，身形挺拔如标枪，眼角余光却忍不住往前飘，连彼此呼吸都无声压抑着激动的战栗。

英雄应该长什么样呢？

体形高大、浓眉大眼、仪表堂堂、不怒自威？

还是貌不惊人、沉默寡言、锐利严肃、渊渟岳峙？

——玻璃门被推开了。

一名身形瘦削的男子低着头，在林科身后走下台阶，两个年轻人的瞳孔不约而同迅速放大。

跟特情组一代代新人之间口耳相传到失真了的描述不同，"那个人"看上去年纪并不大，相反还有一点儿年轻，戴一顶黑色棒球帽，口罩遮去了下半张脸；他身上穿着黑色短夹克和长裤，一件白T恤内搭，双手插在裤袋里，走起路来几乎不发声，但似乎有一点儿习惯性的、不引人注意的佝偻。

他全身上下唯一露出的部位就是那双眼睛，但似乎也没有任何特殊的地方，瞳孔乌黑沉静，波澜不惊，视线自然垂落向地面。

——传说中的英雄没有任何特殊的气质，既不锐利严肃，也没有不怒自威，站在那里的气势不仅没有一个顶俩，相反可能连年轻人精气神的一半都不到。他低头走路的样子就像云滇街头一个普普通通赶去上班的小白领，如果不是林烃突然抢先两步亲自伸手为他打开了车门的话，在场四个人中，他看上去最像是那个负责开车的。

实习生眼睛一眨不眨地盯着他，在擦肩而过的瞬间连呼吸都忘了，只见他低头钻进车里，林烃嘭的一声关上车门，低声吩咐："出发吧。"

实习生立刻反应过来："是！"

两名年轻人迅速坐进前排，汽车缓缓发动，转了个弯，向城郊监狱方向驶去。

天光透过带电的铁丝网，静悄悄投在会见室内，勾勒出一道身着囚衣、死气沉沉的身影。

哐当——

远处传来铁门几声砰响，死囚混浊的灰蓝色眼珠突然一动。少顷，脚步声顺着幽深的走廊由远而近，紧接着门被推开了，一个身穿黑衣黑裤的年轻男子在几名看守的带领下走进了阴暗的会见室。

尽管这辈子从没见过面，但在目光相撞的瞬间，亚瑟·霍奇森就确定了他是谁——

一阵强烈的悚栗由心脏发起，就像电流刺啦爬过每一寸皮肤和骨骼，山呼海啸般的情绪席卷了一切，甚至比死刑核准书下来的那天更强烈。他盯着那个年轻人，无法移开目光，甚至没注意到看守倒退着离开了房间，门咔嗒一响，只剩他们两人在冰冷封闭的空间里对视着彼此。

刺啦一声金属椅腿摩擦水泥地面的声响，吴雩拉开椅子，坐在对面。

"听说你想见我？"

亚瑟·霍奇森死死盯着他，终于咧开嘴露出扭曲的笑容，从充血到几乎麻痹的嗓子里挤出两句话："这里只有你跟我，门外是你们的警察，我是个死人。

"就这样你还不敢露出真面目吗，画师？"

吴雩帽檐下乌黑的眼睛盯着他，少顷一言不发地摘下棒球帽，解下口罩，轻轻丢在桌上，平淡地望着对面那张憔悴疯狂的脸："现在你见到了。"

就在吴雩露出面容的瞬间，霍奇森猛然往前一挣，用力到连手铐都发出哗啦啦声。他的视线仿佛化作某种冰冷的毛刺，从吴雩的五官和脸颊一一刷过去，足足过了半根烟工夫，才像是饥渴到极点的人终于结束生命中最后一场饕餮盛宴似的，因衣下绷到极限的身体一点点恢复常态，梦游般向后靠上椅背。

"我想见你已经很久了。"他声音嘶哑道。

霍奇森中文说得不错，可能因为这十年来也没什么可干的，每天光对着墙练口语了。

"他们说过很多关于你的事迹，令我曾经无数次想象会怎样和这些事迹的主角见面，而传说中的主角又长着一张怎样的脸。胖的？瘦的？老的？年轻的？春风得意正义凛然，还是沧桑麻木敏感冷淡？坐牢十年，三千多天，我起码有一半时间都在想象你的样子，脑海中描摹出了无数张可能属于你的面孔，甚至连你是女的都怀疑过了。

"但我没想到你和我想象中的完全不一样，甚至没有半点相似。"

他伸长脖子，盯着吴雩的眼睛，几乎是恶意地露出牙齿："因为我没想到你过得这么不好，这么……不好。"

吴雩没什么表情地坐在那里，半边清瘦侧脸隐没在昏暗中，语气疲惫而无动于衷："但你却和我想象中过得一样惨。"

"哈哈哈——"霍奇森似乎感到很有趣，失声大笑起来。这笑声犹如穷途末路的秃鹫般凄凉尖锐，半天他才好不容易止住笑，反问："我这么惨，你就值得了？"

"……"

"有件事我一直想问你，整整十年了，却没机会问出口。"他眨了眨那双灰败的蓝眼瞳，诡秘地看着吴雩，"你是怎么逃出来的？"

"……"

吴雩还是一言不发，但霍奇森并不在意他的冷淡，悠悠把自己蜷缩在铁椅之上狭小的空间里："直到现在我都记得被抓那天发生的事，来龙去脉，还有每一个细节。"

深网交易流行之后，东南亚的老派毒贩也纷纷开始尝试用网络技术来扩展销路，包括当时中缅边境最大的制毒商之一，塞耶。

塞耶是个传统缅甸毒枭，主要做的是天然及半合成类毒品，拥有自己的私人武装和罂粟种植园，雇用了大批当地村民为他生产鸦片。当他作为金三角第一个吃螃蟹的老派毒枭，向鲨鱼发出了愿意合作的信号之后，亚瑟·霍奇森作为鲨鱼的安全主管和得力干将，被派到中缅边境的良吉山，与塞耶签订从"马里亚纳海沟"走货的条约，并为他们提供安全密钥和通贩线路。

这场交易之所以选择在良吉山进行是因为这座山一端在缅甸境内，另一端在中国境内，不论惊动哪国警方，直接从另一边下山就可以逃之夭夭，完美的地理条件堪称天衣无缝。但出乎所有人意料的是，交易程序开始运行不到半小时，突然从山下传来消息，中缅两国边防竟然同时发动联合围剿，直接封死了所有下山路线，并开始使用重火力往毒枭的大本营强攻上来。

亚瑟·霍奇森曾经跟国际刑警你追我逃，这种事情见得很多，立刻就意识到交易中出了内奸，甚至可能渗进了警方的卧底——卧底这种如影随形的生物跟他们是老熟人了，理由无他，盖因双方都是顶级的亡命徒。即便是霍奇森这样敢叫板、敢跟警察枪战的主，一旦与同样亡命的卧底狭路相逢，也只能迅速终止交易，大骂一声晦气。

所幸，霍奇森乘坐的那架直升机还停在山顶没走，只要坐上飞机他就能安全离开包围圈。于是他立刻动身前往山顶，为了表示歉意，塞耶还特地派了一支缅甸雇佣兵沿途护送他，一路有惊无险地抵达了直升机边。谁知直升机还没来得及升空，一支埋伏已久的边防武警部队神兵天降，当场全歼缅甸雇佣兵，把措手不及的霍奇森生擒了。

"随后我被押送下山，关在国境内，辗转几座监狱和看守所，从此再没有出过牢房半步,直到今天。"

霍奇森猛然眯起眼睛,深吸一口气,这个动作让他的表情变得非常戏剧化,仿佛在无人的舞台上对空气讲述一出荒诞剧:"我能想通中缅边防为什么会在顷刻间联手——因为塞耶做了几十年毒品交易,是边境心腹大患,两个国家都想尽早抓住他;我也能想通自己为什么会被抓——因为那名神秘的卧底不仅提前摸清了交易细节,还摸清了我的直升机方位,为武警设伏提供了宝贵的时机。

"但我想不通的是,在直升机快起飞的那一刻,我明明听到无线电里传来缅甸雇佣兵的吼声:'东家已经抓住了条子的卧底,人在红山刑房,快要打死了——'"

周遭空气凝固,像弓弦无声无息绷到顶。

"臭名昭著的'红山刑房'在哪里我是知道的,就算警察长了翅膀也来不及去救。而那句话我也听得十分清楚,不存在任何听错的可能。"

霍奇森顿了顿,混浊眼珠一转,仿佛终于发现了舞台下唯一的观众。

死囚猝然向前倾身,咧开嘴直勾勾看向吴零:"那么问题来了,快要被打死的卧底是怎么逃出生天的呢?

"十年前,中缅边境线,'红山刑房'里到底发生了什么,你可以告诉我吗,'画师'?"

仿佛一层无形的帷幕被倏然拉开,灰色天光被切割得支离破碎。铁桌化作刑具,铁椅化作镣铐,四面封闭墙壁凸显出条条砖缝,缝隙中凝固着天长日久腐败的血迹和碎肉,裹挟着铺天盖地的血腥当头砸来。

啪———鞭抽碎血肉,血沫四溅泼洒。

啪———鞭抽碎骨骼,裂响直刺脑髓。

"解千山……这名字八成是假的……"

"大哥这条子要不行了,我看要么就拿他当肉盾下山……"

"给这条子打一针!一定要撬开他的嘴!"

…………

喧杂人声,七嘴八舌,仿佛四面八方无从躲避的毒箭。吴零仿佛被强行摁在黑沉沉的海水中,眼耳口鼻被堵塞住了,肺部呛出一丝丝滚烫的血气。就在那铺天盖地的喧杂声中,他仿佛又听见了那个阴沉、苍老而尖锐的声音对人吩咐:"去,去外面把阿银妹叫来。"

吴零闭上眼睛,数秒后睁开,平平淡淡地问:"你想知道什么?只是想知道我曾经被打得有多惨？"

霍奇森死死瞪着他，仿佛想透过这名卧底的眼珠，穿透他的脑子，挖出最深处最不为人知的东西来。

"如果这能让你临死前稍微解恨一点儿，可以。"吴雩说，"我不仅能详细把每一个细节、每一分痛苦都告诉你，我还能往夸张了说十倍甚至百倍。我能告诉你一个骇人听闻又恐怖到极点的故事，比方说他们把我全身二百来根骨头一根一根打断掰碎了，或烧了一锅水要活活煮死我，把我的肉酱端出去喂快饿死的狗，但不论情节有多离奇血腥，都不影响我们今天发生的现实：那就是我坐在这里，而你要死了。"

他斜欠坐在靠背椅上，上身微微向后，双手自然交叠着垂落在大腿上，那是个无所谓似的状态。

"你叫我来，不过是出于临死的最后一点怀疑，想亲眼见证那个抓住了你的'画师'是个真人，不是警方编造出来加以神化的传说。现在你看到了？我就是个普普通通的小人物，上着班，领一份工资，既没有英雄情怀，也没有通天本事。我去卧底是因为年轻冲动，能活着回来则纯粹靠运气。"

霍奇森的眼珠像是被线牵住了，眼睁睁盯着吴雩站起身，顺手把椅子推回了原处，然后站在那儿冲他笑了笑："你想见我是因为好奇，我来见你也只是因为好奇。现在见完了，你我都了结了一个执念，你可以好好上路了。"

吴雩礼貌地一点头，双手插在裤兜里，转身向外走去。

"等……等等！"

手铐脚镣同时哗啦震响，霍奇森拼尽全力一挣，几乎要从铁椅上站起来："你以为我死了就结束了吗？你们警察费了那么多年那么多精力，也只能暂时让一个个深网电商平台暂停运营，实际又能给我们造成什么损失？'马里亚纳海沟'仅仅换了个入口服务器就能再次上线！死了我一个还有千千万万个暗网程序员！"

"他们说你卧底了十二年，十二年对吧？"霍奇森咬着牙，一个字一个字像钉子一般刺向吴雩的后背，"十二年不见天日，你就以为能永远逃脱鲨鱼的追捕吗？你以为鲨鱼会放过你吗？所谓的运气还能用多久，够不够撑到'马里亚纳海沟'下一次东山再起？！"

吴雩回头望着他，淡淡道："那就东山再起吧，跟我有什么关系？"

霍奇森瞪着他就像瞪一个怪物："跟你没关系？被打成死狗一样的不是你？活成这人不人鬼不鬼模样的不是你？我现在眼睁睁看见的这条可怜虫不是你？！"

"……"

"鲨鱼能把缅甸的鸦片卖到墨西哥,把远东的芬太尼卖到加拿大,把枪支子弹运到中东,把暗网的服务器架设在刑警眼皮子底下!匿名电商一年创造的产值高达几十亿,洗钱超过上百亿,我们缔造了什么?我们缔造了一个自由主义与财富膨胀的王国!你以为自己是屠龙成功的英雄吗?!你是个可怜的笑话!!"

哗啦脚镣震动的声音尖锐刺耳,霍奇森起身带动铁椅,发出震耳欲聋的刺响,几乎要扑到吴雩脸上——

就在这时,咣当!门被重重推开,林烴箭步冲了进来!

"技术不死!自由不死!深网不死!恶龙永远不死!"霍奇森双眼凸出,满脸猩红,濒死疯狂地厉吼,林烴一人都按不住他,"看看你这张失败的脸,白费十几年一无所有的笑话!粉身碎骨却一事无成的笑话!你这蝼蚁一样可悲的笑话——"

吴雩仿佛被定住了似的,那潮涌般的窒息再次铺天盖地而来,从眼、耳、口、鼻灌进四肢百骸。

有人左右架着他往外拉,应该是特情组那两个年轻优秀的实习生。

霍奇森还在发疯挣扎怒吼,这个死因太失望了。他原本以为穷途末路的反派老板能迎来威风凛凛的超级英雄,实际出现在影片末尾的却是个面目平庸的碎催蝼蚁。他的所有野心、挣扎、谋算、计划,都败在一个笑话手里,而这个笑话似的小人物竟然还挺心甘情愿,并不准备在续集中像观众期待的那样穿上英雄金光闪闪的铠甲。

吴雩有点儿想笑,但那笑意没能掀起他天生弧度往下的嘴角,林烴一记手刀将霍奇森劈晕了,监狱看守和医生等人蜂拥而入。

吴雩被那两个年轻人拉到了外面的休息室里。

门被重重关上,外面的喧闹嘈杂声一瞬间变小,变成了模糊的嗡鸣。刚才副驾驶座上那名年轻人扶着他,另一个开车的手忙脚乱拉来一张扶手椅:"您坐,您请坐。"

随后两人对视一眼,点点头,其中一名飞奔出去,少顷端着一杯温水飞奔回来,下颌肌肉紧张得发硬:"您请喝茶。"

吴雩没吭声,短暂地提了提唇角,示意他把茶杯放在边上。

然而实习生没放,直挺挺地站在那儿看着他,眼底闪烁着年轻人特有的亮晶晶的光彩。

"您、您千万不要在意那鬼佬说的话!"

"……"

"我还没毕业的时候，就听导师描述过您的事迹，知道只有最出色、最忠诚、最优秀的人，才有机会通过重重选拔，像您一样被派遣到第一线去。后来我被选进特情组，真正接触到您的事迹，才知道您到底有多厉害多优秀！"

吴零呆呆地望着他，似乎陷入了一场迷茫混乱的噩梦里。

"我、我只希望您不要被犯罪分子的胡言乱语所困扰。"实习生站姿就像年轻的白杨树，脸涨得微微发红，神情庄严赤诚，"还有很多我们这样的后辈，平生努力的最大目标，就是成为和您一样无愧于使命的英雄！"

英雄。

这可怕的两个字如刀戟当头砸下，令四肢百骸俱寒。

——英雄。

"被打成死狗一样的不是你？活成这人不人鬼不鬼模样的不是你？"

"你以为自己是屠龙成功的英雄吗？！你是个可怜的笑话！！"

"白费十几年一无所有的笑话！粉身碎骨却一事无成的笑话！你这蝼蚁一样可悲的笑话——"

年轻人还在结结巴巴说着什么，朝气蓬勃，意气风发，眼睛闪亮如星辰。

但吴零已经听不清了。

他耳朵里嗡嗡作响，习惯性想把自己缩起来，但其实无处可缩，只能局促地把双手插进上衣口袋。年轻人满怀憧憬地看向他，他用力咽了一下干涩的喉咙，低头望向水泥地面，手指突然隔着衣料触碰到上衣内袋里一个硬硬的东西，是遥控器钥匙。

真奇怪，他混乱的大脑竟然还能从潜意识里分辨出那是什么。

——步重华家的钥匙。

"我什么时候打他了？！"年轻英俊的精英领导在车里恼羞成怒地对手下怒吼，转眼搭着条毛巾从客厅探出头，满眼挂着戏谑，"你的梦想不是做个长在沙发上慢慢变圆的大叔吗？"下一刻他递来一个装满零食的书包，冷哼一声，"这么大人了，便服穿得跟刚抓进来的犯罪嫌疑人似的。"……

记忆不受控制地倒退，禁闭室外走廊上，有人从身后紧紧锢住他，用指腹用力擦掉蒙住他视线的鲜血，一遍遍在耳边重复："是我，吴零，是我……冷静一下，是我……"

吴零仿佛置身黑暗海底，只有自己的呼吸一声比一声清晰，掌心紧紧攥住那个遥控器钥匙。

呼——门开了，林炡大步走进休息室。
"林科！"
"林科！"
吴雩一睁眼，眼底溢着几条不引人注意的血丝，只见林炡快步走来："你俩先出去。"
"是！"
年轻人已经把服从命令刻进骨髓，立刻退出房间虚掩大门。吴雩视线随林炡平移，只见他一把拉过椅子坐在对面，开口前先吸了口气，那双平时总是很温柔的眼睛里闪烁着熠熠微光，然后一抬手，截住了吴雩刚开口要说的话："你知道今天这里除了你，我还想办法把谁弄来了？"
"谁？"
两人相距不过咫尺，林炡探头贴在他耳边，低声报出了一个公安系统内几乎无人不知无人不晓的大名。
吴雩一愣。
"这个人昨天从北京来云滇视察，原本今天下午就要走。我得知后紧急联系冯厅，中间略施了点儿小手段，把他引到了这里来见你。"林炡应该是有一丝兴奋，他平时说话语调不是这样的，"还记得你被调去津海之前我说过的那句话吗？"
"……"
"总有一天我要把荣誉讨回来，把应得的还给你。虽然需要耐心，需要等待，但时机总会到来。"林炡顿了顿，眼底闪着光，"你高兴吗？"
"……"
"吴雩？"林炡感觉到不对。

吴雩一动不动地坐在那儿，像是已经被牢房终年不去的昏暗吞没了，光影只勾勒出一侧绷紧的下颌线条。半晌他终于摇头，那个动作疲倦而短促。
他声音沙哑地说："我想回家。"

第 51 章

　　林烶向来是个反应神速的人，但有好几秒没弄清自己听到了什么，少顷才意识到，吴雩其实是没有"家"这个玩意儿的，解千山不用说也没有。

　　至于在"吴雩"和"解千山"这两个人物身份出现之前……

　　"好。"林烶毫不犹豫地吐出这个字，顿了顿耐心道，"见完人以后，不论你想去哪里，我都亲自送你去可以吗？"

　　"算了吧。"

　　"怎么？"

　　"不见了吧。"吴雩终于从椅子上站起身，随着这个动作林烶也站起来，两人刚才直直面对着面的距离一下又拉远了，只听他疲惫地道，"我早就已经不想那些事了。"

　　林烶一愣："可是……"

　　吴雩垂着眼帘冲他点了点头："谢谢。"紧接着吴雩转身就向外走去。

　　"等等！"林烶拔腿而上，压低声音正色道，"你可能不知道下半年厅里会空出几个位置，有两个还相当不错，为什么能争取的不去争取？我不说荣誉前途那些虚的，就说经济收入和人身安全，难道不比现在白天黑夜拼死拼活的强？你觉得呢？"

　　吴雩自嘲道："没事，我打拳收入也挺高的。"

　　"你以为你还是二十岁吗？万一哪天被人打死怎么办？你觉得步支队发现这事以后会不会把整个地下拳馆一股脑扫了？！"

　　吴雩不答。

　　"吴雩！"林烶几乎要低声吼起来，"你这辈子都这样了，永远不想恢复真正的名字和身份了是不是？！"

两人脚步戛然停下。

休息室外走廊，突然从拐角迎面呼啦啦来了一群人，甫一撞见，都同时停下了动作。

林烓最快反应过来，立定沉声道："冯厅。"

对面一帮人簇拥着俩老头，左边的那个赫然是云滇省当初的冯局、现在的冯厅。吴雩下意识就想退后走开，但脚步一挪又硬生生按捺住了，只见冯厅三步并作两步上前，直接拉住了他的手，一边扶老花镜一边转身笑道："我要向你介绍一下，这位就是吴雩，我们的解警官——"

另一名老者穿中山装，不太看得出年纪，虽然也戴着玳瑁老花镜，但层层耷拉的眼皮一抬，瞳孔深处还带着公安人员特有的老辣和锐利，上下打量了吴雩一圈，伸手重重地拍了拍他的肩，含笑道："解警官。"

视线从四面八方射来，聚焦在吴雩身上，鼓励的、欣赏的、惊奇的、感叹的……也有一丝丝羡嫉的，仿佛无数面明光澄澈的照妖镜。

解警官，吴雩脑子里仿佛有巨钟在一遍遍敲响。

冯厅向老者低声解释着什么，后者呵呵笑起来，似乎还挺满意，但少顷感慨万千地长长叹了口气。

解警官。

吴雩一只手被冯厅紧紧握着。他知道自己应该表现出什么样，但实际上那手的触感强烈到淹没了所有感知，神经末梢齐刷刷绷紧到极致，掌心正一丝丝沁出冰冷的潮湿。

他控制不了。

他在出汗。

老者回过头，低声对随从吩咐："我们在工作中，确实需要保护立下过功勋的同志，哪怕偶尔'出格'一点儿，也要尽量为他们解决后顾之忧……"

"不用了。"

那些"照妖镜"又齐刷刷射来，吴雩眼角余光能看到那些人神色的变化，但他感觉到自己应该是笑了一下。

"我……就这样挺好。"

"解警官？"老者顿了顿。

冯厅急了，轻声呵斥："解警官！"

吴雪又仓促地笑了笑，抬起另一只手，却在半空中顿了片刻，才举在眉角敬了个礼："为人民服务。"

他从冯厅掌中抽出手，转身走下楼，脚步越来越快。

天穹尽头的风拂过高楼与街道，淹没了黄昏下操时少年人的笑声，吞噬了隔着一条街外校门里的喧哗和下课铃声。他在风中加快脚步，头发与衣角在身后扬起，他听见那个年轻的声音带着憧憬："我要是能念书，一定继续往下念……""当刑警的梦想不都是穿上白衬衣吗？""那肯定得立功才能往上爬吧！"转眼这声音被两人的大笑和打闹声盖过，和着晚风一股脑盘旋着冲上天际，消失在监狱重重叠叠灰色的高墙里。

吴雪跑了起来。

他就像要追赶什么似的，穿过车水马龙的商区，车辆川流不息的街道，熙熙攘攘的人海。他穿过雨季铅灰的云层和迷离的水汽，如同被一团阴冷湿气裹住双翼的飞鸟向下俯冲，冲向秩序繁忙的大地，四面八方皆无归途。

哔——

哔哔！

汽车喇叭接二连三响起，红绿灯变换，人潮涌过大街。

他慢慢蹲在地上，一口一口呼出滚烫的气，手颤抖着从衣袋里摸出那把钥匙，紧紧攥在掌心，许久终于把头埋在膝盖间，发出一声嘶哑、恐惧、纯粹发泄式的、没人能听见的抽泣。

惊雷响彻天幕。

津海。

步重华骤然惊醒，只见车前窗外云层低垂，暴雨来临前的狂风卷着树叶，擦刮过车窗玻璃，口袋里手机嗡嗡作响。

"喂？"

"妥了！"手机那边传来他检察院老同学的声音，背景有点嘈杂，大概老同学是在边走边打电话，"已经批下来两起命案分别立案侦查，周一手续下到你们局里，但那个凶手高宝康是自杀还是他杀目前没法定论，看你们能不能拿出后续证据……别说，你小子还真行，区区一瓶透明指甲油就能反转整个命案，那法医鉴定看得我鸡皮疙瘩都起来了——哎你现在哪儿，还等在咱们院门口吗？"

步重华扭头望了一眼，马路上行人匆匆，对面是津海市检察院的大门。

368

"唔。"

"在啊？那你别走了，晚上咱们聚聚，在上次那家店叫一整只烤全羊配两扎啤酒……"

"不吃了，回家。"

"叫上老杨老钱他们几个——啊？你回哪儿？"

"回家，"步重华拧了一把钥匙，轰地发动汽车，玻璃窗外的侧视镜中映出他嘴角一丝上翘的弧度，"家里有人等饭。"

"步重华——太阳打西边儿出来了是不是？你骗鬼呢？！"

步重华挂断电话，把手机轻轻扔向副驾驶座，牧马人在暴雨将至的大街上掉了个头，驶向市中心。

轰隆——

闪电过后，闷雷翻滚，少顷哗哗雨声渐起，在地上打出大大小小千万道水坑。

阴灰天幕之下，小区各家各户都已经亮起了灯。电梯门叮一声打开，一梯一户的楼道内灯光明亮，步重华拎着两个外卖纸袋一阵风似的出来，站在家门前定了定。

他深呼了一口气，望着防盗门模糊的倒影，突然心里掠过一个奇怪的念头，好像感觉自己的头发被雨打得有点儿乱。

他下意识抬手捋了一把，紧接着动作又一顿，连自己都觉得好笑起来，咳了一声清清嗓子推开门："我回来了！"

半圆形的客厅里没开灯，显得有些空旷，暴雨在落地窗上打出千万道痕迹。步重华探头向楼梯上看了看，把外卖放在开放式厨房吧台上，提高声音："吃饭了！吴雩！"

没人回答。

步重华站在空荡荡的家中央，刹那间似乎没反应过来。

"吴雩？"他低声说。

他上楼推开客卧的门，房间还残留着昨天早上离开时有点儿凌乱的模样，浴室门半开着，吴雩用过的毛巾随便挂在门把手上。客卧边上的健身房里没有人，楼下的主卧次卧也没有，封闭式阳台外是城市风雨交加的天空，雨幕后隐约变幻着市中心高楼广厦的流光溢彩。

　　步重华心脏凌乱跳起来，脚步变得很轻，仿佛不愿惊动一个令人沉溺而又脆弱易碎的梦境。

　　他推开书房门，与书房相连接的另一道门里是练琴房，门缝里正透出壁灯灯光。

　　他的脚步不知不觉止住了，就那么久久地望着那一丝微光，半晌自言自语般小声说："吃饭了，吴零，你出来吧。"

　　没有动静。

　　不知过了多久，他终于伸手轻轻推开练琴房的门，细长有力的手指随即从半空无声滑落。

　　暴雨浇灌城市，千万道水线发出的哗哗声震耳欲聋，透过落地玻璃窗，变成潮汐般遥远朦胧的声响。

　　不知道站了多久，步重华终于慢慢转过身，眉眼间像是被冻住那样平静，动作也非常平稳，走到外间把外卖拿出来热了热，装在平时吃饭的碗碟里，就像曾经一个人演绎过的千万遍那样，坐在吧台边的同一张高脚凳上，开始吃。

　　汤勺碰撞餐具，发出轻微叮当声，但淹没在满世界大雨声中很难听清。

　　"在津海买这么大房子要多少钱啊？"对面那个人在灯光下一边热气腾腾地扒饭一边问。

　　他听见自己的声音仿佛从另一个时空响起："看地段吧。你要买房子吗？"

　　"我主要比较好奇你的还贷情况……毕竟你不太像那种收钱给人办事的人。"

　　"怎么不像了？"

　　"哈哈——"

　　…………

　　"我决定……"那个人夹着一个香菇竹笋包子边吃边说，乌黑的眼睫在眼尾扫出弧线，那张脸上漫不经心的神态像是有某种无法解释的吸引力，让人难以移开目光，"争取做一个每天下班回家后就长在沙发上，沉默安详慢慢变圆的大叔。"

　　"你的梦想不是做个长在沙发上慢慢变圆的大叔吗？"

　　楼梯上传来噔噔噔噔的脚步声，那身影风一般刮上楼："梦想是梦想，现实是现实……"

　　…………

步重华笑起来，尽管那笑意连他自己都没发现。吊灯将他孤独的侧影投在大理石台面上，窗外天色已经暗成了潮湿阴冷的深黑。过了不知多久，他拿着碗筷的手轻轻一松，在叮当碰撞声中用力搓了把脸，把眉眼深深埋在掌心里。

再也无法按捺的悲哀、渴望和思慕，终于冲破堤口，就像铺天盖地的洪水淹没了所有感官。

"人是冲我来的，也是我弄死的！一人做事一人当，跟步重华没关系！"

"他们没为难你吧？"

"步重华人呢？！"禁闭室里那个人一脚踹碎电视屏幕，就像伤痕累累的困兽无路可走，"步重华在哪里——"

步重华伸出手，按住桌面上的手机，几乎是刻意阻挡大脑思考，也不给自己任何犹豫迟疑的时间，闭着眼睛将手机界面解锁，大拇指用力摁下了未接记录中"吴雩"那两个字。拨出音响起，他睁开眼睛的那一瞬间心脏仿佛停跳，世界于身侧唰地远去，只剩下眼前一方手机屏——

"您好，您拨打的用户已关机……"

啪！

步重华把手机拍在桌上，一手插进前额头发，随即搓了把发红的眼睛。他衬衣下肩颈肌肉绷紧，捏着手机的五指用力到青筋突起，咽喉肌肉干涩痉挛。

他怎么能就这样走了？

他怎么能不接我电话？

"喂，廖刚，"步重华拨通了另一个电话，开口嗓音沙哑难辨，"吴雩今天还在不在办公室？不在的话把他家登记在册的地址发给我……什么？"

"许局那边备了个外勤案，说是把他派到外地去了，所以他今天一整天都没来上班。"廖刚开着车，在此起彼伏的晚高峰鸣笛声中扯着嗓子大声道，"我本来想跟您打声招呼的，但您今天也一天没来，所以……喂？喂步队？"

——外地？

仿佛一波冷水兜头浇下，步重华焚烧的火气被沸然一压，白烟刺啦上升，透出一丝冰凉清醒的惊疑。

哪个外地？做什么去了？

吴雩这样微妙敏感的身份，许局怎么可能一人做主把他单独派到外地，且不说许局够不够权限，就说他这个顶头上司直接领导为什么连半点风声都不透？

除非——

步重华的大脑仿佛被分裂成两部分，一部分压抑已久的情绪喷发出来，像岩浆覆盖地表滚滚焚烧；另一部分却清晰坚硬得像是万年玄冰，足够支撑他在瞬息间想通前因后果，甚至连表面冷静的神色都没有丝毫变化，他反手又一个电话打给宋平，几乎是立刻就接通了："喂，重华？"

"林烃把吴雩弄回云滇，这事为什么没提前跟我打招呼？"

即便宋平早有准备，但还是被这一针见血的提问方式哽了一下，数秒后才叹了口气："不瞒你说，重华，这事虽然我也不是很赞成，但我也没有反对的理由。"

"……"

"吴雩这个人，是十三年前张博明不好说从哪里带去云滇，十三年后从云滇安排过来津海的。如果张博明没死，吴雩还有可能在任务结束之后跟着他返回原籍；但现在张博明死了，吴雩的原籍已经销户，只能把归属算给云滇，只是为了避祸和出于一些其他原因，才暂时安排来津海。"

仿佛一根针穿刺耳膜，步重华瞳孔微微紧缩。

"所以一旦发生什么事，或者有任何紧急需要，吴雩的所有权是不能归给津海的。"宋平从大转椅里起身，站定在办公室窗前，眯眼望着窗外，"现在你明白了吗？"

其实所有人都应该已经看明白了这一点，为什么吴雩被关禁闭室的时候林烃要连夜从云滇省厅赶来南城区分局，为什么当吴雩要辞职的时候是冯厅隔着大半个中国一个电话打给宋平。而宋平即便再想挽起袖子亲自把吴雩揍一顿，接到跟自己同级的冯厅的电话，也只能摆摆手轻易罢休。

——但每当步重华想起那天深夜禁闭室外的情景时，首先浮现在脑海里的，却是吴雩似乎想回头再看他一眼，却不知道被何种力量生生阻止，蓦然顿住的那一段脖颈。

"我明白。"手机两端静默许久，终于传来步重华低沉的声音，他说，"但吴雩的所有权也不属于云滇。

"他只属于他自己。"

宋平微微愣怔，电话被挂断了。

他慢慢放下手机，透过因为湿漉漉而有些扭曲的玻璃窗，望向窗外阴云暴雨密集的天空，半晌摘下眼镜揉了揉鼻根。

留在他小腿上的弹片和胳膊上腰上打的那十几枚钢钉，直到三十多年后的阴雨天还是会隐隐作痛，但当初没有人会预料到这一点，包括年轻气盛的他自己。

年轻人哪——

宋平滋味复杂，又有一点儿无奈地笑叹了口气，摇摇头，转身走回了大办公桌后。

步重华抓起雨伞、钱夹、车钥匙，匆匆拎起外套，大步流星出了门，直接从电梯下到车库，在发动吉普车的同时打开手机短信。

这年头连宋局都学会用微信了，那个姓吴的还在用短信，导致步重华的短信里除了整整齐齐满屏验证码，只有"吴雩"两个字挂在中间，一枝独秀。

——我今晚去云滇。

六个字显示发送成功，步重华熄了手机屏，发动汽车，吉普车一个漂亮的三角掉头开出车库，瞬间暴雨倾盆而下，将四面车窗打成白茫茫一片。

下一刻，车轮与地面摩擦发出尖锐声响，吉普车猝然停下。

雨刷在车前窗划出一道道扇形水痕，车灯穿透雨幕，照亮了大楼门前屋檐下的方寸之地。吴雩拎着两个外卖塑料袋，不知道是因为冷还是因为虚脱，正裹紧了湿透的黑色夹克，头发湿漉漉地往下滴水，向身后亮起的车灯回过头，愣住了。

烟雨笼罩着津海市，华灯之下沿海港大桥上汽车排成长龙，更远处海面上漂浮着微茫的灯塔，潮汐声向远方奔流而去。

"你吃饭了吗？"

"没，在等你。"

"那要是我没回来呢？"

步重华眼睛一眨不眨看着吴雩，眼底似乎隐藏着复杂难辨的情绪，许久拍了拍副驾驶座："上车，回家。"

天幕纷纷扬扬，从高处向下俯览，吉普车副驾门开了又关，退回了大楼车库。

少顷，顶楼那层复式公寓的灯也开了，从落地窗帘缝隙中透出碗筷叮当、拖鞋脚步和晃动的人影，与千家万户窗口透出的朦胧光晕一起，汇聚成人间灯海，穿过灰蒙蒙的大雨幔帐，于天穹辉映出模糊的暖黄。

图书在版编目（CIP）数据

吞海 / 淮上著 . — 广州：广东旅游出版社 , 2022.7（2025.7 重印）
ISBN 978-7-5570-2730-8

Ⅰ . ①吞… Ⅱ . ①淮… Ⅲ . ①长篇小说—中国—当代 Ⅳ . ① I247.5

中国版本图书馆 CIP 数据核字 (2022) 第 066946 号

吞海
TUN HAI

出 版 人：刘志松
责任编辑：梅哲坤
责任技编：冼志良
责任校对：李瑞苑

广东旅游出版社出版发行
地址：广州市荔湾区沙面北街 71 号首、二层
邮编：510130
电话：020-87347732（总编室） 020-87348887（销售热线）
投稿邮箱：2026542779@qq.com
印刷：北京盛通印刷股份有限公司
（地址：北京市北京经济技术开发区经海三路 18 号）
开本：700 毫米 ×980 毫米 1/16
字数：431 千
印张：24
版次：2022 年 7 月第 1 版
印次：2025 年 7 月第 10 次印刷
定价：55.00 元

【 版权所有 侵权必究 】

如发现图书质量问题，可联系调换。质量投诉电话：010-82069336